# 暇思 寂想

XIASI JIXIANG

廖俊平 著  上册

SPM 南方出版传媒·广东人民出版社
·广州·

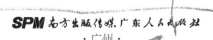

图书在版编目（CIP）数据

暇思寂想 / 廖俊平著． —广州：广东人民出版社，
2020.2（2020.4重印）
　　ISBN 978-7-218-14196-1

　　Ⅰ．①暇…　Ⅱ．①廖…　Ⅲ．①散文集—中国—当
代　Ⅳ．①I267

中国版本图书馆CIP数据核字（2020）第015839号

Xiasi Jixiang

# 暇思寂想

廖俊平　著

版权所有 翻印必究

出 版 人：肖风华

责任编辑：汪　泉
文字编辑：于承州　刘飞桐
封面设计：赵焜森
排　　版：友间文化
责任技编：周　杰　吴彦斌

出版发行　广东人民出版社
地　　址：广州市海珠区新港西路204号2号楼（邮政编码：510300）
电　　话：（020）85716809（总编室）
传　　真：（020）85716872
网　　址：http://www.gdpph.com
印　　刷：广东鹏腾宇文化创新有限公司
开　　本：889毫米×1194毫米　1/32
印　　张：23　字　数：280千
版　　次：2020年2月第1版
印　　次：2020年4月第2次印刷
定　　价：88.00元

如发现印装质量问题，影响阅读，请与出版社（020-85716849）联系调换。
售书热线：（020）85716826

# 序
**Preface**

朱小棣

　　二十多年以前，当我在美国出版我的第一本英文著作，也是我平生第一本著作时，出版社的责任编辑对我说，以后会有很多人来找我，为他（她）们的书，撰写序言或是赞词。我居然信以为真，还曾经一度幻想，可以成为一个职业写序的人，因为我喜欢读书，如果能够放下一切杂务，专门去读别人的书稿并作序，该是怎样一件心悦神怡的乐事儿啊！

　　若干年后，方才大梦初醒，一来是几乎从没有人邀请我作序，二来是偶尔遇上几位硬要我写序的人，才发现这个活儿可真是不好干：读不懂或是读不出书稿的好，或是写不出它的妙，不仅会让读者失望，更是要把作者给彻底得罪了。所以后来我一听见有人要求我作序，就头皮发麻，知道很快就要得罪人了。不过这次有所不同，邀我作序的廖俊平先生，是我相知相识十多年的老友，尽管我们晤面可能还不到三次。

　　我与廖先生算是有奇缘，除去各自的三观比较接近，我俩的文章风格还有那么一丝相近，都是那种不喜欢花里胡哨、显摆卖弄，以所谓的"才华"示众的性格，相反倒是常常惜墨如金，删繁就简，要言不烦。当然，相比较他这位教授而言，我远远不及他博学多才，尽管如今并不博学的教授也很多，几乎遍地都是。他虽然是理工科出身，可是旁征博引、咬文嚼字、掉起书袋来，亦会令人惊诧。

　　拜读了他的这部书稿之后，我的脑海中突然闪现出一句四五十年前的口号和原则标准，叫作"多、快、好、省"。首先是"多"，他的这部书稿全部出自他开启个人微信公众号五年以来在自媒体平台上积累的各篇文章，竟然达三十多万字，真可谓是"集腋成裘"。再说"快"字，一是当然要写得快，才会码得出这许多字，短短五年，就能洋洋洒洒完成这部书稿。二是微信公众号文章，往往都是因公众事件有感而发，对网红议题，或是迅即参与，置身其间，或是客观分析，冷眼点评，出手必须要快，否则黄花菜都凉了。这对于一个公务繁忙、教学任务很重的一线教师而言，笔头不快是难以做到的。

　　接下来说说他的"好"，这与"省"又是相辅相成的，好就好在一个"省"字上面。许多复杂难解的大问题，都被他三言两语点破。充满哲思的辨析，也都简明扼要到了不能再短的地步。而这背后，却又透着全方位的视角与迷人的发散性思维。例如在一篇叫作《明白不明白》的文章中，他这样写道："其实关于'活明白'这个问题的疑惑，是可以提升到世界观、人生观、价值观的高度的，也是一种永恒的追问，所有

大思想家都在追问这个问题。所以，如果我们想不明白，最好
的办法就是去看他们的书。昨天提到小说《活着》，恰好睡
觉前翻看杂志，又读到一篇对汤显祖和莎士比亚的比较研究
（今年是汤莎二翁去世400周年）。我想说的是：不能说大文
学家一定是思想家，但文学家一定都是有思想的，所以读好的
文学作品也是能帮助自己活明白的。写到这里，忽然觉得也不
该忘了经济学。我常跟学生说的是："学经济学首先不是为了
成为经济学者，它首先是能让你活明白——经济学首先是人生
哲理'。"接下来，他又补充了一段和哲学教授的对话。对方
说，"你们经济学是教人把账算清楚"。他则回应道："哲学
是教人不要算清楚。可能不算清楚才是更明白。"文章于是这
样结尾："说了半天，回到本文标题，那不是个问句，而是个
陈述句"。看到这里，我自己差点儿笑出声来，《明白不明
白》，原来是个陈述句。这下你明白了吗？这其中透着多少弯
弯绕的哲理呢。呵呵。

全书共分五辑，分别是："随想和杂感""语言和文
字""教育和学习""经济与管理""游记与回忆"。《明
白不明白》一文，当然属于"随想和杂感"，而"语言和文
字"，就是在咬文嚼字了。"教育和学习"里，关于大学通识
教育的浅见，一连写了四篇。关于知识的碎片化和系统化，
又一连写了六七篇。而在"经济与管理"中，则对"服务的
细节"连续发出十几篇感想。而"游记与回忆"里的一篇
《〈辞海〉忆旧》，终于让我们了解到为何这位"理工男"可
以有文科生的兴趣与才华。

更重要的是，这次通过读他的书稿，我愈加感觉到自己

与他三观的一致。每每只要一句话，看似不显山、不显水，就能够会意颔首。例如那篇《读〈木心谈木心〉》里头的最后一句话，"我没受过文学的基本训练，所以不知道文学训练是不是这样做的，不过这倒完全就是我们工科生当年学结构力学的方式了"。轻松一笔，诙谐有趣，四两拨千斤，一切存疑或不屑，尽在不言中。

而在一篇回忆拜见黄亚生教授的文字里，作者这样写道，"我觉得亚生教授本人也很像乔姆斯基——他是坚定的反川普主义者，在反川普这点上基本上就是扮演反对党角色——你赞成的我就反对（这也正是我去找他商榷的内容）"。不知道作者是如何同他商榷的，想必也不会有什么效果，只是白跑一趟罢了。还不如和我聊两句算了，费那个事干嘛，何苦呢？话又说回来，人家是教授与教授商榷，与我何干。幸好我总算读出了作者的看法与态度，可以再一次为"三观"的一致而举杯。亲爱的读者，就看你读此书时，是否也会有举杯的兴致与雅兴。

2019年8月3日凌晨写于美国马里兰州石家庄

（Rockville）蜗居

朱小棣，美籍华裔作家，现任国际领袖基金会(International Leadership Foundation)执行主任（Executive director），曾在安生文教交流基金会、哈佛大学住房研究中心（Joint Center for Housing Studies of Harvard University）等机构任职。旅居美国多年的他一边从事研究和管理工作，一边进行文学创作，英文著有《红屋三十年》《狄仁杰故事集》，近年来更是出版了一系列以"闲读"为主题的读书札记：《闲书闲话》《地老天荒读书闲》《闲读近乎勇》《等闲识得书几卷》《域外闲读》《闲读闲记》。曾被人民日报社《环球人物》宣传介绍。

英文自传《红屋三十年》获得全美"杰出图书"称号，美国一家权威的百科大词典中关于共产主义的词条里除建议看一两本马克思原著以外，还认真推荐阅读5位西方学者的研究著作以及朱小棣先生的《红屋三十年》。英文小说《狄仁杰故事集》被翻译成法文在巴黎出版、翻译成《新狄公案》在中国出版。他在美国很有名气，近年"外转内销"，引起国内读者"蓦然回首"。他在国内由广西师范大学出版社2009年6月出版的《闲书闲话》曾经位居新书畅销榜前列，仅排在季羡林先生的著作后面。

目
Contents
录

**一**

随想和杂感

CHAP 01

目
Contents
录

目
录
Contents

二
CHAP 02
# 语言和文字

目
录

Contents

CHAP 03

（三）

**教育和学习**

目
Contents
录

**四**
**经济与管理**
CHAP 04

目
Contents
录

# 目

Contents

# 录

CHAP 05
游记与回忆

目
Contents
录

CHAP

# 随想和杂感

# 新年的意义

新年马上就到了，各家媒体都在发表新年致辞，各位的自媒体也在发表各种辞旧迎新的感言。比较多的表述方式类似这样：这是今年最后的会议了，再开会就是明年了。

同样是从今天到明天，为什么从12月31日到1月1日就和平时不一样？这个问题可以一直问下去：这个月进入下个月、23点59分59秒进入0点0分0秒，这样的时间变化和别的时点切换又有什么不同？

从感觉上来说，每一次越过一个标志性时点就会给人倒计时的感觉。比如准备10点半出门，只要还没到10点，紧迫感就总是不会那么强烈，感觉时间还很多，只要一过了10点，10点半就好像来得很快。

这种标志性的时点切换还具有边界的作用，就像一个苹果，只要咬了一口，哪怕只是咬破一点皮，也不再是一个完好的苹果，因为边界已经破坏了。或许正因为如此吧，大家才对所有这些标志性的边界倾注了特别的关注。

2016年12月31日

# 夏至是一瞬间

今天是夏至，是一年中白天最长的一天，过完今天，白天就一天天缩短，直到冬至那一天，白天最短，然后白天又一天天变长。记得刚进大学的时候，拿着同学的一本《唐宋词一百首》恶补古诗词，晏殊那首《破阵子》"燕子来时新社"，词义清新，朗朗上口，很快就背下来了。而词中的那一句"日长飞絮轻"更是让人印象深刻，从此对每天的朝日夕阳有了更多的关注，而且从建筑采光的角度，更关注到一年四季太阳的方位角变化给房间阳光直射造成的不同效果。

随着年岁渐长，只觉得日子过得一年比一年快，每个夏至和每个冬至来临的速度也像是越来越快。

准确地说，夏至不是某一天，而是某一个时点，例如2015年的夏至是在6月22日的0点37分53秒，这个时点是太阳直射当地北回归线的时刻。时点的概念更让人有一种时光不停流逝的感觉。幼年时读朱自清的《匆匆》，把那段让人印象最深的话抄在笔记本里："洗手的时候，日子从水盆里过去；吃饭的时候，日子从饭碗里过去；默默时，便从凝然的双眼前过去。我觉察他去的匆匆了，伸出手遮挽时，他又从遮挽着的手边过去，天黑时，我躺在床上，他便伶伶俐俐地从我身边跨过，从我脚边飞去了。等我睁开眼和太阳再见，这算又溜走了一日。我掩着面叹息。但是新来的日子的影儿又开始在叹息里闪过了。"那时已经知道了时间是不停地在流逝的，但人生的前半段对时光流逝的感觉和人生后半段是完全不同的。那时的参照点是出生的时候，每过一天，就长大一天；到了中年以后，参照点就变成了人生的终点，每过一天，离终点就接近一天。

于是，对日月星辰的关注会变得更多一些。前两天去南昆山开会，和我同龄的人都会不约而同地仰望星空，寻找北斗七星——这在广州市区已是很难看见的了。

几年前去斯德哥尔摩开会，恰好赶上夏至前后，晚上10点多天空还亮如白昼，而中午时分太阳也只是远远地挂在天边——在接近北极圈的高纬度地区，夏至时分太阳会长久地挂在天空，但永远不会直射头顶，从早到晚只是在南面从东到西划一个很低的弧线。我经过空旷的广场，找个建筑物的高高的台阶坐下，看着斜挂在远处天空的太阳，那是一种和处在北回归线上的广州夏至日完全不一样的感受。再看看公园里举家出游的当地人，正在享受夏至日的假期，那是他们一年当中最重要的节日……每一个已经过去的瞬间，现在都已经是回忆，而眼下正在回忆过去的这一瞬间，也即将成为今后的回忆。

2015年6月22日

# 谢谢您！读者朋友

这一个多月，公众号文章每天都在更新。写公众号文章原本是件率性而为的事，可是当坚持了一个多月每天更新，却好像自己被自己绑架了，像是得了强迫症。

不过，正因为这段时间每天更新，倒是有了更多和朋友交流的机会。

原本觉得写公众号只是内心独白，是单向的陈述，可最近越来越多的读者在后面留言，单向的陈述变成了双向的交流。和朋友圈留言的交流不同，朋友圈的留言是能够被双方共同的朋友看见的，公众号后台的留言完全是一对一的，所以可能会更坦诚。

自从有了赞赏功能，也就又多了一种沟通交流的渠道。有的是铁粉，每篇文章必赞赏；有的"出手不凡"，只要赞赏就直接按最高数额。最近发现有几位是平时极少出现、但却忽然给某篇文章赞赏，可能因为文章产生了共鸣。这种情况往往伴随着留言（微信公众号在这一点上设计得不够贴心，读者留言没有提示，公众号主必须要去后台才能知道是否有人留言并且查看和回复留言），所以我会经常去后台查看、回复和感谢。

公众号和朋友圈还有一点不一样的是：很多关注公众号

的朋友并非微信好友，我完全不知道他们是谁，也不知道他们是如何关注上这个公众号的。

所有认识和不认识的朋友，我都非常感谢您的关注和支持，也非常高兴能和你们通过留言等方式充分地沟通交流。

除夕之夜，让这篇小文带去我心底的问候和祝福！

2017年1月27日

# 余生的计划

想起一个多月前的冬至日，当时想说点什么，却又觉得没啥可说，于是把一年半之前那个夏至日写的《夏至是一瞬间》抄录了一遍，其实最想说的是那篇文章里的一句话："到了中年以后，参照点就变成了人生的终点，每过一天，离终点就接近一天。"

今天联系上一位多年未见的友人，加了微信，问了近况，很快说起生死无常这个话题。友人多年吃斋念佛、修身养性，佛教对生死轮回自有一番系统的认识。

和友人一边在微信上聊着，我一边在捣鼓普洱茶饼，今天是年初二，没出门，主要的时间就用在这上面了，倒腾一遍也挺费时间的，但闻普洱茶香却是我的最爱。

我存普洱茶的爱好是从2003年开始的。存茶不算多，但按照我每天喝茶的速度，喝完这些茶需要多长时间？就算不考虑那些喝得比较少的熟饼，只计逐年收存的青饼，没细算过，但六七年的时间应该是不够的。

既然时间参照点变了，对待生活中各种器物的态度是不是也应该变？这也是我近来时常考虑的问题。

2017年1月30日

# 倏忽一年

时间好快，转眼2017年已经过完了最后一个工作日。

看了2016年的今天写的短文，还并无一年将尽的感慨（2016年12月29日《逻辑一致》），直到两天后的31日，另一篇《新年的意义》才有了一点要跨年的感觉。

回顾这一年，感受最深的是：自己秉持良好愿望做事就行，不用去在意别人怎么想、怎么看。别人的恶意也好，不理解也好，都不用去计较。自己唯一需要做的就是理解和原谅他们，其他的，自己改变不了，也不必去劳心费神。

回看这一年乃至近年写的短文，很多都是在说回归本原、平淡是真、不争论、心平气和……这些实实在在是自己心境的真实写照。

时间又过去一年，我相信这种平和的心境会继续保持。如果说我有一点什么新年愿望，那就是希望我周围的人也都多一份平和。

2017年12月29日

# 节日问候的变迁

又到了过节的时候。这些年发现：节日问候总的说是越来越少了。

以我自己为例说说吧。最早的时候是发贺卡，我没钱买不起贺卡，就自制，而且觉得这样更有诚意。那时基本上只有新年的时候发，买一堆便宜的明信片（明信片的邮费也比信件便宜一半），自己刻上两方大印，印文不外乎是"恭贺新禧""万事如意"之类，盖在明信片上，署名同样也是用自己刻的名章。到了下一年，把印文磨平了再刻两方新的，当然印文内容和章法刀法也有了变化。

后来就是发短信了。短信一定不用那些热情洋溢对仗押韵的现成段子（别人发来的那些我也懒得看的），自己因时应景写几句，往往还能获得对方的回应。

再后来则是发微信，内容同样是延续发短信时的套路。

再后来，基本上就不发了，因为觉得信息太多了是骚扰人家，尤其觉得那一类信息最虚伪：不联系不等于遗忘……诸如此类。（其实对于朋友间是否遗忘，我们圈子里的朋友早就有一个界定：平常可以很长时间都不联系，有事了拿起电话打过去直接说事，连寒暄问候都不用，然后事情能办就办了，办了就完事了。）

这个国庆一个问候的信息都没主动发，发个这样的小文，也可作为对所有朋友的问候。

2018年10月2日

# 这四个字已是人生最高境界

　　智者明天要来山里。智者是我对这位长者的专用称呼。

　　虽说山人我已经不用参与接待，但这些年来，我已经把向智者请教当作一项难得的福利，不管是我去北京还是他来山里，见面向智者请教都是我所期待的，每次也都是很愉悦的。所以不管再忙，并且很不巧的是明天中午才能从医院出来，我下午也要进山去拜见。

　　我问这次来有啥安排、住几天，他的回答是：来了再看。

　　细想这四个字，我从中琢磨出两条：

　　一、能够掌握自己的时间；

　　二、没有什么非做不可的事情。

　　人生能达到这样的境界，在我看来就是最高理想了。

　　当然，没退休的人是不大可能这样的了，即使退休了，如果各种条件不具备，也就只能是像我这样羡慕一下而已。

　　不过，能有一个羡慕的对象，也是很幸福的事情了。

2018年5月30日

# 花开花落　云卷云舒

中秋节的早上醒来，微信里面自然是各种问候。虽然觉得这样的节日问候本质上是一种懒惰和矫情——平时多些联系、多些问候不是更好吗？但作为一种仪式，却也不得不说这还是有必要的，随缘随喜，问候也还是要发几条的。

看到群里最早发出问候的是一位大姐，想起这位大姐私下对我说过一句话："既不要忠心耿耿，也不要耿耿于怀。"当时就觉得这话颇具人生哲理，甚至可以推而广之用于处理各种人句际关系。

顺着这话的意思，发了条微信给这位大姐："中秋节快乐！宠辱不惊，看庭前花开花落。"

后半句，就没写了，怕被曲解。

不过，顺着这半联的意思，边吃早餐边胡乱诌出一联：

宠辱不惊，自能笑对花开花落

去留无意，方可闲观云卷云舒

意犹未尽，又再写两句：

花落须待花开日

云舒且思云卷时

不能免俗，末了还是说上一句：中秋佳节快乐！阖家幸福安康！

2018年9月24日

# 从小到老，顺其自然

昨晚四位中年以上的男人喝酒，最年长的一位说起最近夫人经历了一次开颅手术，非常顺利，但他在术前已经做好了准备——"最坏的后果是瘫痪，我就马上辞去工作，回来伺候你。"这老哥已经退休几年了，这些年在一所民办高校做点事。

恰好早些天听另一位领导的先生说，他最近辞去了工作，专门到夫人工作的地方陪伴，也是因为夫人身体不好（这两口子同样是退休几年了，各自又在继续工作）。

今天微信又在传龙应台辞职照顾失智母亲的

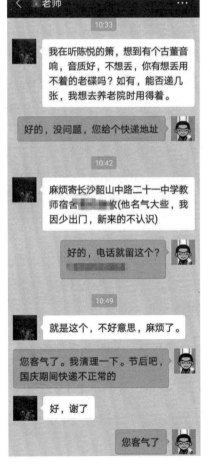

事……所有这些事，都还是隐含的一个信息：这些退休的人有了一些自己的时间，所以才能照料老伴，照料老妈。

相比之下，那些"70后""80后""90后"的年轻人，则忙得不可开交，偶尔写来的一条微信，最主要的内容就是说忙、太忙、忙晕了、忙疯了。

在我看来，这些都是自然而然的事：年轻人就应该忙，老了就应该放慢节奏。

还有更老的，比如我的初中班主任，和我妈同岁，但我妈从不肯用微信，而我的班主任老师挂在微信上的时间很多，我发的朋友圈她几乎每篇都看，还会写评论，还时不时给我发点东西（很多时候我都没时间看她发给我的东西了）。今天上午，她发微信问我能否寄一些旧CD，她想带去老人院听，我当然是忙不迭地答应下来，马上整理了一些她喜欢的音乐CD，过完国庆就快递过去。

2018年9月29日

# 何兆武眼中的美好年代

　　早餐的时候随手拿起一份一年多以前的旧报纸，看到上面有张书克先生的一篇历史评论，《何兆武的美好十年》。文中提到：何先生觉得自己从初中二年级以后，似乎有点开窍了，知道欣赏和体味真正美好的东西了。

　　所谓欣赏和体味美好的东西，一是到图书馆借书看；二是看电影；三是听音乐。何先生不光是在两三年间读了不少好书，而且他还对骑车前往北平图书馆的体验记忆很深："图书馆房子漂亮，环境优美，也很幽静，刚进去是柏油路，自行车骑在上面没有声音，可是存车处前是一段沙路，骑在上面发出沙沙的声音，非常动人而富有诗意，多少年后回想起来还神往不已。"

　　美好的东西不光是存在于书籍、电影、音乐这些文艺作品当中，现实中让何先生感到美好的，还有当时人与人之间的脉脉温情。他家对门有个小商店，经常有赶大车的人从乡间来，就在小商店门前停下来歇脚。这些人一进门掏出两个铜板，往柜台上一放，说："掌柜的，来两口酒。"掌柜就用一个小瓷杯倒上酒递给他，并拿些花生放在他面前。客人一边喝酒吃花生，一边和掌柜的聊天，一副很悠闲的样子。其实两人并不相识，谈的都是山南海北的琐事，却非常亲切，就像老朋友一样。这样东拉西扯聊个十多二十分钟，说声"回见"，就上路了。

所有这些归结起来，让何先生感觉美好的，是两个关键词：一个是自由，另一个是希望。

何先生说："自由有一个好处，可以做你喜欢做的事，比如自己喜欢看的书才看，喜欢听的课才听，不喜欢的就不看、不听。"

文章的最后是我认为最关键的点睛之笔——何先生认为，人的幸福有两个条件：一是个人有希望，你必须觉得个人的前途是美好的、光明的；二是社会有希望，整个社会的前景也必须是一天比一天更加美好。

于是想起梁漱溟先生晚年写的那本书：《这个世界会好吗？》。

我当然相信这个世界会好的。

2015年6月18日

# 脚不停，心须静

妹妹今天来电，劈头就问我在哪里。因为我最近一段时间的确是东跑西颠，让她觉得我行踪不定。

其实不光是行踪不定，更兼世事变幻，计划赶不上变化，有时临时决定两天之后就要飞到大洋彼岸，有时又一日三变，连帮我订票的人可能也会吐槽怎么变化这么快。而变化往往是连锁反应的：由于一个行程取消了，原本不能成行的另一个行程反倒可以安排了，所以更加会颠来倒去地变。

脚步虽不停，心不能不静，于是就有了飞机上缝补睡裤的一幕，这一幕在朋友圈晒出来以后，引来各种疑惑目光，还有不敢在朋友圈评论，只好私信问我的。今日得闲，不妨聊聊此事。

首先是各种看上去上不了台面的理由，例如：怀旧，越是时间长的东西越不舍得丢弃，有些衣服穿了二三十年，只要还能穿，就接着穿；环保，虽然一套睡衣大概也就几十块吧（这一套是真丝，可能会贵一些），但对于废报纸都随便扔到普通垃圾里的人来说，扔一套睡衣带来的破坏环境的负罪感当然也是不能承受的。而最重要的理由其实是为了休息——在机舱这个封闭的环境里，不打开电脑，不打开书，也不打开机上娱乐系统看电影，做一件平时几乎肯定没有时间做的事情，实在是一种换脑筋和休息的绝佳方式。

其实这些年已经把越洋飞行当作弥补平日休息不足的好机会，除了利用反复泡茶的机会来回走动，和空乘聊天，也不想老是躺着睡觉（有时故意不睡，为了提早一点倒时差），那么，捡起多年不用的"手艺"，因陋就简（现在找碎布作补丁也不是一件容易的事），一针一线慢慢缝纫，既是休息，更是一种享受了。

说到享受，当然于我来说最大的享受就是在水里舒展俯仰，身体放松，精神也放松，于是往往可能灵光一现或者茅塞顿开。今天我在水里还凑得一绝：

半生劳碌半生闲，

半是嗔痴半似仙。

且将半百蹉跎岁，

换取浮生半日眠。

自知颓废，但想起前些天有发小说刚参加完另一位发小的追悼会，更说周围的人接二连三有人罹患这样或那样的恶疾，还是觉得保持适度平衡最重要，所以整篇都是"半"字。

发给中学同学看了，帮着起了个名：半百赋。嘿嘿，我觉得叫半瓶醋更合适。

2015年12月5日

# 祝您开心

在微信上看到一篇文章引用葡萄牙诗人费尔南多·佩索阿（Fernando Pessoa）的一段诗——

《你不快乐的每一天都不是你的》

你不快乐的每一天都不是你的

你只是虚度了它

无论你怎么活

只要不快乐，你就没有生活过

夕阳倒映在水塘

假如足以令你愉悦

那么爱情，美酒，或者欢笑

便也无足轻重

幸福的人，是从微小的事物，汲取到快乐

每一天都不能拒绝，自然的馈赠

除夕夜的新闻联播，满满地，洋溢着欢乐祥和的气氛。

81岁的母亲，也很开心，每天看新闻联播是必修课。下午老人家专门去银行取钱，原来是要明天中午请我们出去下馆子。可是当时银行的人打电话过来，说："老人家已经来过几次，但是不记得密码，我们实在不忍心……"老人说："我不会告诉他们密码的。"虽然她每天都很快乐，但我明白她的思维有时已经不那么清晰了。

多年来，看着一天天老去的父母，我都在想：不快乐的一天不是你的，病痛缠身的一天也不是你的。

其实我今天原本是想用这样的标题的：你折腾个啥？但是大年初一，不大好吧。

费尔南多这位诗人活了47岁。另一位，老聃，据说活了100岁，提起老聃，是想起了道德经最后那句：为而不争。

2017年1月28日

# 心平气和　等待三天

何谓心平气和？

所谓心平，就是能够平静地思考。

所谓气和，就是心平之后形成的祥和气场。

很多人问我："克雷格先生，如何才能使自己的气场变得强大起来呢？"我的回答是："让你的心灵变得简单！"

佛教有赤子之心的说法，赤子就是刚从娘胎出来的孩子，皮肤还是粉红色的。赤子之心其实是简单到无心。

我曾在纽约街头遇到一位卖花的老太太。这位老太太穿得相当破旧，身体看上去也很虚弱，但脸上满是喜悦。我挑了一朵花说："你看起来很高兴"。"为什么不呢？一切都这么美好。""你很能承担烦恼。"我说。老太太的回答令我大吃一惊："耶稣在星期五被钉在十字架上的时候，那是全世界最糟糕的一天，可三天后就是复活节。所以，当我遇到不幸时，就会等待三天，一切就会恢复正常了。"

2017年7月2日

（这篇文章不算原创，是糅合了一篇网文和本人文字的结果，并且直接拷贝网文的内容为主。）

# 不把不开心传播出去

看到公众号"富兰克林读书俱乐部"上的一篇文章：《深到骨子里的成熟，是从不做这件小事》。什么小事？就是不要轻易指责他人。

对这一点，我深以为然。因为，平常遇到的朋友有两类：一类是不会随便指责别人，另一类是稍有不高兴就会把气撒出来。

其实细分一下，不指责别人和不把气撒在别人身上还不是一回事。再细分一下，把气撒在别人身上也分为两种情况：一种是别人惹自己生气了，于是马上就把火气发在对方身上；另一种是并不关别人的事，只是自己不开心，就要找茬撒气。不管是哪种情况，结果都是一样：原本是你自己心情不好，最后弄得别人心情也跟着不好，当然你的心情也未必会因此好起来，可能还更糟。

而要做到不把自己的不开心传播出去，也和不随便指责别人一样，把事情看淡一点就可以了。当然，这可能和经历有关系，经历得越多，越容易把事情看淡。

2017年8月27日

# 有趣、无趣和春药

前两天，朋友圈忽然被一个帖子刷屏，帖子的题目是《有趣，才是一辈子的春药！》，甚至一些我认为是很有趣的朋友，也转发了这个帖子。不过，地球人都知道：这类靠标题吸引眼球的帖子往往没啥内容（当然也有例外，比如某个我认为很靠谱的朋友如果在转帖的时候加上好评，我是会打开看的）。

直到今天早上，另一个帖子出现在朋友圈：《只有无趣的人，才把有趣当春药吧》，其实这个帖是2016年7月8日发出来的，而前面那个帖是7日发出的，不过不知为啥，至少在我的朋友圈里，后面这个帖的转载人数远远不及前一个。而且，截止本文写作的时候（7月10日上午10点30分），后面这个帖子的阅读量为64665，点赞799；而前面那个帖子的阅读量已经过10万，光点赞就有26680。

因为是这么明确地唱反调，我觉得好玩了，点开这个唱反调的帖看了一下，然后又找出前面那个帖看了一下。哦，原来是两种完全不同的写作风格，所以就不用比较和评论了，也省得惹上官非。

又找出我自己在一年多以前写的《有趣、无趣以及好玩》，对比一下这些观点，总结出这么一点：有趣也好，好玩也罢，更多的是自己的感受，自己觉得好玩就好，别人是否觉得有趣，与我何干？

2016年7月10日

# 有趣、无趣以及好玩

这两天朋友圈疯传一个帖子：《如何变成有趣的人》，其中列举了要变成有趣的人应该具备的8种素质：

1. 广泛的知识面；

2. 敏锐的感知力；

3. 足够的鉴赏能力和执行力；

4. 不随便，有明确的喜好；

5. 有小缺陷，性情中人；

6. 独立人格，有主见，会坚持，会反驳；

7. 自嘲的心态；

8. 快速的反应能力。

将这8种素质和有趣联系起来，还是很靠谱的（有兴趣的读者可以找到原文看看，原文有对这八点的阐释。）

不过，再多想想：如果老想着要去做到这8点，或者说要去追求"有趣"，这个追求的过程可能就是无趣的了。

所以说起来，"有趣"还真是一种很高尚的追求，一旦上升到"追求"的高度，那就不是一件轻松的事了。也就是说：有趣不等于轻松。

可能正因为如此，有些活到一定年纪的人，会说另外两个字："好玩"。例如启功老先生，又如黄永玉老先生，都是典型的"老玩童"。

　　但是，话又说回来，能够说好玩也是看上去轻松，实际上可能比"有趣"还难，就像在水面游荡的鸭子，左右扭动着头欣赏风景，可水面下的双掌正在使劲划水呢。

2015年5月19日

# 好玩，还是不好玩

三年前曾经写过一篇文章《有趣、无趣以及好玩》，那里面提到：有些活到一定年纪的人，会追求好玩。

曾经有人邀我一起共事，跟我说："来吧，这里很好玩。"可是我去了以后却发现，一点都不好玩。我相信此公当初也不是诳我，他自己是真心觉得好玩了，我也的确感觉他们一帮人在那里每天是很好玩的，只是我不喜欢而已。

所以，"好玩"是一个不折不扣的主观判断。很多判断都是主观判断。但即使是主观判断，也还是有客观标准的，不过究竟何为客观标准，似乎又没有一个确定的规则来判定。我曾经以房地产估价为例来说明这个问题：所谓房地产估价，是房地产估价师对估价对象房地产市场价值的主观判断，但市场价值本身是客观存在的，所以也可以说房地产估价是房地产的客观市场价值在估价师头脑里的反映。但这么说仍然没有说清楚究竟什么是房地产的客观市场价值。我的看法是，所谓一宗房地产的客观市场价值，就是大多数人认可的一个平均值，或者说是大多数人主观判断的均值。

所以，房地产估价是"从众"的结果，但好玩的判断标准可能比房地产估价更加具有主观个性特征，每个人都会对"好玩"有自己的判断，相互之间可能相差很远；即使是同一个人，今天觉得好玩的，过一段时间就可能不觉得好玩了。最典型的例子就是小时候觉得好玩的事，长大了却觉得一点都不好玩。

而且，所谓好玩，往往不是针对事，而是针对人，说一起共事不好玩，实际上是在说一起共事的这些人不好玩。

2018年7月19日

# 茶的位置

　　开门七件事，柴米油盐酱醋茶，茶排在最后，这个顺序和马斯洛"需要层次理论"的五种需求颇有几分相似。生活中必不可少的是柴米油盐，缺少这四样，要么就缺少了基本的营养元素，要么就只能茹毛饮血吃生东西。酱醋是调味品，比起柴米油盐来说必要性就差了一层。茶则已经不是生活必需品了。

　　不过，对于喝惯了茶的人来说，茶也成了另一种意义上的必需品，不仅是身体上的必需品，更是有点adictive（上瘾）的感觉，成了精神上的依赖品了。以前有人为了降血脂喝绞股蓝茶，还有菊花茶、金银花茶、决明子茶、枸杞叶茶等等，不一而足，今天还有朋友推荐我喝金线莲茶，我知道这些都是具有一定医疗作用的饮品，可问题是：它们都没有茶那种独特的香气啊。甚至喝惯了某一种茶的人也会偏爱某一种茶香，这种偏爱往往还很顽固。有时我就会忽然像是闻到常喝的那种陈年普洱的香气，而其实明明没有在喝茶。

　　和开门七件事相对，也有好事者弄出了另外几件据说是精神层面的高雅事：琴棋书画烟酒茶。这里的七样雅事，同样也是前面四样更通行一些，琴棋书画，自古都是文人雅士的标志；至于烟酒茶，最早进入人的生活也是纯属俗物，并非文人雅士所独享。

所以，在柴米油盐酱醋茶这个顺序里，茶排在末尾，并非生活必需品；在琴棋书画烟酒茶这个顺序里，茶又是排在末位，雅的程度似乎也比不上前面几样。

我还怀疑给琴棋书画四件雅事续上烟酒茶的，其实是当今的一些"烟酒生"，因为前人原本是说"琴棋书画诗酒花"的。康熙年间的《莲坡诗话》中载有张灿的一首七绝："书画琴棋诗酒花，当年件件不离他。而今七事都更变，柴米油盐酱醋茶。"但这首诗很有可能是从明朝人唐伯虎那里抄的，因为两首诗太像了，唐公子写的是："琴棋书画诗酒花，当年件件不离它。而今般般皆交付，柴米油盐酱醋茶。"

唐寅认可和琴棋书画并列的是诗酒花，并没有茶，不过在我看来，诗和花属雅事是无可争议的，但酒和茶相比，要论"雅"的程度，茶应该是胜过酒的。

2017年1月11日

# 我最喜欢的颜色

当年进修英语的时候，课堂上老师让大家写出自己最喜欢的颜色并说明理由，我毫不犹豫地写了Black，理由是黑色给人的感觉是Calm（冷静）、Understated（低调）、Stable（沉稳）、Noble（高贵）和Comprehensive（包容），我一口气写出了这么多黑色在我心目中的属性，其实是因为我对这个问题早已思考过很多。

学过画画的人知道，三原色（红黄蓝）混合就能成为黑色，所以说黑色可以说包含了所有的颜色。学过一点光学的人也都知道：物体不反射任何光线的时候就会呈现黑色，所以黑色意味着吸收了所有的光线。这体现了黑色的包容。

做室内设计的人都知道冷色调和暖色调的不同运用，暖色调热烈、欢快，但也会让人不易平静，冷色调则相反。黑色算是冷色调，但也可以说它是没有色彩倾向的，不管是冷色调还是没有色彩倾向，都可以说它是冷静的、沉稳的。

至于另外的词，我就不讨论了，就像我并没有写出黑色所蕴含的一些贬义一样。

从形而下的一面来讲，黑色耐脏，小时候最喜欢穿黑衣服，玩泥巴弄脏衣服看不出来。

再深挖真正的原因，我想我该去检查一下自己是不是色盲。

2017年1月25日

# 平淡是真

　　路过小巷的水果店，拣了两个牛油果，随口问老板娘："前两天十块钱一个和今天十五块一个的有啥不同？"老板娘回答："今天是十五块两个。"哦，真是，我自己看错了。前两天买的比较硬，今天明显很软，有些甚至太软——不能再放了。

　　付钱的时候，老板娘问："你怎么吃啊？"我以为听错了，定睛看着她。她又问了一遍。我疑惑不解："你说怎么吃？"我不相信水果店的老板没有吃过自己店里卖的水果。她还是坚持这么问，我只好说："就这么吃啊，切开两半，用勺子挖来吃。""不拌点什么调料吗？"老板娘问。我终于明白她的意思了。"不用啊。""那怎么吃得下去？没味道啊。"她这么一说，我的兴致来了："就是吃那股淡淡的牛油味啊。我早上烫青菜吃，也不放任何调料，油盐豉油都不放，就这么吃。"这下子老板娘更吃惊了……

　　我喜欢吃鱼生，吃鱼生的时候我也是不蘸酱油和芥末的，要的也就是生鱼片本身的鲜味。偶尔会去朋友办公室品尝他自磨的咖啡，我也是喝"斋啡"（广东人这么称呼啥也不加的咖啡）。在外喝咖啡的时候偶尔兴致来了会加奶，糖是从来不加的。喝威士忌的时候，也是不加冰的，每当看见有人加冰块，就会想起一句苏格兰谚语："喝威士忌加冰和男人打老婆一样不可原谅。"

斋啡，英文称之为plain coffee，和中文的"平淡"基本意思一样。我也说不清是什么时候开始逐渐喜欢平淡的味道的，早年肯定不是这样。或许是因为酸甜苦辣咸各种味道都尝试过了，才从心底觉得平淡才能品出真味。

2016年5月22日

# 人以物聚

有此感慨，缘自看了一本《S. 忒修斯之船》。

最关键的是：书里有23个附件，包括明信片、信纸、照片、纸罗盘……甚至画在餐巾纸上的地图，借书给我的馆员说，当初这本书进馆以后是否流通，曾经有过争论，如果流通的话，里面的附件没法管理，不流通又不方便读者。

我拿到书以后感到惊喜的是：附件都在。当然，和原始状况略有不同的是，这些附件已经被馆员细心地用订书机钉在了书页上，尽管这样有点影响阅读。

虽说附件已经被钉在了书页上，但还是很容易在流通中遗失的，这本书在我借到之前已经至少有三位读者借过，这说明这些读者也是爱惜这本书的。

所以，我只能说：想到要看这本书的人已经算是同类了。这本书原本就是出奇地难读，我即使借来了（并且还建议图书馆买回了这本书的英文版，一并借回来对照着读，就是怕有些译文不能完整表达原意），但也没勇气说自己会把这本书读完哪怕一遍（按照攻略，至少是要读5遍才行）。相比阅读正文，我倒是更有兴趣看那些手写体的对话（已经觉得自己很没出息，鄙视自己一分钟）。

说回"人以物聚"这个命题，似乎是不需要证明的，所谓有共同的话题，除了那些抽象的理论探讨，更多的应该就是具体的物化爱好了——喜欢当代艺术作品的，喜欢围棋的，喜欢品红酒的，喜欢品威士忌的，喜欢烟斗的，喜欢钓鱼的，等等，各种圈子就是因为对某物的喜好而形成。

　　基本上可以说，有共同爱好的，大致就会有共同的价值观。

2018年5月13日

# 保有力量 ≠ 崇尚力量

　　周末的健身房人多，三台电视，其中一台没开，另外两台在播同一个动作片，各种打斗镜头，铿锵有力，血肉横飞。不过驻足看电视的人几乎没有，我看了一眼跑步机上的几位，也并没有在认真看电视。

　　一方面，电视上面的打斗声叮叮咣咣响成一片，另一方面，电视下面的器械碰撞声和脚步咚咚声相映成趣。这样的场面看上去并无丝毫违和感，但不知为何，我却从中感觉出些许反差——来健身房的诸位，几乎没有一个是靠力气吃饭的人，包括健身教练，吃的也是知识饭而不是力气饭，所以肯定是没人需要去打打杀杀的，但是他们却都希望让自己保持足够的力量。还有，其实大家都知道那些动作片都是"拍"出来的，不是真靠力量打出来的，这可能是这些练力量的人并不去追捧动作片的原因吧。

2018年5月14日

# 自己喜欢的就是好的

昨天新开了一片普洱，今天早上泡了，带在身边，我在更衣室向泳友推荐："这茶味道真不错，要不要尝尝？"朋友号称老茶客，他有点不屑一顾的样子，不过还是勉强把自己的杯盖伸过来，我从泡茶的公杯里倒出来给他，他喝完了评价道："一般般。"

其实这是一片1992年的青饼，并且送茶的朋友是放在专门的茶仓保管的，所以味道真心不错的。

恰好昨天刚看到朋友圈一篇短文《什么样的普洱茶才算是好茶？》，这类文章我已看过不少，原本是不打算看的，但因为发帖的这位朋友副业经营存茶业务，他有座几万平米的茶仓，出租给顾客存茶，为此还配了专门的茶叶技术人员鉴定检测茶叶的质量，所以还是点开看了。看完马上给发帖的朋友点赞——文章很对我胃口。

这篇文章开篇就说："你是否有过这样的经历，在市面上兴冲冲地买回一片普洱茶，以为它是一款特级佳品，最后朋友们却告诉你它不过是一款普通的茶而已。或者相反，你无意中买到了一款普洱茶，以为它很普通，最后别人却告诉你它其实非常出色，质量首屈一指。到底什么样的普洱茶才是好茶呢？"

　　文章给出了几个方面的指标：品种特色、平衡度、浓郁度、丰富度、余味悠长，并且解释了指标具体的含义。我觉得这是篇很好的文章，因为它给出了一个评价的指标体系。做研究要有研究的框架和范式，评价也要首先有一个评价指标体系。文章给出这样一个评价指标体系，评价起来就有章可循了。

　　不过我最认同的还是文章的这句话："你喜欢的普洱茶就是好茶；每个人的口感喜好都不一样，如果你不喜欢一款普洱茶，不管它品质多么优秀，对你来说，它都算不上是一款'好茶'"。

　　说起喝茶的口感，好像黄茶我还没喝到过，其他的，红茶、绿茶、黑茶、白茶、乌龙茶（如铁观音，单枞，大红袍），也都是常喝的。对于红茶我也曾努力辨别滇红、英红、祁门红的不同香味，绿茶嫌味道清淡了点，倒是喜欢欣赏不同的形：龙井、碧螺春、竹叶青、毛峰猴魁……这些从外形就很容易分辨。不过，唯独现在对普洱的口感和味道能够比较敏感地区分，并且已经有点独沽一味的意思——只喜欢固定的一种口感和味道，于是，就会认为只有这种才是适合我的了。难怪英语里面会有这么一个表达方式：my cup of tea。

2016年7月20日

# 味道和气味的记忆

人有五种感觉，分别是视觉、听觉、味觉、嗅觉和触觉。人们早已能够借助各种媒介将视觉和听觉的记忆保存下来，甚至还能够用数字化的方式加以储存。但另外三种感觉：味觉、嗅觉和触觉，却还没有办法借助人脑以外的媒介保存，只能依靠人的大脑记忆。

人的回忆都是和感觉联系在一起的，视觉和听觉自不必说，味觉和嗅觉也同样能够唤起人的回忆。例如我闻到桂花的香味就会想起刚到杭州上学的时候，走出宿舍，闻到附近一阵幽香，沁人心脾，却看不到花，费了好大劲，才发现是在绿篱后面有几株不起眼的树，上面有一些很小的黄花，原来这就是桂花。走过去凑上去闻，倒不觉得很香，隔着几米远，才能感受到那种若即若离、若隐若现的清香。

味觉和嗅觉往往是联系在一起的，例如一些红酒发烧友，能够闭着眼睛品出红酒的品牌和年份，用他们的话说，就是每种红酒的气味和味道都已经烙印在大脑里了，形成了固化的记忆。

我红酒喝得少，所以我始终没能具备这种对红酒气味和味道的记忆。但对于普洱茶，我却已经有了这种记忆。有好友送过两片陈年青饼，那股樟香气味加上略带青涩的醇厚味道，和花香一样也能沁人心脾。这种气味和味道同样也已经形成了固化的记忆，甚至有时在没有真正品味到这种茶的时候，忽然也会感觉闻到了茶香。

于是时常有奇想：人类什么时候能够拥有记录味道和气味的手段？其实调香师这个职业可以说就是在还原气味。听调香师说过，他们可以用香精调出任何香味。这些散发着特定香味的香精混合物，也可以算是一种记录的媒介吧。

2015年6月21日

# 当房间弥漫咖啡香气

早上醒来心情就不好，不想这么让自己心情不好下去，起来煮了一壶咖啡。当咖啡的香气弥漫在房间里，心情也不那么差了。

我平常主要喝茶，咖啡喝得少。不过有几位朋友是咖啡的铁粉，尤其是出访科的老赵，在办公室放了全套的咖啡用具，包括我在内的一些同好出国回来总会带上一包咖啡豆或者咖啡粉放到这里，所以这里储存咖啡的柜子总是满仓，我来办出国手续的时候也总是会让赵兄请我喝咖啡。咖啡浓郁的香味弥漫在办公室里，沁人心脾，令人愉悦。

2015年的6月21日，我写过一篇小文《味道和气味的记忆》，不同的气味常常能激发人不同的记忆。满屋的咖啡香，最容易让我想起的是Barnes & Noble书店。不知从什么时候开始，星巴克成了Barnes & Noble的标配，走进书店首先闻到的就是咖啡的香味，而现在印书的油墨往往没有了气味，所以所谓新书的油墨香反而闻不到了。其实美国的办公室里往往都会提供咖啡，员工自己喝咖啡，客人来都也都会奉上一杯（如果客人不拒绝的话），所以办公室里也是弥漫着咖啡的香味的。

有时一个人待着，忽然回忆起什么气味，会倒上一杯Gin

（杜松子酒），或者是Tequila（龙舌兰酒），又或者是某个牌子的Single malt（单麦芽苏格兰威士忌），不为喝酒，只为闻闻气味。早就发现：酒吧里点烈酒的时候（所谓烈酒，也就是spirits，其实常见的大多数都是40度，和中国的白酒比起来算不上烈酒），一般每次都是1盎司（大约30毫升，相当于6钱），杯子捧在掌心摇晃一个晚上，其实更多地也是在闻味而不是在喝酒。

　　不管什么酒，都是没喝的时候闻起来香，酒足饭饱之后，一位没有喝酒的人走过来，除了看见杯瓶狼藉和满面红光，闻到的一定是酸腐气。香烟也是这样，特别是高档一点的烟，没点燃之前放在鼻子前嗅闻，总是很香的，可哪怕是吸烟的人也不愿意闻别人的二手烟。酒和烟的这种感觉是不是也算一种"见光死"呢？例外的可能是雪茄，房间里如果有人抽过雪茄，过后有人进来闻到的也还是浓烈的烟草香味，和咖啡的香气一样能给人愉悦之感，至少比抽过烟卷的房间味道要好。看来，抽雪茄的人应该算是能够照顾别人感受的人。

2016年8月13日

# 年轻的味道，是个啥样

睡前随手抓起一瓶，是Bruichladdich（布赫拉迪）的Classic Laddie，忽然品出其中的泥煤味，之前却不曾有这种感觉。

不对啊，Laddie系列应该是没有泥煤味的啊。

这瓶Laddie，我是买来尝试和对比的，因为我一般是喜欢泥煤味的，比如Port Charlotte（夏洛特港），乃至Octomore（泥煤怪兽）。

仔细想想，忽然悟出点啥来了：艾雷岛上的Bruichladdich原本是擅长泥煤味的，就算是unpeated，声称没有泥煤味，做出来也是带有泥煤味的。就好像去了湖南，让厨师一点辣椒都不放，炒出来的菜一样也是带辣味的。又或者是像相反的情况：早些天老友送了一瓶GlenDronach Peated（格兰多纳），原本GlenDronach是不做泥煤味的高地厂出品，所以即使偶尔客串一下，做出来的泥煤味威士忌喝起来也让人觉得怪怪的。

其实我真正感兴趣的是：为什么Bruichladdich要在Laddie系列做出这样一种口味？

Laddie是Bruichladdich适合年轻人口味的产品（Laddie原本就是"年轻人"的意思，包装色调也是非常的年轻化），大约是知道年轻人还不习惯"奇怪的"泥煤味，但又想逐步培养年轻人的口味（毕竟自家主打是泥煤味，当然希望把消费者往自己方向引导），所以就悄悄地在标明unpeated的产品里面也掺进了些许泥煤味。

进而又想：为何年轻人还不能习惯泥煤味呢？

一时想不出答案的问题，我会反过来想：为何年纪大的人会偏爱泥煤味呢？

或许不是所有年纪大的人都喜欢泥煤味，但我是这样的。当然这只是一方面，另一方面，我也很喜欢不加任何调料的原汁原味，这一点在过去的短文里提到过（《平淡是真》）。

我觉得这不矛盾：一方面，经历过越多，越觉得平淡是真；另一方面，同样也是因为经历得多，所以能够承受得了各种奇奇怪怪的味道。再进一步说，平淡无味也算是"奇奇怪怪的味道"之一吧，毕竟，很多人是接受不了平平淡淡的味道的，就像我在《平淡是真》里面提到的那位老板娘。

2018年11月19日

# 红泥小火炉

但凡用了个无厘头的标题，基本上文字内容也是无厘头的。就好像今天这个标题随手拿了白居易那首著名的《问刘十九》，差不多一年前，同样也用了这首小诗做标题，写成《晚来天欲雪，能饮一杯无》。

无事乱翻书，手边能够乱翻的书实在是太多了，并且还在不断增多，即使现在已经几乎不买书了。

今天翻到这本是《Peat Smoke and Spirit》，儿子买了又没时间看，就给了我。

查了一下，这本2005年出版的书还没有中译本，要不翻译出来？再接着想：如果真要翻译出来，不如一边翻译一边在公众号上发表出来，引来同好讨论一番。

于是就去搜索公众号，发现同时出现"威士忌，艾雷岛"这两个词的公众号完全没有（把艾雷岛改成艾莱岛，或者是Islay，同样也找不到相应的公众号），不过以"威士忌，艾雷岛"作为主题词的微信文章倒是不少，并且以"威士忌，艾莱岛"作为主题词的文章似乎更多，并且看上去文字更优美。用"威士忌，泥煤"作为关键词搜索公众号，更是一点反馈都没有。当然，仅仅用"威士忌"作为关键词还是能搜到非常多的公众号的。这一来就可以大致推断：至少在微信上面，喜欢泥煤味的还是不多的（艾雷岛或者艾莱岛基本上可以跟泥煤味画等号）。

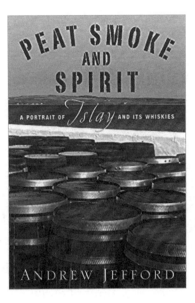

搜完微信公众号，又上亚马逊中文网站查了一下写威士忌的书，倒是不少（现在有了Kindle，很多英文原版书有电子书可买）。有一本村上春树写的《如果我们的语言是威士忌》，记得曾经在学生的车上翻过，这本书倒是和《Peat Smoke and Spirit》有几分相像——不仅是写威士忌，更是写艾雷岛的风土人情，写每家威士忌厂和每种品牌后面的故事。

又看到一本不是写威士忌的书《只想一个人喝酒》，觉得这个书名非常好，把这本书的封面拿来做了这篇小文的题图。

威士忌原本就适合自己一个人慢慢品味。

2019年1月8日

# 经历过才信

左手腕痛，已经两个月了。当时看了医生，说是腱鞘炎，没啥好治的，静养，固定，热敷，促进其自愈。

为此我专门去买了护腕来固定，还时不时用热水袋敷，用多年不用的频谱仪照，可并不见好转，照样痛，而且不小心手腕转到某个角度时还会痛得钻心。十天、半个月、一个月过去了，还是一点好转的迹象都没有，难道就这么成了永远的痛？有时真有这种担心。又自我安慰，"伤筋动骨一百天"，可能真要三个月一百天才能好呢。

不过慢慢地我还是感觉有些不同：开始的时候几乎不能游泳，特别是仰泳反手划水的时候，左手腕很痛，后来干脆把护腕戴着游，好一点。渐渐地，游泳的时候没那么痛了，甚至手腕活动的范围也比以前大了，倒是大拇指活动的时候不小心会钻心的痛。同样是痛，却感觉这是在好转，因为痛的部位不同，说明正是在逐步痊愈。

时间过去两个多月了，这几天虽然还痛，但那种痛法有所不同，像是伤口快要愈合时候的那种带一些酸痒感觉的痛。这下信心更足了，我已经确信会好了，只是时间问题了。

经历过这样一场病痛，我对腱鞘炎能够自愈就有信心了（之前上网查过，腱鞘炎严重的话可能要开刀才能治好）。而刚开始半个月一个月的时候，我对自愈却真是觉得没信心。

其实类似的经历也有过：我曾经咳嗽咳得晚上睡不着觉，而且持续很长时间，吃什么药都没用似的，也担心会不会永远咳下去。等到过了大半个月，逐渐好了，我也就相信是会痊愈的。下次再同样咳得要死要活的时候，也会有信心了。

没有经历过的事，总会觉得很担心，这和人在面对未知世界时的担心是一样的，经历过了，就会知道也不过如此，下次再遇上就不会那么担心了，经历的各种稀奇古怪的事情越多，也就越淡定了。

2016年6月10日

# 经验、信任与时间

有些时候和老友闲聊，我聊着聊着就会开小差，思绪飘到了聊天以外，聊完过后还会接着想：为啥老友之间能够如此信任，啥话都说？记得曾经有朋友评价某人："这人不过话。"意思就是说此人不会把话传到被议论的人那里去。那么这种经验或者说信任是怎样得出的？只能是时间——长时间的交往，经历过各种事，才有了这种经验，才能够由此产生信任。

身边有些人年纪越大越只是局限于和早年的朋友深交，几乎不再拓展新朋友。这同样是基于时间带来的经验和由经验带来的信任。

反过来，不信任也同样是基于时间和经验——交往的时间越久，共同经历的事情就会越多，只要一件事让人觉得不可信任，你也就会被排除在可信任的人之外了。

这里反复说到经验和时间，这两者可以是同一个意思，也可以略有不同。例如，这些天左手腕的腱鞘炎逐步在好转，但有时仍然会有些不适，而这种不适合和之前的那种痛感又不一样的，在2016年6月10日本公众号文章里曾经描述过这个逐步好转的过程。

再次回忆起两个月前痛得不知所措时医生说的话：过一

阵就会好的。但是这"一阵"的确还真不算太短。正因为如此，所以作为个体的我曾经怀疑医生说得对不对。经历过了以后，我相信了，而医生，他们经历得多，所以一开始就坚信会有今天这个结果的。医生相信这个结果并不需要他自己经历很长时间的病痛，而是作为医生他可以在不长的时间里接触到足够多的病例，积累了足够多的经验。

2016年6月19日

# 光头 = 极简？

因为头发稀疏又极短，所以很荣幸地被一些"光头"引为同道中人。而这些光头都是些好玩之人，所以我乐得与他们为伍，时不时聚个会、聊个天。

这两天又有另外的光头要拉我们这些光头一起搞个活动，说了半天我也不大明白是什么活动，据说是很有意思的活动，约了过两天见面吃饭聊。

今天，尚未谋面的活动召集人在微信很认真地问我和另外一位即将参会的同道中人是否光头，我照实说：我俩虽然这次代表了一帮光头，但恰好我俩都不是真正的光头。对方听说我俩是有头发的，发了一个哭脸过来，接下来会发生什么我还不知道，是不是有可能会被取消资格？

光头也好，头发稀疏也好，应该都是脑子动多了的结果，这不，我又开始活动脑子了——光头和我这样的极短发，究竟哪个更加极简一些？我的回答是：纯净的光头肯定不是极简。道理很简单，我知道那些光头朋友几乎每天都要修理头顶的，就和每天要剃胡子的人一样。而我则不用，我是十天半个月用电推剪自己给自己剃一次头，剃完以后的头发长度是3毫米。而且我认为，剃我这样一个3毫米的头所用的时间应该比刮光头要少一些。这个经验来自我小时候擦窗户的经历：把一扇窗户擦得看上去很干净，只要这扇窗户大概95％以上的面积是干净的就行了，那5％一般是窗户角落位置，看上去并不显眼。如果要把剩下的5％也擦干净，大约要多用两倍以上的时间，也就是说，如果擦干净95％需要1分钟的话，剩下的5％需要至少再用2分钟。

有人比我更较真，会说："光头就应该是干干净净一毛不剩。"我却是这么考虑的：我剪短发的目的是什么？一方面当然是觉得这样不那么难看——我年轻的时候头发就开始稀疏，那时是分头，在单身宿舍前面的球场打球，楼上观战的同事总是会告诉我：球场上我头上的那一块白色最明显，那块白色正是分头三七分界的地方。后来发现：头发会因为剪短而直立，直立以后的头发会显得不那么少，于是头发就越剪越短。而且游泳以后短发容易干，所以更愿意剪短发了。既然短发就能达到我的目的，我干吗要花时间剃光头呢？我的生活态度在某些情况下的确实是极简的，但极简却并不等于要剪光头。

2016年8月14日

# 活明白⋯⋯吗?

今天和一位旧日同事见面聊,虽说在同一个城市已经超过21年,却没有真正见过面,而没坐下来聊天已经整整30年了(从我离开原单位,脱产读研究生以后就几乎没再见面了)。有句话叫一见如故,我们虽说早年就是同事,早已见过,但今天的感觉还是有些意外——感觉同事的脾性和风格几乎没变,我原以为多年敏感岗位的磨炼,甚至有些事情说得上是磨难,会让人变得不那么率真。晚上我们又在微信闲聊,我说起我的感受,得到的答复是:"已经活到现在这把年纪了,活明白了。"我对此的回应是:"不完全是。年纪增长会改变想法、看法和做法,但活不活得明白和年纪不完全相关。"的确,我见过不少人,一把年纪了,还是没活明白。

不过转念一想,有时不明白可能也是一种选择,一种很好的主动选择。

最近学会了用手机APP听书。这两天在听余华的长篇小说《活着》。早就听说过这本小说,无缘得见,这次听下来,能感觉到"活着"二字所内含的巨大张力。小说的主人公经历过那么多,活明白了吗?似乎是的,又很难说是的。但不管怎样,他们是在"活着",他们对"活着"这种状态是很敏感的。如果说"敏感"就是敏锐地感知,是不是可以说就是明白了呢？

　　说了半天，我想我还是没说明白。那么是不是活明白了呢？我常常自己想"是的"，但就这么几十分钟的码字时间过去，我忽然感觉也许不那么明白。或者，"也许不那么明白"才是一种理想状态？

2016年8月20日

# 明白不明白

　　昨晚兴之所至，就着故旧说的"活明白了"，胡诌了几句，马上引来一些议论。

　　首先是一位现在的同事，年轻人，基本上是我们儿子辈的年纪，写出来的想法却颇有参透人生的沧桑："其实一直在想这个问题，什么叫活明白了呢？是参透世间万物，如佛家所谓的万事皆空？还是不忘初心，不断追求人生梦想？还是心若止水，不为外界所动，平凡是路？亦或是难得糊涂，清闲自在？所以我觉得我没活明白，至少连什么是活明白都没想明白，但愿老得只能坐在轮子上的时候至少能想明白什么叫活明白了吧！"

　　另一位留言的是比我年长几岁的成功企业家："写出了一种状态，是一种生活的状态。确实是，岁月无情之后谁能说出个所以然？不明不白的对方确实明白双方已是不明白对方在生活着，而且不再想明白也能生活得精彩。"

　　其实关于"活明白"这个问题的疑惑，是可以提升到世界观、人生观、价值观的高度的，也是一种永恒的追问，所有大思想家都在追问这个问题。所以如果我们想不明白，最好的办法就是去看他们的书。昨天提到小说《活着》，恰好睡觉前翻看杂志，又读到一篇对汤显祖和莎士比亚的比较研究（今年是汤莎二翁去世400周年）。我想说的是：不能说大文学家一定是思想家，但文学家一定都是有思想的，所以读好的文学作品也是能帮助自己活明白的。

写到这里，忽然觉得也不该忘了经济学。岭院的所有学生都是学过经济学的，我常跟学生说的是："学经济学首先不是为了成为经济学者，它首先是能让你活明白——经济学首先是人生哲理。"

由经济学而哲学，记得将近20年前，著名的价值论研究者冯平教授还没离开中大哲学系，我请她来给我们系的老师开讲座，她讲完后开座谈会的时候，说了一句话："你们经济学是教人把账算清楚。"我回应她："哲学是教人不要算清楚。可能不算清楚才是更明白。"

说了半天，回到本文标题，那不是个问句，而是个陈述句。

2016年8月21日

# 医人者不自医

　　一般来说，一天当中人的情绪最差的时候是在夜幕降临之后，可是这两年我自己总是在早上醒来以后觉得烦躁。个中缘由自己也知道，但却总也无法解决。问题无法解决，烦闷也就无从排遣。

　　其实我有时可以给朋友做心理辅导，当然不是正式的心理辅导，但的确能够有效地解决朋友的情绪问题。去年我还专门为此发了一条朋友圈——

　　然后引来好些朋友绝对正确的评论，然而，评论并不能解决问题。

　　有朋友自告奋勇："我也是很好的心理咨询师，给很多朋友做过心理辅导，你跟我说吧。"可是问题在于：我不愿说。有时在微信里面已经写了出来，最后也没发出去。

常言道，"医者不自医"。这句话还有进一步的阐释：就和理发师不能给自己理发一样。

好吧，我已经好多年都是自己给自己理发了。

2016年12月23日

# 如果你选择成为高山

早些天曾经看到朋友圈里有人引用张爱玲在《半生缘》里的一段话："中年以后的男人，时常会觉得孤独，因为他一睁开眼睛，周围都是要依靠他的人，却没有他可以依靠的人。"当时看了颇有感触，就随手也转发了。今天又有朋友提起这段话，说自己真想找一座大山倚靠着。我看后无语，沉吟片刻，脑子里忽然跳出一句话："当你自己选择成为大山，就只能和流水对话。"

因为，一座大山是不可能靠在另一座大山身上的，你只能自己独立。当然，大山也不是只能和流水对话，更能和其他的高山对话。而这位朋友对我这句话的理解是："我只能和自己的心灵对话。"

刚才上网查了一下，还真查不到我脑子里跳出的这句话，看来还真不是别人说过的话，真是我受到朋友的启发想到的。

2017年3月5日

# 等待天明

夜不能寐，于我并不常见，多数时候都是睡眠时间不够、时常困得眼睛都睁不开，倒头就会睡着。

本来晚上应酬喝了酒回来借着酒劲和困劲直接睡了，应该会是很爽快的事；可等到做完各种杂事，在比平常更早的时间躺下，却变得越来越清醒，无法入睡了。

明天一早有重要的会议，睡不好必然会影响状态。但事已至此，只能坦然面对。干脆看报纸，家里的晚报已经连着好几天没时间看了，一份份看完了，还是不困。那就看微信，果然看到陈爷例行的每夜鸡汤，文字还挺应景：繁华三千，看淡即是浮云；烦恼无数，想开就是晴天。

是啊，刚才去大哥家里喝茶不还说到这样的人生态度吗？既来之则安之，睡不着，起来撒泡尿，然后接着看书，享受卧读乐趣。

看书之前，偷空发篇公众号。

2017年3月16日

# 谎言的哲理

　　刚才看见朋友圈发了一个链接："那些美到极致的语言"，老眼昏花，看成是"那些美到极致的谎言"，正准备点开看，发现看错了，那就不必点开看了，并且还把我这个误会写成留言，当然只能招来发链接的朋友一顿"敲打"，我反而来劲了，又回复一条："其实谎言才蕴含深厚的哲理"。

　　同样是早上看到的朋友圈，是个老段子，直接上图吧——

　　这里的逻辑大家显然一看就明白，难道不能从中悟出些
许哲理吗？

　　这类通篇都是事实的笑话不胜枚举，各类自媒体上随处
可见。我都可以编一个：

　　佟老师水平一般，可是校长一直关照他，每到高三下学
期就把他换到全校最好的班，所以佟老师带的班年年高考录取
率全校第一，佟老师在介绍先进经验的时候都会先晒出这个班
进高中时的成绩，再亮出高中毕业时的成绩，啥也不用说，事
实说话。

　　哦，不好笑吧？没办法，我能力有限。

2017年1月14日

# 关节炎病和冷水浴病

　　忽然感受到记忆力的严重不可靠。昨晚想起一段话，并且清楚地记得这段话是我初中的时候在《从一到无穷大》这本书上看到的。回到家从儿子的书架上取下这本书（当年把这类书都推荐给了他，不过他似乎没我那么有兴趣看这些书），翻了几遍，早上醒来又翻了几遍，却怎么也找不到那段话。而且，时间也记错了：扉页上记录着这是1979年春节买的，也就是高中毕业那年，不是初中的时候。那段话不仅这本书里没有，与这本书的中文版同年出版的盖莫夫的另一本书《物理世界奇遇记》里也没有。

　　找不到准确的原文，只能凭记忆了，好在这段话的意思从读到开始就像刻在我脑子里一样，大致是这样的：

　　甲得了关节炎，问乙怎样能够不得关节炎，乙说："我每天冷水浴。"甲说："哦，那你得了冷水浴病。"

　　这段话里所蕴含的人生哲理实在是太丰富。在后来三十多年的岁月中，我不断看到类似的意思表述，流传最广的可能是那位在海滩晒太阳的渔夫故事。而在昨晚，我想的是：选择不喝酒是在选择身体没有受到酒精伤害的同时选择自绝于酒后的欣快感——对，昨晚一滴酒都没沾，只是静静地看。世间百态，可以归结为两态：关节炎病态或者是冷水浴病态。

2017年1月23日

# 面子和尊重

我常说我这面子最不值钱，我不当回事，可以扔在地上任人踩踏。有人说面子是自己挣的，我却总认为面子是别人给的，如果不给，那就不给呗，面子这东西，少一张也无妨。所以，缩在角落，不言不语，静静地看，默默地听，是我让自己的面子不被注意的常见姿势。

我不看重自己的面子，但却在意尊严，在我看来，这不是同一回事。常言道，尊重是相互的，这一点我赞同。不过为了节约时间（这也是经济学所说的交易成本），我会在初次打交道的时候先观察一下，如果你有心尊重我，那么我会更加尊重你，否则，咱就都省点时间省点事儿吧。

当然了，很多时候为了工作，即使对方一见面就眼睛望着天花板，一副不屑一顾的样子，我也会心平气和地和他谈。这时，常见的场景是：随着谈话的进展，对方不知不觉地把身子由仰靠变成了前倾，双手从放在脑后变成了撑在桌上，从一言不发到提出问题再到深表赞同。这个过程需要时间，但这是完成工作必需的成本了。

而于我自己而言，尊重对方的方式就是认真听对方说话，认真地回应对方的话，认真地向对方提问。当然，这种方式很多时候不为人所接受，觉得这是咄咄逼人。不过，只要以后有机会深交，或者有机会给对方解释一下，他会明白这正是我表示尊重的方式。

有人教过我一种内心鄙视但不明确表达的方式：对方说话的时候，你可面带微笑，目不转睛地看着他，貌似在倾听，甚至也不时在点头，其实心里在说"哼哼"。我一直在想，咱要不要也学一下试试？

2017年1月24日

# 妄自尊大与妄自菲薄

看见有人在朋友圈里发了两行字，没有配图，大概是有感而发，只想快点发出来，连图都懒得找了。

"自大狂的第一个特点是看得起自己，第二个是看不起别人。"

这两句话实在是大白话，并且是很正确的大白话。不过我想加一句："第三个是对自己没信心"。

很多时候，那些吹胡子瞪眼，端出一副架子居高临下逮着人就一顿臭骂的，往往是色厉内荏。

中国的成语往往是成对出现，两条成语表达的含义可能正好相反，例如妄自尊大和妄自菲薄就是如此。说起来，这两条成语都历史悠久。妄自尊大这个成语最早出现在南北朝的文本（范晔的《后汉书·马援传》）中，妄自菲薄这个成语则出现得更早，是在诸葛亮的《前出师表》里（马援的年代比诸葛亮早，但这个成语是出现在范晔的书里，虽说是引述马援的话，但毕竟最早的文字记载是出现在南北朝而不是东汉初）。我观察过，如果一个人的行为可以用妄自尊大来形容，那么他内心实际上经常是妄自菲薄的。

很多人，内心始终有敬畏，比如敬畏上帝，敬畏菩萨。这样的人，往往倒是有定力、有追求、有信心的。我佩服这样的人。

2017年1月26日

# 不自信的鄙视链

这个标题容易引起歧义，但我又想不出更好的表述。

很长时间以来，我身边一起工作的人以及交往的人感觉都是很自信的，而我也认为他们都是很优秀的，不仅如此，别人也认为他们都是很优秀的。曾经有人这么提醒我："平常和您沟通的人和现在您面对的人不是一个层次的，所以您才觉得现在这些人理解不了您的意思。"类似的话不止一个人说过，我这才意识到和优秀的人共事是多么幸运。

优秀的人往往是惺惺相惜。这其实体现的是一种自信，自信的人才会坦然地赞赏别人的优点。而一些总是在贬抑他人者，却往往被很多人认为能力并不强，并且被人认为是不自信。

一个很有趣的现象是：那些说别人不自信的人，往往又在另外人眼中是不自信的。这正是我在标题里说的"不自信的鄙视链"。

昨天在朋友圈转发了一篇文章《当读书人遭遇土豪饭局》，文章很长，分析很透彻，也很中肯，我简单总结这篇文章的主题就是：读书人要有读书人的自信，生意人要有生意的自信，公务员也要有公务员的自信。各得其所（如果还不能自得其乐的话）、各安其分（如果还不能各安天命的话），或者用广州人的话说就是：各有各精彩。

2017年2月2日

# 自信的鄙视链

先说一段故事。昨晚和一位多年老友吃饭，聊起来才知道他老父是一位业内颇有名气的教授（过去也知道他父亲是广州某大学的校长，但不知道还有那么多"威水史"）。这位已经五十多快要奔六的老友说起他老父来也不吝调侃之词，说他老人家一直想要自我实现，削尖脑袋想当官（退休前的确先后做了两间大学的校长，那都是正厅级的干部了）。但是，老人家两年前以84岁高龄离世时，却没有通知过去工作过的任何学校，只"钦点"了16位家人参加告别，并且在去世前很多年也不再主动和过去的单位以及门生故旧联系。

先放下故事，回到今天这篇小文。用了《自信的鄙视链》这么一个标题，实在是不太贴切，因为自信的人是不应该鄙视什么的，只是因为曾经写过一篇《不自信的鄙视链》，于是想到要遥相呼应一下。

《不自信的鄙视链》观察到的现象是：不自信的人需要贬抑他人来建立自信，而且不自信的人在贬抑他人的时候最喜欢说的往往又是"这个人不自信。"这是不自信的人建立自信的方式之一。

那么自信究竟是如何建立的？我想起了马斯洛的需要层次理论，人的需求从低到高依次是：生理需求、安全需求、社交需求、得到尊重、自我实现。自信的建立是贯穿在需要层次的各个阶段的：能够自己填饱自己的肚子，这时就建立了最基本的自信；再能保证自己的安全，说明在这个世界上生存下来已经没有问题了。这两个低层次的自信是真正的"自"信——只需要自己给自己找，不用别人来承认。

从社交开始，自信就建立在别人的承认之上了。

陶醉于权力者，最大的动机应该也是来自于由权力所赢得的尊重；炫耀财富的人，很多也都是希望得到世人的仰望……如此种种，难以尽数。

不过，在我看来，自信首先是要学会孤芳自赏（哈哈，孤芳自赏是某人用来鄙视别人的话，我顺手拿过来用一下），如果一个人连自己都接受不了（当然说的是接受自己的缺点，优点就不用说什么接受啦），那还谈什么自信。

所以，始终觉得真正活明白的人，最终又会回到"自"信——只需要得到自己的认可，至于其他的，"世间破事，去他个娘"。并且在我看来，马斯洛说的"自我实现"也是同样意思（当然，马斯洛所说的意思可能并非我所说的意思）——实现与否，是自我认知。

说到这里，可以回头再去看看本文开始讲的那个故事。

2017年8月2日

# 小人物的小

这里说的小人物，基本上类似契诃夫在《变色龙》里描绘的那类人物。当然，现实中的小人物会更复杂，表现形式更多样，相信大家见的很多，不需我在这里一一列举。只是我有时会想：为什么这些人会有这样一些表现？

首先大概是生活所迫，这份工作很重要，一定要保住，为了保住这份工作，什么没底线的事情都不得不去做；而之所以这份工作这么重要，又是因为很难找到其他合适的工作。为什么很难找到其他合适的工作，这可能就有很多原因了，比如说是因为惰性，不愿挑战自己，只想安于现状，也有可能是囿于自己的能力。

问题在于："小人物"的"小"可能恰恰又是造成其能力差的主要原因。所谓"小"，其实说到底是格局小、眼界窄，这样的格局和眼界，自然也就不可能有太强的能力了。

2017年9月8日

# 嗔恨和慈悲是相对的

嗔恨和慈悲是相对的。而所谓慈悲，实则宽容看待一切。

前不久写过一篇《小人物的小》，那篇文章虽然没有明确表示对所谓"小人物"的宽容，但实际上是表示了对他们所作所为的理解，知道他们是不得已而为之。

另有一些人，努力把自己表现得很强，展示在人前的总是笑容满面、信心十足，还会努力让人觉得他各方面都很幸福；另一方面，他们会小心翼翼地维持和身边的人的关系，比如努力去夸赞周围的人（如果还说不上一定就是在讨好众人的话）。这一类人的行为和前一类人其实本质上也是一样的，都是为了生存。不同之处在于：前一类人会为了自己的生存没有底线地做出一些事情来，而这一类人则是在为了争取对自己最有利的生存空间而努力得到周围人的认可。

被人认可是每个人都希望的，不过，这应该也是阶段性的。就例如"激进"，有句话说：一个人如果二十岁的时候不激进，这个人是没出息的，但是如果一个人三十岁以后还激进，这个人也是没出息的。这就是说的阶段性行为。如果一个人一辈子都要努力去获得别人的认可，至少说明这个人对自己还没信心。

人，总应该对自己有信心。

2018年1月2日

# 仁心和仁术

又是聊天聊出来的话题。

晚上在微信跟白天替我做麻醉的医生聊天，我忽然有个发现：医术高的医生往往人也好。比如有位医生，平时和朋友一起很随意，但他的微信签名却是："永远都是第一次做手术。"就这一句话已足以让我肃然起敬，从中看出他对手术的严谨认真。这位医生的医术当然是顶尖的，而平时也是很容易交到朋友的（我这里想强调的是：所谓朋友，肯定是三观一致的，否则谈不到一起）。

或许一般的患者看到的医生多数还是很严肃甚至不大肯说话的，但这可能的确是中国的国情和医疗体制下的无奈——医生的工作量太大了，压力也太大了。平常我接触到的医生（多数也都是学校的同事，尽管医科和我们在专业上相差甚远）都是很容易接近的，他们很多都是大牌专家，但成了好朋友，就会知道他们完全和普通人一样。

古人说仁心仁术，可能必得先有仁心方可修得仁术，尤其对医者，这两者几乎是绝对统一的。

当然可能不光是在医界如此。两院院士笔者也认识不少，没见过有谁端起架子耍大牌的，他们平常工作忙、没时间闲聊，这是肯定的，但没见过几个人品太差的，可以很肯定的说：人品太差也当不上院士，因为院士是投票选出来的呀。

2018年5月31日

# 小人物的大架子

昨天那篇《仁心和仁术》说到很多大牌专家和朋友打交道不端架子的时候就想补充一句：反倒是一些小人物喜欢拿腔拿调或者是出言不逊。

小人物这个概念很难界定，或者说是一个相对概念。比如相对处长而言，科员算是小人物，而处长相对省部级领导来说那就也算是小人物了。所以，当我们说小人物有大架子的时候，大致是在说他的"架子"和他的身份不大相符。而这一类情况，既会出现在"小人物"面对熟识的人的时候（例如对自己的下属或者是同事），也会出现在他们面对"外人"的时候（例如对找他办事谈事的人）。遇到这类人，如果是非打交道不可，我会尽可能让他的态度变得好起来；否则的话，就敬而远之，如果敬而不能远之，则对其视而不见。

或许，有些人是把这种态度当作直率。恰好昨天我看到一篇微信文章，说孩子在美国留学一两年后，变得单纯了：多了些直接，少了些圆滑，甚至会觉得孩子"出国留学几年后变得越来越傻了"。我也注意到有些同事从国外回来说话会很直率，但我还是认为那种直率是能够让人理解和接受的，而那些"小人物"的态度则让人难以认同。

还有一类人，是气场很强，说话天生就带着威严，甚至弄得连他的上司都会让他三分。而且我还注意到：往往一些后来成为"大人物"的人在还是"小人物"的时候脾气很大，可等到成为"大人物"了，反倒是变得更温和——当然，这时他即使温和也照样是有权威的。

2018年6月1日

# 鸡毛令箭与狐假虎威

有朋友看了昨天那篇《小人物的大架子》，给我出题，让我再写一篇"拿着鸡毛当令箭"为主题的，成一个系列。但我想想好像写不好这个题目，可能是因为平常见这类人并不多。倒是另一类与之相似的，所谓狐假虎威的人，见过不少。从本质上说，这一类人也是小人物端大架子的路数，或者说属于这个大类里面比较特殊的小类。

既然能狐假虎威，当然是背靠着大人物，这一类人想必大家见过不少。比较典型的是大人物身边的人，我倒是也有不少这样的朋友，但既能成为朋友，当然我不认为他们是狐假虎威这一类的。

所谓狐假虎威，通常都会有两面性，即谄上和欺下集于一身，正因为其谄上，以至于"上"离不开他，他才敢欺下。而"下"也拿他没啥办法，不过这样的人一旦没了"上"在背后，下场可想而知。为啥他不会利用这个为"上"服务的机会积点德呢？这个问题我回答不了。

在一个自上而下的权力架构体系里面，靠着"上"的支持多做好事，原本是题中应有之义，也只有如此，以这样的权力架构为支撑的社会才有可能良性发展。

2018年6月2日

# 太监群体和官僚群体的比较

最近听小说《大明王朝1566》，觉得里面把严嵩、高拱、徐阶、张居正这些官僚群体和吕芳、陈洪、黄锦这些太监群体都描述得入木三分。

从个体来看，所有这些官员或者太监，都不能简单地用"好"或者是"坏"来贴标签。所谓"奸相"严嵩，也并非只干祸害天下的事，百度百科给他的评语是"擅专国政达20年之久""一意媚上、窃权罔利、贪污受贿"，但我觉得身为首辅，他为大明王朝特别是嘉靖朝45年的延续肯定是有一定作用的。同样，高拱、徐阶、张居正这样的"正面人物"也并非白璧无瑕，他们同样擅长各种权谋。只不过，不管是"正面人物"还是"反面人物"，这些官僚的所作所为都是可以理解的，甚至是形格势禁之下不得不为之的。

与官僚群体相对应的是另一个同样权倾朝野的群体——皇帝身边及要害部门的太监们。这个群体和官僚群体最大的不同在于：后者在惟皇帝之命是遵的时候，还是会想着社稷苍生；而太监群体则只是一味服伺皇帝，几乎从来是不会为别的人着想的。

这些太监群里的所作所为同样也是可以理解的，我觉得这和太监这群人的特点有关：他们时刻会体会到自己是"残缺"的，这使得他们的心理必定是自卑的，他们很明白，即使他们也会身着六品四品官服，但本质上就是高级服务员（所以在皇帝面前必自称"奴才"）。所以他们不会去考虑苍生社稷，服伺好皇帝就是他们的全部工作，他们的眼界只能如此，他们的思维方式也只能如此。

2018年12月14日

# 那些活在自己世界里的人

最近观察了一些活在自己世界里的人。

比如一个从事技艺类职业的人，其技能已达中国乃至世界最高水平，但稍加观察，就会发现他说话做事基本上是不考虑别人感受的，通常可以用一个正面的词评价说此人是"真性情"。他之所以能这样，是因为他凭借自己的刻苦努力加上天赋已经在技艺上臻于完美，别的人或要向其请教技艺，或欲以结交以为荣，周围几乎全是有求于他的人，而他对别人并无所求，或者是他的需求自有人主动满足。

这类人通常自然地会有两个特点，一是不大会考虑别人的感受，因为不需要。所谓考虑别人的感受，可能是要对别人做出让步和妥协，而之所以如此，肯定是因为有求于人，为了获取，必先有所舍弃。二是不会感恩，这也是很自然的结果：既然无求于人，又何须感恩呢？

2018年5月5日

# 那些以自我为中心的人

　　昨天写了一篇《那些活在自己世界里的人》，我按照习惯赶在午夜0点之前发了，实际上却意犹未尽，还想再说几句。

　　所谓活在自己世界里的人，其实也就是以自我为中心的人，当然两者可能也会有一些差别。所谓以自我为中心，同样也是不考虑别人的感受，而且不仅如此，还希望别人都顺着自己，围着自己转。

　　那些的确不需要向人求助的人，因为周围都是顺着自己的人，所以不会有什么问题。问题在于这样的高人只是极个别，其他的人肯定都会遇到不那么顺心如意的事，这时他们要么会把一腔无名火发到让其不顺心的人身上，要么把负面情绪导向自身。两种结果都是引发冲突，前者是和周围人的冲突，后者是和自己的冲突，和自己的冲突结果可能更不好，很多心理疾病就是由此而生。

　　哦，宣导负面情绪还有一个办法，就是像我这样自己对自己说话，想说啥就写出来，再弄个公众号发出来⋯⋯

2018年5月6日

# 你怎么说，我都能理解

这些年，我们见识了不少这样的人和他们写出来的文章：每一句话都是事实，所以最后的结论看上去也很有说服力。但是学过一点逻辑学就知道：这些事实仍然是不足以支撑结论的，因为他们用的是归纳法。但逻辑学告诉我们：归纳推理分为完全归纳推理和不完全归纳推理。完全归纳推理考察了某类事物的全部对象，不完全归纳推理则仅仅考察了某类事物的部分对象。完全归纳推理的结论是可信的。不完全归纳推理又分为简单枚举归纳推理和科学归纳推理（例如中学生学过的数学归纳法就属于科学归纳推理），前面提到的"这些人"写的"这些文章"所用的，就是简单枚举归纳推理，其结论是或然而不是必然正确的。

并且，因为这些人预先设定了结论再来寻找论据，所以使用简单枚举归纳推理得出的结论几乎肯定是不能成立的。但是，他们的结论又是可以说服很多人的。

只不过，想要说服学过一点逻辑学的人，就比较困难了。

不仅在网络上可以见到这样的人写的文章，甚至在课堂上也会有这样的人站在讲台上用这样的方法去教育台下的人（不过还好，目前为止我还没看到大学老师这样做——站在大学讲台上的未必是大学老师）。

当然，我很能理解这样说话的人，他必须这样说。

只不过，希望他们不要真的以为听的人就会相信。

我有个同事喜欢半开玩笑说我总是利用他的善良欺负他，天地良心，我肯定没有这样。但我倒是会感到有些人希望利用我的善良欺骗我，这时我仍然能够理解，我会说："好吧。"或者更简单一点，说："哦。"言下之意就是：你怎么说我都能理解。

2018年7月26日

# 活在朋友圈里的人

微信朋友圈和微博的最大区别在于：看微博的人可能完全不认识发微博的人，但看朋友圈的人认识发朋友圈的人。正因为如此，所以看朋友圈的时候可能会感到一种对比（至于对比是否强烈则另说）：比如老是看见这人在朋友圈里信誓旦旦要减肥，但却并没见有啥实际动作，或者每次都在用吃饱了积蓄力量的方式为减肥做准备；又比如说老是看见那人在朋友圈写出自己的各种人生感悟，但却并不见此人平常的为人处世中有何改进。

最让人不禁莞尔的是：明明知道某人平时的真实状况是这样的，但从其所发朋友圈看到的状况却完全是另一个样子，说是在掩饰（或者表演）也行，说是在欺骗恐怕也不为过。

人生百态，在朋友圈里已经能看到不少了，只不过朋友圈看到的可能既有真实状态，又有专门在朋友圈表现的状态。

不过，我又并不觉得这种专门在朋友圈表现的状态不值得看，恰恰相反，因为这些原本是比较熟的人，所以通常是不会屏蔽他们发的朋友圈的。反倒是另外那些不怎么熟却又整天晒出自己状态的，我是选择不看其朋友圈的。

2018年10月25日

# 为什么大家热衷于网上投票

我对朋友圈拉票是有些反感的，所以我很赞赏我们学校医学部的一位老师，当时好像是一个什么十大好医生之类的评选，他在群里公开说：我声明本人不参加这个评选，也不希望大家投我的票。

不过话说回来，有时老同学在群里拉票，也还是会帮着凑个热闹的。

朋友圈投票有一个有趣的现象：群里的朋友会很关注这个投票的事，其实投票的对象也并不是提出请求的同学本人，而是他的领导之类，本身跟这些同学一毛钱关系也没有，但似乎每个人都在关注，不断地投票（有些系统是可以重复投票的，每天一次）并且报出当前的得票数。

分析一下，可能的原因有二：

一、成就感——看着得票数在不断刷新，就好像打游戏的纪录在不断刷新一样，颇有成就感。

二、参与感——这种网上投票花费的时间少，如果再能够看着得票数蹭蹭地往上冲，虽说本群贡献肯定有限，却让人觉得自己很伟大。

其实可能还有别的原因，比如说，实在是闲得无聊……

2017年6月30日

# 在什么样的人群中散步

　　微信一类的自媒体使得各类观点更容易传播，近来很多鼓励自我意识的文章传播得就很广泛。我往往会转发一些自己比较认可的文章，也会转发一些自己不那么认可的文章，并且一般都会加上几句自己的感想。

　　记得转发过一篇流传很广（也就是朋友圈转发比较多）的文章：《在懂你的人群里散步》，我觉得文章写得很不错。可是在转发另一篇题为《不要为无效社交浪费时间》的时候，我却评论说：你也可以说每天吃饭是浪费时间。其实这两篇文章的观点有些是相通的，就是说不要为那些无谓的人和事浪费时间。

　　为什么一篇文章的观点我会赞同，另一篇又不那么赞同？这其实是一个很难把握的度，不仅社交如此，任何事都是如此，究竟何为适度？可能只能是各人自己把握，就像我昨天的公众号文章标题：冷暖自知。

　　不过，似乎有些极端的情况还是可以列举出来的。比如一群恶俗的人，就没有必要成天去应酬了吧。当然了，何谓恶俗，这恐怕又没有标准了。你说人家恶俗，人家可能还嫌你恶俗呢。

　　　　　　　　　　　　　　　　　　　　　　2017年1月4日

# 一席话与十年书

下午，作为介绍人，跟着听了一位业界行尊给求教者的意见。求教者大呼过瘾，说找到行家了，我也感觉学到了很多，因为虽然平时和这位行尊接触不少，但并没有请教其专业上的事（因为我们从事的专业并不同）。

求教者也颇为得意，说自己能够找到行业顶尖的专家请教，也值得骄傲。

事情虽然不大，但细想一下里面还有不少值得说道的地方：

现在一方面是知识爆炸，一个人穷其一生甚至也不能把一个行业的知识全部学透，所以想像以前那样出一个集大成者是很难了；另一方面，知识检索工具远比过去发达，所以想知道哪方面知识，很容易可以查到，因此知识记忆已经不是一项很重要的能力了，只要知道从哪里可以获取这方面的知识就可以了。这就是今天这位求教者自鸣得意的地方：知道要找这位行尊，又知道可以通过某人找到这位行尊，这就够了。

然而，虽然说一般性的知识乃至专门性的知识都可以比较容易地检索到，但能够在短时间内把整个行业的历史脉络（包括历史人物和历史事件）理清楚、把兴衰得失讲透彻，并且是信手拈来、如数家珍，却只有行尊能做到。

2018年5月25日

# 人性、意识和灵魂

昨天有一位计算机专业的教授在我的朋友圈留言：

"人性、意识和灵魂这些都是科学界一直想说却一直解释不清的。人类对物质世界的科学研究已经已经很透彻了，但是对于灵魂世界，才刚刚开始。"

我的回复是："人性与意识灵魂完全不是同一回事，意识灵魂可以是科学研究的对象，人性不是！人性不惟人有，禽兽也有人性的一面。"

教授马上反驳我："禽兽有意识，但能说它有人性吗？怎么样定义人性，正是目前研究人工智能的困扰。"

他意犹未尽，又接着留言："人不是为自己活着。一个人活着，时刻都在受到其他人的关注，即'量子纠缠'。如果很多人同时纠缠到你，你的行为将不受自己控制，而去自觉地做出某种潜意识行为。这就是为什么很多人在一起谈论一个人，大家都很想他的时候，他会突然出现，说曹操曹操到，原来这就是量子纠缠的结果。"

好家伙！量子纠缠都出来了，不能说量子纠缠和灵魂、意识没有关系，但显然这个话题在朋友圈讨论是说不清的了。不过我还是坚持一点：我一开始就是在讨论人性，并不是意识和灵魂。我说"禽兽有人性的一面"可能并不准确，或者用"情感"这个词更妥当一些，人性的主要体现应该就是情感。我们常用"冷血动物"来形容没有人性或者没有情感，但不能说这样的人没有意识。至于灵魂，应该和意识又不是同一层面的概念了。

而关于人工智能与人性，其实已经是一个非常热门的话题，同样是没法在这里讨论了。

2017年1月31日

# 无聊才读书

陈道明写了一篇文章《无用方得从容》，在我看来，不说是矫情，至少不符合经济学原理（和直男癌类似的一种病是不是叫经济癌？），所以我随手转发的时候加了一句话：经济学认为这也是有效用的。我的意思是：所谓无用，也并非没有效用。

早上起来，看到另一位学经济学的大咖写了条评语：有闲必定无聊。

我马上想起"无聊才读书"。这正是一本微型书评集的名。又想起朱小棣兄，这些年务"正业"之余，接连写了好几本书，每本书的书名都有一个"闲"字，什么《地老天荒读书闲》《等闲识得书几卷》《闲读近乎勇》⋯⋯不一而足（如果小棣兄觉得我这是在做广告，请给点广告费）。

没时间往下写了，8点钟开始有三节课，happy hours，和学生在一起是最快乐的时光。

对，其实我真不得闲。

2017年3月15日

# 春日落叶

岭南，四季常绿。

常绿植物北方也有，松树和柏树都是常绿的。

曾经有朋友说：岭南的植物都是大一号的。的确如此，且不说北方常绿植物一般是松柏一类的针叶植物而南方多阔叶植物，就算是同科同种的植物，放到岭南也是大一号的。

常绿植物是和落叶植物相对的。落叶植物一般是在秋天落叶，留下光秃秃的树枝过冬。北方的秋冬季节给人萧瑟清冷的感觉，很大程度上就是这种枝条萧索的视觉感受所带来的。

常绿植物大规模落叶却是在春天，这比秋风扫落叶的感觉要好很多，因为随着清冷的早春北风吹过，虽然同样是黄叶满地，但举头却见绿油油的新叶已经缀满枝干，感受到的就是新陈代谢的活力而不是枯藤老树的悲凉了。尤其在岭南，伴随着地上的落叶和枝头新绿的，还有各种花也在争相开放，更让人倍感愉悦。

2017年3月21日

# 公众号上的对话

昨天那篇《春日落叶》刚发出来，就有朋友说我这篇文字显然写得匆忙，润色不够。惊讶之余很是佩服，我当时的确是匆忙了，所以文字就会显得粗浅了。

话说那篇文章其实并不全是昨天"早餐时的遐想"，而是更早两天就动笔写了。那天的白天欣赏了满地黄叶，心有感触；晚上喝了酒无聊，动手写了前面几句，文思就断了，加上酒劲上来困了，只好放下了。结果转眼就过了两天，可每天又都惦着，昨天早餐的时候觉得找到了所谓的"文眼"，就重新捡起来准备写完。可后来临时又有事要出门，只好匆匆收尾。没想到竟然被人一眼看穿。

的确，即使是这样寥寥数百字的随感，写完之后我也会再看几遍的，写的过程中也会随时回头看前面的内容，当然我是一边看一边改的。不敢说是在炼字，至少要自己读了觉得通顺。

前两天有朋友说我的文字风格要改一改，现在这个样子写出来的东西是很难流行的。可仔细想想，我写公众号其实就是只想给同道中人有空的时候看看，并不想被广为传播；甚至是全凭兴致，自娱自乐。

早些年流行写博客的时候，我就觉得没必要用博客这种方式把只和自己相关的各种私密展现给公众（微博也同理）。可在我看来微信公众号有所不同，因为我往往是根据文字主题发到不同群里，群里的人虽不全都认识，但毕竟是群友，有群主和其他群友的背书，就多了一些理解和信任。而发到朋友圈就更是只给熟悉的人看了。

也正因为如此，我也愿意和读者朋友通过公众号留言的方式互动，也仅此而已，没想被太多人关注。

2017年3月22日

# 窗帘画

想去买一副窗帘挂在办公室的窗上，看上了一款国画样式的窗帘，卷轴式的，上面是黄胄画的鸡。鸡年，这样的画正应景，我便买了回来。

每天在沙发上睡觉的时候拉下窗帘，顺便欣赏一下这只大公鸡，今天忽然发现这不是窗帘，这就是画在宣纸上的黄胄原作！可是，可是，每天这么拉上去放下来，画作早就磨得斑斑驳驳了。早知道我当初买的是黄胄的原作，当然就会挂在墙上不会当窗帘用了。现在，嗨，糟蹋了这幅画啊……

醒了，原来是中午睡得太沉，做了个梦，窗帘仍然是那副窗帘，并不是国画。

继续躺着，看着窗帘上的大公鸡，接着还在想——

是啊，窗帘和画，原本就是不同的用途。窗帘上印一幅黄胄的画，当然可以顺便用来欣赏，但它的功能毕竟是窗帘；一幅国画，虽然画家赠人的时候也会自谦是"补壁"——意思是我这画作不登大雅之堂，权当给您当墙纸糊墙吧，但当然没人真的把它当作墙纸。

现在的人喜欢说"不忘初心"，我还真不大清楚这句话究竟是啥意思，但我自己对这句话的理解是要保持逻辑一致——当初是想要一幅画，就不能到了后来又想拿这幅画当窗帘用。

2017年3月24日

# 回家和出发

又要出门远行。

每次出远门，都是早早就有了计划，却总是到了最后时刻还有些东西没收拾好——实在是因为太忙，所以很多本应提前做好准备的事情却没有时间去做，一直压到了最后的时刻。

可是一旦出了门，反而觉得时间不那么紧张了，比如在飞机上可以看很多报纸和杂志，平常却很难有时间静心看完这么多报纸杂志。甚至一些平时积压了很长时间的文稿，也是出差时在旅馆里改出来的。当然这也是因为忙完了公务我往往喜欢窝在旅馆里不动，我当然知道这错过了很多当地的美景和名胜，只能自我安慰说：能够不远千里万里到异乡来休养生息，也是一种独特的体验嘛；这更是因为出门在外，可以暂时放下繁杂的工作和各种不期而遇需要处理的琐事——我没在，这是最让人无奈却也最能让人接受的理由。

每次出远门回到家，又是另外一种感受：放下行囊，特别的轻松，尽管有一大堆待洗的衣服、有各种需要整理的资料和物品，尽管又要回到日常繁杂的工作当中……但，没关系，可以慢慢来，这就是家的感觉。

离开家去向远方的时候，是带着愉悦和向往的心情；旅行快要结束、最后一次在旅馆收拾行囊准备回家的时候，则伴随着放松和期待的感觉。过客和归人，都是我喜欢的角色，就像我喜欢的那首歌——《十二座光阴的小城》。

2017年3月31日

# 水过无痕或有痕

每次洗完碗，习惯随手将碗擦干，如果时间充裕，还要再晾干一些，才放入消毒碗柜。不过如果遇上这两天这样比较干燥的天气，可能会偷点懒，擦得不那么干，过一会儿水分自然会蒸发，也就干了。

水，真是最普通而又最神奇的物质，可以溶解其他很多种物质，所以才能够用来清洗物品。更重要的是：水过无痕，因为它能够自然蒸发。

然而水也并非完全无痕，书页一旦被水浸过，就算晾干了，也绝对不可能再恢复原状，一定是会留下痕迹的。当然，实际上书页上面留下的"水渍"并不真的是水的痕迹，而是纸张里的化学物质在水的作用下起了变化，并且这种变化不可逆，不能复原，所以说：道是无痕却有痕也。

2017年4月28日

# 读历史有什么用

　　大学的两位同学昨晚开始就在班群里争论，起因是101岁的大卫·洛克菲勒去世，他俩从洛克菲勒基金对协和医院的捐赠说到庚子赔款再说到义和团；为了论证义和团，又说到了ISIS（伊斯兰国）。两位同学一位早年就去了美国，一位一直在中国，所以意见相左并不奇怪。他们为了论证自己的观点，也搬出一些史料。而恰恰是这些史料，让我对历史生出些许怀疑，因为经常会发现各种历史记载其实是不一样乃至完全相反的。

　　于是由此生出这样的想法：读历史有用吗？但其实我这些年最喜欢读的恰好又是各种历史书和回忆历史的各种文章。我给自己的理由是：虽然这些历史描述不一定是真的，但仍然可以给人启发。就好像我们读小说看电影，那些也都不是真的。

　　又由此再想到有用和无用这个话题，前两天就讨论过这个问题（2017年3月15日《无聊才读书》），昨天那篇《公众号上的对话》发出以后又有密友留言，言语中担心我总写些无用的文字浪费时间，我却觉得，到了我这个年纪，有用和无用、怎样才是浪费时间，这些问题的答案已经要重新思考了。

　　说回那两位同学，眼下还在群里继续脸红脖子粗呢，可能有人会说这把年纪较这个劲真有意思吗，可按照上面的思路，有意思还是没意思的评价标准是不是也可以重新考虑呢？

2017年3月23日

# 历史无往不复

出门几日，行程紧凑之余，却也有更多的时间思考，或者说外出可以创造更多的思考机会：向睿智者求教、和明白人讨论，再加上各种坐车等候的时间看各种文字的时候也是在学习和思考，有些认识，一直都在脑子里，现在可能理得更清晰了。

先从《任剑涛：为现代政治秩序背书》说起，这位曾经的中大同事在这篇书评里面谈的是福山的《政治秩序的起源》第一卷，提到福山要"站在亨廷顿这个论述政治发展主题的巨人肩上，福山确定了自己论述同样主题的远为宏大的视野：从政治制度的历史起源和政治衰颓的广泛考察着眼，对人类漫长的历史进程进行重述，以展现现代政治秩序的形成过程。"

对此我有些不解，难道讨论现代政治秩序的发展历程不该从人类的历史进程入手吗？我自己恰恰认为：所有的现实都可以从历史找到影子，或者说：历史无往不复。另一方面，所有的现实都是在历史的基础上形成的，无人能够改变这一点，没有人能够跳出历史的规律而只能顺应历史规律。

2018年4月12日

# 以一家传统纸媒为标本的观察

昨天，财新网让我开设了一个专栏，虽说这是一个很大的荣誉，因为财新网的影响力是很大的，能在上面开专栏当然是一件面子上有光的事，但当财新网的老友力邀我开设专栏的时候，我第一反应是："你别给我上套。"道理很简单，首先是觉得水平不够，文字枯燥，立意又不高，写出来的东西上不了台面；其次是自己太懒，总觉得时间不够用，想休息而不得，已经被很多事情套住，所以绝不想再给自己上个套。但架不住老友好言相劝，并且说不用定期发稿，啥时候有东西发过去就行了。更重要的是：老友多年来安排寄赠《财新周刊》（准确说是从当年的《财经周刊》到《新世纪》周刊就开始了），每次新出的财新图书也都是第一时间寄过来，拿了人家的手短，这个面子抹不开呀。

就在微信上商量这个事的时候，老友感慨了一句："这年头还看纸质版杂志的真不多了。"

其实我倒是一直还有阅读纸质版的习惯，也曾经认真思考过自己为什么还是偏爱纸质版，似乎是因为读纸质版更容易快速浏览全局，一大张报纸可以一眼扫过，先看看标题，还可以快速翻看各版的内容，杂志也是一样。所以多年来，我自己订了一份当地的晚报，是晚餐读物；单位有一份当地日报和一份都市报，每天别的同事看完以后最后放到我办公室，我哪天回去办公室了就集中翻看一下。

就是这份日报成了我的观察标本。不知从什么时候开始，这份日报的电子版只能查阅最近三天的报纸，再往前就查不到了。我习惯于看到好文章就下载电子版保存，今天（2017年4月29日）看到4月25日的报纸副刊上有篇文章，上网查，报纸的官网当然是没有25日的报纸了。用文章的标题作为关键字在网上查，还能查到报纸官网上这篇文章的链接，但直接点链接也还是打不开。可是发现一个有意思的事：在360doc个人图书馆上竟然就有这篇文章，文章的作者和报纸上面文章的作者一样，文字也完全相同，但文章发表的日期是2017年1月31日。这有两者可能，一种可能是报纸直接从网上拿了这篇文章，另一种可能是文章作者投的稿。报纸的同一个版面上还有一篇钱锺书的文章，这就加深了我这样一种印象：这家报纸的副刊编辑组稿能力恐怕有点问题，因为用去世名家的文章来占用版面，总归让人觉得不如采用优质的投稿作品好。

财新这位老友一直认为：纸媒总有一天会被彻底淘汰，所以财新是很早就开始运营相对独立的财新网了，这恐怕也是他们想开设尽可能多的个人专栏的原因吧。其他纸媒应该也都有这种危机感。既然如此，为何不大大方方地把网络版经营好呢？现在很多网络版是收费的，比如有的报纸只能看当天报纸的全部版面，之前的报纸就只能看前面几版，后面的版面就要收费了。《财新周刊》的网络版文章多数也是收费的（不过免费注册的用户每期可以免费阅读5篇全文，这是个很好的办法。）当然我还是觉得免费更好，纸质版报纸其实也和免费差不多，一块钱一份的报纸，从印刷制作成本来说肯定是亏的，报纸靠的其实不是这一块钱卖报的钱，而是靠广告经营。纸质版能够如此，网络版为何不能也靠广告收入为主呢？我猜度是不是还有一层考虑：不愿让别的媒体把文章拿去发。

不管怎么说，报纸让自己的官网上看不到三天前的过刊，这似乎不是一个经营网络媒体的好主意。而另一方面，仅从刚才对这一天副刊组稿的情况来看，会让人觉得他们经营自己的纸质版内容也不是那么努力，这就更加让人看不明白了。

不过我还是发现一个可喜的现象：这家报纸有些文章的作者署名前面加上了"本报全媒体记者"的字样，而这类文章往往给人的感觉是下了功夫写出来的，只是我还没细究这些"全媒体记者"还有哪些跨媒体发稿动作。

2017年4月29日

# 何不为文

早上醒来，看了一篇长文，《朱天心·梁文道：这是一个所有人都极度自恋的世界》，标题有点哗众取宠，内容却颇深刻，粗粗看完，就转发到了朋友圈，还附上了几句话，"西方人的说法是：上帝死了。中国则爱说：几千年未有之大变局。而我越来越觉得一切都是宿命……顺便说一句，我敢打赌朋友圈有耐心读完这篇的人不超过一只手掌的手指头数"。

晚上在山里，抬头看见比昨天更圆的月亮，又想起了早上的这篇长文。

为什么早上我敢打赌没几个人有耐心读完这样的文字，因为实际上这样的阅读更多的不是领会文意，而是心理投射，我附上的那段话就是早上我阅读时的心理投射，而到了晚上，仰望明月，所思所想又不一样了……

梁文道在这篇对谈里面提到二十世纪八十年代的"文青"，我记得那时是把"爱好文学"当作笑谈的。然而，近年来却越来越觉得真正的文学大师作品中所蕴含的深刻哲学思想，我也转而"爱好文学"起来了。

2017年8月7日

# 《至爱梵高》观影碎屑

　　医嘱：看电影对青光眼不好。不过我偶尔也会不听医嘱。

　　影片叙事的角度独特，当然，独一无二的油画动画片是前所未有的。

　　所以，看电影的时候也不要习惯地性只盯着画面上活动的人物，每个画面的每个角落都值得细看，像看画那样看。

　　波兰人（为什么是波兰人？）当然还有英国人，把这部片子拍成了惊悚片、悬疑片，甚至还有那么一点打斗片的味道。

　　前面梵高巴黎生活那一段蒙太奇，正统的电影套路；后面的主体部分，显得拖沓，想把心理描绘清楚，却也还是没达到目的。

　　点睛之笔是尾声，梵高说星空神秘莫测，电影却是在说人心无法捉摸。也正是因为这个结尾，悬疑片最终成了哲理片，自杀还是他杀、加歇医生和雷内恶少谁是凶手，都不是重要的问题了。

　　于我而言，与其说想看电影，不如说是想听那首《Starry Night》，看电影前一个小时已经听了Lianna La Havas演绎的片尾曲，尽管听习惯了Don McLean的原唱，但还是很喜欢Lianna唱的，这还是在观影之前听歌的感觉，在影片结尾听，当然感觉更好。

　　观众都是在听完片尾曲才起身的，不错。

2017年12月16日

# 做不了积极好人，起码做个消极好人

这两天朋友圈刷屏的是两个影片：《至爱梵高》和《芳华》，昨晚看了前者，后者就没打算看电影了，我这眼睛其实是不宜看电影的，所以只能选择极个别的电影来看。另外一个原因是：总觉得电影其实不如小说，比如我也只是看了严歌苓的《陆犯焉识》，没看电影《归来》。

今天有人在群里转发一篇影评《芳华　一个始终不被人善待的人，最能识得善良》，并且摘出了一段话：

一个始终不被善待的人，最容易识别善良，也珍惜善良——所有的生命最终都是同一个归宿，当芳华落尽，你才会知道答案，因为你是好人，所以你安静，平和，问心无愧。刘峰是这样，何小萍也是这样。

而其他人在机关算尽，到头来，却发现不过是一场空，生命也随之在各种遗憾中终结。

善待生活和他人，你就会在熙熙攘攘的生活里安静，并且在安静里拥有不慌不忙的坚强。

关于好人，可以有不同的理解，比照以赛亚·伯林谈论自由主义时所划分的"积极自由" 和"消极自由"，我觉得好人也可以分为"积极好人"和"消极好人"，前者是多做好事，后者是起码不做坏事，不言语伤人。

所以，就这篇影评而言，我自己更同意文中引用《芝加哥论坛报》西勒·库斯特的一句话："上帝让右手成为右手，就是对右手最高的奖赏，同理，上帝让善人成为善人，也就是对善人的最高奖赏。"

类似的话，我也有说过（2016年8月6日《你要做的只是让自己安心》）："就好像同学聚会，每次大规模的同学聚会肯定需要有热心的同学花费时间精力张罗，有同学做了事会有些怨言，我则认为这些纯属自愿，出力做事的人最大的收益就是自己内心的满足感，即使会有个别同学连对同学付出时间精力的感恩之心都没有，那又何妨，自己安心，就是最大的满足。"

2017年12月17日

# 不戳穿

今晚值得一记。

原本约了一个星期的酒局，因为临时的安排不得不爽约。

另一方面，临时赴的约，虽有新朋有旧友、有相知多年有点头之交，却因为举座三观相近，故而把酒甚欢，席间诸位颇多肺腑之言。

这个暂且不表，先说标题。

这个标题颇费思量，最近看过一些文章，题目已经记不真切，大致是：不戳穿是一种善良等等。我却拿捏不准究竟如何选择"不戳穿"这个主语的谓语，于是标题就只有半句话，只有主语，没有谓语。

我曾经很直接对人说："你别在这儿耍心眼，你那点儿心思我一看就明白。"然而，现在我已经渐渐地不这么说了。那怎么说呢？啥也不说，笑笑。

一天一天接近耳顺之年，听到的各种鬼话太多，就不再去指出"你这是鬼话"——也许是人越来越懒吧，连这句话也懒得去说。

虽说早已能够察言观色、听话听音——你少顷迟疑之后说出来的话，我已经知道其中言不由衷的成分有多少；平时看着你对别人撒谎，我又怎会不加辨别地认为你对我说的每句都是真话？

　　然而，即便如此，我也不去戳穿，其中一个原因是大家都知道的，即所谓"人艰不拆"，给人家留一点颜面。还有一个更重要的原因：我自诩啥都能看明白，但真的是如此吗？这人平常说谎，但真的就不能对我一点谎都不说吗？也许我判定他在说谎，但他的确说的是真话呢？为啥就不可能是我看错了呢？如果是我错了，那么不去把这种错误的判断表达出来（所谓"不戳穿"对方），也就是给自己留了余地，减少自己犯错误的机会。这样多好。

2018年5月9日

# 不妄语

刚才看微信有两个收获，一是看到做产品策划的李克兄（从事这一行通常是很会说的）发了下面一段话：

一个人讲话太有技巧就会把每句话都说有道理。

但，越觉得有道理就越觉得不对劲，只会觉得他太能说了。

凡是太能说的道理都不值得信赖。

外延和内涵相驳斥。此乃常情。

一个人说的越多，往往越不了解实质。

真正了解实质就会对事物心存敬畏，未敢妄言，也明白言语是误会的根源。

上面完全是原文照录，连标点符号都照录，虽然这里面有些话我也不完全明白，但觉得这些话的确很有道理："越觉得有道理就越觉得不对劲，只会觉得他太能说了。"还有："一个人说的越多，往往越不了解实质。真正了解实质就会对事物心存敬畏，未敢妄言，也明白言语是误会的根源。"

第二个收获复杂一点，是公众号"四季书评"上的《话多的女人——格丽特·杜拉斯》，这篇内容比较长，也不那么容易懂，在几分钟的时间里面看完，我总结其核心要义是：语言始终是无法准确表达意思的。

于是就想到了这篇小文的标题：不妄语。

2018年5月10日

# 猜到结果了也别说

预测到了事情的发展，或者说猜到了结果，也是可以不说的。说出你的预测会至少会有两点不好：一是人家说你乌鸦嘴——本来没事的，让你一说就成了这个结果；二是会出现自我验证的效果——被你预测的当事人会产生心理暗示，朝着你预测的方向发展，或者是破罐子破摔：你都认为我会这样，那我就这样啰。

所以，宁可不要人说你"料事如神"，也不必去把预测结果说出来。

没头没脑先说了这么一段，是因为我的确经常能猜到结果或者说预测准确。而之所以能够预测准确，真不是瞎猜，而是根据历史经验，或者说是用归纳法进行逻辑推理的结果：一旦你走了这条路，有些事情是一定会遇到的；遇到这样的事情，历史上的结果基本上都是相同的。

2018年5月23日

# 盛极而衰和否极泰来

夏日早上的泳池，总共5条窄窄的泳道，每条都有人，有的还不止一个人。在我们这些老泳客来看，这就是很多人了，以至于有人早上来了嫌人多，在大堂坐40分钟等人少了再下水。

我犹豫片刻，还是下了水。我心里想的是：水里的人总要上岸的，现在这么多人，正说明至少有些人已经游了一阵，可能已经接近尾声。果然，我游了一组（两个来回），就有泳道空出来了，等我游完6组，竟然就只剩我一个人，等到我游完上岸的时候，泳池已经是空的了。

盛极而衰，在泳池的时候脑子里就冒出了这个词，并且挥之不去。人最多的时候，也就是要开始散去的时候。世间万物莫不如此，人生当然也如此。我大约是过了45岁的时候就已经明白：我各方面的巅峰时期已经过去，后面就是走下坡路了。

游泳的时候我都是两个来回一组，每组正好是蛙爬仰蝶四种泳姿一个轮回，这样容易计数。

一般在第三组游完的时候会达到运动极限，突破了这个极限以后，会在第五组经历第二个极限，过了这个极限，后面基本上就很轻松了。不过因为时间有限，一般是游完六组就结束，有时间的时候会多游几组，游八组九组和游六组的感觉是差不多的。

　　当心里想着总共游六组的时候，第四组就是很关键的一组，除了因为这时已经过了第一个运动极限，还因为这是一个重要的转折点：游完三组是过半，游完四组则是完成了三分之二，那就是大半了（一般投票要求达到多数票的时候都是以三分之二为界限的）。所以心理上的变化总是这样的：第一组游完，这时其实还没进入有氧运动状态，所以还不觉得累，一下子就完成了一组；第二组游完，OK，三分之一的任务已经完成；第三组，运动极限来临，心里想的是，游完这一组就完成了一半的任务；第四组，大半完成；第五组游完，哦，还剩最后一组了，这时可能是第二次极限来临的时候，顶过去，游完第六组，完成任务！

　　和盛极而衰同样道理的是：否极泰来。完成任务的时候先不去想还有那么多任务等着去完成，先想着做完一组就少一组。等到任务过半，就可以想着做完一组就更进一步接近终点……直到任务完成。

　　股市有谚云：利空出尽就是利好，利好出尽就是利空。道理也是和盛极而衰否极泰来一样的。

2016年7月5日

# 天意

　　虽说我能够理解很多大科学家会相信有上帝存在（他们把科学尚未能揭示的秘密都交给上帝来解释），但我自己还是一直不信神，直到今天接连发生了两件小事——

　　早上，一不小心随手把漱口杯碰落到地上，摔成满地的玻璃渣。我倒不会为一大早触到这样的霉头而沮丧，甚至常常会觉得遇到这样的倒霉事并不一定就是坏事，至少可以把洗手间扫一扫。拿来扫帚认真地把洗手间地面细细地扫了一遍，结果找到了以前遗失的眼镜上的小螺丝。

　　这种所谓的坏事变好事原本不值一提，可是接着又是一件——

　　经过收费站交完费，不小心把钱和票都掉落在座椅旁边的缝里，不得不等停车以后伸手去座椅下面摸索，结果除了钱和票，还摸出了办公室的钥匙！昨天就发现办公室钥匙不见了，以为是放在家里没拿，正想着今天回家找。如果不是去座椅下面捡钱，这钥匙就不知啥时候才能找到了！

2017年5月4日

# 每一个灾难都可能是好事

　　早上打开水龙头接水。由于山里经常停水，所以我会常备一桶水以应不时之需。放水的时候已经提醒自己过两分钟就要过来关水，但一走出洗手间去做别的事，就把这事忘了。也就过了几分钟，猛然想起，赶紧回到洗手间，果然水已经漫出来，满地都是，水面还漂浮着一些灰尘，这应该是在卫生间角落平时清扫不到的，被水一泡，全都冲出来了。

　　挺好，正好把洗手间清扫一下，刚才赶回洗手间的时候已经顺手把拖布拿过来了。

　　这样的事时不时都会有：有时把水杯碰翻在办公桌上，就有了重新整理办公桌的机会；有时一件衣服找不到，就有了彻底清理衣柜的机会……每一次灾难其实都可能转化为一次很好的机会。

　　这样的认知智慧古人早就有了，所谓"塞翁失马，焉知非福""失之东隅，收之桑榆"是也。

2018年4月24日

# 感恩是修行

前些天几位同事一起聊到现在的学生很多不懂得感恩。

我自己并不太在意学生是否感恩，因为我一直认为感恩是感念者自己的修行，进而也可认为感恩本身对感念者而言是一种福报。当然了，对于被感念者来说，这肯定也是一件令人愉悦的事。

所以，如果遇到有的学生少了一点感恩之心，我只会替他惋惜，惋惜他自己少了福报。当然，如果说这时会心存一点私念，那就是希望他不要对别人说是我的学生，怕别人认为是我没把他教好。

我自己则经常会想念过去的岁月里给过我帮助的人，特别是那些在重要的节点上改变了我一生道路的人。有一次我跟单位同事一个个数我要感谢哪些同事，他甚至有些诧异："你怎么有那么多人要感谢？"我说："因为的确有那么多人帮过我啊！"

不过另一方面，我又认为帮助了别人并不值得挂齿，这一点我早就在另一篇小文里面写过（《你要做的只是让自己安心》）。

2018年4月27日

# 助人悦己，何乐不为

　　记得不止在一篇小文里面提到过：我永远感激帮助过我的人（例如前几天写的《感恩是修行》）。

　　另一方面，时不时也会有别人需要帮助，并且多数时候求助者自认为是不情之请。只要能帮，我总是会去帮，并且常常是帮完就忘，过的时间稍长一些真的是一点都记不起来。记得我离开一个短暂工作过的单位时，和一位同事聊起来，我随口说："我在这里工作帮过哪些人，我其实都不记得了。"这位同事也会说话，这么回答我："您说哪些人您没有帮过吧？"我当然知道这么说会有些夸张，一个单位四十几号员工，时间又不长，我不可能全都给过具体的帮助，但我相信：只要是找我，我都尽自己所能提供了各种帮助。

　　这些帮助，有些原本就是我的工作职责，有些是举手之劳，有些是假借他人之手，而往往这位应我之请提供帮助的人，要么是我曾经帮过，要么是从这次帮人的过程中自己也能获益（比如新结识一位朋友，而这位朋友将来不知哪一天可能就能帮到自己）。

　　所以这个过程是一个很能让人愉悦的过程——所有的人都有所得益，何乐不为？

2018年5月11日

# 青山依旧在

从昨天到今天微信上面都有很多关于黄仁宇先生的文章，因为6月25日是他的百岁冥诞。

今天稍微有空的时候看了一篇关于他的文章《青山依旧在——再读黄仁宇与〈万历十五年〉》，文章的主要内容却不是谈他的《万历十五年》，而是谈他的回忆录《黄河青山》。

作为回忆录，黄仁宇先生在《黄河青山》里面谈的都是他自己一辈子一个接着一个的失败。

黄仁宇先生这么写回忆录，为的是阐释他的历史观，毕竟，他的主要工作是研究历史。

不过，我也一直想，如果我有机会写回忆录，我会写两方面的事，一个方面，和黄仁宇先生一样，写我自己一个接着一个的失败，只是和他不一样：我并不是为了要解释什么历史观，只是如实记录我的失败而已；另一个方面，我会写那些帮助过我的人，我曾经在《感恩是修行》里面写过、有太多的人要感谢。

回忆录的标题用今天看到的文章标题就很好——《青山依旧在》。

2018年6月26日

# 雨水遮掩了你挖的坑（诗并序）

独自旅行的时候，最容易静思遐想。

而随着年纪渐长，想到的越来越多是感恩，既感谢帮助过自己的所有人，也感谢自己选择了和正确的人共事交友。这些已经在好几篇小文提过，例如前不久写的《感恩是修行》。

不过以前我似乎很少提到，我也非常感谢那些为难我的人，因为这些为难往往最后变成了好事——或者是阻止我走一条不那么好的路，或者促使我走上了另一条很好的路。

是为序。

仰望白云，仰望蓝天，仰望星空；

俯瞰大地，俯瞰山谷，俯瞰花丛。

多和宽容的人相处，你也会更加宽容，

和恶龙对视久了，你也会变成恶龙。

莫管车外暴雨倾盆，车内静听雨打顶篷。

雨水淹没了前路，也遮掩了你挖的坑，

那又何妨，原本就没想往前冲。

另外的路上风景正好，同行的伙伴满面笑容，

相扶相帮，心情放松，

积极乐观，共同成功。

2018年7月16日

# 感谢你这样为难我

《雨水遮掩了你挖的坑（诗并序）》一文中其实已经表明了今天这篇文章标题的意思。但今天有同事在微信聊天的时候说："你太谨慎。"于是我还想把这个话题拿出来再说两句。

同事说我太谨慎，是因为我不肯在两人微信聊天的时候说别人的坏话。

其实我真不是谨慎，真的就是觉得没啥"坏话"要说。

《增广贤文》里面早就有教诲："静坐常思己过，闲谈莫议他非。"而我则觉得：不是"莫议"，真的是没啥是非可议。司马懿说："臣一路走来，没有敌人，看见的只是师长与朋友"。我认为他并非矫情，而是真心这样认为——你想想看，一个人挡在你前面，逼着你去走一条康庄大道，这样的人你称之为师长也好，朋友也罢，肯定是不能称之为敌人的。

不仅人如此，事亦如此。

（写于今天开车追尾之后）

2018年9月1日

# 被利用的善良

同事老刘喜欢说："你们又利用我的善良。"

老刘手上资源多，同事有事找他帮忙，他一般都会出手相帮，但同时也会发出这样的喟叹。

我能够理解老刘的无奈。好多年前，为了单位的事，我请他帮我找人。虽说是单位的事，但因为领导交给我办，所以我也就认为办事所欠的人情是我个人所欠。记得老刘当时有些为难："我都欠了人家好几个人情了。"我一听就明白了——都是过往他帮同事找了人，却没人去还情。后来的结果是：我替老刘把欠的人情还上了，同时把找的这位变成了我的朋友，一直保持着联系，这在我来说是常态——只要对方是可交的朋友，求人办事的结果通常都是对方成了我长久的朋友。当然，所谓人情在我这里是不会欠的了，我从来是用感恩的心态看待"人情"，宁可我多付出，不愿我欠别人。

不过我也有感到为难的时候——如何面对那些利用善良的人？一般来说，面对求助，我总是能帮则帮的，从个人角度来说，我不觉得多付出是什么损失。但如果从公共利益角度来看，是不是应该鼓励那些明摆着是在利用你善良的人，我一时还没找到答案。

2019年2月16日

# 变换一下视角

　　平时去到一个陌生地方，我总喜欢一个人闲逛，并且不设定目的地，走到哪里算哪里。或着是虽有目的地，但沿路遇到感兴趣的就会去看看，并不急着赶到目的地。而且还喜欢随便找个地方坐下，最好的地方往往是寺庙的台阶上，或着是广场的台阶上。这些地方人来人往，当我坐下时，看他们的视角和平常平视是不一样的，究竟有怎样的不同，也没有深究过，反正觉得这样的视角会比较有趣。这样坐下来看周边还有一个不同之处是：视点是固定的，而不是处于边走边看的移动状态。当然，边走边看本身就是一种观景的方式，乃至中国园林在布景的时候也很注意考虑边走边看的效果，即追求所谓"移步换景"。但我觉得坐下来，将视角放低，同样也能达到换景的效果。如果说移步换景是由水平移动产生的效果，那么坐下则是竖直移动的结果，而这种效果常常被人忽视。

　　在待人接物时，我们常常被告诫要换位思考，这和变换视角的道理是一样的。其实还不应局限于换位思考，如果说换位思考是一种水平移动，那么还可以有另外维度的移动，例如变换一下观察问题的时间点，考虑一下观察对象所处的时代或者是时点，再通过观察得到的结论也可能会不一样；还可考虑一下观察对象所处的环境，即所谓设身处地，这时也可能会得到不同的结果。

2015年6月8日

# 为啥要回头望

朋友圈里有人转发了一篇严加安院士的演讲稿《数学如诗，境界为上》，大约是严院士演讲一开始就提到王国维《人间词话》所说的三重境界，我这位朋友在转发的时候加了自己的一段评论："至今不理解王国维的最高境界为啥要蓦然回首？面对无限未知，望尽天涯路已经是最高境界了，咋还要回头望一望？"

这句话让我来了兴致。之前的确没去想过为啥王国维要把"蓦然回首"当作第三重境界（王国维的原文是："古今之成大事业、大学问者，必经过三种之境界：'昨夜西风凋碧树。独上高楼，望尽天涯路。'此第一境也。'衣带渐宽终不悔，为伊消得人憔悴。'此第二境也。'众里寻他千百度，蓦然回首，那人却在，灯火阑珊处。'此第三境也。"），但我对"回头望"却一直别有心得。

我们应该都有这样的经验：如果要把一段路走一个来回，会发现同样的景物，去的时候看到的和回的时候看到的通常是不一样的。正因为如此，如果第一次走的是陌生路，为了记住回来的路，我常常会在关键节点回头看一下，记住所看到的景物，这样回来的时候就能够有印象，不至于走错路。

有时候是去旅游，那么经常是不走回头路的，走过去就

不再返回，这时我也喜欢回头看看和拍些照片，道理同样如此
（与此类似的还有：我喜欢坐下来看看风景，因为坐下的视角
和站着是不一样的，同时坐着还能360度周围都看看，边走边
看就不宜这样东张西望了。为此我还写过一篇短文《变换一下
视角》）。

所以，且不说"蓦然回首"的境界是不是就比"望尽天
涯路"要高两重，至少，"蓦然回首"能看到的风景的确是在
"望尽天涯路"的时候也可能看不到的。

2018年12月23日

# 浴室门后的浴袍

开会要求必须统一住宿，于是入住了本地这家多年未住过的酒店。这家酒店以前一直是四星，但设施并不比五星差。一间商务套房，作为会议期间的休息和工作室，很舒适。

在房间喜欢尽量穿得轻松，所以晚饭后回到房间就找浴袍，却发现衣柜里面并没有挂浴袍，有些失望，不知是不是会议为了节约成本和酒店商量这样的。

后来忽然想到：浴袍会不会挂在浴室了，去浴室的门后看，果然如此，而且还挂了两件——标准的配置，并未因为会议代表都是单人入住就只挂一件。

在不起眼的地方发现点什么，这是我经常会做的。比如看一座雕像，或者是看一块碑，我通常都不会只看正面，一定会绕到背面侧面都看看。

有一个学生，个个老师都烦他，恨不得赶他回家，我说让他来跟我聊聊，结果发现这学生其实挺爱思考，而且很冷静，只是有些"轴"，一件事情一定坚持到底，我换一种方式引导一下，他也就不那么让人觉得烦了。

早些天写过一篇《嗔恨和慈悲是相对的》，说到"所谓慈悲，实则宽容看待一切"，而要做到宽容看待一切，就得要能够看到人和事的方方面面而不是只看到一面。

2018年1月22日

# 冬日暖阳下

冬至日，广州阳光灿烂，气温升到了二十七八度，喝着黑咖啡吃着黑蒜，晒着太阳看着书，十分惬意。

但当有朋友在微信里赞叹这样的冬至日暖阳时，我却想到了一句广州谚语："干冬湿年"。这是广州人的经验，如果冬至这天出太阳，过年的时候十有八九是阴雨天。

这样的思维在我似乎已是定式，筹划一件事情的时候，我往往会考虑到最坏的结果，然后继续推演——如果出现这样的最坏结果应该怎样处置。

当然，反过来，当处境困难的时候，我倒是经常会想象一下成功后的场景。

走到外面看见一块纪念碑，看完正面我一定会看一下反面，往往会有不一样的发现。平常看人看事，也都是如此，不喜欢的人，我会想想他有啥优点可以学。

2018年12月22日

# 该来的，总也躲不过

最近连续三年，我都会在元旦过后染上一场严重的流感，咳得撕心裂肺死去活来，而且还会拖延很长时间，弄得自己会以为这病根本好不了啦。今年是第四年，心想这个规律恐怕还是逃不过吧。没想到还好，过完元旦一直好好的。

可是等到一月份快过完的时候，忽然觉得嗓子痒，咳嗽。以过往的经验，这种上呼吸道感染会逐步往下：喉咙、气管、支气管，最后如果能够不感染肺部，那就算万幸了。

既来之则安之，我按照自己通常的套路，不吃任何感冒药、抗病毒药、抗生素药，并且还照样边咳边在室外泳池游泳（挑没人的时候，不会传染别人，况且泳池的水原本是能杀菌的）。游泳的时候剧烈呼吸，就不会咳，游完起来用热水泡透驱寒，咳嗽也会减轻。这么过了两三天，咳嗽没有加重，反倒彻底好了。

没想到的是：今天一早起来，觉得腰背有些酸痛。开始还以为是昨晚整理书稿睡晚了，后来发现是我自己那种典型的感冒症状，逐步觉得全身肌肉酸痛。中午有同事约了喝茶，还是去了，吃得很少，饥饿也是一种治疗，所以每病一次会瘦几公斤，不是坏事。

下午症状越来越重，这种时候就不能硬扛着下水游泳了，只让自己发了一身汗，然后睡了一觉，醒来又接着再发一身汗。

问题在于，今天是元宵节，我现在是尽量少发贺节信息避免打扰别人，但礼尚往来还是需要的啊，所以干脆动手写这篇短文说明一下，有请各位朋友见谅了。

越老越会有宿命感，该来的总会要来，所以也就很坦然了。

顺祝朋友们元宵节快乐！

2019年2月19日

# 被迫与自愿

　　早餐的主食通常是全麦面包片，吃面包的时候喜欢在上面放些姜片和大蒜，估计这种中西合璧的口味很少见。其实这并不完全是因为口味和喜好，有段时间长期咳嗽不好，看到有个偏方说生姜大蒜能治咳嗽，于是就在早餐吃面包的时候放上了生姜和大蒜，最后就成了一种习惯。

　　前几天早上土耳其发生未遂政变，有人找出诺贝尔文学奖得主、土耳其作家帕穆克的一句话："政治不是我们热切为自己做出的选择，而是我们被迫接受的不幸事故"。

　　由此想到被迫和自愿这一对相反的概念，其实很多时候究竟是自愿还是被迫是很难区分的，或者说自愿中可能有被迫，而被迫可能也是自愿。

　　比如说，现代婚姻一般都是自愿的选择，可一旦选择了伴侣，在漫长的婚姻生活中，必然有很多事并非自愿，而是妥协的结果，而所谓妥协，其实质就包含了被迫的因素，即所谓"嫁鸡随鸡，嫁狗随狗"。反过来，被迫的事情可能会转变成自愿，小到面包配生姜大蒜，开始是因为生病时的被迫选择，到后来却成了自愿；大到著名的斯德哥尔摩综合征，被强迫的人质最后却自愿帮助罪犯。

　　日常生活中，这样的例子可以说比比皆是，处理好了，心境也就好了。

2016年7月19日

# 接受 or 不接受，完美 vs 不完美

看到一个小视频，主题是接受伴侣的不完美。这是一个经久不衰的话题，总的原则肯定是没错的，再加上这个视频所讲述的故事，自然令人感动，乃至会在感动的基础上无条件地赞同这个观点。

不过，正如我在《建构何时完成》那篇小文里面提出的主要观点一样，任何事情都没有一个绝对的标准。接受不完美，这个不完美是一个怎样的程度？5%的不完美，还是95%的不完美。或许你会说：到了95%的不完美，那就已经不是不完美了吧，那差不多是完全不美了，所以也就不存在接受的问题了。

那么究竟到怎样程度的不完美才能接受呢？45%还是55%？恐怕仍然是没有唯一答案的。不过这个视频所附的文字最后倒是有这样一句话："不幸的婚姻，自身有没有原因……"这句话后面隐含的意思是，在讨论接受对方的不完美之前，先得看看你自己有多少不完美，更进一步说：对方能否接受你的不完美。

早些时候我向老校长请教的时候，他说过理解经济学最重要的一条原理是"等价交换"，你在想要获取的时候，先要看看你自己有怎样的支付能力。

　　我不认为这是市侩，我认为这是一种正确的人生哲学，或者说是一种对人生有益的经济学思维方式。而前面反复抠百分比的细节，则是理工科乃至科学的思维方式，同样是一种有益的思维方式。

2018年7月24日

# "山竹"面前的渺小人类

台风"山竹"要来了，星期六晚上已经发布了"三停"公告，菜场超市人头涌动……尤其是卖面包的货架，基本上是空的，路边那么多糕饼店，面包也卖光了。

大家严阵以待，星期天上午的校园里面已经几乎没人走在路上了，只有被风吹落地的满地枯枝；楼下的商铺在门口用高高的木板围成了一个密闭的围栏用于挡风；朋友圈晒出了各种糊窗户的纸条图案。因为不知道这台风的威力究竟有多大，所以大家都按最严重的情况来防卫。

星期天中午时分，广州已经开始下雨，但风并不大。可是朋友圈就热闹了，特别是香港的朋友，发出各种视频，狂风暴雨，声音恐怖，还有高楼明显晃动的、人被风吹倒在地爬不起来的……

所有这些，都在提醒人类在超强飓风面前的渺小。

还不仅如此，最让人悲哀的是：我们不仅不知道这风会持续多久，甚至也不知道风会吹向哪里。星期天早上已经有人发出最新台风登陆地点修正：中央气象台将台风"山竹"预测登陆地点由广东省阳江市东调至珠海市金湾区荷包岛，本地区距离原预测登陆地点距离170公里，距离修正后登陆地点距离65公里，相对于原预测地点东移126公里。

广东西南角的湛江到东部的汕头，直线距离是690公里，这差不多也是广东迎面对着台风的截面长度。偏离170公里，就是这个长度的四分之一了。

这是早上发布的消息，现在中午了，仍然还是不能确切知道"山竹"会在哪个地点登陆（虽说这个大家伙的体量已经可以完全覆盖广东全境，但还是需要知道台风中心的登陆地点啊。

渺小如我，唯一能做的也就是在家里码码字了。

2018年9月16日

# 台风吹倒的那些大树

原本只是有感而发了个朋友圈，却有朋友要求我写在公众号里面，也只好遵命了。

昨天正面吹袭广东的台风"山竹"把许多大树吹倒。而从这些倒地的大树根部看，它们应该都是长成大树以后才移栽过来的。

这个知识是做园林绿化的朋友教我的：植物根系有直根系和须根系两种，直根系植物有一条明显的主根，主根扎进

　　地里很深，不容易被拔出来。大树移栽的时候，主根被截断
（否则一是主根无法拔出；二是即使拔出，重新栽种的时候也
无法挖那么深的坑把主根再埋进去）。而截断了的主根是无法
再生的，只有侧根能够再生，但侧根的抓附力难以抵御大风吹
袭，于是就只能被山竹这样的强台风吹倒了。这些情况从上面
这些倒伏的大树根部情况也都能看出来。

　　原本我发这些是希望可以给前些年的移栽大树热降降
温，但有聪明的学生留言：企业是否也是这样？

　　我明白这位学生的意思，进一步答复他：人也是这样，
根深才能叶茂。

　　现在很多事情都希望速成，带来的后果大家都看到，无
须多说。

2018年9月17日

# 小林比老树，哪儿不一样

先是在昨天别人发的小林漫画下面留言，想弄清楚小林的画和老树的画究竟有啥区别，得到的回答是："老树年长，小林年轻。"我说："这是原因，我是想知道呈现出来了的结果差异在哪儿。"

我是觉得二者漫画（包括老树的配的打油诗和小林配的短句）有些不同，但却说不出哪里不同。

今天又转发了一篇小林的《这14个人生"歪理"，不服不行！》，继续追问这个问题，除了仍然有人用两人年龄不同历练不同来作答外，终于有两位朋友明白了我的意思，给出了各自的答案——

一位说："围棋里说宁丢十子不丢一势，可能就是小林和老树的区别。"

不能不说这个回答的确很妙。原本老树和小林就只是十分微妙的区别，我也说不出来，所以这位年轻的朋友能够用围棋取势和吃子来作对比，的确有几分精妙。

另一位比我还年长一些的朋友说得也很有哲理——因为我一直追问，不能只说"因"，要比较"果"的差别，她最后说："果不是因人而异的吗？"

这又是一个很聪敏的回答——是啊，漫画呈现出来的其

实还不是最后的"果"，读者读画之后的感悟才算是最后的"果"，所以"果"当然就是因人而异了。

恰好，昨天的羊城晚报上面就有一幅老树的漫画——

这幅画配的诗是："红尘多可笑，到处在胡闹。移床悬崖间，好好睡一觉。"

有点可惜，这幅画和诗不大像平时老树的风格，在我看来，平时他的画和话透着几分无厘头，又有几分大实话。须知：很多幽默原本就来自大实话。

或许这就正是老树和小林的些微差异之处：年纪越大，就越不想语出惊人，想到哪儿就说到哪儿，说出来的就都是些大实话了。

2018年10月5日

# 认真调侃 vs 调侃认真

早上看到朋友圈有人发了一篇《窦唯49岁："谢谢，再见。"》，早餐的时候就边听里面的歌边翻看文字，一边想着一个命题：摇滚是一种生活态度。

进而想：摇滚不仅是"一种"生活态度，而且可以是"各种"生活态度，这就跟摇滚乐本身都没有一个准确定义一样，每一位在摇滚乐史上留下了一个烙印的乐手或者是乐队，其实都给摇滚乐做了一个自己的定义或者说诠释。

吃完早餐去洗手间，继续看朋友圈，看到一篇关于建筑师王澍的文章，闲着没事，留了一段言。这位王澍，是一个我行我素的人物，或许也可用"摇滚式的人物"来形容。

8点半在学校有会议，于是早早出门，等电梯的时候又发现光头群里有人毫无征兆地退群，却留了一段很客气甚至很动情的话。这个群里的光头原本就是一些个性明显的人，所以多年群友突然退群都不会在群里引发一丝涟漪，于是我又想到了摇滚。

……

一天过去，晚上看到有人转发某位前任副部长的观点，我对此观点的兴趣还不如对自己直觉的兴趣——果然没错，我不用点开看正文，就准确地猜到了这是谁在发声，不由得为自己的直觉点了一百个赞。

把这篇文章连同自己的直觉转发出去，引发一番"这是谁的校友"的调侃——副部长拿过两个博士学位，经济学博士学位在复旦拿的，工学博士学位在同济拿的。

从早到晚转了一圈，惊异地发现从同济回到了同济——早上我在那篇讨论王澍的帖子后面留的言是："这里提到了王澍的硕导齐康先生，没提他在同济的博导卢济威先生，不公平。卢是齐的学生辈，齐52年开始在南工任教，卢55年进南工。"

没想到发帖的人很认真，从上午到下午就不断在微信里面继续私聊，不过探讨到最后我习惯性地加了一些调侃在里面，但实际上我的态度却是认真的。相比之下，晚上讨论副部长那篇观点，我和校友相互辩驳，却是看上去很认真，实际上却是在调侃认真。

2018年10月16日

# 蚊子、婴儿与生育

一边吃早餐一边随意浏览：男子因为婴儿在地铁上哭闹而对着婴儿车里的婴儿怒吼，第一例输入性寨卡病毒患者在我国出现，还有早些时候报纸上关于人口政策的分析文章……

一贯有胡思乱想习惯的我，在脑子里把这些不相干的消息扯到了一起——

婴儿的哭闹是无法控制的，相对而言，控制蚊子更难一些，因为蚊子会飞，且繁殖能力超强。正因为如此，明知蚊子能够传播各种疾病，人类却始终无法彻底消灭蚊子。面对寨卡病毒的传播危险，最新的消息是国际原子能机构准备在病毒传播最厉害的巴西投放经过放射线绝育的蚊子，用这种办法来减少蚊子的繁殖——计划生育政策用到了蚊子身上……

那篇关于人口政策的文章是2015年记者采访《大国空巢》的作者易富贤先生的，易先生认为鼓励生育比限制生育更难实现，他的结论是：面对人类历史上史无前例的老龄化，只有将人口视为财富而不是负担之后，中国才可能出台一些有利生育的政策，但是探索的过程将是漫长的。

当然，易先生的本意应该是劳动人口才是财富，或者说人口只有在劳动的时候才能创造新的财富。而且，更准确地说：应该是受过良好教育的劳动人口才具有更高的价值。当然，我一直不认为教育等同于学校教育。人一生都要接受教育，而学校教育只是终身教育的很少一部分内容，每个人每时每刻都在从身边发生的各种事情中接受教育，只有家庭教育、社会教育和学校教育形成合力，才能收到最好的教育成效。

2016年2月12日

# 关于阿尔法狗，我的一些看法

这两天，著名的阿
尔法狗化名Master在各
大围棋网站见佛杀佛，
所向披靡，到今晚为止
已经以60:0赢了诸多世
界顶级高手。一时评论
迭出，针对这些评论，
我也想说说看法。

有朋友设问：计算机是怎么克服指数爆炸障碍的？这个算
法的关键又是什么？

对此，我的理解是，阿尔法狗是穷尽各种局面（包括
不同大小范围的局部直至整个盘面），而不是穷尽所有可能
性，这样就不存在指数爆炸了。这些局面是它（及其背后的
编程者）从过往的高手对局中总结出来的，并且通过它和高
手的实战对局来不断补充。尽管自古以来名家对局留下的棋
谱浩如烟海，但比起361的阶乘这个巨大数字来说还是要小得
多。

另有朋友云：普通人认为是亏的，违棋理的，阿尔法狗
就那样下了，赢了。

　　我则认为：这种情况在过去人类对弈也是有的落子。一是骗着和欺着，职业对业余时常见，明摆着不合棋理，面对职业棋手出此欺着或骗着肯定要被严惩，但业余棋手识别不出，或者识别出了也无力反击，那就只能吃亏了；二是无理棋，也是出现在高手特别是力战型高手的棋里，有强大的扭杀力量或者是乱战功夫做后盾，就能乱打乱发财，你奈我何？所以，从一般性的原理来说，也不能说阿法狗就是违背了常理，它仍然遵从的是强者对弱智的普遍道理。

　　有篇文章提到：Master在与金志锡的比赛中下出"妖刀定式"新变化，这是个职业棋手想都不敢想的新棋法。

　　对此我的评论是：AI在妖刀定式走出变着并不奇怪——越复杂的定式越适合计算机，因为定式越复杂，变化就越多，就越适合计算机的"思维"。

　　所以，仅从以上这几点，我认为计算机的强大仍然还是体现在计算能力上，其所谓创新也是基于这个能力，还并没有产生超越人类思维模式的创新。究其原因，仍然在于：计算机程序是人写的。

　　（题图是今晚Master和古力的一局棋，这种盘面形状在人类对局中几乎是不会出现的，这就是一种"机器"结局吧？）

2017年1月5日

## 平安做人　规矩做事
### ——亲历代驾说规则意识

晚上和友人聚餐，喝了几盅，结束的时候我叫了代驾，我现在一般用滴滴代驾。

很快有司机接单，随后电话打进来。我先跟他商量：能不能帮我再找一位一起过来，因为还有一位朋友开了车，需要代驾。他先说他离我比较远（我从地图上也能看到他的位置，大约有三四公里），需要十几分钟，我说没问题，我们可以等，你叫个朋友一起过来吧。

他说现在下雨，叫个人过来的话，肯定要加些费用的。我说这个可以商量，你先过来吧。他说我过来也很麻烦……我已经明白了他的意思，直接问他：那你做不做这单？他也很直截了当：你取消吧。当然，我的回答是：要取消你取消，怎么我来取消呢？

等他取消了订单，我另叫了一位司机，仍然还是请他再找一位一起过来。他很认真，问说：我是帮你代叫一位，还是另外找一位。我知道他说的代叫是他在滴滴出行平台上帮我代叫一位司机。我说具体怎样你定，反正帮我找一位司机就行了。

过了一会儿，两位司机来了。站在外面，我问清楚前面一位是我叫的滴滴代驾，后面一位自己声明是e代驾的。我说：没问题，你帮我朋友开车，如果你不放心，可以找这位滴滴司机，让他代为支付，然后滴滴司机可以找我，我如数照付。

没想到这位e代驾司机却担心起来：你朋友会不付钱吗？我说：当然不会，我这样说只是怕你担心，因为这位滴滴司机是我在滴滴出行平台叫的，我跑不掉，你是临时来的，我这样是给你多一层保障。他仍然还是不停地问，我说：这样吧，你估计要多少钱？他说怎么也得60块钱。其实我知道这段路很短，不超过5公里，并不需要那么贵，但也不想和他计较，就说：如果你担心，我就先给你60元。他又支支吾吾。我说：行了，你去开车吧，我朋友肯定不会不给你钱的。

等到我的车上了路，我和司机聊，才知道刚才这位e代驾司机是他到了我附近刚找的，但也认识。他进而告诉我：酒楼集中的地方很多戴着工牌的司机是在做私单，但我不愿做，我接到当面找我的单也会上报平台，这样稳妥。

这就体现了两种不同风格，一种是找机会就钻空子多赚钱；一种是稳妥做事，当然这样相比做私单赚的钱会少一些。做私单一是不用付给平台提成；二是还可以找客人要高价。比如刚才那位e代驾的司机，60块钱起码比平台价格多了50%，因为我这边后来的结算价格只有58元，其中起步价38元（含10公里），超起步8.64公里是20元。这还是司机绕了远路（他倒不是故意的，他选择的路线是一条快速路，这样走少了很多红绿灯，反而会快一些，所以我也就无所谓）。

我除了用微信支付了58元代驾费，还给了司机现金当小费，他希望我给他五星评价，我也立即照办了。现实当中既有像这位司机这样守规矩的人，也有很多钻空子取巧多赚钱的人，这个问题已经有很多人讨论过，我这里不想再深入讨论。我只是想：什么时候大家才能都遵守规则呢？对这个问题，我自己现在给出的答案是：很难。对此我甚至已经有一种宿命观——这种现象是无法改变的。当然，明知如此，我还是希望能够尽自己所能鼓励一下守规矩的人。

2017年10月5日

# 自由的被统治者

看到一篇卡尔·波普尔的文章《自由与知识分子的责任》，文中提到，柏拉图认为：国王应该是哲学家，更好的情况是，最聪明、最博学的哲学家，就像他本人，应该当国王，统治全世界。

在我看来，这纯属呓语，如果让哲学家当国王，或者再放宽一些范围，让学者当国王，国家肯定会被弄得一团糟。

我注意到这篇文章里面是把政治家和国王作为同一个概念的，并且在提到政治家的时候特地标明了原文是statesman，我觉得这又涉及了两个不同的概念——

首先，国王可以理解为统治者，这应该不会有歧义。

statesman，这个词的含义的确是政治家，而另外一个词：politician，也可以翻译为政治家，但一般更倾向将其译为"政客"，也就是说politician是有贬义的，与之相反，statesman是褒义的，有"正直"的含义。

我一直认为：statesman作为统治者往往是不成功的，但可以成为最合适的管治者。统治者则必须由politician来做。

再说多两句：人类社会是需要有统治者的，而知识分子最好的选择是做个"自由的被统治者"，这个词也是我看这篇文章的时候才想出来的。

我在朋友圈里面转发那篇文章的时候提到了"自由的被统治者"这个概念，有几位朋友就此跟我讨论，他们都说自由更重要。我也觉得是，知识分子一旦想着去当官，就像那些古代文人，一生忙碌，只有博取了功名，才有"看尽长安花"的欢喜（还不能欢喜过头，否则就会像范进中举那样），不然就觉得"龌龊不足夸"，一辈子没几天开心的日子。

2019年3月5日

# 读周濂《正派社会与正派的人》

有朋友发了一篇周濂的《正派社会与正派的人》，这篇文章我记得最早是2012年发表在《财新周刊》的文化副刊上的，从这次发这篇文章的公众号来看，已经是多次转发了，不过《财新周刊》的文章是收费阅读的，经过这样转发以后阅读的人可以更多。文章写得很全面，也很有深度。

周濂是研究政治哲学的，所以这篇文章主要谈的也是政治。不过现在我更愿意用"管治"或者"治理"来替代"政治"这个概念，或者说我认为这才是政治的本质。社会是需要管治者的，早几个月我在《自由的被统治者》这篇小文中也说过这个观点。该文章里面简单谈了我对"统治者"和"管治者"这两个词的区分，并且认为statesman（政治家）是好的管治者，politician（政客）则适合做统治者。不过我没进一步讨论怎样才是好的统治或者管治，在这个问题上，周濂给出的答案是："什么是可能的最好的政府"这个大问题，可以表述成这样：什么样的政府性质能造就出最有道德、最开明、最聪慧，总之是最好的人民？

周濂这篇文章最让我关注的还在于他不仅深入解读了上面的问题，而且还追述了历史、预言了未来。我当然不可以赞同周濂对未来的这个判断。不过我对马克思主义唯物史观是坚信不疑的，这也是我们从小学到中学到大学再到研究生一直在学的。按照马克思主义唯物史观，未来是现时事件的结果，而现时的结果则是过往历史发展的必然。

2019年6月27日

# 清洁工院士

今天一早有位大哥在微信中发了一篇清洁工成为港大荣誉院士的文章，这位大哥是一位企业家，并且有很好的生活习惯，每天一早起来就去河里游泳，顺带在群里发一段充满阳光的文字问候早安。这篇文章是他私聊发给我的，并且问我怎么看。恰好我也有话想说，就干脆把这篇文字写出来。

我想从"知"和"行"两方面来说。先说"知"，在任何分配机制下，新增社会价值的分配都是向城市白领倾斜的，反过来说，城市中的服务行业基层从业者得到的价值分配是相对较少的。但如果没有了这些基层从业人员，那么白领们也无从拿到相对更多的价值。这是我对这个问题的基本认知。

至于大家都明白的另一个道理：基层服务对于城市生活不可或缺，我就从"行"的角度来说说吧。

年末了，该续订晚报了，送报的小伙子敲我的门，我把订报的钱给他，收据都没找他要，他说："你放心啊？"我说："我相信你不会为了这480块钱就走人。"他笑了："我在这里干了这么多年了。"这也正是我相信他的原因，这些年他一直都是在这个小区送晚报的。

同样的信任也建立在我和送水工之间，这位送水工是江西人，每年除了过年回家几天，全都是在这附近送水。我有他的手机号（当然他也有我的，还有我家固话的号），还相互加了微信。我通过APP订水，但具体的送水时间会和他通过微信商量，如果时间不凑巧，就把空桶放在门外。

这些"行"又来源于另一种"知"，对其多年行为观察形成的认知：他们是值得信赖的。

2017年12月2日

# 面对纷扰繁杂，只需心智正常

　　早上看到知乎上的一篇旧文，标题和文章内容有些不符，所以这里就不写标题了。

　　这篇文章是揭露和批驳所谓政治正确（political correctness）的（这里讨论的仅是西方语境下的政治正确概念）。

　　我看这篇文章倒并没感到什么特别的触动，这是因为：一方面，我对政治正确的做法当然是不以为然的；而另一方面，我对政治正确的做法又是能够理解的——任何事情都是有来由的，现在这些政治正确的做法几乎都是对曾经的另外一些极端做法（例如驱赶和杀戮土著、排犹、种族隔离等）的反动以至于矫枉过正。但是，不管是政治正确还是政治不正确，我既不想去激烈地反对一方，也不想去激烈地反对另一方。

　　而且事实上，今天持一个极端态度的人往往容易在明天走向另一个极端。比如前两天因为某个西方品牌辱华而奋起抵制这个品牌的人，应该大多数都曾经是这个品牌的粉丝，否则可能根本不会知道这个既不算大众化又算不上昂贵奢侈品的品牌。更要命的是，已经有人（包括这个品牌的两个创始人，这两人已经删除了前两天发出的向中国人道歉的视频）根据过去的很多同类经验预测：用不了多久，这些人还是会回头追捧这

个品牌的。

其实，所有这些，在心智正常的人看来都是很无聊的。

最后，看一幅前天《羊城晚报》A25版的漫画——典型的政治不正确，但我倒是很欣赏这样的一种态度：不管是不是歧视，也不管某些做法是政治正确还是政治不正确，都能坦然面对，一笑置之。

2018年12月2日

# 当别人都认为你放假了，你就忙了

好多天没有在家里吃早餐了。寒假在一周前开始，接着省政协开了4天会，星期五下午闭幕式结束就接着进山开会……看看今天的日历，1月22日，2017年的第一个月竟然又快过完了。

这几天不断有人问："你们已经放寒假了吧？"接下来就问能否安排见个面之类。就在上个星期，一边开会，一边还有几次餐叙，包括接待远道而来的朋友。

越是寒暑假事情就越多，我早已习惯了这样。被问得最多的话就是："放假了吧？没啥事了吧？"我说："放假了事情更多。"对方还不理解："为啥？"我说就因为你这句话，个个都说你没事了，于是事情就多了。

想起前天傍晚开车进山的时候，路上车多拥堵，而且连出城后的高速路段上也是如此，到了以后有人说："我四点钟出城已经开始堵了，手机导航提醒我走广河，我上了广河，还是堵。"旁边有人说："可能大家都听了导航，都走广河，广河的车就多了。"

这时我忽然想起一个词：众口铄金。原本是形容舆论力量大，连金属都能熔化，所以众口一辞足以混淆是非。虽不贴切，但用在这里似乎也沾点边。

2017年1月22日

# 对同行，我从来都是赞扬

　　我所工作的学院，和同学校的另一个学院在专业设置上很接近，都属于经济管理类，并且，两个学院都有MBA学位培养点，据说全国在同一间大学有两个MBA点的情况只有两间大学，另一间是北大（北大光华管理学院和国家发展研究院）。

　　于是，两个学院自然就有竞争关系。不过我个人一直觉得两个学院的老师之间关系是很好的。

　　最近的全国高校学科评估结果出来，这个兄弟学院的工商管理学科拿了A+，据说兄弟学院院长据此就说了句敲打我们学院的话，今天开会正好他们的一位教授坐我旁边，拿出这句话来提醒我。这位教授人很直爽，经常和我开玩笑。但遇到今天这个情况，我不得不正色说：第一，我根本不想评价这件事（我说的是学科评估的结果以及由此引发的各种讨论）；第二，我觉得我们两个学院之间相互去做比较毫无意义，就我个人而言，我根本不在乎你们的评价，因为是竞争对手，竞争对手之间的评价有啥意义呢？但另外的评价我却很在乎，如果有朋友跟我说觉得我们学院的EMBA教学水平下降，因此不想报我们学院的EMAB而要去报你们学院的，这个事情我就会很在意，因为这是客户对我们的评价。（这里还要说一下，平常有朋友问我两个学院的MBA或者EMBA的水平孰高孰低，我从来都是这么回答："我当然要说我们的更好，但我觉得你还是应该自己去比较，也可以听听两个学院各自毕业生校友的评价。"）

我进一步说："别人有时问起你们学院的教授情况，不认识的我就说不认识，只要是认识的，我从来都是夸赞而不会贬损，最多会开个玩笑说：哦，那是我们学院跑过去的叛将（恰恰这些原来的同事都是我很好的朋友，去了那边以后也仍然是经常往来的好友，所以我才敢这么调侃他们）。"

由此我还想起，平常我对同行们也都是赞赏和抬举，这一点我相信没人能够举出反例来。我的同行包括两个界别的朋友：学界的和业界的，我觉得评价学界和业界的学术标准是不一样的，但即使如此，我在赞赏业界的同行时也是会强调他们的学养，而会告诉大家要理解他们在公开场合说话时的一些偏向性，因为那是一种生存策略。

有句话说：同行是冤家，但在我这里一直没有这种感觉。

2018年1月10日

# 我看俞敏洪事件

昨晚和师兄弟一起跟导师吃饭，席间聊到俞敏洪最近因为几句话得罪大众的事，导师说起俞敏洪的成长历程，由此说明俞敏洪之所以有这样的怨怼是有来由的。

恰好，刚才翻看早些天的报纸，看到一篇小文，题为《我的一天》，扫了一眼，作者竟然就是俞敏洪。文章的内容平和朴实，正是我喜欢的风格。

其实，原本我对俞敏洪其人并无特殊好感，但也没有特别厌恶。但这次出了这个事情，我倒是想要声援他一下。首先我觉得即便是像他这样的社会名人，表达一点个人的好恶也是再正常不过的事，每个人都可以喜欢一点什么或不喜欢一点什么。

当然，另一方面，既然身为名人，因为知道你的人多，所以评点你的人自然也多，所以你也应该能够承受别人的指指点点，自己该怎么活还是怎么活。我相信绝大多数名人其实也正是如此对待公众舆论的。

最后，"吃瓜群众"闲着没事起哄架秧子，同样也是日常生活的一部分，更是无可指责的。

2018年11月21日

# 怎样算是老年人

朋友约了早上7点喝早茶，他比我到得早，跟我说刚才开眼界了：酒楼一开门，靠窗边的座位就被老人们占了，老人们身手敏捷，一伸手先把包扔到桌上，就占住了。

我不由得想起上个星期在省内各地调研养老服务状况。调研组讨论的时候有个共识：所谓养老，其实针对的是失能老人，就是不能自理、需要人服侍的老人；活蹦乱跳的老人是不存在养老问题的。

这个结论看起来简单，却应该是我们在处理养老问题时应该有的一个基本认识。

中国正在快速进入老龄化社会，所谓老龄化社会是以60岁（或者65岁）以上老人占人口比重来衡量的，但除了这个年龄指标以外，还应该把老人的身体状况乃至心理状态考虑进去。

身体健康特别是有劳动能力和劳动技能的老人，不仅暂时还不用成为养老服务的对象，甚至还能继续作为劳动力（当然，到了法定的退休年龄应该享受的福利待遇应该有保障，继续劳动所得属于额外的收入）。如此看来，应对人口老龄化的问题就变成了另外一个问题：怎样尽可能保障人口的总体健康水平，进而让逐步进入老年的人口也能够尽可能长时间地保持良好的健康状态乃至工作能力。

2019年3月25日

# 地铁上读帖的地盘工

在广州地铁上，我注意到
这位在读帖（因为他虽然用手
在大腿上写，但毕竟不是用笔
在纸上写，所以我觉得还不算
临帖）。现在手机方便，书法
爱好者随时随地看着手机练练
字，本不是太新鲜的事，但我
注意到这位脚上的鞋，沾满了
粉尘，再看他粗大的手掌和手
指，我估计他可能是在建筑工
地做事的（广东人称之为地盘
工），这就值得说道说道了，
所以我拍下了这些主要的特
征：鞋、手，还有手机。

我想弄清楚他读的是什么
帖，所以仔细拍了他的手机，
然后放大细看，是赵孟頫行书
《出师表》。初学者写字一般
是临习颜柳的楷书，他读赵孟

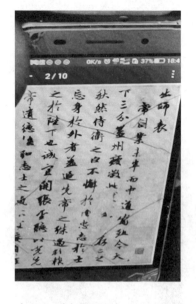

頗行书，说明已经是有一定书法功底了。

一开始看到他手机上的字帖，像是有些皱纹（我也是据此判断他是在读帖而不是在看他自己的书法，当然，更重要的是纸张很陈旧了），拍下照片放大看了以后才发现：这是手机屏幕的裂纹，手机屏幕已经摔得很破了。

有些朋友看了以后马上说这是不是又一位沈巍式的民间大师，我倒是觉得没必要那么一惊一乍的。我这里也只是如实记录，不想发任何感慨。

2019年4月13日

# 岁月静好

这些天事情很多，原本想过两天清闲一点再写这篇文章的，但还是按捺不住想现在就写出来……

起因是：今天看到朋友圈一张照片——

从摄影的角度说，实属佳作，发照片的年轻人原本就是经过几年摄影课程的科班训练，正在往专业摄影师的方向发展，所以照片的构图、光影都

很讲究。而更能打动我的，是照片中那位女士优雅淡定的神态，从她的坐姿能够想象出她走路应该也是不疾不徐，举手投足一定是气定神闲的。

拍照的年轻人住在美国加州，但我注意到女士手上的报纸（也许是杂志？）上面并不是英文，我猜是丹麦文，问了年轻人，他说这是早些时候在挪威的一家咖啡馆拍的。

嗯，相比美国加州，北欧这些国家显然浮躁的气氛更少

一些。

　　巧的是，今天有朋友在群里发了一段用意大利著名手风琴大师帕萨瑞尼演奏配乐的视频，想必很多人都听过看过——琴声中一位姑娘推着一辆老旧的自行车漫步在乡间的树林里和草地上，时而翩翩起舞，时而驻足聆听，画面亦真亦幻，唯美、怀旧、恬静、浪漫，与从手风琴中流淌出的音乐搭配得天衣无缝。

　　这两个场景都同样让人感到心境平和，只不过那段视频是一个灵动的场面，而面对这张照片，只想静静地多看，无须说太多话了……

2019年5月13日

# 网络会让人变成这样?

刚好一年之前（2018年五一节期间），在向老校长黄达人请教通识教育的有关问题之后，接连写了几篇心得，其中的第二篇《关于大学通识教育的浅见》提到：中国古代士大夫阶层研习的礼、乐、射、御、书、数六艺，可以说就是一种通识教育，其结果不仅是掌握了这些技能，同时也达到了修身养性、陶冶情操的目的。

除了六艺，还有所谓文人四友，即琴棋书画，其作用也是一样的。

换言之，研习过琴棋书画的人应该也同时有一定的修为了。

自从有了互联网上的对弈平台，找人下棋方便了很多，大约在二十年前我开始在新浪网上下棋。手机上网功能强大以后，又在手机上用"腾讯围棋"APP。但最近发现腾讯围棋上面有些棋友人品之差，用"垃圾"来描述也不为过——对弈平台都有对话功能，对弈双方可以在小窗交谈，这些棋友会不停地口出狂言乃至脏话连篇。遇到这种情况我当然一言不发，只管下棋，但对方在这种情况下仍然会不停地叫骂，跟疯了一样。

原本以为围棋是通识教育的绝好工具，下围棋的人至少不应该是粗鄙之人，却没想到在网上下棋会遇到这样一些不可思议的情况。用世风日下来形容可能有些过头，但至少会让人对教育的现状感到一丝悲哀。

　　当然，这可能并非教育的问题，只是网络带来的副作用。有句话说：在网络上，没人知道你是一条狗。或许正因为如此，人到了网络上就真的可能变得不像人了。

2019年5月3日

# 扶疏枝叶掩映的塔影

　　下了车，锁上车门，抬头远望，忽然发现晚霞映红的天边露出一个电视台的塔尖，这么多年了，还是第一次发现在这个位置可以看到越秀山上的老广播电视塔。

　　拿出手机，拍摄，修图，剪裁，发到朋友圈。

　　几乎任何城市的电视塔都是这个城市的主要景观，并且在城市的各个角落都能看到，这不仅是从景观角度考虑，也是电视塔的使用功能要求的——要让城市各个角落都能接收到直线传输的信号，当然也就能让各个角落的视线能够直达电视塔。这个电视塔是建在越秀山上的，越秀山是广州老城区的制高点，在这上面建塔自然是事半功倍。

　　不光是电视塔，只要是高一些的建筑，即使在附近可能会被别的建筑挡住而看不到，离远一点往往就能看到。比如在麓湖的西北角能看到天河北的中信广场大半个楼突出在远处的天边，而在番禺可以眺望到远高于天际线的珠江新城西塔和东塔。只要建得足够高，总会被看到。不仅如此，即使如这个老电视塔，已经过时了，不再使用了，这么多年依然还是默默地矗立在越秀山上，没被人轻易地抹去，稍加留意就能看到。

　　已经成了半个摄影专家的老同学看到我发的朋友圈，发回一张重新剪裁的照片，说："这样裁剪会更好，突出主题。"

　　从摄影的角度说，她是完全正确的。可之前的那张剪裁效果反映的正是我的潜意识：若隐若现，揖让不争。

2019年7月28日

# 欺骗我们的是眼睛吗

同事发了一张照片，我那工科男的强迫症又犯了，对着照片一番研究——

这张逆光照，是早上还是傍晚的阳光？

我的第一感觉是早上，因为下午的天空色调应该更暖一些。但仔细观察推理一番，发现应该是下午。

首先，这是杭州西湖。虽然这张照片的特征不明显，但我在杭州生活四年，直觉还是没错的，问了同事，果然是。

这就容易判断了：西湖在西边，西湖边的山又主要是在湖的西边（北山和南山的轮廓不是这样的），由此就可以判断此时的太阳是在西边。

想要考考朋友们，就发了朋友圈，提问：这是早上还是傍晚的阳光？

很快就有几位朋友回答，答上午和下午的都有，但都没说理由（抢时间呢，来不及写理由）。我提醒要给理由，后面回答的朋友就多数写了理由，前面的几位也补充了理由。

不到一个小时，答题非常踊跃。研究这些回答，我发现了一些有意思的现象：很多朋友注意了画面上的各种细节，比如有朋友注意到路灯亮了，所以应该是傍晚（其实也可能是早上路灯还没关，但毕竟注意到了路灯是亮的）；湖边的售货亭是众人目光聚焦之处，很多人说售货亭没那么早开，所以应该是下午；还有人注意到做饭这个细节，说是热天晚饭没那么早，所以应该是早上；还有人从树枝的长势来分析，树枝一般是向南边生长，南向确定了，太阳的方位也就能判定了。

但同样的细节，不同的人看到的却是截然相反的，这就很有意思了。比如说：有人说是下午，因为湖面没有雾气；但同样有人说是早上，因为湖面有雾气！同样是注意到阳光，有人说阳光是冷色，所以是早上；有人却说，早上的太阳升起来时的精神劲哪是这样的？那有一种朝气蓬勃冲破云层的力量，而这种太阳有气无力，发出的是昏昏欲睡的、疲倦的光，所以是下午。

我想着一方面可能是我发的照片清晰度不够（原作拍的清晰度还是足够的，朋友圈发出来会降低一些清晰度），另一方面，更重要的可能是不同人的心境不同，看到画面的感受也就不一样。所以，并不是眼睛欺骗的你，而是你自己的心境在牵引你，让你得出和你心境吻合的结论。

2019年7月29日

# 请人帮忙，我会注意这几点

就在昨天一天之内，经历了几个事情，加上前两天的几件事，都是和请人帮忙有关，所以我想择其要点写一写。

日常请人帮点忙，这是常有的事，并且还有人说过：请人帮忙、让人有恩于你，是让这个人继续关照你的最好方式（有意思吧，越索取越有继续索取的优势，当然，前提是懂得感恩并且让帮你的人觉得你值得帮），我自己也认为，一些不常联系的朋友，找他帮个忙，然后感谢一下，是重叙友情的好方式，我将其称之为没事找事，甚至有时就是为了联系一下而找人帮点忙。

请人帮忙，首先当然是不能让人为难，尤其是不能让人违法违规。

其次，要分清哪些事可以托人，哪些事应该自己做。比如经常有人问起报考某个课程的具体规则，我会告诉他让考生到学院的官网上去找招生简章看，如果还不清楚，还可以打咨询电话问。第一，招生简章和咨询电话的答复肯定比我的答复准确和权威；第二，如果这个考生连这点事情都不会做或者不愿做，别来学习也罢。

还有一点很常见：请托的人不及时回复或者回应。托人办个事，被托的人往往是需要另外找人，后者可能会问一些情况，这时转给请托那位，却迟迟不见回复，这里有一种可能是请托的那位又是层层被托，就要层层去问和等回复。所以我收到一些请托事项的时候，经常会先把这件事评估一下，然后直接让对方补充更多信息，而不是简单地先把请托事项转发出去（有意思的是，往往这个事就到此为止了，对方不再补充更多信息，也不再找我说这个事）。另一种情况是，转托了人以后，没有收到回音，这时我会问一下托我的人：事情有没有办成啊？或者是：有没有人联系你啊？因为有可能我转托的人已经把这个事情办了或者是联系了最初请托的人，这时人家会默认那位最初请托的人已经及时把结果告诉我了，如果我去问转托的人，就很尴尬了。昨晚遇到的情况是：我问托我的人"有人联系你们没有？"（我用的"你们"，因为托我的人也是帮朋友提出请求，所以实际上我是暗示他先问一下他朋友有没收到回音），他说没有，我就催问我托的人，后者很负责，马上说追问一下（他也还是要交代其他人办），这时托我的人也补充说要去问问他朋友，结果很快就告诉我：已经有人联系他朋友了。我只好心里暗说一句：不靠谱。这位朋友应该及时反馈信息才是。当然我没这样说出来，只是自我检讨了一下："我应该一开始就让你先问一下你的朋友。"同样，我也不是想在这里指责或者批评谁，只是想写出来这些，看了的人以后再请人办事的时候可能会更顺利一些。

2019年8月12日

# 继续说说请人帮忙的注意事项

上午发出那篇《请人帮忙，我会注意这几点》，收到不少反馈信息，一方面非常赞同我说的找人帮忙能够密切和朋友的关系，另一方面还补充了一些建议，比如说找人帮忙的时候要把事由、联系人、联系方式、和联系人的关系等情况说清楚。

其实我在那篇文章里面最想说的、也是请托人最容易做到但很多人就是做不到的一点是：有了结果应该及时告诉一声。刚才就又发生了这样的事：这边我转托的人已经回了话，把我转托的事情办好了，并且是刚刚和托我的人直接联系商量办好的，然后我从托我的人那里收到的反馈却很有意思——

在我跟转托人说了情况并且对方承诺会马上联系托我的人之后，我告诉后者：我转托的人很快会联系他。他没马上回复（可以理解为这时转托的人已经在跟他联系商量了）。等我转托的人回复我说联系上了，商量办好了。这时托我的人回复了两个字："收到。"可我觉得这时他应该直接告诉我已经办好了呀。我只好再明确追问一句："办妥了吧？"这时他才回复说："对。"

好吧，这可能只是每个人表达方式不同罢了。

　　既然是补充，就再多补充一点：托人办事的时候最好不要提太多的要求或者限制条件。比如说点名要见某个人谈，可我认为没有必要见那么高层的人，一是找了上面的人，他可能一样是往下交办；二是越级找人，让他手下的人怎么想？而且他手下的人我也认识。就算你认为他手下的人解决不了你的问题，必须找高层的人，那我也建议你先向和你直接谈的人提，说要见他们领导谈，如果对方说不行，我在找他们领导之前也会先和他手下这位说一声："有朋友说跟你谈不出结果，想找你领导，你看能不能帮他安排？"

2019年8月13日

# 歌且从容，杯且从容

最近集中唱Charlie Landsborough的歌，唱过的已经有22首。

最早听Charlie是十几年前，一位以前的学生送了一张Charlie的CD给我。很喜欢他那浑厚深沉的声音，不过并没有特别在意，因为那时找各种英文歌听，Charlie只不过是众多歌手中的一位。

到后来，兴趣逐步集中到了几位歌手，再往后，网络下载歌曲方便了，就把自己喜欢的歌集中拷到U盘，拿到车上听。

前两年有段时间需要经常开车往返几十公里去山里，路上听歌的时间比较集中，开始把一些歌反复听，其中就有Charlie的《My forever friend》，觉得歌词很感动人。听多了，就动了念头想自己唱，这才发现：听得再熟的歌，唱起来又是一回事，还得反复练。特别是某些句词，唱比说要拗口多了（所以唱英文歌是提高口语水平的好方式）。这首作为开端，在"全民K歌"APP上面录了好多次，也发了很多次。有了这个开头，就开始学其他的歌。有些歌，开始听的时候觉得曲调很难学，例如《The nearness of you》，但等自己学会了，觉得很普通啊。这其实也是所有人学习新知识时候的共同感觉。

后来偶然发现"全民K歌"APP还发了一个勋章，官方认证本人100天内唱了10首Charlie Landsborough的歌。有点没想到：不知不觉唱了10首了。然后继续一首一首学唱……

2019年9月14日

# 酒·友·理

　　行文按照标题的顺序，先从酒说起。

　　我喜欢用"辨识度"来给酒贴标签。

　　先说个题外话。几年前在中央社会主义学院学习，那天班主任不知怎么突然不按常理出牌——前几次讲座都是由社院带班的老师对演讲嘉宾简单点评总结，可这次班主任提前跟我说：今天老师讲完以后你来点评。这个压力可是有点大——老师不是一般的老师，同学也都不是一般的角色，这个点评不容易。最后我在点评的时候用了"辨识度"这个词，围绕这个关键词再来展开点评老师讲课的内容。效果还不错。

　　我对威士忌这类酒的总体评价就是：辨识度比较高。当然，从方法论的角度说，这是一种取巧的做法。或者反过来说：这是在掩饰自己的辨识力不足。虽说对其他酒的辨识力相对差一些，但久而久之也慢慢发现，有些原本以为没啥区别的酒，其实也并非如此。比如说，白兰地，中国人常喝的Hennessy（轩尼诗）、Rémy Martin（人头马）、Martall（马爹利），似乎味道都差不多（前提是同一级别进行对比，例如都选择XO或类似级别），但后来发现其实仅仅是法国白兰地的品牌已经远不止这几种，而且有些品牌的味道是很独特的，或者说：辨识度是很高的。

今晚遇到白兰地Marie Duffau，首先是第一次知道Armagnac产区（朋友圈有的爱好者则熟门熟路，一看即知是雅文邑——Armagnac的音译），当然也是第一次知道Marie Duffau，尝了一口发现和刚才提到的那几种常见白兰地完全不同。

不过随后有朋友悄悄提醒我：这类味道独特的酒尽量少喝。这个道理我之前也听过，有些味道独特（甚至喝了还不容易醉）的酒可能是添加什么特殊物品的。不过，只要不是成瘾性药物，我还是愿意尝试一下的。

这就要说到标题的第二个主题"友"了。

前两天在朋友圈转发了一篇文章，这篇文章看日期是2019年7月12日首发的，将近三个月时间，获得的阅读量是1700多，但在我晚上转发以后到第二天，阅读量就增加了一千。当然肯定不是因为我一个人转发，同时也会有其他朋友转发乃至再转发，但这显然可以说明一点：微信好友的三观一致程度是非常高的。同样，能够坐到一桌的朋友，哪怕平常是没怎么打交道乃至完全不认识的，三观一致程度通常也是很高的，所以就会有这样善意的提醒。同样，还会有朋友借敬酒的机会告诉我：你平常转发的文章对我启发很大，我都认真看了。我也认真地告诉他：我转发文章的目的都是希望大家能够平和地、多角度地看问题、想问题，不要偏激——这似乎和我喜欢辨识度高又有点矛盾了，但实际上并不矛盾，有自己的看法，不人云亦云，和尊重别人的看法，不强求一致，这两者实际上是统一的。酒和友都谈完了，理也谈完了。

2019年10月5日

# 语言和文字

# 完蛋和救火
## ——闲聊汉语表述之一

　　这两天某个高校校庆宣传片弄得满城风雨，网上有篇文章的标题是"复巢之下，岂有完旦"，文章我没看，并且对标题所采用的这类颠覆汉语成语的搞法我历来不赞成，不过倒是对"完旦"两字发生了兴趣。

　　谁都知道这个标题是在套用成语"覆巢之下，岂有完卵"，意思是鸟巢翻倒了，里面的鸟蛋肯定也会破碎。可是，我们平常说"完蛋"的意思不是"糟糕了""没戏了"的意思吗？为什么明明是完好的，却是表示不好的意思呢？真要去考证这个词句的来源，恐怕很复杂甚至让人啼笑皆非，因为很多说法是在方言转换过程中误传的，乃至以讹传讹。例如狗屁不通实乃"狗皮不通"，说的是狗的表皮没有汗腺；舍不得孩子套不住狼原是"舍不得鞋子套不住狼"；三个臭皮匠，顶个诸葛亮，"皮匠"原本应该是"裨将"即副将。还有一些在口口相传的过程中完全把意思弄反，例如无毒不丈夫，原本是"无度不丈夫"；无奸不商原本是"无尖不商"，是说古时候米商卖米每次都把量斗堆得尖尖的，尽量让利。而另一个我们常用的词：救火，也可以说是"词不达意"的，火灾的时候生命财产等都在被救之列，唯独火是要灭而不是要救的。

　　还有一类严格说起来意思也是相反的语言错误是由于省略所致，例如："我不让他去，他非要去。"其实原本应该是"他非要去不可"，"非……不可"这个双重否定句式表达是肯定意义，但去掉了"不可"之后原来的肯定含义实际上已经变成否定了，但我们仍然明白这时表达的还是肯定意义。

　　这类约定俗成的用词"错误"倒也不是什么大问题，每天说汉语的人完全不会感到困难，只是会难倒一些学汉语的外国人。另外有一些是从古汉语中留存至今的表述方式，外国人看了可能就更迷惑。例如我们说"中国大胜日本"是中国人赢了，说"中国大败日本"，同样还是中国人大胜了，这实际上是古汉语的使动用法。汉语动词没有被动语态，这种使动用法算得上是汉语的"被动语态"。

2015年5月31日

# 那些写错的成语和词语
## ——闲聊汉语表述之二

昨天的短文聊了关于汉语表述的话题，提到现在流行恶搞（篡改）汉语成语的现象，没有展开说。不过倒是由此想到在媒体上时常看到有个成语被无心的编辑记者写错——"攻城掠地"，这已经是个非常常见的写法，甚至我在电脑上输入的时候，跳出的也是这四个字，而非这个成语的本来写法：攻城略地。

"攻城略地"被写成"攻城掠地"，已经持续了好些年了，我猜其背后的原因是在电脑游戏开始兴起的时候，市面上很多各种游戏攻略，年轻的记者编辑看这些书看多了，就把"攻城略地"这个成语写成了"攻城掠地"。

记得曾经看过一些成语辨析的语文题，是把一些容易写错的成语列出来，要求选择正确的写法，例如：首屈一指（容易写成"手屈一指"）、恼羞成怒（容易写成"老羞成怒"），走投无路（容易写成"走头无路"），不过似乎那些出题的老师也没想到"攻城略地"这个成语会被写错，并且还能这么顽固地一直出现在报刊上。

不光是成语写错，有些词语可能是因为专业性较强，也容易写错。例如"噪声污染"，往往被写成"噪音污染"。

"噪音"是和"乐音"相对的，乐音是发音物体有规律地振动而产生的具有固定音高的音，而噪音则是音高和音强变化混乱、不和谐的音。"噪音"一词几乎只用在与声学和音乐相关的专业领域。而"噪声"则基本上是和"污染"相联系的，也就是说谈到噪声的时候基本上就是在谈环境污染，国家有专门的《环境噪声污染防治法》，按照该法的定义："环境噪声，是指在工业生产、建筑施工、交通运输和社会生活中所产生的干扰周围生活环境的声音。"

当然，现在很多人连"的""地"都可以不分，大家似乎也习以为常，所以"噪声"和"噪音"不加区分地使用或许也算不上什么大错了。但我读中学的时候总是被语文老师认真地纠错，所以养成了看到错字就难受的习惯，不由得还是要说说。

2015年6月1日

# 再谈容易用错的词
## ——闲聊汉语表述之三

昨天说到"噪声"和"噪音"这样的专业词汇容易用错，同样由于略显专业而容易用错的一对词是"百分比"和"百分点"。

百分比是一个相对比较的概念，某甲今年收入一万元，明年收入增长五百元，那么某甲明年收入就比今年增长了百分之五，这个百分之五是增长量相对于增长前基数的比例。

百分点表达的则是绝对差距。甲和乙今年收入都是一万元，甲明年收入增长五百元，增长百分之五，乙明年收入增长七百元，增长百分之七，则乙的收入增长率比甲多了两个百分点。也就是说，百分点是用来对两个百分数的值进行比较的。

与之类似的是利率变化的表述。最近银行连续降息，一般都是每次下调0.25个百分点，这是将降息前后的两个利率（利率本身是用百分数表示的）进行比较之后的结果。例如原来的年利率是2.5％，降息之后变成2.25％，就是下调了0.25个百分点。或许一般人对这种表述还是能够正确理解的，但另一个关于利率的类似表述就很容易引起误解了——央行下调了基准利率之后，有些商业银行为了招揽储户，会在合规的浮动范围之内对将利率上浮一定的幅度。按照央行最新的规定，存款利率上浮区间最高可以达到50％，那么如果有银行在基准利率基础上将存款利率调高40％，千万就不能理解为这家银行是在年利率2.25％的基础上再加40％的年利率给你，而是在2.25的基础上增加40％，也就是将2.25乘以1.4，等于3.15，即上浮40％以后的年利率是3.15％。

2015年6月2日

# 一个不易察觉的表述错误
## ——闲聊汉语表述之四

从前两天的专业词汇表述问题再说回基础的汉语语法，前两年曾经见过这样的提法："厚于德，诚于信，敏于行"，我听行家说，严格来说这三条短语中的第二条是有语病的。先说第一和第三条，厚于德和敏于行，这两个短语都是主谓结构，通过"于"字将谓语前置。而诚和信则是并列的两个概念，它们可以同是名词或者同是形容词，但如果要说其中的"信"是名词，作主语，而"诚"是形容词，作谓语（省略了系词"是"，和另外两个短语的用法一样），似乎就不通了。所以，首先，"诚于信"这样一个表述在语法上多少是有问题的；其次，就算勉强把"诚于信"作为一个并列结构的短语，忽略"于"字在这里的错误用法（从我所能查到的汉字用法来看，没有把"于"字当作表示并列的连词使用的），那么也不宜把这个并列结构和另外两个主谓结构的短语放在一起

还有一个早已被当成段子的表述："垃圾分类，从我做起"，严格说这个表述并不算错，表述的是"垃圾分类"这件事要"从我做起"，不过大家略微带着一些恶搞的心情拿了这句话来开玩笑。倒是另外一句经常看见写在街上的口号：

"垃圾记得要分类"，要说错误，这一句的语法错误就比前面一句要严重一些了。不过作为朗朗上口的口号，似乎又没有比这更精炼的。用更能表达原意的口号"记得要把垃圾分类"？好像又显得拖沓。

2015年6月3日

# 趣味无穷的语言文字
## ——闲聊汉语表述之五

早些天连续写过几篇讨论汉语表述的文字，今晚有担任文学与传媒系主任的同事在微信群里转发了一篇中山大学中文系校友杨早博士的一篇文章《中文系怎样才能让人看得起》，我觉得这是个伪命题——我没听说过中文系让人看不起，以中山大学为例，文史哲是学校的招牌，中文系更是大师云集地（我这两天正在看中大中文系校友陈平原教授的集子《怀想中大》，听陈大师娓娓道来中文系来自西南联大乃至更早年代的传承），于是在群里说了几句，说得兴起，又针对杨早博士的文章品头论足了一番，反正我是工科生，说错了没人会怪我。

其实杨早博士这篇文章的内容既丰富又全面，我当然没能力全面评论，只是针对其中的几处文字说了我的看法，

文章认为："很多搞传销的，卖成功学的……都是某种表达方面的大师"，以此来佐证孔子的名言："言而无文，行之不远。"即"表达需要经过修饰"。

杨博士这段话里所表达的对"卖嘴皮子"、靠表达乃至表演来引人注目的不屑，我是非常赞成的。所以也很赞成他在文中所说："中文系出身的人，应该对什么学科都感一点兴趣，因为你探索的是语言和表达，而语言和表达后面，站着的

是一个个，一类类的人。"——我想，更准确地，应该说语言和表达的对象是各种专业的内容。

可杨博士却在文中提到："原来'噪音'这个词已经被判为错词，不能再用了，只能用'噪声'"，表示对此不能接受乃至明确地反对。其实这里恰好就出现了他认为应该注意的问题——没有弄明白噪声和噪音这两个词后面所代表的专业含义。

关于"噪声"和"噪音"，我在6月1日所写的《那些写错的成语和词语》一文中已经谈过，文章当然不是针对我那篇文字的，因为这个问题早就有很多人谈过，我也不过是重复别人说过的话而已。不过今天倒是进一步想到：要说"噪声"和"噪音"的不同，除了因为是用在不同的专业领域，可能从根源上说还是因为"声"和"音"的字源和字义是有区别的。我查了《说文解字》，对"音"的解释是："声也。生于心，有节于外，谓之音。"也就是说："音"特指有节奏的"声"。也正因为如此，"噪音"是和"乐音"相对的音律概念，和噪声是有区别的，而这种区别首先来自和"音"和"声"的区别。

我还想找到更有说服力的例子，想起中学语文课堂上的一件趣事：班上有个同学叫姜亚辉，她在课堂上发言的时候，我不记得她是说到哪两个字，总之她认为这两个字的意思是一样的，可以换用，结果被我们的语文老师舒国卿先生顺手拈来她的名字作比："你父母给你起名叫姜亚辉，你怎么不叫姜次辉呢？"快四十年过去了，我一直还记得当时舒老师说出"次"这个字时呲着牙的模样。

由此我想到"次声波"和"亚音速"。次声波是频率低于人耳可辨的最低频的声波（人耳可辨20～20000赫兹的声波，高于20000赫兹的是超声波），这是针对声音频率的一个词；而亚音速这个概念是用在空气动力学中的，一般运动速度小于音速称为亚音速。

虽然说"音速"和"声速"这两个词都是指声音传播的速度，没什么区别，但通常汉语里却都是说"亚音速""超音速"，而不说"亚声速"或者"超声速"。同样，通常说"超声波"和"次声波"，而不说"超音波"和"次音波"。这大约是约定俗成吧。之所以我认为这是汉语中的约定俗成，是因为"超音"对应的英文是"ultrasonic"，而"超声"对应的英文是"supersonic"，汉语分别用了"音"和"声"，英文却都是"sonic"。反过来，英文分别是"ultra"和"super"，到了汉语里却都用了同一个"超"字，当然，我们可以理解为两个"超"字的意思有所不同，"ultra"对应的"超"是"超过"的意思，而"super"对应的"超"是"超级"的意思。——信马由缰，感觉自己越写到后面越有点不着边际了，也不知对还是不对，反正错了还会有语言文字专家来纠正我。

2015年6月25日

# 中式英文简称二例

早些天转发了一篇英文神翻译的有趣文章，顺带说了句：我也找时间说说我见过的神翻译。

恰好前几天在一家很好的公司见到了他们内部很好的厕所，那个厕所的指示牌也很有特色，不过这个指示牌上面的英文表述却有点问题：

注意这个酷酷的小人，脸上写着"Gentle"，一看即知是从Gentlemen简化而来，可是Gentlemen可以简化成Men，却不能简化成Gentle，单独的Gentle完全没有"男性"的意思。

由此想起国人喜欢将Las Vegas简化成"拉斯"，当然在中国人的圈子里这么说都知道是指拉斯维加斯，但美国人对Las Vegas的简称却是Vegas，道理很简单：las本是一个冠词，西班牙文，相当于英语的the，所以单说Las是没有意义的。当然，中国人把Las Vegas简化成"拉斯"可能也还是有一点缘由的——拉斯维加斯国际机场的代码就是LAS。

2016年12月5日

# 拜托，别再这么"迭代"

互联网时代出现了一些使用很频繁的新词，例如"迭代"。现在各种媒体上经常出现的"迭代"一词其实指的是产品的升级换代，或许因为"迭代"这个词比起"升级换代"来显得更精炼，所以越来越多的人喜欢用这个词。

但实际上，"迭代"原是一种计算机算法，对应的英文是iterate。iterate的拉丁文词义是"重复"，这点出了"迭代"算法的实质——重复反馈一个计算过程，不过每一次重复都不是简单的重现，否则就成了另一种计算机算法——循环。每一次迭代都会更逼近所需目标或结果，而每一次迭代得到的结果会作为下一次迭代的初始值。

不用计算机程序来举例说明迭代可能比较难，可以用一个比较相近的过程来类比——画石膏人像的时候，首先是由几条简洁的直线勾勒出人像的轮廓，这个轮廓的大致准确是很重要的，例如基本的高宽比例要尽量准确，否则将来画出的人像肯定是不准确的；然后再在这个轮廓的基础上进一步勾勒比较细部的轮廓——这个进一步的勾勒是在最初的粗略轮廓线基础上完成的；接着在此基础上再进一步细化……直至画出所有的细部、完成这幅素描。这个过程就和迭代的原理是一样的。

由此可见，"迭代"的原意并没有升级换代的含义——

尽管有递进的含义：下一次迭代过程是在前一次的基础上完成的。迭，在汉语中的解释主要有两个，一是"交换，轮流"，例如：政权更迭；二是"屡次，连着"，例如：高潮迭起。

可见"迭"本身并没有"升级"的意思。而在迭代算法中的"代"字，原本是"代替"的意思，并没有"代际变更"的"世代"的含义，现在用"迭代"来表示"更新换代"，可能就是误解了这个"代"字。

我一直很佩服将iterate翻译成迭代的人，非常精准地表达出了iterate的原意。与之类似还有一个翻译也是非常精准的，就是与迭代算法有几分相似的递归算法。递归是英文recurse的汉译，recurse从字面上讲也是"重现"的意思，但中文翻译成"递归"同样也是十分准确地表达了recurse这种算法的本质。关于递归这个词，不妨下次再聊。

2017年1月12日

# 今天来说说"递归"

昨天在说"迭代"这个词的时候提到了"递归"，如果说迭代算法对于不学计算机专业的人来说不容易理解，那么递归算法对学计算机的人来说也不容易理解，不过我倒是觉得递归的概念对于非计算机专业的人来说反而比较容易理解一些。

先说递归这个词对应的英文，recurse，就是"重现"的意思，而中文"递归"二字，可能反而比recurse这个英文更能准确地表达其本意。

"递"，在这里取其"顺着次序"之意：递补、递增、递减，这几个词里面 "递"的意思都是如此。"归"，当然是回归、返回的意思。

用Hanoi塔的例子是最能够说清楚递归概念的——所谓Hanoi塔，是说有3根柱子和若干个大小不同的金碟子。每个碟子有一个孔可以穿过。所有的碟子都放在第一个柱子上，而且按照从上到下碟子的大小依次增大的顺序摆设，这个塔形被称为Hanoi塔，如下图：

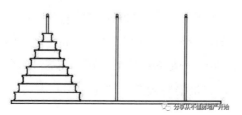

现在，要将这些碟子从最左边移动到最右边的柱子上，中间的柱子可以用来暂时放置碟子，移动的规则如下：

1. 每次只能从一个柱子的最上面移动一个碟子到另外一个柱子上。

2. 不能将大碟子放到小碟子的上面。

我们可以先假定只有3个碟子，那么移动它们的过程如下图：

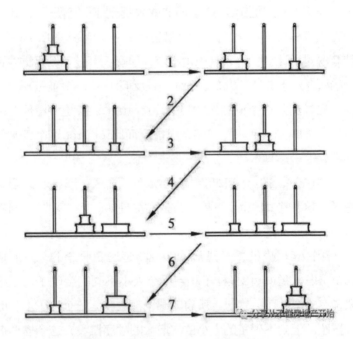

注意上图第3步以后的结果：上面的两片小碟从左边被移到了中间，接下来只要把最大的碟移到右边，再把上面的两片小碟也移到右边，整个过程就完成了。而整个过程可以被分解为两个大的步骤，一是移动两个小碟（先不管两个小碟移动的具体过程）；二是把最大的碟从左边移到右边。注意：把两片小碟从中间移到右边和把他们从左边移到中间，是同样的过程。而让两片小碟"搬家"的过程，其实是让三片碟"搬家"过程的简化、并且是一个相似的过程。也就是说：移动三块碟的过程被"递归"为移动两块碟。同样，如果需要移动4块碟，那么可以先"递归"为移动3块……如此这般，不管移动多少块，都可以"递归"为一个比较简单但却类似的移动，最终变成一个解答两个碟移动的问题。

所以，递归的核心是：一个复杂问题可以简化成一个类似的问题，逐次简化，直到最简单的问题，而逐次解决的所有问题的本质都是一样的。在计算机编程的时候，这个过程就变成了对"自身"程序的调用，"对自身的调用"，这正是递归最本质的特征，也是递归算法区别于迭代算法和循环算法的关键点。

读硕士的时候曾经写过一篇小文章，解读逻辑程序设计中递归的概念，发表在1989年的《电脑应用时代》第4期，这也是我的文章第一次登在期刊上。文章当中所说的逻辑程序设计语言，是当时人工智能程序设计专用的一类语言（我们采用的是Prolog语言），和一般程序设计常用的过程式程序设计语言相对。硕士毕业以后就没再碰过人工智能，也不知道现在的人工智能程序设计是怎样个情况了。

2017年1月13日

# 日有一得，不亦乐乎

　　最近马桶旁边放的是这本书：《生活，是很好玩的》，作者是汪曾祺，此类随笔集适合马桶上看，因为短，坐马桶的时间也可以看完一两篇。汪曾祺不仅是作家，还是著名美食家，这本书的前面三分之一都是讲美食的。今天翻到的这篇名为《蒌蒿·枸杞·荠菜·马齿苋》。

　　苏东坡《惠崇春江晚景》诗："竹外桃花三两枝，春江水暖鸭先知。蒌蒿满地芦芽短，正是河豚欲上时。"前两句脍炙人口，耳熟能详，后两句相比而言就流传得没那么广了。看了汪老的文章，才知道诗里所说的蒌蒿正是武汉人说的泥（武汉话n都发成l音，所以读li）蒿或篱蒿。按照汪老的说法，吴语里这个字读"吕"音，吕再转变成篱，虽不是武汉话常见的规律，但就完全可以理解了。

　　蒌蒿炒腊肉，是武汉人极喜爱的一道菜，据说江西也有这道菜，而吴老文中说他老家高邮也同样流行这道菜，看来只要是南方水乡长蒌蒿的地方都会这么吃。

　　汪老文中说：查了几本字典，"蒌"都音"楼"。的确，我在手机上输入lǒu，出不来这个"蒌"字，但却可以出来繁体字的"蔓"。这种情况挺多见，我有个朋友名字有个"龔"字，读音同"演"，但手机字库里面只有繁体的"龔"。不过今天龔兄自己发出的微信署名却出现了简体的"龚"，看来换一个字库就还是能有的。

2017年1月29日

# 成家不易

这里的家，不是家庭的家，是专家的家。

昨晚看到某二本学院艺创系毕业展的海报，先是眼前一亮——学生们的设计挺有思想深度的——"格式塔心理学""整体与部分""自我独立"：

> 本次毕业展的海报设计灵感来源于驳论图形。
> 悖论图形的理论基础源于格式塔心理学中整体与部分之间关系的理论。整体结构是由部分构成，只有让"部

可是，什么是"驳论"？我准备百度了，不过马上看到下一行的"悖论"，嗯，应该是把悖论写成了驳论（我写这篇小文的时候还是百度了一下，驳论的说法也还是有的，不过似乎和图形无关）。

学生们做的海报，出现个把错字，不必责备。即使后来艺创系的主任说海报文字可能是系里年轻老师写的，我也不觉得有啥大问题。

巧的是：今天早上醒来在床上随手翻看《读库1701》，有一篇贾晖军写的《无穷大平话》（看标题会感觉作者是在向王则柯先生致敬），没想到以讲故事见长的《读库》竟然发了这么一篇数学文章。当然，这篇文章仍然是在讲故事，只不过看

这些数学史的故事时也不得不跟着作者去学习或者复习数学。

我是不是说了两件不相干的事？并不是。因为讲无穷必然就要讲到极限，于是贾晖军提到了一位用绘画阐释极限的画家：M. C. Escher（埃舍尔），并且展示了一幅埃舍尔绘制的"圆形极限I"，但我在网上找不到这张图片，用了埃舍尔的另一张类似图片。

上图画面中的蝙蝠，从中心向圆周无限缩小，又永远到不了圆的边界——此即所谓极限的概念。

从埃舍尔的图画就联想到了昨晚看到的海报上的图像——

海报里的"毕业展"三个字，多处出现了埃舍尔的影子，即在二维平面中展现出的三维不可能图形，下面这张图片就集中展现了埃舍尔创作的这种三

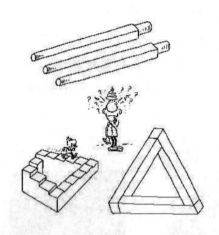

维不可能图形，有两个图形分别出现在"業"和"展"字里（由此可见学生们或者说年轻老师们在设计"毕业展"这三个图形字的时候是用了心的）——

这么多年毕竟只出了一个埃舍尔，所以不能强求学美术学设计的学生都能有埃舍尔这样的数学思辨力。但是要成为某个领域的专家甚至大家，那就的确要有点"功夫在诗外"的综合能力了。贾晖军的文章里面还提到一位大家：贝特兰·罗素，他在1903年提出的"罗素悖论"震惊了当时的数学界与逻辑学界，引发了第三次数学危机。想必很多非专业人士也都知道罗素，至少看过钱锺书《围城》的人会知道有位叫褚慎明的"哲学家"曾经"帮罗素解答许多问题"，不过或许很多人不知道，罗素还得过1950年的诺贝尔文学奖。

当然了，逻辑学和数学密不可分，文学和逻辑学也是密不可分的，逻辑推演尽管可以用数学语言来完成（所谓数理逻辑），但逻辑思考的过程绝对是离不开文字语言的，语言能力不好的人不可能有好的逻辑思辨能力，甚至有些极端一点的看法认为某些语言会影响思维（记得大约是诺奖得主汤川秀树说过他思考问题用英语而不用日语）。

2017年4月27日

# 救救手书

去小区的物业管理处交一份表格，工作人员很认真，先把我填写的内容看了一遍，然后说：你这个字太潦草，我认不出来，你写正楷吧。

我一下子怔住了，因为我自认我这个字应该算是行楷，而我还算是练过行书和草书的，所以我写的行楷也是规范的行书，也就是说各种笔画和偏旁部首的写法是按汉字行书规范的写法写的，一般人只要看多了别人写的字，都应该是能看明白的。

但细想想，也能理解。现在的孩子基本上都不练字了，书法基本上停留在小学生初学写字的水平，只能一笔一画地写正楷，自然也就看不懂正规的行书（更不用说草书了）。我自己多年在大学教书，平常见到的不管是本科生还是硕士生，能写一手好字的已经是凤毛麟角，批阅试卷的时候看到字写得好的，还会多看两眼。至于论文，都是电脑上提交电子版，就看不到手书的文字了。

我自己其实也是动笔写字的机会并不多了，因为电脑打字的速度是快过手写的，所以早已习惯了直接在电脑上写文章。

不过尽管如此，作为一种基本的技能，我还是希望现在的孩子们能够尽可能把字写得漂亮一点。

2017年8月13日

# 下雨天，读书天，写作天

广州，龙舟雨的季节，忽然之间就会来一阵大雨。

有人说看见下雨天就没了心情。没有心情的朋友，我建议他们可以坐在窗前静下心来读读书。也有人觉得下雨天很有情调，比如这位学生，拍了这样两张有黑白照片感的图发在朋友圈里，一张已经放在了文章开头作为题图，是停在雨中校园商业街上的电瓶车；另一张也很美，是阴雨中的南芳湖和旁边的教工宿舍——

我觉得好有意境。忽然就想起了十六年前学习英语写作的时候写的一篇习作，就是描绘大雨的，这篇习作的写作要求是"try to make some use of alliteration (and simile)"，alliterarion是押头韵，这种修辞方式在中文当中似乎没有，

不过我当时首先还是先构思了文字的内容，然后才考虑在文中的一些地方尽量选用合适的词来押头韵，比如在文章的开头一句就写了"…rain was washing

the windshield, through the glass and the curtain of the rain, in front of us, a fall of gushing rain hung from the top of the cliff, flushing the ground with great noise."

结果写作课老师给了一个评语"Gorgeous"，让我很是得意，我想老师的这个评语当然是针对内容的，而不是针对文章那些押头韵的字词的。

所以，在雨中，除了读书，还可以写写文字，因为在雨中很容易生出各种思绪。

更早的时候，三十多年前，有一阵发奋学英语，背过一阵课本，从此记住了一句："The weather makes me blue."这里的weather当然指的是阴郁的天气。自此我学会了blue这个词的用法。不过在后来的日子里，我总是尽量不让自己在雨天感觉到blue（郁闷）。

两个月前，一次长途旅行之前，飞机将要推出滑行的时候，我随手拍了舷窗外的雨，发到朋友圈，一时就有各种解读——就好像一句诗会有各种解读一样。但不管别人怎样解读，我当时面对雨雾，心中的感觉并不是blue。

2017年6月15日

# 朋友圈果真万能

上午在朋友圈发了三张图片——

图一　　　　　　图二　　　　　　　图三

这些图上的很多文字我不认识，发朋友圈之前自己已经先查过——

jura：法律；

superstition：迷信；

prophecy：预言；

bold：胆大。

最头痛是sine metu，估计应该是拉丁文，这个就是要向朋友圈求教的了。我自己也上百度查了一下，说得不大明白，似乎和法文sans souci的意思相同。

估计很多人都知道波茨坦的无忧宫（Schloss Sanssouci），无忧宫的名字就来自法语sans souci，也就是无忧的意思。因为不懂拉丁文，百度翻译又不提供拉丁文翻译，所以只能连猜带蒙，sine的意思大概就和sans一样吧。

除了不懂sine metu的意思，还一并求教：那两个怪异的符号是啥意思？

结果非常有意思：这条朋友圈没有得到一个赞，但有不少的回复，都是帮着回答我的问题的。

第一个符号：古埃及十字架常常出现在埃及坟墓图案和其他艺术中，在图片中常常位于神或者女神的指尖位置，代表恩赐木乃伊死人来世生命的神灵；它也认为是怀孕的象征。古埃及十字架是埃及最神圣的符号。此外，古埃及十字架常常作为护身符单独佩戴在埃及人身上或者和两个其他象征力量和健康的符号一起佩戴。用金属制作的镜子也常常做成古埃及十字架的形状，要么出于装饰的原因，要么为了象征对另一个世界的认知。还查到一种解释是：象征埃及的古老美丽的女神"哈托尔"。她是"爱神、舞神、死神及酒神"

**生命钥匙**

提供这个解释的朋友说这可是正宗的埃及人，当然是一位中文很好的埃及朋友，他还提供了这位埃及朋友答复的截图。

2017年9月2日

# 读《木心谈木心》

在杭州满觉陇住民宿，吃早餐的房里放了一堆书，都是那些不痛不痒的书，没兴趣看。找了一本小册子，《木心谈木心》，书的副标题是《文学回忆录补遗》，和《文学回忆录》的出版社一样，作者也一样。《文学回忆录》我翻过几页，大部头，没时间看，而且我觉得写得太琐碎。

随便翻了一篇看，第53页，《第三讲 续谈萨特，兼自己的作品》，这一讲里面有三篇，第一篇是《S. 巴哈的咳嗽曲》，这本是木心的一篇短文。

采用的写法是先把木心讲谈的原话照录，一段开场白过后，开始一句一句、一段一段地细讲。实话说，感觉并不好，这时就不是对这本小册子的作者感觉不好，而是对开讲坛的人感觉不那么好了——把自己的短文掰开了揉碎了来分析，这是什么感觉呢？好像面对的是小学生，要教他们写字的基本笔画间架（当然，你现在让我面对一群小学生，看到他们天真无邪求知若渴的样子，我也会讲得津津有味的）。而且，散文如诗，很多意思是尽在不言中，直白地解说出来，就韵味全无了。我没受过文学的基本训练，所以不知道文学训练是不是这样做的，不过这倒完全就是我们工科生当年学结构力学的方式了。

2017年12月2日

# 这首歌，反复听了好多天

这首歌是《You needed me》，原本是《疯狂英语原声版2011年4月》登载的一首歌，Anne Murray演唱的，这些天在车上单曲循环，一直在听。

一开始是因为Anne Murray的演唱吐字清晰，听一遍就被里面的很多歌词抓住了，于是想把全部歌词听懂，就设了单曲循环模式，没想到这一听就是好多天了，忽然觉得有些诡异——怎么反反复复听了这么多天、这么多遍，却不觉得乏味呢？

想想原因，一是有些词一直没听懂；二是这首歌的旋律变化丰富却又朗朗上口，所以每次听下一遍的时候都像是又重新开始听一首新歌；三是最关键的，还是歌词能够打动人。

今天终于把歌词找出来看懂了那几个听不清楚的词，顺带加上我尝试的中文翻译：

I cried a tear, you wiped it dry　当我流泪，你将它拭去

I was confused, you cleared my mind　当我感到迷惑，你洗净我的心

I sold my soul, you bought it back for me　当我出卖了灵魂，你为我赎回

And held me up and gave me dignity　并且扶持我，给我尊严

Somehow you needed me　毕竟，你需要我

You gave me strength to stand-alone again　你赐给我重新出发的力量

To face the world out on my own again　让我能够独自面对世界

You put me high upon a pedestal　你把我捧上了天

So high that I could almost see eternity　让我几乎看见了永恒

You needed me, you needed me　你需要我，你需要我

And I can't believe it's you　我无法相信是你

I can't believe it's true　无法相信这是真的

I needed you and you were there　我需要你时，你都在

And I'll never leave　我永远不会离去开

Why should I leave, I'd be a fool　我为何要离开？我可不傻

Cause I've finally found someone who really cares　因为我终于找到真正在乎我的人

You held my hand when it was cold　在寒冷中，你握住我的手

When I was lost you took me home　当我迷失，你指引我归途

You gave me hope when I was at the end　当我穷途末路，你赐给我希望

And turned my lies back into truth again　让我说真话而不再说谎

You even called me friend　甚至，你还当我是朋友

2018年1月17日

# 语言与地域歧视

昨晚那篇闲聊打车的小文后面有朋友留言：广骏的司机是有些素质的，但是傲得很，看不上这个看不上那个的⋯⋯也很冷漠。

这个评价很有意思。大概因为我平时跟本地司机说粤语，所以并未感觉到冷漠。相反，我觉得粤语区的人是最不排外的（广东有粤语、潮州话、客家话三大方言区）。我现在还记得当初刚来广州的时候，粤语不标准，会被出租车司机纠正，但他们并不拒绝和我用粤语交谈，尽管我的粤语一听就知是外地人说的（直到现在我也认为我的粤语是有外地口音的）。他们纠正我的方法很贴心——把我发错音的字词再说一遍，我一听就明白了。

在国外也有同样的经历，有时某个单词发音不准，外国朋友也会特地重复一下这个词，不露声色地帮我纠正。

相比之下，当年上海人的地域歧视就要严重一些，在那个物质匮乏的年代，到上海购物的外地人可没少受上海售货员的白眼。我当时大概是看过一些描述旧上海滩风情的书，知道长江中游的武汉人来到上海跑码头是有点威风和名气的，于是用武汉话喝令售货员拿这取那（那时很少开架售货），售货员竟然服服帖帖的。

后来我的上海话说得有点模样了，还能轻松听出浦东口音（其实这些上海"乡下话"才是真正的上海本地话），甚至还会学着上海人调侃一下说话有一丝苏北口音的上海人。

2017年1月18日

# 人老话多？未必

　　看《围城》，记住了一句俗话"树老根多，人老话多"。

　　昨晚和小D吃饭，他又说起当年当兵的时候，每天要给母亲打电话，为此花费的电话费都不少，而母亲说的无非是谁家母猪下仔了，谁家媳妇和婆婆吵架了……一说就是两个小时，等母亲说完了，才会想起来说："儿啊，长途电话太贵了，不说了。"然后第二天又重演一遍。

　　这样的"人老话多"，其实是一种情感的宣泄，和"人老"的关系并不大。所以我一直不认为人老了就一定会话多，相反，见过很多人越老越沉默寡言。

　　早些天见到儿子，他说现在越来越不愿说话。我并不担心这是抑郁的表现，不过还是和他聊起这个事。我问他："你还记不记得你读小学的时候，上课老是抢老师的话说，那时我教你一个办法：每当想要抢话的时候，就把这个事情在脑子里多想两遍，然后再说；或许等你想了两遍之后，你就不愿意说了。"他说："没错，现在不想说，是觉得没必要说，会觉得这个事情还用说吗？""对，这正是你走向成熟的表现。"我说。

　　参加一些座谈会的时候，我往往是最后说话的一个，也往往说得最少，甚至干脆就不说了，因为等到最后，该说的已经被前面的发言者说完了，就没必要重复了。

不想多说的另一个原因是知道覆水难收的道理，话没说出来，你是话的主人，说出来了，话就成了你的主人。说话多的人往往也是食言多的人，因为言多必失，为了弥补过失，就不得不食言了。

说话多还有一个坏处，人在沟通的时候有点像对讲机，是单声道的——说的时候就没法听——说得多意味着别人的意见就听得少，本来有机会得到别人的指点，最后却变成一意孤行。当然，这种人往往不会认为自己有错，凡事都是别人错，都是别人对不起自己。

2017年4月26日

# 不争论，真好

邓小平有很多名言警句，有一句最简短的话是三个字："不争论"。这句话的引用率不如其他一些话高，但也是家喻户晓的。我倒是越来越觉得这三个字简直是大智慧的集中体现。

其实这种说法早就有，《道德经》终其全篇的四个字就是"为而不争"，不知老聃算不算最早提出不争论的人了。

杨绛先生也有这样的名言："我和谁都不争，和谁争我都不屑。"

我当然没这样的资格说杨绛这样的话，更没有资格说老聃那样的话（需知为而不争前面其实还有"圣人之道"四个字，即"圣人之道，为而不争"，只不过我引用的时候连圣人两字都不敢写出来，怕有不尊之嫌）。我只是觉得，如果遇到比我明白的人，当然不用争——人家比我明白，我干吗要和人去争，好好听人说话就行了。如果遇到不明白的人，当然也不用争——这人反正也是个不明白的人，管他去呢。

2017年6月1日

# 认知不同是不是终极不同

认知不同，这已经成了一个常用语。但究竟何为"认知不同"，这应该属于哲学范畴，而且应该是一个比较复杂的哲学问题，我是解释不了的，我只能从我自己的认知水平来说说我对这个概念的认知。

我自己是色弱（可以放心坐我的车，看红绿灯完全没问题），所以我从小就知道，看色盲图的时候，同一张图，我看到的和别人看到的是不一样的。我想这就是典型的认知不同，色盲图里我明明看到的是一头鹿，但你看到的却是一头牛。我没错，你也没错，只不过是认知不同而已。

这么简单一说应该就能明白了，认知不同的情况下，真的是无法讨论问题的。

当然，现实当中有些认知不同的情况不是像色盲图那样的绝对，比如下属完成了一项工作，有的上司很满意，因为看到的是工作完成得好的一面；有的上司就会一通批评，批评得当然也没错，因为他看到的是工作完成得不好的一面。这一类的事，各种心灵鸡汤说的不少，就不再拾人牙慧了。

像看下属工作要看好的一面，这样的事，我自己也时常做不到，因为我希望事情做得完美，但我还是努力在这个问题上调整自己的认知。但另外一些问题的认知，比如色盲图之类，我就真没办法调整或者改变，而我也不能强迫别人改变这样的认知，怎么办呢？我想只能是避免和认知不同的人讨论问题。

从这个角度，是不是可以说认知不同是终极不同？

2018年1月18日

# 伶牙俐齿你赢了

纯属个人感受——我不大愿意听人解释。这又分成两种情况——

一种是阐明自己观点的解释。我很愿意多听别人的真知灼见，特别是不同观点，常常能给我启发。但通常情况下，我听了对方的观点就能明白，所以不用花时间再来解释观点，节约下来的时间我们可以讨论更多的观点。如果我没完全明白对方的观点，我会说："我没听懂，麻烦你再说一遍。"

另一种是对方为自己的所作所为做解释。我当然知道你这么做有你自己的理由，但不用跟我解释。如果三观不同，你的解释我是没法理解的，我指出你解释中存在的逻辑错误，你也同样没法理解，所以，最好的办法就是啥也别说，不用解释，也不用听解释。而如果双方有共同的认知基础，那通常就不会需要用到解释。

我尤其不愿听那种连珠炮似的解释，虽然我从事的工作让我很熟悉这种连珠炮似的说话方式——我平常接触很多房地产经纪人，他们受到的一个基本训练就是不停地向客户灌输各种观点，"不要给客户思考的时间"，这是他们的师傅教的基本技巧之一。

这么连珠炮说话的人，就算声音悦耳，听上去也是噪声。我只好尽量躲开，我认输，你赢了。伶牙俐齿，适合去参加辩论赛，不适合跟我说话。

2018年2月12日

# 辩论还是合作

昨天一位领导推送了一篇长文，刚才利用吃早餐的时间看完了。

这篇长文是最近发生的一场辩论实录，这场辩论关乎世界大局，自然不是我等小民所能置喙的，但我还是觉得小民也能从这些辩论词中学到一些东西。

我认为，辩论有两种，一种是比试技巧的辩论，比如国际大专辩论赛的那种辩论，正方、反方的观点都无所谓绝对的正确或者绝对的错误，比赛比的只是双方的技巧和风度；另一种是希望说服对方的辩论，而说服对方的最终目的是为了和对方合作。

如果你希望和对方合作，那么你追求的不应该是"驳倒"对方，而应该是让对方认可你。如果双方互不接受，都不认可，并且都不妥协，那么最终的结果肯定就是一拍两散。我曾经写过一篇文章《伶牙俐齿你赢了》，说的就是这个意思。

一拍两散也就是不再合作，我们常说的一句话是"和则两利，斗则两败"，或者是"杀敌一千，自损八百"，但如果有一方认定了"和"下去长远来看损失比"斗"要更大，或者是宁可自损八百也坚决要杀掉你一千，那么另一方也就只能接受"分"的结果了。

所以，在辩论之前一定要先想明白：你是不是愿意接受"分"的结果，否则，你赢了，也就意味着合作结束了。

2018年7月28日

# 你这人怎么说话的

　　三个人吃饭，一位是已经毕业多年的学生，一位是多年的老友。席间这位老友一直对我各种贬损，冷嘲热讽，还会说些我的"糗事"，全然不顾我在学生眼里的形象，甚至还会问学生："你俩到底谁是老师？我怎么觉得你是他老师？你懂得应该比他多，他应该向你学习。"他这么说其实我也同意，我说我经常要向学生请教的，因为他们毕业以后都在实际部门工作，对市场实操的了解当然比我更清楚。

　　不过学生可能还是不习惯我们这样的说话方式，有些尴尬。其实他不知道，我和很多老友之间都是这么说话的（当然并不是和所有的人都这么说话，但至少我自己的确喜欢这样的说话方式）。

　　当然，我也因为这样的说话方式得罪过人（参见《致老了的我》），那是我不对，错了就改正呗，怎么改？不再跟这人这么说话了呗。

　　大概因为耳濡目染，我儿子在别人面前也会经常调侃我。他还跟我说过，他第一年在美国住人家里的时候，男主人就跟他说："You have to be mean in the home." 这也是我第一次知道mean这个词有"刻薄"的意思，体现出来就是家庭里面相互之间从来不"好好说话"，总是在相互"撕逼"。

　　不过我还是要说，的确很多人不习惯这样听人说话，所以还是要注意。当然这样也好，可以把这当成一种筛选标准——愿意这么说话的就一起玩儿，不愿意就不玩儿呗。

2018年3月3日

# 是调侃还是调戏

记得曾经在一次小型会议开始之前，大家基本上都已入座，等待正式开会的时间到来，台上两位相当级别的领导也在轻松地说着话，忽然听到其中主持会议的一位对另一位说："你这样说我就不认为你是在调侃，而是在调戏了。"

调侃和调戏的界限，原本就是值得讨论的。而且"你这不是调侃而是调戏"这句话本身也可以是一句开玩笑的话，并不等于说话的人就当真了。但从当时会场上的气氛和说话人的语气看，他多少是真的有些恼怒了，这让我们在场的其他人有些吃惊。

通常来说，旁观者还是能够看出来一些端倪的：有些人的确喜欢吧啦吧啦不停地说些自以为风趣的话，听的人却觉得是不着边际，很无聊。碍于面子，大家也不会去提醒说话的这位。之所以会出现这种自以为有趣的情况，应该还是因为认知不同，而认知不同也常常会成为交友的最终障碍。

所以，似乎可以这样说：基于共同认知的调侃，就不会被听成调戏。我曾经写过另一篇短文《你这人怎么说话的》，意思恰好就和今天这篇相反——有共同认知的好友之间的调侃，旁人听了可能会觉得是过头话。

而具有共同认知的最高境界应该是心灵相通，在另一篇文章《心灵相通是沟通的最高境界》中提到："有些笑话或者是故事，只有朝夕相处的朋友才明白其中的含义，而且到了最后，不用把整个故事说出来，只要说出其中的一个关键词，对方就马上明白了。"

在这种情况下，旁人应该根本就无从辨别他们是在调侃还是调戏了。

2018年12月27日

# 治愈，还是治疗

从我三十多年前的朋友蔡青送我的这本书说起——

这本书的标题是《行为艺术与心灵治愈》，当时拿到这本书的时候，感觉"治愈"两字有点突兀，因为我们一般认为治愈就是把病治好了，可是显然这本书是讲行为艺术对心灵创伤的治疗作用，所以似乎用"治疗"比较合适。

今天忽然想到，这可能是中文和外文的词汇使用方式不同造成的。果然，用翻译软件查"心灵治愈"，正解是"psychic cure"，同时提供的词典释义是"psychic healing"，这就有意思了——

cure在英文中的意思是治疗，而heal则对应汉语的治愈，也就是说，"psychic cure"在翻译成汉语的时候也被译成了心灵治愈而不是心灵治疗，这就是我说的有意思的地方。

又想到蔡青兄虽然这些年都是在美国、新加坡这些英语世界晃荡，但多年前曾经在德国的艺术圈混过很长时间，于是查了一下心灵治愈对应的德文，竟然更简单，就是heilen。如果再查heilen对应的英文，却是cure而不是heal，而heilen对应的中文呢，却又是治愈。这就是语言的有趣之处了：或许在德语里面是没有治疗或者cure这个动词的，只有heilen，而heilen实际上对应的是heal或者治愈。

原本只是出于好奇想要弄清楚治愈和治疗的区别，heal、cure、heilen这些个词意，可是到了最后，忽然想到：其实没有什么病是能够真正被治愈的，只可能持续地处于治疗的过程中（直到被治疗的生物体永远失去了生命体征）。所以，不要去追求治愈。

同样，没有人是百分之百处于健康状态的，不论是生理健康还是心理健康，都不可能百分之百，我们多多少少都是处于病态的，因此，也不用为自己和周围的人心理上偶尔的病态而诧异。

2018年4月16日

# 笑不出来，怎么治

　　我是喜欢看各种幽默段子的，看了37年《读者》（创刊那会儿还叫《读者文摘》），每次拿到手首先就翻到中间，看幽默小品。所以，我绝对是喜欢让自己笑出来的人。

　　但另一方面，很多段子让人看了却笑不出来，或者说一点都不想笑，这时我会有点嫉妒那些很容易发笑的人——真好，这样可以时常让自己开心。也会为自己笑不出来担心——这会不会是什么病？怎样才能治？

　　这两天流传于微信的是一首诗《与领导一起尿尿》，以这样的视角写诗，并非独特，不知多少人在小说里面写过这样的场景。当然看了这样的诗也不会以其粗俗而鄙之，粗俗并不构成被贬低的理由，很多作品甚至还能因粗俗而令人击节称赞。与之类似，有人在饭堂遇见我，必说一句："领导又亲自来吃饭了？"（其实说话的人就是领导，我反而从没当过领导，或者至少从没把自己当领导），初听我会礼貌地笑笑，再听我会顺口调侃一句："你能不能换个新一点的说法？"再往后，听见这句话我就笑着看这位老兄一眼，不接茬，说点别的正经事或者玩笑事。

　　所以，看见有人为这首《与领导一起尿尿》写了点评，称赞它是"一首笑死你没商量的诗，确有戏剧性"，我会觉得这样的夸赞有些可笑了。

2018年7月20日

# 微信群的背书作用之一例

随手拍了几张照片发朋友圈，附了几个字："清净无为地"。

照片没啥特点，很难看出是什么地方拍的（故意这样的，不想让人看出这是哪里）。

可是竟然有人就看出了这是哪里，当然，他不说我也知道为啥他能看出来——他爷爷在那儿。

重点要说的是我写的那五个字，很快就有人对了下联：无可奈何天。

虽说其他朋友评价说这个下联对得不够工整，但不管怎么说，这是把"清净无为地"这五个字看作了上联。应该说，不是每个人都会这么看这五个字的，能这么看，至少是觉得这五个字的平仄看着是一句上联。

有人开了头，别的人继续对下联。有人对出：知足寡欲间。并且做了解释，"照片看上去清净祥和。老子曰：清净无为，知足寡欲。"意思是我在上联用了"清净无为"，下联即可对"知足寡欲"。倒也有道理。

接着又有人对：混沌有情天。

巧的是，看到这一条时，我也还在想着下联，也想到了混沌和天，只不过我想的是：混沌不明天。其实混沌不明四字的平仄和清净无为是对不上的，所以我只是心里在想，没决定。但没想到朋友也想到了"混沌"二字。

更有意思的还在后面，没过多久，又有一位朋友留言："混沌有情天，可否？"这就真的神奇了，两位朋友想的完全一样。

这让我有些感慨。我一直认为：微信群的朋友往往三观比较一致，哪怕相互并不认识。而且，微信群原本就有这种过滤和背书作用——同在一个微信群的，一般都不会太出格。当然，我这里说的是自由组合形成的微信群，反倒是同学群、同事群，常常是聊不到一起的。

2018年12月25日

# 语言不是学会的，是用会的

写那篇《碎片这样连接》的时候，提到我的英语知识很多都是通过碎片化方式学的，当时还有一句话没说：我一直认为语言不是"学"会的，是"用"了才会的。

从头说起吧。我的小学和中学教育都是在20世纪70年代完成的，那时学的英语肯定是不行的。20世纪70年代末进了大学，用的英语课本还是比较中国化的。同班的同学很多都自学《New Concept English》或者是《Essential English》，我贪玩，课外就没有自学英语，所以大学毕业以后无论是词汇量还是听说能力，自己都觉得都过不了关。直到进入21世纪，需要出国开会交流，经常要用英语，掌握的英语才越来越多。所以我得出一个结论：语言是用出来的，不是学出来的。

还可以提供一个反例来支持这个结论——

如果说英语一开始就没打好基础，那么德语就相反——读研的时候第一年是强化学德语，除了政治课，其他就只有一门德语课，每天上午联邦德国来的老师教，下午中国老师教，用的课本也是联邦德国原版翻印（两德合并是我们毕业以后的事了）。所以不光是系统学习了德语知识，而且语言教学的方法也是和时代接轨的。结果一年下来我们听联邦德国来的经济学老师讲课写作业已经没有问题了。那段时间我的德语水平是强于英语的，甚至在研究生毕业以后一段时间也是这样，记得曾经参加过教育部出国留学人员外语水平考试，德语和英语都考过，德语的成绩高于英语。但研究生毕业以后德语就逐渐不用了，于是德语也就越来越生疏了。这恰好就是一个反例，用进废退。

2019年2月23日

# "悦读"和"舒法"

　　我们班同学有些是20世纪50年代出生的，已经退休了。今天一位退休的同学"老二"（在班上年纪排行第二）在班群里发了两篇有关书法学习的网文，结果另一位同学半开玩笑地让他别趟这个浑水，写得再好还不如有些人胡乱鬼画符——他说的是书法界的乱象。这种随意的斗嘴原本并非认真的讨论，但我借着这个机会插了句嘴："我们现在读书已经不是阅读而是悦读，同样，写字已经不是书法而是舒法。"

　　"悦读"这个提法现在经常看到，"舒法"这个提法好像还没见过，纯属我照猫画虎，从悦读衍生出来的。

　　到了退休的年纪，需要的正是悦读和舒法。这些天调研养老服务问题，走了不同地方的多家养老机构，越发感觉老年人最重要的就是无欲无求但却有趣有味，悦读和舒法，而不是阅读和书法，不以读懂和写好为目的，不亦乐乎？

2019年3月11日

# 何为 Chief Architect

前几天巴黎圣母院遭受火灾，网上一片哗然，各种言论让人目不暇接，这种时候我往往是不置一词的，也不转发任何帖子或者评论，一个很重要的原因：任何语言文字在这种时候都是乏力的，与其词不达意，不如一言不发。

但今天看到一篇文章《神秘离奇！巴黎圣母院失火竟然非电线短路？真相到底如何？》，我马上就转了，原因也很简单：这篇文章引述的是专业人士的技术分析。

这位专业人士是资深的建筑师，按照文章的介绍，还是"巴黎圣母院的前首席构架师"。文章提供了一些截图，截图里面有这位专家的英文头衔，是Chief Architect，我转发的时候就顺手更正了一下：这应该是首席建筑师。

不过后来我自己觉得还是不够准确，或者说不能简单地说Chief Architect就是首席建筑师。

在一个建筑设计单位里面，如果一个人是Chief Architect，中文对应的头衔应该是总建筑师，但这位专家当初应该是专门服务于巴黎圣母院的，所以他是这个服务团队里面的"首席建筑师"，这么称呼比较贴切，因为如果将其称为总建筑师，有点名不副实——毕竟总建筑师是专用来指称一个专业的建筑设计单位里面的建筑专业总负责人。

　　除此之外，我的一个老同学还在朋友圈留言提醒我：Chief Architect在IT行业的确是称为首席构架师。没错，在IT行业，这个职位是负责软件系统的总体设计的。我想可能是现在从事IT行业的人远远多于从事建筑或者土木工程专业的人，所以IT行业的术语在公众中的普及程度远远高于建筑行业术语。借此机会，不妨普及一下建筑行业的这个常用术语。

2019年4月20日

# 从陈寅恪说到粤语发音

　　昨天（2019年9月26日）的羊城晚报有一篇文章，我随即拷下来发在了公众号。羊晚这篇短文里面提到"一张颇有影响的文学类报纸，上面有一篇《陈寅恪的恪字该怎么读》，洋洋洒洒要有四五千字，还排在版面的头条"，其实我更早的时候曾经看过一篇更长的文章，有八千多字，是登在《文汇报》上的。

　　虽然我早已对这个字怎么读已经不在乎了（反正我自己是读kè），但从朋友圈留言看，很多人和我一样，也专门为这个"恪"字查过字典，还有人指出广州音字典"恪"的发音和粤语"确"一样，都读kò。

　　如果把原因归结到粤语发音上，这个问题可能的确会简单得多，类似的例子可以举出好多——

　　很多年前（香港回归之前好几年的时候，那时很多香港人连听普通话都困难），有一次和一位香港老板谈，他用普通话跟我谈。听他反复说到"科技公司"，我颇有些迷惑，因为我们谈的项目并不涉及科技公司，后来终于明白他说的是"合资公司"。我那时已经在跟着磁带自学粤语，所以能够理解他把"资"念成"鸡"，可为啥会把"合"念成"科"呢？脑子多转两个弯，也想明白了：粤语把"壳"

念成"ho"（粤语的音我标不准，应该是入声吧），或者说，k这个音在粤语里面会发成h，所以这位老板就反过来推论：粤语发h音的，普通话就发k音，于是就把"合"读成了"科"。

不过，这是我当时根据这位老板的普通话发音听成了科技公司，实际上"科"这个字在粤语里面和h音也没关系的，也就是说那位老板即使发错了音，心里也不会想着"科"这个字，而我自己反倒是因为这次的"经验"，想当然地以为"科"在粤语里面读he，但实际上，"科"在粤语里面是读fo！这是后来别人纠正以后我才知道的。换句话说：在普通话里同样发ke音的"科"和"壳"，在粤语里面发音是不一样的。（反过来说：在普通话里发音不一样的"恪"和"确"，在粤语里面却都发同一个ko音。）

类似的还有一次，一位广东朋友介绍另一位朋友是"中国第一cang"，我听了半天都不知道他说的是第一啥，后来解释了半天，终于明白了：那位朋友是做喷枪的，生意做得很大，所以被称为"中国第一枪"，至于为何这位广东朋友把"枪"发成cang的音，也弄明白了：他知道普通话的"昌"在粤语是读cheung，所以把粤语读cheung音的都反过来读cang（南方人说普通话发不出卷舌音，这就不去苛求了），"枪"在粤语里也是读cheung，所以他认为"枪"在普通话里就读cang了。

以后粤语学得越来越明白了，发现普通话里同样的音，在粤语里面可以对应好几个不同的音。以三个常用字为例：学、雪、血，这三个字在普通话里都发xue音，在粤语里面发音却是完全不同。再例如这样四个姓：齐、漆、戚、祁，普通话发音都是qi，在粤语里面却是不同的四个音！

写到这里我忽然想：干脆把陈寅恪统一读成"陈寅ko"吧，这样认为"恪"字读"确"的人应该也能接受了。

2019年9月28日

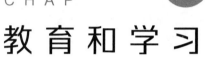

CHAP

# 教育和学习

# 如何建设高水平大学

收到一个命题作文的任务，题目是如何建设高水平大学，我是这么答复的：关于如何建设高水平大学，不应该是我等的研究范围，如果从研究的角度，应该由专门研究高等教育的学者来谈，如果从实践的角度，应该由大学校长来谈，例如中山大学前校长黄达人教授，他这两年走访了全国很多大学的校长，写了好几本书，那些书里面的内容对于建设高水平大学肯定是非常有用的。

办大学和办企业不同，办企业可以有明确的利润指标、销售额指标，但如果用这样的指标来考核大学，是出不了好大学的。但现在似乎我们评价高水平大学的指标其实和考核企业的指标是相似的，我认为这样是办不出高水平大学的。

不仅公办大学如此，民办大学也如此，现在很多民办大学都还是投资人用自己办企业的方式来办学。

建设高水平大学，说简单也简单：找一个真正的好校长，然后就把学校交给他，不要去干扰他，也不要去给他下指标，并且还没有任期的限制，让他慢慢地去把学校雕琢出来。就好像种树，选好一颗种子，埋进土里，就让它自己去生长了，每天去看是没用的，只有几十年上百年之后才能长成参天大树。

　　黄达人校长曾经提出：大学要有"养士"的雅量。说起"养士"，我就想起早年参观过的东莞可园。可园的主人张敬修辞官归故里，建了可园，他本人金石书画、琴棋诗赋样样精通，又广邀文人雅集，这些文人在园子里就是白吃白住，衣食无忧，最著名的是居巢、居廉两位岭南画派创始人，他们就是在可园潜修十年，创造了没骨法、撞粉法等花鸟技法，为岭南画派开创先河。

　　从古代到民国，这样养士的官宦之家绵绵不绝，而且不光中国如此，外国也如此。前不久去世的约翰·纳什，因为罹患精神疾病，长期不能正常工作，但普林斯顿大学一直养着他。不过在中国大陆，近几十年似乎已很少耳闻有养士之说。

2015年7月24日

# 我所理解的大学人文教育

一直想说说我对博雅教育或者说大学人文教育的看法，直到最近看了《阅读经典：美国大学的人文教育》，终于找到了切入点。这本书的第一句话，就在"序言　我亲历的人文教育"里写道：

"2009年10月8日《广州日报》报道，中山大学新创博雅学院，通过通识教育打造"无专业精英"，宣言"学生的人生榜样不是亿万富翁，而是学富五车的大思想家、大学问家"。　大学为普通大学生提供"通识教育"（或称博雅教育，generaleducation），把着眼于自由人、全人的教育（即"人文教育"），而不是单纯的专业或技能知识传授，作为大学教育的基础，我是很赞成的。"

正是上面这段话，让我终于决定对博雅教育说点想法。

记得就是在中山大学博雅学院开办之际，针对当时的这个社会热点问题，我和时任中大校长有过一番讨论，因为未经校长允许，这里不便把校长当时的观点写出来，而我的观点则是：博雅教育（或者称通识教育，而人文教育是通识教育的一部分）应该是每个在校大学生都不可或缺的。或者可以说，博雅教育是一种"无功利"的教育，我想这一点和校长的另一个观点是吻合的——当年我曾经参加过校长主持的一个座谈会，是专门针对新晋教授的，校长希望我们今后能够多一些"无功利"地读书，因为已经没有晋升压力。在我看来，成为"学富五车的大思想家、大学问家"已经是带有功利性了，我曾经写过一篇《有趣、无趣以及好玩》，讨论过类似问题，在我看来，刻意追求有趣已经是"不好玩"了。当然了，我相信校长的本意绝对不是让我们没有晋升压力以后就没有进取心，其实他知道，这些人已经把学习研究当成一种生活方式，并不会随意放弃的，比如对我来说，读书思考本身就是一件好玩的事。校长是相信，在没有压力的情况下读书思考，可能更具创造力。

我读大学的时候，大学是没有博雅教育的，而且我们读的学校当时是纯理工科，早年的文科传统已经在院系调整的时候抹去了。巧的是，新生进校军训的时候，班上有位同学带了一本薄薄的小册子《唐宋词一百首》，半是因为兴趣，半是因为无聊，我就和这个同学一起比赛背诵这些词，以至于很多词到现在还能背。所以我认为我对唐宋诗文更浓厚的兴趣，与其说是从高中的时候背诵"海客谈瀛洲，烟涛微茫信难求……"和"庆历四年春，滕子京谪守巴陵郡……"之类诗文开始的，还不如说是从这本小册子开始的。回过头看，这就是我最早的自我博雅教育。还有一个印象很深的事是，大学高年级的时候曾经被专业课老师在课堂上当众批评过："你不要成天去搞什么百科知识竞赛！"老师说的当然很对，要不我也不会在三十多年后还记忆犹新，可那的确是我的兴趣啊。

不过，看了这本《阅读经典：美国大学的人文教育》以后，才觉得我当时的那些兴趣，其实离博雅教育甚至人文教育都是还有一段距离的，最主要的是缺少一个整体的训练框架。如这本书的作者所说："人文教育是为了帮助他们增进思考、判断、与他人对话、协作的能力、了解人的价值与自身弱点、提升社会责任感和公民素质，是普通人而不是精英的教育"。从这本书的内容看，虽然有比较浓厚的西方宗教文化背景，但书中的宗教语境是并不是在传教，反而是对某些教义有所批判，所有的叙述都是围绕人文教育的这个训练框架来展开的。

有意思的是，这本书里专门有一篇是谈列奥·施特劳斯与人文教育，恰好我早些天看到另一本书提起施特劳斯，这本书是刘苏里的对谈录《通向常识的道路》。在《与钱永祥谈伯林》这一篇讨论到伯林的多元论时，引出了施特劳斯，但连施特劳斯的全名都没写出来。以我的知识局限，以前并不知道施特劳斯，现在知道这正是这位列奥·施特劳斯。查了很多有关列奥·施特劳斯的介绍，竟然都没有说过他晚年曾经在一所文理学院St.John'sCollege（圣约翰学院）主持过人文教育课程，为普通大学生开设讨论班。正因如此，《阅读经典：美国大学的人文教育》书中专列一篇介绍列奥·施特劳斯与人文教育。

也就是在查阅资料的过程中，发现主持中山大学博雅学院的甘阳教授也曾经解读过施特劳斯的政治哲学思想，于是生出另一个念头：甘阳教授如果像施特劳斯那样面向普通大学生开设讨论班，会不会生出和博雅学院不一样的风景呢？

写完查日期的时候，才发现今天正好是世界读书日，这篇小文倒是很应景。

附：《阅读经典：美国大学的人文教育》目录

2016年4月23日

# 为何普遍粗鄙

　　这个题目来自《中国周刊》对徐贲的专访《普遍粗鄙是社会的精神癌症》。徐贲在这篇专访中对普遍粗鄙的定义及其来源都分析得很全面，无须我在此重复。而"粗鄙"二字最初给我深刻印象，是十多年前了。

　　那是一次午餐小聚，三个人，除我之外，一位是律师，名气已经不小，并且自信心很强，另一位是编辑，他俩之前不认识，而我分别认识他俩则已经有不短的时间。吃完午饭，我继续去编辑那里谈事，说起对刚才那位律师的观感，他只说了两个字——"粗鄙"。

　　到现在我也没去查过粗鄙一词的准确含义，但我却自认为能够比较准确地感受到这个词的含义，或许也正是因为有了这位律师现身说法给出的诠释。

　　不过，当我读完这篇徐贲专访，我却忽然觉得，我自己是不是也在变得粗鄙？因为徐贲认为："粗鄙的本质是无视别人作为人的尊严""粗鄙对人的典型伤害就是冒犯别人的尊严感，对别人的感觉满不在乎，一副傲慢不屑的样子，拿别人当玩物。这样粗鄙不需要用肮脏、侮辱的字眼，也不需要使用身体暴力，一个眼神、一个假笑、一副不在乎的腔调就可以了。"

　　"拿别人当玩物"，这样的事我肯定是不会做的，但是冒犯别人尊严的事肯定是有的。

　　我自认为有可能体现粗鄙一面的，应该是"对别人的感觉满不在乎"，特别是当我认为没法对话的时候，我就会不再在乎这人的话，包括骂我损我，我都没感觉。这样的粗鄙是不是应该改一下，我还在犹豫当中。

　　说到徐贲，我在2016年4月23日写的《我所理解的大学人文教育》就推介过他的《阅读经典：美国大学的人文教育》。

2018年3月27日

# 关于大学通识教育的浅见

昨天有机会向中山大学前校长黄达人教授请教，讨论过程中有一些心得，随手记录如下。简短的文字，并非严谨的学术探讨，仅为自己的一点浅见。同时既为讨论，自然不一定完全是我自己的初始想法，但最终成文，文责当然由我自负。

1. 何为通识教育

依愚之浅见，所谓通识，准确说应该叫"通知"，因为"识"已经有"才识""见识"的含义，也就是包含了自己的看法和见解，但现在的大学通识教育所教的东西，更多的还只是大家所公认的知识。

2. 关于通识课和通识教育

现在有些大学要求开设通识课，一般在十几个学时，这个通识课讲些什么内容，各校有各校的高招。我的看法是：要想在十几个学时里面完成通识教育是做不到的，不要说十几个学时，就是把本科四年全部用来上通识课，也不可能毕其功于此一役。那么这十几个学时的通识课应该用来讲什么？我认为应该是用来告诉学生：何为通识，在今后的学习生活中如何培养自己的通识意识，等等。同时，在大学所有的课程都应该贯彻通识教育的精华理念，每门课程的老师都应该不只是传授知识，还应该讲方法论，应该教会学生举一反三、融会贯通，以及尽可能地让学生通过学一门课而达到窥一斑而知全豹的效果。

3. 通识教育的目的

我认为,大学通识教育的目的在于修身。

我有一个或许不那么恰当的类比——中医和西医的区别在于:中医其实是不治病的,中医的"治病"其实是在调理病人的自身生理机能使之趋于正常,身体正常了,疾病就会被身体自身战胜,身体自然也就好了。

正因为如此,所以我才认为通识教育的作用其实不在于传授知识,而在于修身养性、陶冶情操。或者说,这是我认为通识教育应该达到的目的。

中国古代士大夫阶层的教育可以说就是一种通识教育,所谓六艺,礼、乐、射、御、书、数,原本是六类技能,但研习六艺的结果不仅是掌握了这些技能,同时也达到了修身养性、陶冶情操的目的。

4. 搭建知识框架的能力是重要的通识

在写第一点"何为通识教育"的时候我就提出,希望通过通识教育真正能让学生学到"通识"而不只是"通知"——"识"是才识和见识,比"知"的层次更高一些。

所谓通识,重要的还不仅是"识",同样重要的还要"通",要能通用。

大学本科四年,肯定能学到不少知识,并且,作为一个成熟的本科专业,其知识是成体系的,或者说,形成了一个具有内在联系的知识框架。

既为"专业",这个知识框架当然有一定的"专用"性,但如果学生毕业以后从事的工作与专业无关或者关系不大，本科四年学到的知识可能就不能直接拿来用了。所以我一直强调：本科生通过搭建这个专业知识框架，还要学会搭建知识框架的能力，这种能力也是一种重要的通识。有了这种能力，学生在离开学校之后还能不断自主学习，并且根据工作所需搭建出另外的知识框架。

5. 关于通识教育和博雅教育

通识教育和博雅教育，这两个词现在基本上是混着在用。如果找它们各自对应的英文，大致应该是"liberal arts (education)"对应"博雅（教育）"，而"general education"或"general study"对应"通识教育"。

有一种观点认为：通识教育比博雅教育的含义更广泛，具体来说，从小学到大学都有不同层次的通识教育，但博雅教育则只在大学本科才有。这种观点我也赞同，至少，小学、中学阶段的学习是谈不上"博学"的。

2018年4月30日至5月3日

# 听懂"老司机"的正确方式

今天主持一场论坛，台上演讲的是几位资深的房地产专业教授，演讲的内容都是有关房地产专业建设的；台下的听众是来自全国高校的房地产开发与管理学科院长、系主任。演讲嘉宾每人限时40分钟，但时间却过得很快，不知不觉就到规定时间了，这还是在嘉宾演讲语速都很快的情况下，而且我知道有的嘉宾演讲前还特地修改PPT，做了"瘦身"处理。之所以如此，实在是因为每位嘉宾演讲的内容都非常丰富。一方面，纵横捭阖、视野开阔、中外比较、横贯相关学科；另一方面，见微知著、思考深入、追根溯源。

房地产开发与管理学科本来涉及的内容就非常广泛，再让他们这些资深教授一番深耕细作，我不由得担心台下的年轻一辈是否能够装得下这么多宝贝，于是利用主持串场的机会做了一点提示：重要的不是全盘吸收大佬们所讲的所有内容，而是注意掌握他们组织观点所用的框架。对，构建体系所用的框架——这才是最核心最重要的内容！看上去他们讲的内容很多，但却都有自己的逻辑体系，也就是框架，所有的内容都是被安放在这个框架上的，形成一个相互关联的有机整体。而框架又不是随意搭出的一堆积木，而是有纲有目、有主有次，提纲挈领、渐次展开的。

例如有的教授是通过追问房地产开发与管理专业的核心能力来展开分析专业建设和发展问题；有的教授是通过剖析大型房地产开发企业的组织架构和功能以及企业经营的不同风格，从能力匹配的角度来分析房地产开发与管理专业应该如何培养学生。

其实这种方式也是大学生学习的方式，我常跟学生说：大学的学习当然是要掌握一门学科的相关知识，但更重要的是在掌握这些知识的过程中学会如何构建一门学科的知识框架。学会了构建知识框架，才能在四年大学毕业之后继续完善这门学科的知识框架或者举一反三，根据工作的需要构建另外一门学科的知识框架。

2016年10月15日

# 学习：构建框架和转变行为模式

　　上一篇文章是《听懂"老司机"的正确方式》，最后一段提到了大学生学习的问题："大学的学习当然是要掌握一门学科的相关知识，但更重要的是在掌握这些知识的过程中学会如何构建一门学科的知识框架。学会了构建知识框架，才能在四年大学毕业之后继续完善这门学科的知识框架或者举一反三，根据工作的需要构建另外一门学科的知识框架。"

　　晚上和儿子在餐馆吃饭闲聊，问起他下午考试的情况，考的是化学；再问最近学什么，他说学buffer solution（缓冲溶液）⋯⋯我一边聊一边看邻桌的几个小孩，应该都还没上学，每人手里拿着一个面团在玩，大概是这家披萨店的特色，给小孩提供面团玩⋯⋯收回思绪，又想到大学的学习。一门课，每个学期不断有考试，考试也是整个学习过程的一部分——考试不仅是教师在检验学生的学习成果，也是强迫学生复习，而复习正是学习的必要组成部分。在这样不断的训练过程中，学生不仅学习了知识、学会了怎样构建知识框架，同时也是在改变自身的行为模式。

　　人都有自己固有的行为模式和思考模式，遵循这样的模式让人很舒适的，所以有所谓"舒适区"的说法。改变模式就是被迫脱离"舒适区"，所以肯定不那么舒服的，这也是很多人不赞成所谓"快乐学习"的原因。如果说在学习当中有快乐，那多半不是真正的学习，而只是"了解"——了解到别人的想法和自己一样，于是会心一笑；学习的快乐更多是在学习之后，这时其实并没有改变自己，所以不会不舒适。

　　而改变自己的模式倒是有点像那几个孩子揉面团的过程。揉过面的人都知道有"生面"和"熟面"之分，面揉得越熟，做出来的面食就越好吃。学习的过程其实也是类似揉面的过程，通过学习，不仅掌握了知识，就好像不仅往面里加了水，而且在学知识的过程中潜移默化，改变整个人的思考和行为模式，就好像水和面充分结合在了一起，由干面粉变成了"熟面"。

2016年10月29日

# VSOP 为何成不了 XO

涛涛学弟送了一小瓶陈年洋酒，外面的标签已经磨得很陈旧，也没有纸盒包装，只是一个裸瓶。

这是一瓶Courviosier Cognac VSOP，因为以拿破仑侧面像为商标，所以国人俗称拿破仑酒，有意思的是，这瓶酒背面还有中文标签，标明是"康复寿"，这显然是法文Courviosier的音译。

打开来尝了，味道和一般的VSOP有所不同，但和XO口感还是有明显区别。

所谓XO，实为extra old的缩写，特陈的意思。那么照理说，VSOP级别的酒放了若干年应该也就是XO了，就像茅台，当年出厂的茅台和放了几年的相比味道就不一样，后者更醇，放的时间足够长的话，甚至会接近15年的茅台。VSOP在橡木桶中陈年时间短，而XO陈年时间很长，在橡木桶中陈年时间越长，品质也越好。

所以，或许白兰地的VSOP和XO的酒底已经有本质不同。

2016年5月28日

# 学习、揉面和酿酒

写完前面一篇短文《学习：构建框架和转变行为模式》，想起曾经写过一篇《VSOP为何成不了XO》，最后一句话原来是："这就和人一样，有些人'底子'差，最后始终难以成才。"当时有人在那篇文章后面留言，说最后这句话太"毒"了。

其实这是笔者对多年观察的结果的客观描述，并不是主观臆断。之所以VSOP即使存放时间再长也成不了XO，就在于XO装瓶之前是要在橡木桶里长时间陈化，而VSOP就少了这个过程。学校学习的过程就相当于这个橡木桶陈化过程，缺少了这个过程，仅靠社会历练，并不是说绝对不能成才，但缺少这一段"橡木桶陈化过程"所造成的影响却始终会顽强地表现出来。昨天文章里面所说的揉面也是同样道理，不花费时间用力揉出来的面是不会好吃的。

当然，经历过学校的正规训练，哪怕是名校的正规训练，也未必就一定能成才，尤其是现在，学校教育的急功近利使得某些名校的教学明显弱化，而这往往还不容易显现出来，因为能考入名校的往往是高才生，他们无论是先天条件还是学习能力都在平均水平之上，所以即使学校教得不好，他们看上去仍然还是很优秀。但由于他们在学校里所经历的学习过程实际上是不完整甚至是很不完整的（比如有些学校的硕士乃至博士研究生入校第一年是不分配到导师名下的，缺少了导师的悉心调教，光靠听课是不能算真正的研究生学习过程的），这种缺少"橡木桶陈化过程"带来的影响仍然是会在今后顽强地表现出来的。

2016年10月30日

# 大学能教给学生什么

　　刚才看了一篇文章，说是在1993—2013年任耶鲁大学校长理查德·莱文（Richard Charles Levin）认为，专业的知识和技能，是学生们根据自己的意愿，在大学毕业后才需要去学习和掌握的东西，那不是耶鲁大学教育的任务。

　　他甚至很极端地说："如果一个学生从耶鲁大学毕业时，居然拥有了某种很专业的知识和技能，这是耶鲁教育最大的失败。"他的理由是本科教育的核心是通识，是培养学生批判性独立思考的能力，并为终身学习打下基础。

　　莱文的观点或许有些偏颇，但大学生从4年本科教育中究竟应该学到什么？我自己的看法是，最重要的应该是学会构建知识框架的能力（关于这一点，我在《听懂"老司机"的正确方式》和《学习：构建框架和转变行为模式》这两篇文章中都有所阐述）。

　　今天上午上完课，有个一年级本科生来办公室找我谈，这个2016级旅游管理专业的学生上学期听过我的课，他说想要休学一年去做点事，想听听我的意见。

　　我先详细问了一下他的家庭情况：家里在珠江三角洲某镇开了一家五金工厂，他的哥哥高中没读就已经在跟着父亲经营工厂了，不过哥哥想要改变一下父亲的经营方式，希望用互联网销售产品，降低销售成本。

"那么，你休学一年也是想去帮你爸做工厂吗？""不是，我觉得工厂有我哥去管了，我想尝试做点别的事。""你现在刚读完大一，你想出去做什么？你觉得自己能做什么？"

他说他从初中开始就在外做些兼职，还是能做些事的。

我换了个问题，也就是本文开头讨论的问题："你来大学是想要学到什么？"

他说："一是学专业知识；二是多学一些其他的各种知识，还有就是多认识一些人，长长见识。"接着他就说，也不知自己这一年学的课究竟有什么用，反正是学完也就不记得了，比如说学了经济学，还学了会计学，到现在已经百分之九十都不记得了。他说也不记得我在课堂上说过我对大学四年学习首要任务的观点，"也许是说了，但我没注意。"他说。

我告诉他，经济学首先是一种思维方式（关于这个观点，我同样在文章里面提到过，见《作为方法论的经济学和作为宗教的历史》），而会计学则是教给你记录、研究企业经营数据的方法。他说，如果当初老师这样告诉他，他学起来可能会不一样。

我接着告诉他，我们现在就可以用经济学的方法来分析一下你休学这个事——首先，你休学出去工作一年，能得到什么？

他说：能够知道社会需要什么，休学回来会更珍惜大学的时光。

我说，在你掌握了构建知识框架的方法之后，你再去观察社会，和你现在用大一学生的眼光去观察社会，收获肯定是不一样的，那时的效率会更高。所以我一直说要在正确的时间做正确的事，在大学学习就要做大学学习的事，不应该是人在大学，却总想着去外面实习——效率，这就是经济学要考虑的。

他说，这个道理在中学的时候老师也说过，但没有今天听来感觉这么切近。

我告诉他，这就是成本收益分析的方法——分别考虑休学的成本收益和不休学的成本收益，然后进行比较。

我接着又告诉他，你现在出去做事，能帮别人做些什么事？大概也就是一个文员或者打杂的事吧？

他说，我是希望从别人那里学到一些东西，我帮不了别人做什么。

我说，你爸是能够接受你这样的，因为你是他儿子，所以你帮不了他做什么，他也一样会满足你的各种需求。但别人不会这样想，你没什么东西给别人，凭什么从别人那里得到？——这又是经济学思维最基本的方法——等价交换。你得让自己有足够的支付能力，才能从别人那里交换到你想要的东西。

最后我跟他说：我知道你来找我，是希望我支持你休学，但我既不能表示支持也不能表示反对，我只能告诉你怎样去思考和分析这个问题。

2017年6月28日

# 学校重要还是专业重要?

这两天有一篇文章被很多人在微信转发——《上了985、211才知道,读书无用论都是骗人的》,通常这类文章我没时间点开看,因为觉得里面不会有什么新鲜内容,可是看到连续两天那么多人转发,还是看了一下,发现文章里面说的东西很多,主题不那么突出,或者说内容和标题不那么相符,但文章的有一个观点我是很赞同的:一定要努力上名校。

现在今年高考已经接近尾声,所以来讨论这个问题比较合适(否则怕考生家长纠结,因为我这个观点一般来说不是主流观点)。

和我这个观点恰好相反的是前两天(2017年7月23日)羊城晚报网的一篇文章:《一本线上考生为何"下嫁"二本独立学院?教育人士分析——未来高考志愿或只需选专业》。这是典型的强调好专业比好学校重要的观点。

当然,这篇文章所谈的"选专业"问题有些特殊背景,例如有考生一定要学西班牙语,但一本学校只有中大和广外招这个专业,这个考生的分数虽然上了一本,但够不着中大和广外,于是选择了二本独立学院南国学院的西班牙语专业。

不过更多的人选专业是看这个专业的就业前景,这正是我最不以为然的一点。

我之所以认为选个好的学校比选个好的专业重要，是基于我一直以来所赞同的一个观点：本科教育最重要的是让学生通过掌握一门学科的知识来学会构建知识框架的能力，这个观点在本专栏很多文章里面都强调过（例如：《大学能教给学生什么？》《听懂"老司机"的正确方式》和《学习：构建框架和转变行为模式》），既然如此，专业就显得不那么重要了。

　　当然，这里说专业不那么重要，真正要表达的意思是：好的学校能让学生学到构建知识框架的能力。但好的学校其实也有些专业不那么好，我这里说的不那么好并不是指就业前景不好，恰恰相反，这些专业往往是就业前景好的，所以一些学校会跟风，新办起来的这些专业往往师资力量跟不上，缺乏历史的积淀，在这样的专业学习，成效也会打折扣的。

　　在好学校里面不光是有好的老师，还有好的同学，这一点也非常重要的，甚至其重要程度不亚于有好的老师。

2017年7月28日

# 大学的精神

　　原本没想用这么大的一个标题，下笔的时候一时想不起更好的标题，想起中山大学前任校长黄达人教授曾经写过一本书《大学的精神》，就借用一下了。

　　这几天浙江大学和同济大学的校友都各自在刷屏，因为都在筹备隆重的校庆。

　　看了朋友圈里那么多各种消息、各种议论，唯独王澍教授在最近一个论坛上说的一句话对我有点触动："同济大学这个学校的特点就是有很多知识，很多点子，但是基本上没有精神。"

　　我无法判定他这句话究竟在多大程度上是对的，触动我的只是"精神"二字。

　　以前没从这么形而上的高度去考虑问题，但的确从我本科毕业开始工作以后就发现一个现象：浙江大学的校友在设计院当总工程师、在报社当总编辑之类的多，当官和做生意的少（当然，这是在20世纪80年代初的时候，后来是不是有所改变我也说不清楚）。等到毕业时间渐长，毕业20年、30年聚会见到老同学，乃至建了微信群，更发现老同学们还是那种认真的性格，哪怕在微信里也很少开玩笑，弄得我这个喜欢在微信群里嬉笑的人也不敢随便开玩笑了，因为说一句开玩笑的话也会被同学认真地回复。

这两天在华盛顿开会，最大的收获是找到了30多年没联系的一位1980级同学。虽然他比我低一级，但在学校读书的时候就很投缘，这些年我一直在找他，但用我一直很有效的找人方式——百度或者谷歌，却总也未能如愿。这次在华盛顿见到跟我同班的一位同学，因为他后来病休半年，于是在1980级读了两年半。我向他打听这位1980级同学，没想到就在几个月前这位同学加入了1980级的微信群，而且就在附近的马里兰州，开车不用一个小时就可以过来。见了面，发现这位同学各方面和三十多年前几乎都一样——显然过的是一种充实但却平淡的生活，还是那样积极乐观，也还是那样心平气和，同样也还是那样好学而博识——仍然是我眼里典型的浙江大学毕业生。

又想起我们同班一位前两年评上了院士的同学，当院士在现在似乎已经不算太大的事，但我们这位从事岩土工程的工科同学，评上的是中国科学院院士，这就让我们更加佩服了。

所以我一直认为"求是"校训对浙大人的塑造是很有成效的，从正面说，可以说是严谨认真（有意思的是，同济大学的校训是"严谨求实，团结创新"，同样也强调严谨求实），从反面说，可以说是拘谨刻板。但不管怎么说，这种塑造是固化在骨子里了，这或许就是所谓"精神"吧。

其实同济大学同为工科大学，甚至工科的特点比浙江大学更加突出，而且当年同济大学和对门的复旦大学相比也更能体现工科的特点。

2017年5月20日

# 工匠精神是一种人生观

早些天多次在朋友圈看到这样一篇文章，《与李锦记百年相杀，三代苦守只为一碗最完美的蚝油，如今却落得如此下场》。说的是澳门荣牲蚝油庄衰亡的故事，让人不胜唏嘘。昨晚把这篇文章转发了一下，因为我从这篇文章中悟出了更多。

这里先不说我的感悟，说说文章转发以后一位学生的留言："这让我想起我们这边特别昂贵的一种酱油！我们梅州有个很好的酱油'老窖酱油'，据说好几百一瓶，一般官商才有机会品尝！小时候因为有个做生意的亲戚，所以特别有口福，我当时以为会全国畅销，可长大以后才发现，别说全国，就梅州都好像没有出去！现在梅州市面上基本上找不到这种酱油，但市场还有，仍然是'贵族'拥有，只是我觉得特别好奇为啥这酱油界的'贵州茅台'（这是我赐予的封号哈哈哈）始终走不出家门？"

我给学生的回复实际上是一个简短的提示："人生观、价值观的问题。"

为什么我这么回答，因为在这位学生之前我的一位老同学已经留言："我们倡导工匠精神，却不能给工匠喘息之地。"看了这个留言我就在想：如何才能让工匠喘息？怎样才是让工匠喘息？是让工匠能够像巨匠那样一出手就赚大钱

（例如毕加索，为啥用毕加索举例，因为他活的时间够长，活着的时候画作就很值钱了，不像凡·高），还是让工匠能够基本温饱就算是喘息？

这就是人生观的问题了，做工匠可能就应该满足于不做巨匠，只是为了内心的宁静，只是为了自我的满足。

学生接下来的答复似乎是在印证我的想法："那这个问题真的值得深思了！其实在梅州，不仅仅酱油，很多土特产宁愿待在家里弄个小作坊，跟一大帮人竞争，赚着可怜巴巴的小利润，也不愿弄一个有规模的工厂批量生产赚大钱。有时候很疑惑，貌似除了自我解释就是'纯手工，保质量'以外真的找不到啥原因了！看来老师您又给了我一个答案去深思了。"

我的目的达到了，能让学生深思，就起到为人师的作用了。

2017年2月13日

# 工匠精神：坚守与超越

　　下午参加经管分会的校友聚会，聚会的组织工作可以说是周到细密，有条不紊。上午的时候聚会群里还发出了一条很详细的提示，除了告知准确的聚会时间、地点、交通安排（还细心地提醒停车只能提供2小时免费，超时则每小时16元），还提示大家不要过量饮酒（也带有声明免责的意思），不要在聚会时争论敏感话题，以免影响聚会气氛。

　　或许这样的通告显得过于拘谨，但公告里面的每一句话都没有毛病，也都有道理。

　　下午聚会开始以后，主持人用了大量的时间详细地把分会成立两年来的收支情况一一汇报，顺带也报告了分会成立的详细经过。

　　这些汇报同样也没有任何毛病，财务公开也是完全必要的。

　　虽说这是经管分会，但毕竟我们的母校是工科传统的学校，并且脱胎于120年前成立的求是书院，所以校友们同样有种一丝不苟的工匠精神。只不过如果往深里想想，坚守这样的工匠精神之同时，是否要避免所谓匠气？

2019年1月20日

# 教学应该个性化还是标准化

做教书匠34个年头了，这个问题一直在纠缠我。

按照学校的规范，同一门课，每个老师都应该向学生讲授同样的内容，并且还要取得同样的教学效果。在各种评估中，不管是教育部组织的评估还是各种国际认证机构组织的评估，都有非常繁复的文件，给教学过程规划了严格的路径。如此这般，教学过程自然要循规蹈矩，不偏不倚。

规矩肯定是要照办的，但心中对这个问题的追问却一直没停。

做教师，当然少不了听同事的课。资深教师讲课的时候，往往会加进很多个人的经历，课也就会变得生动起来。这时我会想：如果没有一个统一的并且是比较详细的教学大纲，就很难保证各位老师在个性化教学的时候确保把需要传递给学生的知识都传递到。而刚上讲台不久的年轻老师往往多数时间都在照本宣科，很多学生在解释自己为何不听课乃至逃课的时候都会说，老师讲的书上都有，不听也可以自己看书，比听老师讲还懂得快。

还曾经听老师说过，在讲授知识或技巧的时候不能夹杂自己的见解，必须是按照教科书上的标准来讲，同时强调，这是一条原则，并且是麻省理工学院的老师讲课的时候强调的原则。

可是又不时听说一些完全个性化的教学方式。大师把学生叫到家里用聊天的方式上课，这就不说了，现在是绝对不允许了（上课时间教室没人那是属于教学事故的）。说说我刚从《正午》（2016年9月第3集）看到的一种教学方式——

美籍华人作家李翊云忆及自己在爱荷华大学作家坊学习的老师，詹姆斯·艾伦·麦克弗森的写作技巧课，在教《一千零一夜》的同时会教两本哲学书。所以李翊云说："他们想的东西和其他人不同，写作技巧是很小的一环，他们思考的是很大的事情。"

好玩吧？我以为小说最重要的是形象思维，可人家却要同时把哲学的逻辑思维也一起讲。

李翊云还提到玛里琳·罗宾逊的阅读课，"你自己读《白鲸》和跟她一块儿读《白鲸》感觉完全不同"。

我想学生听这样的老师上课当然不会觉得听与不听一个样了。

2017年1月6日

# 何为价值中立

教室，不是公众集会的讲坛，你在那里大声疾呼推销自己的政治理念，是理所当然的事儿，但是一个学者不能在教室里这么做，学者应该把所有的政治理念甚至人生价值都排除在教室之外。

这是韦伯一个很有名的提法，中文一般翻译叫作"价值中立"。但是我很喜欢台湾学者顾中华的翻译，把它翻译成"价值自由"。

上面这一段文字，引自梁文道前两天教师节的时候发表在公众号"理想国"上面的一篇文章《什么是好老师？》，这篇文章集中了好几个很有意义的观点，比如：老师应该努力让自己"过时"——让学生超过自己；老师不应该成为人生导师……我却特别在意他提到的这个"价值中立"的概念。

类似的观点我也听资深的同事说过（见《教学应该个性化还是标准化》），但我觉得这里介绍的韦伯观点更清晰明确：并不是说教师不能在课堂上讲自己的观点、理念或者自己的价值观，而是应该把这些内容作为全部教学内容的一部分，全盘介绍给学生，让学生自己去判断哪些应该接受、哪些是自己不愿接受的。

这一点，我自己一直是很注意的，并且会在课堂上反复告诉学生：我介绍的这些内容，包括我自己的观点，你们都可以提出质疑。

　　甚至为了教学需要建的微信群，我都预先提醒学生：你们可以选择不入群，不是必须要加入。这同样是在尊重学生的选择。

2018年9月13日

# 从威士忌加冰说到解决问题

　　晚上备课，遇到一个小问题，和备课无关——在电脑前工作时习惯性地要啜几口威士忌，前两天涛哥送的一瓶Highland single malt竟然是60度的，入口实在太辣，就想到要加冰块，没想到宿舍这个冰箱里面没有制冰的分格小盒，于是随手发了个朋友圈——

　　"请教万票圈：没有冰格如何制冰？"——平常用不上冰格，不知扔到哪儿去了，现在这种Highland scotch，60度，实在辣喉，不得不加冰——我知道在苏格兰喝单麦加冰和打老婆一样都属于野蛮人，可现在情况特殊。

　　果不其然，朋友圈里严肃的话题往往没几个人回应，遇到这类问题，围观的很快就聚集起了一大堆，提出了各种建议——

　　用塑料袋（不止一位这么建议，更靠谱一些的会提醒用厚一点的塑料袋）、用碗（很贴心地告诉我蒙上保鲜膜）、用矿泉水瓶……呃，所有这些办法都会给我制出一大坨冰，怎么用？——放地上摔、砸——开始捣乱了不是？

　　用鸡蛋壳、用最小的那种一次性纸杯……嗯，这些属于比较靠谱的。

　　用专用的冰酒石——呃，没有……嗯，倒是有启发：平常收集了很多酒瓶口的玻璃珠，放到冰箱去冻一下，和冰酒石的作用不是一样吗？正准备实操一下，忽然发现不对！被带沟里了！

为啥要加冰？首先是用冰来稀释这60度的酒啊，冰酒石能稀释吗？

当然，加冰的另一个作用是低温的酒入口不那么辣喉。

对，这正是加冰的两个作用，或者说这是加冰的两个目的。

做事是要以达到目的为归宿，现在一是要稀释降低浓度；二是要降低温度，我最后的解决办法是：先在酒杯里放上一点温水，放到冰箱冷藏室，再把酒瓶也放进去，过一会儿拿出来，在降了温的水杯里倒酒——两个目的都已经达到。

说到最后，和备课就有关系了。

2017年5月2日

# 不一样的江湖

前几天一位诗人的去世，激起微信朋友圈的大量讨论。笔者不懂诗，过去并未关注过这位著名诗人，看了这些天的各种文章，才知道这位诗人一直不被诗歌圈所接受。再读了几首诗人的代表作，大致能够明白为啥会这样了。

在诗歌界，诗是有其特定的含义的，以笔者愚见，必须要意境深远、意在笔外。按着这样一个套路来讨论，优美、押韵等就只是诗歌的表象，只是形似是不能算诗歌的。如果从字面就能一眼看懂含义，就更不能算是诗了——在诗歌界看来大概是这样吧？

而在普通读者看来，能够读来轻松易懂，还能触动心灵、引起共鸣，令人心向往之的诗歌，就是自己所喜欢的。所以大众是不会在意诗歌界对诗歌的定义的。

这种现象在很多领域都存在。例如房地产可以算是一个大众关注的领域，笔者认识这个领域的很多学者，但这些学者是不会被媒体称为房地产专家的，甚至是不为公众和媒体所知的。虽然笔者也认为特别对于房地产这样一个实践性很强的学科而言，闭门造车坐而论道总让人有隔靴搔痒之感，有些时候做出来的研究甚至会完全和现实脱节（可参见笔者的几篇讨论年轻老师如何做研究的文字），但笔者同样认为很多潜心研究房地产领域的真问题的学者对房地产行业的贡献是非常大的。

前几天随一群估价师去山区扶贫的路上，讨论起行业发展，有位公司负责人不以为然地说："你不做企业，不知道企业是要赚钱的，我们不能像你那样想问题。"当然更多的时候，笔者在企业或者是政府部门听到的感慨是："我们太忙了，没时间思考，有时想到一些问题也没时间总结出来。"这两种说法恰好是一体两面，学者如果和经营者完全一样，那么其思考是很难深入的；而学者如果完全脱离现实，其研究同样也是无源之水、无本之木。

常听人说起不一样的江湖，的确，学界的江湖，商界的江湖，政界的江湖，都是不一样的。

2015年4月29日

# 大师无需介绍

　　前两天主持一位大师级教授的讲座，既没有花时间介绍他的情况（一方面，作为本系的讲座教授，这已经是他第三次来给本系教师开讲座，大家都熟悉他了；另一方面，我自己演讲的时候也很不愿意主持人念一大堆关于我的介绍，理由是：互联网时代，学生想了解某人，动动手指就可以了，如果不想了解，介绍也是浪费时间），也没有在他讲完之后吹捧一番，直接就是提问讨论，我觉得这才是对他的尊重——把每一分钟的宝贵时间都用来让他讲述思想精华和充分讨论。

　　这样的主持风格现在也很常见，主持人往往强调要演讲者直接讲"干货"。

　　阅历越多的人，越不容易被外表的霓裳华服所迷惑，会直接看问题的本质。不管是台上的还是台下的人，都是这样。

2016年5月29日

# 成功无法复制

讲两个真实的故事，两个故事的主人公都是我所敬重的朋友。

第一个故事，是我多年的领导，也是我的导师，退休以后成立了一家创业投资公司，并且自己投了不少资金在里面，公司成立五年多，做得非常成功。但老领导却多次说，当初真是无知无畏，如果知道创投是这么做的，真没胆量进入这个领域。

第二个故事，是我所研究行业里面的一位大佬，他的公司成立时间要早得多，后来登陆纽交所，那是在2010年，时间比第一个故事中的创投公司成立大约早半年时间，按上市当日价格计算，市值达到13亿美元。这家公司在前年开始进入房地产经纪行业，并且给行业带来了一系列冲击，时至今日，仍然在中国的房地产经纪行业中做创新尝试。不过这位大佬私下却还是说：如果当初知道这个行业是这样的，就不会进入了。

两个故事的主人公说的话几乎完全一样：如果知道真相，就不会从事这个行业了。到目前为止，一位很成功，一位还在继续尝试通向成功的道路。

如果按照鸡汤的煲制套路，写到这里应该谆谆教导一番：一定要先行动，不行动是无法成功的。的确，即使是第二个故事，仍在探索的，也不能说就是失败了，在这个过程中他已经收获了很多。

　　不过在我看来，我一直认为，企业家一定要具有冒险精神，甚至是不管不顾，一意孤行的。能成功是因为他敢冒险，但冒险的结果并不一定是成功，还是那句话说得对：成功是无法复制的。

2016年12月19日

# 职业的路径依赖

我自己的经验是，两种情况最能启发大脑潜能，一是游泳的时候，二是和人探讨的时候，特别是一对一讨论问题的时候。当然，讨论的对手应该具备两个基本条件：一是思维模式差不多，二是善于提问（所谓善于提问，一是爱追问，二是提出的问题是真问题并且能够激发思考）。

昨天既有游泳时的思考，又有一对一的讨论；一对一的讨论既有面对面的，也有微信上的。讨论的内容当然不少，但这里最想记录下来的是讨论到的职业路径依赖问题。

我在大学教书已逾35年，如果不被炒鱿鱼，还能再工作不到5年时间，按照年纪越大时间越快的说法，这5年应该也是转瞬即逝的。

这么多年，发现一个有趣的现象：很多政界的朋友（包括从政界进入商界的朋友）说自己一直有个愿望就是想去大学教书（当然也有很多商界朋友会这么说，但显然他们说这话的时候不如政界的人认真），可是最后并没见过一个人从政界来学界。反过来，不少从学界转入政界的朋友，几乎没有回头的（有个别回来的，也是平调回大学当校领导）。

究其原因，可能是因为每种职业都有自我强化的功能，不管是学界还是政界，都是有各自严格的规范的。比如进入政界以后，不光是每时每刻都会被提醒（既包括他人提醒，也包括自我提醒），自己的言行要符合规范和身份，更重要的是：有各种定期和不定期的学习培训，所以在这里每多停留一天，就是为今后继续在这里停留多了一次定型。学界其实也一样，只不过方式可能有所不同罢了。所以一旦进入了某个"界"，基本上就会一条路走到底了。只不过，同样是这些年看到的结果，学界能够走到底的会多一些（这里说的走到底是指不被外界原因打断，比如前面说的被炒鱿鱼，不包括自己主动选择离开学界），走完以后也很少有人后悔走这条路。

2018年10月21日

# 天才、勤奋和用心

　　漫画家方成的文字也很耐看。

　　方成先生曾经写过一篇短文《说天才》，文中的核心论点就是：人生下来，只会吃奶，不可能有别的天生的才能。所谓"天才"，无非是出于爱好。一个人对哪种工作极为爱好，必然会干得很用心，很细致，会很努力去钻研。俗话说是"用心"，干得"细致""努力""钻研"等，说的大体是频繁用脑之意，其结果必然是在所干的工作上，不断促使头脑运用发达，工作才能做得好。

　　"天才"可以说是一个永远让人争论不休的话题。

　　不过，如果不说"天才"，而说"天赋"，似乎就会有更多的人赞同——不同人的天赋的确不同。两者的差异可能在于："天才"说的是天生的才能或者能力，那么的确可以说除了自然的呼吸和吮吸动作，初生婴儿几乎是什么才能也没有；而"天赋"则指天生的禀赋，这些可能是由基因决定的，例如篮球运动员的身高、钢琴家的手指，当然还有相反的天赋，例如笔者这类色弱者。

　　另外有一些是介于天赋和后天获取之间的能力或者禀赋，也就是说，很难说是天生决定还是后天学习培养形成的，例如有些孩子能够集中精力，有些孩子则不容易集中精力；有些人的观察力就是要比另一些人更敏锐一些，等等。

所以，方成先生把天才几乎完全等同于爱好，的确还是值得商榷的。但另一方面，笔者完全同意方成先生接下来所说：因为爱好，所以会"用心""细致""努力""钻研"，从而才能把事情做好。

以笔者自己的工作学习经验和32年多的教学经验，"用心"的确是做好一件事的不二法门，而"努力"或者"勤奋"则是成功的最重要秘籍。

天才未必有，天赋肯定有。而尽管有天赋，也必须勤奋和用心，这样或许就成了常人所说的天才了，或者是方成先生所说的头脑变得发达了。

2016年2月11日

# 关于写作风格、教育及其他

有朋友评价我的写作风格："我觉得现在人写文章太浮躁，太复杂，相反您的文章字里行间充满朴实的学术风格。比如写您和您儿子做饭的文章，让我突然想起了朱自清的《背影》，受此启发，然后我给我爸打电话，让他教我做他最拿手的红烧豆腐。"

一篇小文能够引起读者共鸣并产生一点教化功能（主动和父亲沟通，学做一样拿手菜，在我看来都是教化的成效），当然是作者最感欣慰的事。

我写的文章有几类，有的有一点学术性，有的有一点知识性，有的是和业界探讨，算是实务类，有的则纯属胡思乱想（或谓之胡言）。一年写下来，倒也有不少读者表示喜欢文章的风格。忙起来久不打理，还会被人追债：怎么好久不见有文章出来？于是不敢过于懈怠。

身在高校，在学术刊物发paper是硬指标，不过我个人还真觉得写点这样的公众号小文更有意思（似乎还不敢说这些文字比学术刊物上的paper更有教化作用）。

刚才在朋友圈又见有人对钱理群教授把社会问题归因于教育表示不赞同，我倒是一直认为的确就是教育的问题，只不过不仅是学校教育或者是学校教师的问题，而是从家庭开始到整个社会所提供的教育有所缺失或者说至少缺少成效。向父亲学做红烧豆腐就是在接受教育，就和我从小在厨房给父亲打下手一样，也是在接受教育。

2016年4月21日

# 知识的碎片化和系统化
## ——关于知识和学习的随想之一

今天在朋友圈看到朋友写的一段话——"有人问：什么是生命的意义？我反问：什么是意义？对方不吭声了。"

由此想到前两天也是在朋友圈看到的一篇文章，核心观点就是"琐碎的知识把人生切割成碎片"，该文作者不主张零敲碎打地学习知识，文章还引用了德国哲学家尼采在《我为什么这么聪明》这篇文章里作为结论的一句话："我之所以这么聪明，是因为我从来不在不必要的事情上浪费精力。"

之所以从前一位朋友追问生命的意义想到后一篇文章谈知识的碎片化，就是因为尼采的这个结论。尼采说自己从来不在不必要的事情上浪费精力，那么究竟什么才是不必要的事情？或者反过来，什么才是必要的事情？这个问题其实就和"什么才是有意义的生命"一样，是找不到唯一正确答案的。

不过，这里一开篇就把问题引到形而上的关于人生意义的讨论上，并不是本文的主题，接下来还是想要回到形而下的讨论，谈谈知识的碎片化和系统化的关系。

首先，笔者认为知识的系统化对于成就一个人的事业是至关重要的。我们经常用"是否受过某个学科的专业训练"来判断某个人的专业基本功是否扎实。也正因为如此，通常都会认为本科的专业学习对培养一个专业人士来说是至关重要的，这正是因为本科专业学习能够让人形成系统的知识框架。而之所以有些本科专业不被教育界人士看好，并非因为所谓冷门，而是因为这些专业不能给学生提供系统的知识框架。

但另一方面，笔者认为，系统的知识固然很重要，但更重要的是知识的系统，以及形成知识系统的过程。很多人都有这样的经验，学校学习的知识最后在实际工作中能够用到的并不多，但这既不等于说学习知识的过程和获取知识的方法没用，也不等于说这些知识真的没用。这就回到前面所说知识的碎片化问题上了，依笔者所见，碎片的知识能否有用，关键还是看是否有融会贯通的能力。看似不相干的知识，实际上可以从中找出内在的逻辑联系，大量的非本专业知识也是能够帮助对本专业知识的理解的。而之所以这样，正是因为在获取知识的过程中不仅学习了知识，而且学会了获取知识和搭建知识框架的方法，所以能够将所谓的知识碎片恰当地搭建在知识框架的合适地方。

这个道理中国古人已经很好地总结了，有个成语叫得鱼忘筌，如果把鱼喻为知识，把筌喻为获取知识的方法，这个成语就告诉我们不能只拿走知识而扔掉获取知识的方法。

所以，碎片化的知识并非那么"十恶不赦"，关键还是看能否有能力把看似不相干的碎片化知识搭建在自己的知识框架上。

2015年4月18日

# 知识的建构和解构
## ——关于知识和学习的随想之二

昨天那篇《知识的碎片化和系统化》贴出以后，有朋友留言说了自己的看法："有机会一定系统化。不得已，最好有能力把看似不相干的碎片化知识搭建在自己的知识框架上。"

而另一位朋友留言："碎片是搭建系统的组件，系统要自我更新又要打碎为碎片，重新加入及减少不同碎片形成系统，周而复始！但现在碎片好像变成天花乱坠的大道理，仙女散花！谁来执手尾①？"对此我回帖简单回答："一、老师在教学的过程中不仅要讲授知识，更要讲授如何建构知识系统；二、最终执手尾要靠学生自己，这是学生一辈子要做的事。"

不过后一位朋友所说的这句话："系统要自我更新又要打碎为碎片，重新加入及减少不同碎片形成系统，周而复始"，正好就是我接下来想要谈的问题。

学习的过程首先是知识建构的过程，或者说是让知识系统化的过程。但对于做研究的人来说，光是建构知识系统还是不够的，还需要发现现有知识系统中存在的缺陷，这样才能对

---

① 粤语"执手尾"的意思是做完后面的事，收拾残局。

已有的知识体系有所贡献。要想做到这一点，就得学会解构已经搭建完成的知识系统。这就是刚才提到后一位朋友所说的：打碎为碎片，重新加减形成新的系统。

古人说过学习的三种境界：开始是看山是山，看水是水；后来是看山不是山，看水不是水；再后来是看山还是山，看水还是水。

不过在笔者看来，即使达到"看山还是山，看水还是水"的境界，也还没有到达解构的程度，还只能说是建构过程已经炉火纯青了，也就是说把观察学习的对象已经彻底弄明白了。而解构则至少应该从这第三个阶段再上升半级，可以是"看啥都是山，看啥就是水"，就是说可以把任何东西拆开了，捻碎了，再做成另外的东西，所以本来不是山的，也可以看到山；本来不是水的，也可以看到水。这就到了解构的境界了。为什么说这还只是在建构的阶段再上升半级而不是一级，因为这仍然还没有脱离原有的知识系统，而要达到像爱因斯坦那样的创造性思维，则要比这个阶段更上升才行。

昨天的短文副标题是"关于知识和学习的随想之一"，今天把副标题改成了"关于学习和创造的随想之二"②，其实可以说两篇文字已经不是一个体系了，前一篇是针对学生谈的，今天这一篇则是针对研究人员谈的。

经常发现年轻人喜欢用解构的方式看问题，表现出来就是对任何知识都持怀疑的态度。这种精神应该鼓励，但也需要提醒年轻人：解构应该在建构的基础上进行，在知识体系的建

---

② 为统一起见，这三篇文章结集发表的时候还是用了统一的副标题"关于知识和学习的随想"。

构没有完成之前就去解构，只能像那位朋友的评论所说，看到一堆"天花乱坠、仙女散花"般的碎片。

当然，可能年轻人会反驳：越年轻越敢想才越有创造力，爱因斯坦最早提出狭义相对论的时候还只有26岁。这话没错，但年轻人也别忘了，爱因斯坦提出狭义相对论的时候已经拿到了博士学位，也就是说已经完成了知识建构的过程。

所以，年轻人应该防止胡乱解构的冲动，而成年人则应该防止思维僵化的定式。

2015年4月19日

# 果皮与边界
## ——关于知识和学习的随想之三

友人送了几个蛋黄果，从没见过，当然更没吃过。享受美味之余，又有一些胡思乱想。

先说说蛋黄果，拉丁学名为：Lucuma nervosa A. DC，又名仙桃，柿树目山榄科蛋黄果属。因为熟透以后的果肉吃起来像蛋黄而得名，平常也有人称之为鸡蛋果。而有人把百香果也称为鸡蛋果。百香果学名西番莲，据说因含众多水果的香味而冠名，但我宁愿相信实际上是百香果的英文名passion fruit的音译。

因为是第一次吃蛋黄果，所以就比较留意这种果肉的情况。吃的时候是对半切开，中央有一个硬核，结构上有点像牛油果。果肉在靠近核的地方更甜一些，在靠近皮的地方则稍带苦味。果皮的苦涩味更重一些，但并非不能下咽，实际上我还试着把果皮嚼了一起吃下去。

植物虽然是无意识的，但植物繁衍的过程却体现了如下意识：果实是植物繁衍的载体或者说中间过程，真正用于生根发芽的部分是果核，果核往往位于果实的中间（除了远古遗存至今的裸子植物），被果肉包裹，果肉外面再覆以果皮。如果果实连同果皮落入泥土，果皮腐烂的过程会比果肉要长，所以如果有动物吃掉果皮和果肉，让包裹其中的果核裸露出来，生根发芽的过程就会更容易。有时动物把果核一并吃下去，果核一般不会被消化，会随着动物的粪便排出，这时粪便既充当了传播果核的载体，更提供了果核生长的营养。

几乎所有的水果都是越靠近中央部位越甜，这可以诱使动物尽可能把果肉部分吃完，直到果核裸露出来。

那么果皮呢，似乎用处不大。（哦，有人会说：果皮可以让水果保鲜，去皮的水果显然不如连皮的水果保存的时间长。但这已经是以人的目的性来替水果着想了。）

果皮提供了果实的边界，再大的果实，也是会有边界的，不可能无限大。

知识也是如此，每个人能够获取的知识都是有边界的，永远也无法穷尽所有的知识。记得我在读硕士和博士的时候，两位导师都跟我说过同样的话："不要等到占有了所有的资料才动笔写，本身资料就是在不断更新，你是没有办法把所有资料都读完的。"这实际上就是在告诉我知识建构要有边界。

2013年9月10日我在人大经济论坛网站做在线访谈，有个网友提出一个很有趣的问题：你已然"身在此山中"，又如何得知山之全貌？

我当时的回答是：我从来没有试图得知山之全貌。首先山本身的边界就很难定义。咱们随便找一座山，哪怕是一个小山丘，您能把它的边界确定下来吗？如果边界都无法确定，又何谈全貌呢。知识也是同样的，您知道的越多，就会发现还有更多的东西是您所不知道的，哪敢说全貌二字啊。

实际上，这位网友说的"山"，正是指的知识，他恰好就忽略了这一点：知识是无穷尽的。

然而对于每个探求知识的人来说，在每个时间段上，都应该设立一个知识建构的边界。

2016年2月4日

# 建构何时算完成

　　和22岁的大三学生聊天，小伙儿原来喜欢看美食文章，学做菜，现在不看了，问他为啥，他说："真正的大厨是不用看菜谱的，凭着感觉就能做出菜来；看看冰箱里有什么，就能用这些东西做出一道菜，不用专门去准备食材。"

　　我当然对此不以为然，想了想，告诫他："我跟你说过建构与解构这两个过程，只有当知识建构完成之后才能去解构。你说的就是已经在解构了，但我不认为你已经完成了建构。"

　　这引发了我更多的思考。关于建构和解构，可以看旧文《知识的建构与解构——关于学习和创造的随想之二》，这里就不重复了。问题是：建构的过程怎样才算是完成了？以厨师为例，大概我们可以说当一个人拿到了初级 (国家职业资格五级) 中式烹调师职业资格证书就可以算是基本完成了建构过程，但如果我们知道初级资格之上还有中级、高级、技师、高级技师四级，那么恐怕又不能说拿到最低级的初级证书就算是完成了建构过程。

　　然而，且慢，这是对职业厨师而言。如果是把烹饪作为业余爱好，那么可能即使连初级证书所要求的知识都还没有完全具备，也不能说一定就是没有完成知识建构。所以说，所谓完成知识建构的标准也不是那么明确的。不光是对于非职业的知识建构行为如此，对于职业的知识结构也是如此。记得30年前我写硕士论文的时候，导师就告诫过我：你阅读文献不能没有止境，不要说文献每天都在更新，即使是过去的文献，你也很难全部涉猎，阅读到一定程度就要开始动笔写论文了。这其实就是在告诉我要自己设定一个知识建构的完成标准。

2018年7月23日

# 怎样防止碎片化学习

　　刚才和老友小酌，借着酒劲，他又说起他的老板——已经是说过多次的话题——这个著名的老板，顶尖聪明，悟性超群，但问题就在于缺乏系统的知识训练。

　　恰好，回来的路上，看到一篇《罗振宇永远不会告诉你的秘密》，把这个问题从另一个角度分析得很透彻。

　　其实罗辑思维我也是很喜欢的，现在碎片化阅读是很常见的事，但我自认为不存在这篇文章中列举的问题，原因就在于，我有自己的知识框架，碎片化的知识可以用在我的知识框架上作补充。

　　记得曾经看过一个说法：所有记忆的过程都是建立联系的过程——把新学到的知识和脑子里已有的知识联系起来。用通俗的话说，就是要把学到的知识用自己能够明白的语言再解码并且存储在大脑里。所以，如果你原本没有一个知识的框架，就无法将新知识"嫁接"到原有的知识框架上，于是就成了碎片化学习。

2017年8月5日

# 再谈碎片化学习——联想和记忆

前两天写了《怎样防止碎片化学习》，严格来说，这话不大准确——应该防止的是知识的碎片化，也就是学了一堆不成体系的知识；而学习，很多时候就是零敲碎打的。所以应该学会的一个本事是：用碎片化方式学到的知识构建和完善自己的整体知识结构。

在《怎样防止碎片化学习》中提到："所有的记忆的过程都是建立联系的过程——把新学到的知识和脑子里已有的知识联系起来。"

今天早上醒来看到一个小朋友在朋友圈写了一行字："有大神用过Artificial Neural Networks（ANN）么？"

哦，人工神经网络，早就有啊，至少三十年前就有，那时我正在学习人工智能，ANN就是和专家系统（Expert systems，我当时是在学这个东西）并行的一个技术方向。

然后，我在脑子里描绘了一下ANN的基本图示（毕竟后来不再学这些，并且当时也只是有个初步了解，并未深入研究，更未具体应用），忽然想到它和现在管理学领域流行的结构方程有些相似，马上用"人工神经网络，结构方程"上网查，果然查到一篇文章《结构方程模型与人工神经网络模型的比较》，登在《系统工程理论方法应用》2003年9月第13卷第3期。

老实说，结构方程我也只是略知一二，但能把结构方程方法与人工神经网络方法联系起来，这对我理解和记忆这两种知识肯定是有帮助的，这就是联想在记忆过程中的应用。

我一直很佩服那些记忆大师，看过一串数字就能背下来；还有那些演讲大师，能把一篇长长的演讲稿背下来，再流畅地说出来，一个字不差。我一直做不到，我记忆知识一直用的是这种笨办法：先建立知识直接的联系，再将新知识拼接到自己已有的知识框架上。

2017年8月10日

# 碎片化学习的危害

此前已经就碎片化学习的问题写过两篇小文（《怎样防止碎片化学习》和《再谈碎片化学习——联想和记忆》），对于我自己来说，碎片化学习是我利用碎片时间补充知识框架的很有用的手段，但我也的确非常担心碎片化学习会使初出茅庐的学子被误导。

比如我经常听的一个学习节目，在一篇文章里这样定义管理："管理学的目的，不是管理一家公司，管理学的目的是让你有能力'破局而出'。"

或许觉得这个定义不够清晰，作者继续写道："任何人，任何团队，任何组织，都有一个自然倾向，就是形成一个既定之局——各个因素都是确定的，信息是明确的，高度规范化、结构化的局面。……所谓做管理，就是和这个自然倾向斗争，通过协调关系，加减元素，重塑结构等等一系列手段，让原来的局面发生变化，找到问题的新的解决方法，这才是更抽象意义的管理。"

我的个天呐！——这是这位作者在节目中经常说的一句口头禅——我在大学里面教管理学，现实当中也做些管理工作，我自己最关注的一件事就是怎样把日常工作程序化、规则化，我的确认为这是管理学的真谛。当然，这位作者所提出的

　　"破局式"管理不能说没有道理，但是当一个人没有学懂基本的管理学原理之前，是不应该去学这种"破局式"管理的。这就跟我常说的"在建构一个完整的知识框架之前，先不要去想着做解构的事"一样（见《知识的建构和解构》）。

　　所以我觉得我自己听这类学习节目可以学到不少知识，但如果是尚未建构自己知识框架的学生们听这类节目，一定要注意不能因此扰乱了自己正常的专业学习进程。

2017年10月4日

# 概率权、过往不恋、第一性原理
## ——别被这些名词迷惑了

　　题目中的这三个词，用"得到"APP坛主的话说，都是一个意思，究竟是啥意思？光看字面，肯定没法理解，但其实并不神秘，就是看问题要透过现象看本质，这么一说，一定很好理解。

　　这些年新概念层出不穷，但看来看去，很多都是原有的旧酒装在了新瓶子里。当然了，这些新概念能够被扩散开，除了靠商业推广的力度以外，本身也是有创新和发展的，但其本质往往都还是原有的概念。

　　而现在的自媒体，往往会热衷于传播这些"新"概念，于是，经由自媒体带来的碎片化学习，就特别容易被其所迷惑。我之前写过几篇短文讨论碎片化学习，既肯定了碎片化学习的作用，也指出了可能的不利之处。这种通过自媒体碎片化学习造成的概念混乱，也算是碎片化学习的危害之一了。

2017年11月3日

# 听书的正确姿势

听书是从喜马拉雅FM开始的，长途开车的时候听，听了阿城的两本小说，还听了罗辑思维。《罗辑思维》后来搬去了"得到"APP，又跟着去"得到"上听。又发现"得到"上还有一个免费栏目叫作《李翔知识内参》，偶尔也听。这两个节目都是不要钱的，要钱的付不起。

这两天听了李翔知识内参上的一篇文章《链家左晖：轻重、快慢和协作网络》，忽然发现原本很轻松的听书变成了一件有点费劲的事。认真想了想，觉得想明白了：听书也得有正确的姿势。

原本以为，以我对左晖和链家的了解，听这一篇内容不会有啥新鲜东西，所以甚至是抱着挑错找茬的心情来听的——看看这篇文章有没有真正把左晖说明白。结果没想到的是，听了一遍愣是觉得没听明白。

我当然不会承认是因为我的理解力出了问题，我跟左晖多次一对一地聊过，除了面对面深聊，还在微信上讨论问题，并且我很得意听到他对我的一个评价：他说我能够把话说得让各"界"的人都明白，当然也能够听明白各"界"的语言。

在这种情况下，我却没能一遍听明白《李翔知识内参》的这篇文章，只能承认是我对链家对左晖的了解还是不够全面和透彻，这是我的问题。但为啥由此却说起听书的姿势呢？我对照了一下《罗辑思维》，发现了关键所在：《罗辑思维》讲的东西基本上都是我已经明白的，所以我听《罗辑思维》的时候，与其说是在学习，不如说是在思考。我曾经多次说过知识框架的概念，我在听《罗辑思维》的时候不是在构建知识框架，而是在已有的知识框架上补充完善或者是更新，所以就不觉得费劲。而《李翔知识内参》里面的内容有些是我不熟悉的，遇到不熟悉的内容，如果是看书，就可以多看几遍，并且前后对照着看，但听书则不然，如果只听一遍，那么转瞬即逝，是没办法前后对照着听的。

所以我的结论是：听书只适合于"浏览"知识，如果想要系统地学习知识，听书这种方式就不行了。

2018年1月8日

# 碎片这样连接

关于碎片化学习和碎片化知识，已经写过好几篇，总的意思就是：碎片化学习之前先要构建自己完整的知识框架，碎片化知识是对已有知识框架的补充完善。

这两天学唱《Take my hand, precious lord》，遇到一个词：drear，查字典的时候看到一个例句：I gaze on the moon as I tread the drear wild.

"tread the drear wild"，这里的tread和drear构成了alliteration（关于alliteration，也就是押头韵这种英文写作修辞手法，我曾经在《下雨天，读书天，写作天》这篇短文里面提到过）。

我把这个例句稍微改了一下：I dream as I tread the drear wild. 这样押头韵的特征就更突出了。

Alliteration这个英文词我其实一直记不住。能记得这种修辞方式，但记不住这个英文词，所以我查到上面那个例句，看到里面出现的押头韵现象时，还不得不翻出前两年的那篇旧文来看alliteration这个英文词怎么写。但今天仔细看了两遍这个词，忽然想起另一个词：iteration，迭代。iteration这个词我也记得不是很牢固的，只是因为现在大家用迭代这个词比较多，而我每次看到迭代这个词被用作"升级换代"的意思时，就会想到这个原本在计算机学科里面有明确含义的词不该被这样误用（关于迭代这个词，我在《拜托，别再这么"迭代"》这篇里面讨论过），所以现在逐步记住了iteration这个词。现在忽然发现：alliteration和iteration应该是同一个词根，iteration的英文原意是重复，押头韵也是在上下文不同的单词里面重复某个首音节。

将这两个词一联系上，今后就能将这两个词都记住了。

话说我自己的英语知识很多都是这样碎片化的方式学的，这里提供了一个很好的例证，说明碎片化学习怎样形成系统。

2019年2月23日

# 从哪里获取知识
## ——碎片化知识的可靠性

刚才随手打开了一篇2014年的《罗辑思维》文章《右派为什么这么横》（第68期，2014年4月18日首播），文章的主题是谈保守主义，算是对保守主义的一个比较完备的概述。文章提到保守主义的知识论，认为知识是分散的，没有任何一个人的知识是完备的，也不可能知道别人究竟掌握了什么知识（罗胖由此衍生出很多观点，我就不转述了），并且还举了经济学家周其仁找人带路的例子（一帮经济学家到了岳阳，开车的长沙司机找不到岳阳楼，周老师用最简单的办法解决了问题：下车打了一辆出租车，让出租车去岳阳楼，后面的车跟着就是了）。这的确是很典型的"周氏风格"，如果听过周老师演讲或者是看过他的书，都会有这样的印象：他非常重视基层的调研，始终认为改革方案应该是从基层实践中升华。

不过就这个问路的案例来说，一定会有人已经想到：现在手机地图那么方便，直接用手机导航不就行了吗？

首先，不要以为周老师不会用手机导航。说个小故事——

前两年有一次周老师来广州讲课，有一个下午的空余时间，想找个城中村看看，我就带着他进了中山大学对面的布匹市场，他一路看得很细，也不时向摊贩店主提问，同时我还注意到他时不时会拿出手机看地图，并且把所在位置截图保留。

再多说两句关于周老师用移动互联网的情景：从布匹市场出来，眼看已经到了快吃晚饭的时间，我就带着他还有同行的华东师范大学张永岳教授进了路边的炳胜五凤店，随便在窗边找了张小桌子坐下吃饭。周老师又拿出手机看大众点评，说："嗯，这家店不错，大众点评评分很高。"

其实，从互联网获取知识和从每一个普通个体那里获取知识的道理是一样的，保守主义知识论所认为的：知识是分散化的。

不过，这些分散化的知识究竟是否正确，这就又需要另外判定了。

继续说刚才提到的那篇文章。谈保守主义，当然重点要说保守主义的奠基人埃德蒙·伯克。听这篇文章语音的时候我听见罗胖说的是"伯"克，就随手到百度上查Edmund Burke，百度百科对应的词条是埃德蒙·伯克。这时脑子又拐了一个弯——通常中文提到Edmund Burke的时候是用柏克这个中文译名，于是我又查了"柏克"这个词条，有意思的事情出现了：百度百科也有埃德蒙·柏克这个词条，并且和埃德蒙·伯克不是同一个词条，但指向的都是Edmund Burke，相比而言，埃德蒙·柏克这个词条的内容更完备一些。

过去也经常可以用不同的中文译名在百度百科上查到同一个词条，并且会在词条前面注明：XX一般指YY，其中YY是百度百科列出的词条，XX则是同义但不单列的词。例如查"空客"，会指向"空中客车公司"，然后在后者的词条下面会有一行字：空客一般指空中客车公司。可这次显然是百度百科在审查上有疏漏，导致出现了埃德蒙·伯克和埃德蒙·柏克两个不同的词条，没有合并成一条。

　　分散化的知识就可能出现这种情况：如果之前对Edmund Burke没有什么了解，或者平时只看中文译名而不理会英文原名，看了埃德蒙·伯克和埃德蒙·柏克这两个词条就可能会有些糊涂了。这也正是我一直强调的：碎片化知识只能是用来补充已有的知识框架，想利用碎片化知识来构建一个新的知识框架是不可能的。

2019年3月2日

# 把故弄玄虚的概念说得简单点

　　现在卖知识的人喜欢生造一些概念出来，我曾经在《概率权、过往不恋、第一性原理——别被这些名词迷惑了》这篇文章里提到这一点。昨天听"得到"APP的一篇文章《〈选择〉为什么会出错？》，又发现有这种现象。

　　文章在谈到怎么提高选择的正确率时，介绍了两种思考方法，一种是选项分层法，另一种叫作主动创造选项。

　　作者还对第一种方法进一步解释：选项分层就是按照需求，把选项分成几个梯度，为每个梯度建立不同的衡量标准。而对第二种方法的进一步解释是：用更大的观测视角去看待选择，不要被现成的选项绑架。

　　如果说"选项分层"和"主动创造选项"这两个概念至少文字还不算艰涩，那么对这两个概念解释的时候提到的"梯度""更大的观测视角"可能反倒更让人不知所云了。

　　作者给出的办法其实很简单，就是减少选择乃至不做选择。所谓"选项分层"，就是先把不用选择的部分分离出来，只对剩下的部分进行选择，这样就减少了选择；至于"主动创造选项"，也就是对已有的选项根本就不去选，而是另辟蹊径。

　　棋牌博弈的时候，一个基本的法则就是尽量减少对手的可选项，下棋的术语是"必应"——我走完这一步你没别的选择，只能跟着我走下一步。因为对手如果有多种选项，你就要对其每一种选项都考虑应对方案，这样就占用了你思考的时间。

剥夺对手的选择权是一方面，反过来却要给自己尽可能多地保留选择权，下棋的术语是"保留变化"，这和前一种策略是异曲同工的——我的选项多了，对手就要花费时间精力去考虑对每一种选项的应对方案。然后等到我面对自己的诸多选项的时候，又会按照前面所说的法则选择最佳的走法——一盘棋就这样一步步走向胜势。

把选择的难题抛给对手，这在桥牌里面最典型的做法就是"投入"——让对手出牌，根据对手出的牌来选择我出什么牌。可这样不就又变成了对手可以有多种选项了吗？没关系，这时对手的每一种选项我都能够简单应对——他出J，我出Q，他出K，我出A（反过来就不行了，我的Q会被他的K吃掉）。所以这时仍然是减少了我的选择——我需要的仅仅是简单的应对，而不用选择。

至于作者所说的第二种方法，主动创造选项，同样也是在面对不确定的时候绕开走，不在这些不确定中做选择，而选择确定的结果。我曾经写过一首小诗《雨水遮掩了你挖的坑》，里面就有这样几句：

雨水淹没了前路，也遮掩了你挖的坑，

那又何妨，原本就没想往前冲。

另外的路上风景正好，

……

2019年2月3日

# "七八九"为何"嫌死狗"

　　"七八九，嫌死狗"，这话是武汉人这么说，别的地方似乎也有类似说法，比如昨天听几位北方人说的是"七八九，狗都嫌"，意思都是说半大不大的小男孩怎么惹大人烦。

　　就这么巧，今天的《罗辑思维》题为《我们面对世界的三种立场》，就说到了这个问题。

　　按照这篇文章的说法，之所以觉得半大不大的孩子烦人，是因为在应该用设计立场甚至物理立场的时候用了意向立场。

　　文中的话说得有道理，但能否让人听明白，我却不那么确定，因为我一直认为现在的新概念泛滥，不仅泛滥，而且有点故弄玄虚，而这些新概念真的会让人觉得一头雾水。

　　我猜这些个"物理立场、设计立场、意向立场"应该是直接翻译过来的。可能是因为文化背景不同，翻译过来的概念很多时候让人不知所云。比如管理学里面有个著名的双因素理论，其中和"激励因素"对应的"保健因素"，译自health factor，在我看来就是个最不知所云的概念，但我也一直想不出一个合适的词来翻译health factor。

　　我自己觉得处理这种问题的最好办法可能就是不要照搬原文，比如什么"物理立场、设计立场、意向立场"，可以换成类似的中国式的表述："谋事在人，成事在天""只问耕耘，不问收获"，或者换成现在流行的心灵鸡汤说法："不要想着去改变别人，你能改变的只有你自己"。

扯远了，还是说回"七八九，嫌死狗"，对待自家嫌死狗的小男孩，恐怕又不能用"只问耕耘，不问收获"的态度，所以只好继续烦了。

2018年10月7日

# 微信文章怎么读

今天这篇文章，一开始拟的标题是《何谓"元认知"》，等到动手写的时候，用了现在这个标题。

起因是看了一篇微信文章《真正的高手，都有一种"元认知"能力！（纯干货）》，其实我是不喜欢这种"纯干货"之类说法的，但"元认知"我却有点兴趣，所以点开看了。读完这篇文章，我却觉得可以将其作为一个样本来谈谈怎样读现在浩如烟海的微信文章。

这篇文章一开始就提到一个问题：高手是如何顺势而为？其实这篇文章可能也就是这句话最有用，并且不需要进一步展开回答这个问题，或者说这句话换成判断句式更好：高手懂得顺势而为。这就足以教人怎样做事了。

文章接下来说高手还需具备一种高水平的"元认知能力"，这是这篇文章的核心。但接下来在解释"元认知能力"的时候扯了一通曾国藩，就有些拖沓了。进一步地，文章把曾国藩的自省能力说成是"元认知能力"，就更有些把人带偏了。好在文章的第二部分终于回到主题，说：元认知，就是"关于认知的认知"，这说到点子上了。但随后一举例，说认知是马，元认知是马车夫，又把人带偏了。

好像罗胖喜欢说"元知识"，就是关于知识的知识。所谓关于知识的知识，就是知道什么是真正的知识，什么是好的知识，什么是有用的知识，还有，从哪里可以找到想要的知识，等等。

关于"元"这个概念，我最早是三十年多前做人工智能的时候学到的，当时学的是"元规则"，就是关于规则的规则。人工智能的推理过程是按照人给电脑确定的一些规则去完成的，在设定这些规则的时候，必须遵循一定的规则，这些就是关于规则的规则。例如：两条规则不能相互矛盾，这就是元规则。（当时还从元规则的英文meta-rule进一步发现形而上学的英文metaphisics竟然是"meta物理学"，当然，metaphisics这个词另有来历，不能说是"元物理学"，可是从此我却知道汉语用"形而上学"来翻译metaphisics真是很符合其原意的，这是另外的话题，这里不展开了）。今天这篇小文原本就是想集中说说"元"这个概念的。

回到阅读那篇文章，接下来文章说"认知水平很高的人，他们都有一个共同的特点，就是能透过繁杂的表象，洞察出事物的本质。"这话很对，但接下来举的一些例子又有些似是而非了，比如说自媒体的本质是"爆款"，这就不够准确，这只是针对那些希望达到商业运营目的的自媒体而言的。

举了这一堆似是而非的例子后，文章说，抽象思维能从本质上反映出一个人的"元认知能力"。且不说这个说法是否准确，至少这和文章前面说的自省能力是元认知能力已经不是一个说法了。

然后到了文章第三部分，又开始扯王阳明、说换位思考，进而说："元认知能力"越强的人，越善于切换视角审度自己。这时我们就会发现，"元认知"已经成了一个筐，想往里装点啥都行。

　　至于文章的第四部分，省点时间，不说也罢，相信读者看了我前面的分析评点，已能自己得出结论。

2019年7月31日

# 谁在回看 18 岁

　　我根本没想回答标题的这个问题，因为没觉得这是个有意义的问题。但是昨天却有那么多人把18岁的照片放到微信上，却是个有趣的现象。除开那些用这个话题开玩笑的，多数还是在借此机会回顾一下自己18岁的青葱岁月吧，也就是说：他们是在往回看。

　　说到往回看，我是一直都有写日记的习惯的，并且是把日记和工作日志分开写。不过我也注意到，多年以来写的日记其实却很少回头去看，首先应该是没那个时间去回看。工作日志倒是会翻查，但翻查的多数是近期一段时间的，看看某件事当时是怎么布置的，什么时候布置的。

　　有人说：当一个人开始回忆过去，就说明这个人已经开始老了。就我自己而言，至少在年过半百以后，我就认为自己已经老了，但回忆过去的时间并不多，仍然还是那个原因：没时间。时间在哪儿？时间肯定不在过去，只能是在今后、在今天从现在这一刻往后的那几个小时。

　　说到回顾和前瞻，我

又想起另一个看似无关但又似乎有关的话题：向内看和向外看。我工作所在的校园曾经是岭南大学的校园，岭大的校徽很有意思，是从校园往大门外看到的景色——

近处，一条道路从校门蜿蜒向外延伸，不远处是丛丛荔枝树，树丛的那一边是珠江，远处还能见到白云山（我们现在校园的正门朝南，面向新港路，而在岭大时期校园大门是朝北，面向珠江和白云山）。

相比之下，很多学校的校徽是以本校内部的标志性建筑为主要形象标志的，例如我现在工作的学校，校徽的主体就是学校前身国立广东大学的标志性建筑大钟楼——

后者（向内看）的校徽形式是常见的、几乎各家学校都采用的，前者那种向外看的校徽形式实在少见。但我却从中看到了这间大学的精神——岭南大学的校训是 "Education for Service"，这个表述是把重点放在Service上，大学校园内的Education只是短暂的几年，走出校门之后的Service才是终身的事业。岭大这个校训对应的中文是 "作育英才，服务社会"，更明确地把Service说明是 "服务社会"，不过对照英文多出来的那个 "for"，我觉得英文把教育的目的说得更明确：教育是为了服务社会。

这种 "向外看"，同样是一种前瞻吧？

2017年12月31日

# 改变自己还是不改变自己

十天前，经管系的学生编辑约稿，给经管系的系刊《E&M》写一篇刊首语，学生这样的要求是无法拒绝的。冗事繁杂，一晃已经过去十天，这件事其实一直都放在心上，只是不知究竟应该在这篇短短的刊首语里面说点什么。直到今天早上听到一篇微信公众号的引言，里面讲了一个故事，那就以这个故事作为引子吧。写完下面的刊首语，还想补充一句，为什么对于大学生来说首先应该是改变，这个问题可以看看我另一篇文章《知识的建构和解构》。

## 刊首语

先说一个传诵多时的小故事：越战期间，一美国男子每晚都点燃一根蜡烛，站在白宫前表达反战立场。有一天晚上下着雨，他仍然点燃蜡烛站在白宫前，记者看了忍不住问他："你真以为一个人拿着一根蜡烛站在这里，就能改变这个国家的政策吗？"他回答："我这样做不是想改变这个国家，而是不想让这个国家改变我。"

一般在讲这个故事的时候，都会称赞这个人对自己观念的坚守，这当然是很有道理的。坚守还是应变，这实在是一个非常宏大的问题，在这篇小文里面肯定是无法讨论清楚的。考虑到本刊的阅读对象主要是经管系的学子，所以我想：针对大学生来说，除了对各种底线的坚守，首先要做的还是努力改变自己。因为，学习的过程首先就是改变的过程，如果不让自己有所改变，学习必然是无效的。

接下来的问题是变成怎样和怎样改变，对于第一个问题——变成怎样，又是一个见仁见智的问题，这里也不讨论了；对于第二个问题——怎样改变，我给大家的建议是：多读经典。

本来想说让大家多阅读，但古人又说"读万卷书不如行万里路"，我也是赞同这个观点的。而且，我历来看不上读死书或者死读书的人。所以我建议利用有限的阅读时间读经典，阅读以外的时间，可以用来参加各种实践活动，在学习做事的过程中学习做人。

当我写这篇小文的时候，经济学与商务管理系已经并入新成立的商学院，并且，在商学院的架构里将不会再有成建制的经济学与商务管理系。所以，也谨以此文向曾经存在了十年的中山大学南方学院经济学与商务管理系致敬，并诚挚问候所有在本系工作过的教职工和学习过的学生。

2016年4月30日

# 学生，你们的犯错成本是最低的

上课的时候，总会遇到学生临时请假的情况，比如今天收到这样的信息：

非常抱歉忘记了提前交给您PPT，更不好意思的是今天的课要向您请假了。今早起床后发现感冒发烧，吃了药至今还是头很疼，我觉得这样的状态不能做好展示，也没法认真听您讲课，所以特向您请假一次课。

这样的信息其实是不起什么作用的，因为按照学校的规定："因病或特殊情况不能按计划参加教学活动，须到学院（系）办公室填写请假呈批表，办理请假手续，病假要附校医院证明。"

而课程演讲作业要求提前四天提交PPT，这也是在课程要求里面事先明文约定了的，更何况由于国庆长假，这位同学其实多出整整一个星期准备PPT，更没有理由忘记提前交稿。

所以，我可以对这位同学表示慰问，但却无法不按学校规定和课程要求如实记录他的平时成绩。

其实，我也想过：这样做是不是不符合经济学帕累托最优的原则？因为这么处理并没有增加我的一丁点福利，但这位同学显然会认为他自己的福利受损了（被扣分了）。

但如果从另一个角度看这件事，我认为这样做对学生是有好处的。

　　我经常对学生说的一句话就是：你们在学校犯错，成本是最低的。

　　这个最低成本是和今后他们走向社会参加工作以后相比。这里要说到经济学里机会成本的概念，所谓一件事的机会成本，就是用做这件事的时间做其他事所能带来的最大收益。越是在单位时间里面能够赚更多钱的人，他们的机会成本就越高。从这个角度说，学生的时间最不"值钱"，所以说学生的机会成本是最低的，进而就能得出"在学校犯错成本最低"的结论。

　　所以，我认为通过这样一件事，这位同学等于用现在的低成本获得了一个教训，同样的教训如果将来获取，可能其成本就远远高于现在了。从这个角度说，在学校犯错是有好处的。想想看，如果合同规定明天要给客户交货，迟交一天就要罚款1万元，你是无法用头痛来作为不能交货的理由的，1万元的罚款是无法免除的，这就是未来犯错的成本。相比之下，现在一门课被扣掉几分，成本是不是小得多？

2016年10月10日

# 资历与见识

　　早些天写过一篇短文说学生在学校犯错的成本是最低的，这是相对于毕业以后参加工作而言，工作以后的犯错成本明显就会高于在校做学生的时候。而且，工作的时间越长，犯错的成本就会越高，其原因仍然在于机会成本：一般而言，工作时间越长，资历越深，创造价值的能力就越强，犯错的机会成本当然也就越高。

　　由此也注意到一个有趣的现象：这么多年来，学生刚毕业的时候往往愿意花费很多的时间和物力成本去找工作，极少有学生会来找我推荐工作，尽管我觉得如果我推荐一下的话，至少能给他们节约一些时间成本。我对这种现象的解释是：面对五彩缤纷的世界，年轻人总是愿意去穷尽一切机会，寻找最合自己心意的工作。反而是工作多年以后，有些学生会在选择工作机会时更多地征询我的意见，最近几天就连续有两位学生让我对他们下一步的工作选择提供意见，我当然乐于帮他们分析不同工作机会的利弊。

　　其实我觉得他们对如何选择已经有倾向性意见了，因为他们的工作经验和工作资历都已经足够，下一步面临的选择都是地区总负责人或者大型项目总负责人、或者是大公司部门负责人这样的职位，凭着他们这样的资历条件下积累的各种见识，他们是足以做出最有利的选择的。而且他们周围的上级和同事也能够为他们提供有价值的参考意见，所以征询我的意见可能主要还是为了验证一下他们自己的意见。

愿意在选择的时候多听过来人的经验，这本身就是一种经验和智慧的表现，这恰好是经过历练逐步成熟的人和初出茅庐的年轻人的区别。而这种现象本身又反过来佐证了前人的经验：对于年轻人的不成熟想法，不必急于否定和纠正，给他们足够的时间，让他们积累经验和阅历，他们自然会逐步修正他们的想法，他们的见识也会越来越正确。

2016年11月19日

# 当你觉得不公平

昨天在教务系统填报了期末考试成绩，今天就有学生发微信来问："为什么我的分数那么低？"

我查了一下原始记录表，回复她："我也觉得很遗憾，总评成绩是79.2分，系统自动形成了79分。"

按照规则，80分是良，79分就是中等，的确是遗憾。

她已经估计到是自己的平时成绩拉低了总评分数，我也证实了这一点。然后她进一步问我："为什么我的平时成绩比逃课迟到的还低？"

这个问题问得非常好。我告诉她：完全有可能，因为点名是随机的，可能逃课的人那次正好没有被点名。

这位同学很通情达理，听我解释了其他相关的规则之后，只是表示以后要积极参与课堂讨论，但我则能够体会到她心中感受到的不公平。

不过，虽然结果的确有些不公平，但规则是公平的，我也在课堂上反复阐释过这些规则，如果他们能够利用好这些规则，当然是会对自己的得分更有利。

而我觉得更重要的是：学生在学校犯错的成本是最低的——这也是我一贯的观点，尽管这次成绩因为0.8分就成了中等，可能会给这位学生带来一系列的损失。

　　我想起就在前几天看到许多人转发美国首席大法官约翰·罗伯茨（John G. Roberts Jr）在儿子中学毕业典礼上的演讲《I Wish You Bad Luck（我祝你不走运）》："在未来的岁月里，我希望你会遭遇不公正的对待，这样你才会明白公正的价值。"

　　我还想起更早的时候网上流传一位父亲写给儿子的话：没有人有义务公平对待你。

　　所以，我希望学生们明白：当你们今后走向社会，一定会遇到很多的不公平，如果不能以平常心去对待这些不公平，你就会时常生活在负面情绪中，结果就无法让自己进入一个良性的循环。

　　忘掉这些不公平，持续不断地用自己的努力去追求公平的境遇，最终的结果一定会比那些因为侥幸而从不公平中获利的人要好。

2017年7月18日

# 致本科毕业生的几句话

需要指导20位本科生的毕业论文，按照时间要求，已经有15位学生提交了初稿。今天早上我在微信群里发了一个群公告——

@所有人

各位早上好！我看了你们这一轮提交的论文，有些同学写得好一点，有些则不理想，甚至很不理想。我在这里再强调两点：

一是要认真对待。这是你们大学本科阶段最后一次能够接受到老师给你们的指导，或许有些同学四年都是混过来的，那么请抓紧最后的这两个月，一方面完成这个基本的写作训练过程，另一方面借此机会回顾和补学过去的知识。再次请你们认真看一下你们亲笔写下的承诺。那些说自己实习太忙的同学，请不要再这么说了，你们的承诺是不以任何借口拖延交稿。

二是杜绝抄袭。有些论文看上去非常光鲜，文献综述和理论分析的文字语言都非常成熟，我当然很高兴你们能够有这样高的水平，但如果这些文字是抄袭的，那么后果会很严重。

再次严肃地提醒你们：你们的毕业论文有两种可能性不能通过，一是按照你们自己的承诺，在具有确凿的违反承诺的事实情况下，论文写作直接终止；二是论文质量不行，会得到一个"不及格"的成绩。看完这一轮的论文，我已经感觉你们20位同学当中会有论文不能通过的，这种可能性超过90%。

祝大家过一个快乐的小年！

附：

## 廖俊平对所指导的学生学位论文要求和质量保证措施

为保证我所指导的各位学生能够顺利完成毕业论文写作，特提出以下要求和相应的保证措施：

一、按时完成每个阶段的论文写作任务

学生要按照学院的统一要求提交各阶段的论文稿（或开题报告、提纲），若学院没有统一要求，则由我提出要求。超过相应时间要求3天以上者，将视为自动放弃论文写作。

论文每个阶段的初稿写出并提交给我后，如果我提出了修改意见，则意味着我对初稿不认可，学生要尽快进行修改并提交修改稿，直到我认可。如果在下阶段论文交稿日期之前上一阶段的问题还没有修改完毕，则视为没有按时交稿并同样自动放弃论文写作。

二、符合学院对论文的基本要求

论文需有自己的创意，不抄袭。分析框架完整，逻辑清晰，论证充分。

三、保证论文写作的基本质量

提交的论文稿（含开题报告、提纲），不得有超过3个以上错别字（含数字错误和漏字），第一次出现此类情况，论文将被退回，修改后再交回的时间仍需符合上述第一条的要求；第二次出现此类情况，将视为自动放弃论文写作。

论文应尽可能地追求文字通顺、修辞恰当逻辑正确。

四、统一论文写作和修改格式

论文写作的格式需符合中山大学南方学院和商学院对本科毕业论文格式要求。

每人交来的论文稿的文件名统一采用如下命名方式："学生姓名＋各阶段文稿名＋交稿日期"，例如："廖俊平开题报告151105"或"廖俊平毕业论文151225"，等等。

我修改后的论文将沿用学生交稿的文件名。我在对论文进行修改时将采用突出修改方式及批注方式，学生在我修改的基础上进行下一轮修改时，请首先决定接受或拒绝我的修改，如果接受我的修改，则用Word消除我的修改痕迹，如果拒绝我的修改，请继续保留我的修改记录，同时采用批注方式说明拒绝修改的理由；然后采用突出修订方式进行下一轮修改；对我的批注请予保留，以供我对应检查学生的修改情况。

学生应及时填写论文最后的"毕业论文（设计）过程检查情况记录表"，将与我沟通（包括面谈和电邮、微信等方式沟通）的内容简要记录在表中。

若接受上述要求和规定，请在下面方框内亲笔写下："我自愿接受上述《廖俊平对所指导的学生学位论文要求和质量保证措施》所列的要求和规定，并将严格按照以下进度安排提交论文稿。若不能达到上述要求，愿放弃论文写作，且不以任何理由提出争辩。"并签署姓名和日期。

2017年1月20日

# 怎样写 MBA 毕业论文
## ——给学生的一封信

　　刚给我指导毕业论文的MBA学生群发了一份邮件，觉得或许对别的学生也有用，甚至或许对做别的事情也有用，干脆在这里发出来——

　　各位同学，这几天和每位同学都已经多次电邮沟通，有些见了面，见面的时候我提的意见会更具体一些。这里我集中提一些建议和要求：

　　一、承诺书不是随便签的，至少要认真看，已经发现不止一位同学并没有认真看承诺书，因为只要有一点没按照承诺书去做，马上就能看出来的。比如有些同学发来的文件没有按照要求命名，有些同学没有按照要求手抄承诺内容，等等。

　　二、今年我带的论文比较多（对我来说是这样，有些老师可能带一二十个也不嫌多），目前已经有九位，你们自己付出的时间越多，找我越多，我能够给的指导也就越多。

　　三、抓紧时间。有同学把初稿交稿时间定在春节前，这是明智的做法，因为春节期间一般是不要指望自己能够静心写作论文的，过完春节以后的时间也是转瞬即逝。除此以外，建议你们尽量细化时间安排，比如每周定一个目标，按照目标去完成。

四、作为起步，先多看别人的论文，可以上论文库找同为MBA论文以及选题方向和你一致的论文，认真看几篇。首先是看别人写论文的基本格式，有哪些部分（学院应该也给了你们论文模板，也就是提供了一个基本格式），再看别人是怎样分析问题的（这一点后面还要讲到）。

五、论文选题以案例分析为主，但不能写成工作总结，也不能写成媒体报道。要以小见大，通过对案例的分析找出普适性的规律。而分析则需要有理论框架（就是前面第四点最后提到的）。怎样以小见大？以我今天面谈的两位同学的思路为例，一位同学谈起集团老板最近说："我们公司要成为最后死的。"这句话本身就体现了这家公司的战略转变，因为原本这家公司是非常进取的，采取的战略是攻击性的，但这句话已经是典型的防守型思维。于是论文在分析具体的地区项目的时候，就要考虑项目经营怎样体现公司战略的转变，这就是一种以小见大。另一位同学的论文我建议结合他自己的工作（起草标准化管理规定）谈起草规定的思路和原则，但不是具体解释每一条规定，而是说明起草规定的总体思路：从标准化管理的目的说起，为了实现这样的目的，相应要从哪些方面考虑问题，具体的规定是怎样体现这些考虑的，为什么要这样而不是那样等等——很可能通过这次毕业论文的写作，你写出来的管理规定立意会更高，逻辑会更清晰，实施起来就会更顺——写论文也能帮助你更好地完成工作任务。

六、有同学问：要求论文字数是1万—3万字，究竟是1万字还是3万字，写出来是不一样的。我认为其实字数并不是首先要考虑的，首先要考虑的还是前面第五条说的，把问题分析清楚，并且让看了你论文的人觉得"有料"，能从中学到东西，受到启发。如果1万字能把问题分析清楚了，那1万字就够了，没说清楚就多说几句。当然，也有可能说了一大堆全是废话，还是没说清楚，这种情况在MBA论文里面也是很常见的。

先跟你们说这些，最后要说的是：尽快动手写。因为你们普遍都是缺乏写作训练的，没写过，当然不知道该怎么写，所以首先要动手写。

2019年9月2日

# 今天最后一次课

今天是这门课的最后一节，下周就该考试了。而且，可能也是我在这里上的最后一节课。

课上讲的内容很多，还和学生讨论了他们自己提出的一些问题。

面对这些二十岁出头的孩子们，我告诉他们："课堂上跟你们讲的所有东西都是想让你们学会更清晰和有逻辑地思考。不过，我也想告诉你们，其实很多人一辈子糊里糊涂，也能过得很好。甚至可以说，糊里糊涂过一辈子的幸福感更强！所以，清醒地过还是糊涂地过，也是可以选择的。"

学生们还小，有些话我就不会跟他们多说了。比如，现实当中我们看到更多的情况是不断地选择又不断地后悔……每一次这样的循环又会让自己的愧疚和悔恨更深一层，就好像落入一个螺旋下降的漩涡……旁人看了，也只能着急，拉也拉不住的。

2017年12月6日

# 房地产专业的读研申请该怎样写

一位在英国名校读本科临近毕业的中国学生，准备申请另一家英国名校（更有名或者说是顶级名校）的硕士入学资格，为此需要写一份Personal Statement（个人陈述，简称PS），来找我帮他看看用中文写的这份个人陈述。据他说，在英国读大学的中国同学在申报研究生的时候通常都是这样：自己用中文写好个人陈述，然后请中介公司帮忙写成英文。

我没有国外升学的经历，所以很惊讶："在英国读了三年本科，为啥还要让别人帮忙来将中文翻译成英文？"

他解释说："因为每个学校的风格不一样，中介熟悉每个学校的风格，写出来的英文能够投其所好。"

我给他的建议是：到相关学校的网站上去看教授的网页，然后自己直接给教授写邮件，这样自然就能了解教授的风格，包括学术兴趣和写作风格，同时也能让教授先初步了解你。

他说PS是给招生官看的，教授看不到。我说招生官不可能不了解教授的喜好或者说本校的基本要求和标准，否则招生官怎么能找到符合本校要求和教授要求的学生呢？

他还是坚持自己的想法：每年申请读研的中国学生很多，大家都是找中介写，如果不找中介，写出来的就竞争不过别的同学。

我反问他：你为什么要把自己放在和中国同学竞争的位置？为什么不是想着让教授认为你是所有学生（而不仅仅是中国学生）当中最优秀的？你提前联系教授，让教授了解你的长处所在，你就已经占据了优势地位。

他认为我说的有道理，但还是没忘记来找我的目的："您还是帮我看看我写的这份中文陈述行不行？"

我说："这份陈述没啥问题，中规中矩，但并不能让人看了眼睛一亮。"（这也正是我反对让中介帮忙写陈述的原因）。

那么究竟该怎么写？比如说，"是什么促使你选择这个专业读研？"他原来写的是金融危机导致房地产崩盘，于是他对此产生了兴趣。我给他的建议是："你可以说说中国的房地产这20年来持续上涨，有违经济规律，你希望搞清楚这究竟是什么原因。"——这里暗含了一个道理：作为一个硕士生，如果你能帮导师做些事，这个导师就会觉得有必要录取你。这一点是很多学生不明白的。他们总觉得老师天生就是该教自己的，没有想过老师其实也需要从学生那里得到帮助。学经济学的学生更应该明白这一点，要时刻想着自己有什么能给别人，也就是你自己有什么样的支付能力。

英国的导师肯定不太了解中国的市场，但如果他因为你这个学生而对中国的房地产市场产生了兴趣，那你就是他最好的合作伙伴，他当然就有理由录取你了。

再如这个问题："哪位业内专家给了你实质性的启发，让你想要报读本专业？"他报读的是房地产专业，他就说了广州一位著名的房地产企业家名字，说这位企业家的成功之路启发了他。我一时没想好怎么评价他这个想法。

　　他还是继续追问怎样才能让这篇个人陈述有亮点。我说你可以多说说你的本科专业优势，他说他这个专业的本科学了比较多的统计学知识。那好啊，房地产里面就用到很多统计学知识，比如房价的统计，就很有房地产专业的独特之处。我问他知不知道hedonic模型法，他说完全没听说过。OK，"那么好，你就先去了解一下hedonic，然后再考虑怎样在陈述里面说说这个。"——正因为做房地产研究特别是房价研究的人几乎都知道hedonic模型法，而别的人通常是不了解的，所以这可以看成是区分业内外人士的一个标志了。

　　说到这里，他忽然想起，在会计事务所实习的时候，带他的师傅曾经让他做个统计，然后帮他分析他做的统计，他觉得很受启发。我马上表示，这位师傅正是那位"对你有实质性影响的业内专家"，你就把这个故事写出来，这是你自己亲历的故事，比什么都好。也就是说，业内专家并不一定要著名的专家，招生官不知道或者教授不知道都没啥关系。

　　我想：如果他把这些有个人特点和专业特点的陈述交上去，给人留下的印象肯定是不一样的。

2018年9月23日

# 江湖和泳池

这里所说的"江湖",泛指一切"野水"。

小时候,几乎每家大人都严禁孩子去玩各种"野水",例如去长江里面游泳,去水库里面游泳。而几乎所有的孩子又都有这种欲望,一方面是孩子的好奇心,另一方面是和别的孩子争强斗胜,不敢下水会被别的孩子看不起。

及至后来长成大人,再后来游泳成了我生活方式的一部分,反倒对野水充满了敬畏。我深知:泳池和野水完全不是一回事,千万别以为自己在泳池游泳看上去很自如,去到野水里就也能任意挥洒。

虽说偶尔也有游野水的经历,比如有一次在云南抚仙湖看着清澈见底的水,跟着当地的朋友下了水,但始终会心有顾忌。还有的时候,一个人开车经过无人的海边,也忍不住下水的冲动,但穿了泳裤走到齐腰深处就还是回来了——不熟悉水情、不了解潮汐,还是不敢造次。

所有这些恐惧,都是源自对情况的不了解——看不清水下的情况、不知深浅⋯⋯

可以说,人的各种恐惧(或者用现在常用的一个词:焦虑),首先源自对情况的不了解,当我们对可能的危险有了清晰的了解,危险也就不那么可怕了,所以说:风险本身意味着不确定性。

　　从另一个角度看这个问题，无知往往就无畏。小时候游野水，就是出于无知。而那个时候的大人们如果不知道自家小孩跑去玩水了，也就不会担惊受怕。

　　很多人成功以后回顾自己的经历，都会说：如果当初知道这条路上有这么多不确定性，就不会选择走这条路了。我当年在大货车上学开车，师傅说过一句话："如果你把路上的各种情况全都看清楚了，你也就不要开车了。"这位没什么文化的师傅教的很多招式很有用、说的很多话也很有哲理，二三十年过去了，我还记忆犹新。

2018年2月25日

335 educ=========== 教育和学习

# 教师节杂谈

岭南学院的教职员工昨天在珠海开了一天会，今天仍然是用开工作会议的方式度过了第32个教师节。记得设立教师节的时候我已经在高校整整做了两年教师了，所以32个教师节是从头到尾都经历过了，作为教师想说的话肯定是早已说过很多，以至于现在越来越不愿意说话，以至于座谈会时发言也是三言两语，弄得同事都颇有微词。

不过，面对微信群里的学生，还是很不合时宜地很严肃地说了一些话，我的想法很简单，既然算是我的学生，就希望遵守一些做人的基本原则。这些都是我当年反复和你们讲过的，在群里又多次说，如果你还做不到或者不愿做到，那么至少别在群里待着。

还有些所谓的"私淑弟子"，倒是把我说过的话记得很清楚，但在我看来并没真正明白我说的话，甚至是曲解了我的意思，却还要在微信朋友圈广而告之。对此我也要不合适宜地说明：不是的，这不是我的意思。

当老师超过33年，落下一个不好的毛病就是：太认真。借此机会检讨一下。

2016年9月10日

# 教师节谈学生

　　今天是第33个教师节，恰好昨天在深圳开会之后和部分在深圳工作的学生小聚了一下，有些还是本科毕业以后十几年都再没见过的学生，于是就想借着今天的教师节谈谈学生。为此回看了一下去年教师节《教师节杂谈》，倒也正好遥相呼应。

　　我是绝不可能对学生说出类似没有多少千万身家就不要回来见我的话的，甚至连邀请学生回来见我的话也不会说，从来都是看学生自愿——想回来看看，热烈欢迎，好茶款待（如果学生自带好茶，那也欢迎，当场就冲泡试饮，顺便再教一点喝茶心得——如果学生想学的话）；没时间来，很正常，能理解——年轻人各种事务繁忙，我们老人家别添乱。

　　多数来找我的学生都是有些事情要我帮忙的，能帮的当然都会帮。很有意思的一点是：在毕业找工作方面，只有很少几个学生接受过我的帮助，多数学生都愿意自己去找。刚毕业的几年，一般也不大来找我帮忙，这同样也好理解——这时候他们自己都还没摸清门道，所以还是以自己摸索为主。一般都是等到事业初步上了轨道，需要更上一层楼的时候，我出手相帮也就能使上力了。

　　教师节一般也是他们一起找我相聚的时候，我总是半开玩笑说：我只是个幌子，其实更主要是他们师兄弟姐妹之间需要交流。这一点也是我很欣慰的——他们之间联系很紧密，相互引荐、提携、合作等。这恐怕也和在校的时候我把他们抓得紧有关：那时三个年级（后来研究生改两年制，就是两个年级）不同专业（政经、区经、管科、MBA、课程班等）的学生每周一下午都会被我抓到一起开例会（后来才知道被他们称之为"黑色星期一"），甚至同方向别的老师的学生也被我一并管起来（别的不管，只管文献阅读和课题研究），所以他们在校的时候就已经亲如一家了，现在又有了微信群，更加方便他们之间的交流和互助。

　　快退休了，而且这几年基本上没学生带了，所以开始回忆过去的学生了……

2017年9月10日

# 教师节看着学生们乐

　　还有5年就要退休，到退休那一年的教师节，就已经是退休状态，不算正式的教师了，所以今天是我的倒数第5个教师节。

　　作为一个任教35年的教师（教师节的设立比我任教还晚两年呢），每逢教师节总是感觉很热闹的；而作为前后经历过23年半学习生活的学生，我也会在这个时候专门问候教过我的老师。

　　热闹之中看看学生的情况，也颇有意思——

　　一大早收到的两份问候都是由我兼职任教过两三个学期的某学院的学生发来的，这些我都会立即根据学生不同的情况马上写个致谢辞作为回复。

　　给这些学生上课的时候，我会告诉他们：我是按照给广东省最高考分的那些本科生上课的标准来对待你们的。而且最终发现他们在学习的努力程度和悟性方面也并不一定就比前者差。

　　我自己带过的那么多研究生、本科生，他们有个大群，从昨天开始就很热闹——忙着自己发红包抢红包，今天早上开始也继续在群里复制拷贝同样的话："祝群内各位老师节日快乐！"——这话很管用，因为群里有些学生也已经是老师了，一句话让所有人都很开心。这种其乐融融的景象看着当然很舒心。我做不到像我的另一位教师朋友那样认真负责——这位朋友在很多学校带了很多学生，他对学生很负责，每到一地都要专门抽出时间见当地的学生；也很认真，群里发红包是有规矩的，误抢了是要翻倍罚包的。我是宁可把这个群当作学生自娱自乐的场所，由着他们自己谈笑作乐，我写我自己的文字，既不理会聒噪更不点那些满天飞的红包。

不过有几个学生在群里@我，这时就得马上回复了——我自己在群里给我的老师发贺词的时候也是会用@的，并且会专门写上我自己的话。所以对于会用@的学生，我觉得是可以认真对待的。

还有一位学生私聊发来一个大红包，我马上回复说："谢谢，心意领了。"至于这个红包，肯定是等到24小时之后自动退回的了。

忽然发现，这3年，每年教师节都是在谈学生——去年写了《教师节谈学生》，前年写的《教师节杂谈》也是谈学生的。

2018年9月10日

# 对学生持续 35 年的观察

9月10日是第35个教师节，我对学生的观察也持续35年了。

教师节是1985年设立的，距今还只有34年，而我进入大学工作却不止35年，但因为第一年的时候学校刚开始在一片黄土上搞基建，我是在基建处盖房子，没直接面对学生当老师，所以面对学生的时间至今就是35年。

以前并没有特别留意观察学生，同样也没在意学生是怎么看我的。这些年直接带学生的机会越来越少，反倒有了更多时间和更多方位的视角观察各类学生，有时也能听到一些过去学生说他们是怎么看我的。

比如有学生说我当年面对他们是"全程黑脸"，这一点也不奇怪，因为那时看学生可能看到的就不是学生，而是他做的事、写出来的论文，多数时候他们交出来的论文不能让人满意，指出问题的时候就没去刻意挤出笑脸了。

偶尔也会听到一些出乎意料的话，心里会微微一震：当时怎么一点也不知道？

而现在我看学生呢，会觉得当年在因材施教这一点上可能做得不够——总觉得每一个学生可以同样出色的，如果发现某个学生教不出来，会感到沮丧。这些年各类学生见得多了，首先会发现每一类学生是有不同特点的：本科生、学术型硕士生、专业硕士（包括金融硕、国际商务硕、MBA、EMBA，MBA和EMBA又会有很大不同）以及在职研究生。然后想到这么多年遇到的一些教不出来的学生，我当时会先做个预估：这个学生将来会是怎样？我一直对自己看人有一点自信，见第一面就能大致判定这是个怎样的人，结果往往是八九不离十。

这一届的MBA学生有11位找过来（超标了，还婉拒了2位。可能主要是因为另一位房地产专业的导师马上要退休，这一届明确说不带学生了，否则应该都会去找他的），从8月26日收到第一份联系带毕业论文的邮件到今天，不到两周时间，见了面的学生有7位，其余没见过的4位，微信和邮件的沟通也很多。很多细节有助于展示一个学生的情况：有没有认真细看我提出的要求（这又可以通过一些细节看出来，比如我在要求里面规定了文件命名规则，但没照办）、填写表格时的细心程度、有没有在介绍自己的时候完全准确无误（毕竟我在业内熟人挺多，发个微信出去就能核实各种细节）、我指导别的学生时有没有在旁边认真听（尽管我已经提醒了，我跟其他同学谈论文的时候他们也可以认真听一下，应该会有启发的）、对我群发邮件的反应如何、在微信群里的发言的情况、有无服务同学的意愿等。

等半年过后他们写完毕业论文的时候，可以回过头来看看我的预估准确度如何。这件事以前也做过，但没有做得那么细，没有对具体的学生做提前预判，而是总体对某一类学生有个基本判断，然后经历若干届学生之后总体来说也都是符合这个判断的。

2019年9月9日

# 开心可以很简单

实话说，这些年的学生越来越让人失望，或许正因为如此，当遇到一两个愿意学习的学生，就会觉得很欣慰，甚至原本正在郁郁不乐，也会心情变得好起来。

比如刚才有学生说了一句看上去很普通的话——

又比如，前两天有学生在公众号留言——

她说的这件事我记得很清楚，当时的确有位新生在下面提了这样的问题，我也的确是这样回答的。我当时跟他们说："大学一年级是最容易转瞬即逝的，因为经历了残酷的高考，大家都会松一口气。"

（所以我当时心里还想：我在这些新生见面会上说的话，他们应该也不会用心去听，但没想到至少有一位同学听了并且记住了）。

我一直希望，自己的一句话，没准能够改变学生一生的道路。从这位同学的这段话来看，的确有可能收到这样的效果。如此，足矣，可以自己开心五分钟了。

2016年12月21日

看了几篇老师的文章，突然想起2014年开学那时新生开学典礼时有个同学问老师怎么样才能够做到像您一样淡定自如去回答问题？记得老师您说了等他像您一样再过30年也就可以了。说起这个是因为今晚因为要去写一些东西才发现自己平时的输入极其少～然后在想如果继续这样下去，再不积极去吸收些东西我想再多30年自己只是年龄再涨而已。 🙃嗯～老师以后多分享一些自身经验或者谈谈如何去吸收一些他人的精华，怎么样能够客观看待事情，观念，或者更加能够有一种思辨的思维去看待很多行为事情

# 学生是明镜

有学生在公众号文章后面留言——

高校老师在课堂上侃侃而谈的不在少数，然而三尺台下一脸茫然的学生也不少。不少学生喜欢课后求教，结果"老司机们"把江山指点完学生依旧茫然。有时候想想，是不是真的因为我们基础差？是不是我们真的没认真听？又或者没有课前预习？学生反思的同时，"老司机们"是否该下车走走路，看看实际路况？

我自己上课的时候也经常遇到学生一脸茫然的时候，进一步解释以后有些学生懂了，也有学生可能还是不大明白。所以我很愿意和这位同学多聊聊，一问才知道，她今年已经毕业了，在校时没上过我的课，是看见别的老师转发我的公众号文章，就关注了。

我问她："你说老师讲课时回答不了你的问题？"

她回答："应该这么说吧，第一，不是老师回答不了我们的问题！老师的专业知识基本上没有问题，但是可能研究的东西深了，在讲课的时候可能会过于专业，又或者过于广泛，以至于台下的孩子一脸茫然！课后与老师探讨，真的可以开阔眼界，但是可能研究太深，回答的问题往往与自身擅长或者深入研究的方向有关，这可能会让学生在与老师思想交流上可能出现障碍！学生能做的是靠自身努力，拉进与老师的距离，但是学生毕竟阅历学历有限，学生在加速奔跑的途中，老师也在疾驰！能赶上老师尾巴的能有几个？

"第二，有些阅历比较丰富的老师让人有种（忘本）的感觉！对于一些比较基础的问题，可能一些年轻教师立马可以为你解答，但是一些阅历较为丰富的老师可能需要深思熟虑过后才能回答！甚至直接把答案拿给他们看，让他们解释，可能需要一定的时间！有时候我在想，是不是因为他们太久没有与基础打交道，以至于对基础陌生了？又或者是这个问题触碰到了他的哪些（灵感）？我也很好奇，当一个学者在研究问题途中遇到解决不了的问题时，是不是回头看看不起眼的根基，从最初的起点重新理清一次思路！"

我只是在十几年前给一年级新生讲过一部分《经济学》，是当时院长做的改革尝试，派出七位教授（副教授），并且全是各系的主任或副主任，去珠海给一年级新生讲授《经济学》，每人讲一篇。我很赞同这样的做法，但只实行了一届。其他时间我就都是给四年级或者三年级学生上专业课。我始终认为经济学的专业课是经济学基本原理在专业领域的应用，所以课堂教学就是围绕这个目的进行。而这个学生所说的问题一直是我避免出现的，但学生的话的确是一面镜子。不知为什么，现在大多的时候老师很难获得学生的反馈，而像这位学生这样认真地留下这么多真实想法的，更是不多见，所以尤其珍贵。

将上述同学回答的那段话放到各个学生群，得到一些回应——

　　某年轻教师："您在群里的问题，有点想法，为了别刺激学生，还是私下里说吧。第一，老师和学生之间对于学术问题的理解毕竟不是一个数量级，学术本身有一套严谨的逻辑思维，这一套逻辑思维表述在书本里，被学生接受的过程中，一定会产生很多偏差，学生在接受这一套逻辑思维上也会有很多突发奇想的思路，但是不能让老师也跟着学生的那种思维方式走，否则学术的严谨性去哪了。不可否认的一点是，学生有时候的一些创新型思维是好的，甚至学术发展或科技发展都建立在这种创新性思维上，但创新性思维也应该建立在对原有学术概念的充分理解上，而以我的经验看（可能经验太少，或者样本太少）很多学生的创新思维并不是建立在对现有概念的充分理解上，而是在知道了一点后的臆想。所以，对于学生，还是应该努力使自己变成像老师那样的人，而不应该是老师变成学生那样的人，虽然赶上老师尾巴的人没几个，但学术教育并不是职前教育，高等教育本身也并不能要求把每一个学生都培养成学者或科学家，但是那些没有成为学者或者科学家的学生也不能被理解成教育的失败，毕竟社会需要多样性的人才，没有在学术道路上闪光并不妨碍他达成其他的成就。第二，我倒是同意这个学生的观点，有时候自己的所谓经验多了，觉得自己的认识才是对客观事物最本质的认识，而忽略了根本。其实不单指在学问上，生活上、做人上多回头看看，多想想本源，总是没有坏处的，就像读史，历史本就是历史，读史的目的不是为了读史，而应是从中总结经验，发现本源，预知未来。所以，我喜欢时不时停下来看看，看看自己哪错了，错了不可怕，不知道错了才是真的可怕。"

另一位更年轻的教师："第一，什么叫基础知识？这是首先要进行定义的，一门学科的立论之本想必多么牛的大儒也不会忘不能忘。第二，深入研究一个问题的前提是了解问题产生的背景与发展演进过程，如有必要，可以简单从起点给学生讲解。第三，把讲课作为唯一了解问题和学习知识的渠道是高中阶段，大学里如果不能通过老师的经验看到更高更远之处，那是老师的失职和学生的损失。很多"基础知识"需要自行学习和消化。此外，大学教育是人生的起点，大学中学到的部分内容是需要用一生作为时限去记忆、去实践、去理解、去体悟乃至去传承的，不用着急在20岁就想明白。第四，如果不以科研为目的，甚至说不以相同学科/研究方向为目的，把目标定为超越老师实属目标不清，术业有专攻，在自己爱的领域做到个人能力范围内的最好已经值得敬佩了。"

某学生微信私聊：

"廖老师，早上好！

"关于您刚刚在群里说的那两个点，我有以下这样的感受想跟您分享。

"学生的阅历尚浅、学术方面也处于一个学习摸索的阶段，达到一定深度的确需要一个历练的过程。而在这个时候，老师所带来的观点，无论是学术研究的还是个人价值观等，对于学生而言都会有着启示性的作用以及一定程度上的引导作用，其实有时候就不经意的一个点，可能是老师的言语或行为，就会让学生有所领悟、有所收获。作为学生，学会观察并汲取，学会领悟并思考，则会是把新的事物以自己方式消化吸收的过程，当真正化作自己一部分并运用的时候，会觉得是一个受益匪浅的过程，人本在不同阶段不同环境都是一个学习的过程，我想若穷尽一生都在学，那便是一生都在追求进步。

"再者，对于老师的话，通过这样的方式，间接地帮助学生打开思维，拓宽一个视角，对其思想有一个正面的引导性帮助。这样让双方都愉悦的事情，也可谓教育之道的乐趣吧。"

还有学生在公众号文章后面留言："看了老师这番话其实我想说的是那种'照本宣科'的老师，曾经去听中大旅游管理学院保继刚老师的讲座时，我们南方学院的同学曾经吐槽了一下说有些老师是照本宣科，当时老师的回答是如果是在他们学校估计是会被赶下台的。我上过某些老师的课，一堂课下来90%以上都是照着PPT念，而PPT内容和书本又是90%的重合。所以相对于说一些'老司机'讲课过于深奥，专业化一说，我更加希望南方学院的部分老师可以说至少不照本宣科，至少说我听不懂了我可以去和老师交流，可以去寻找这部分我听不懂的东西。但是如果我上的一门课全是照书念的，那我去上这门课的意义在哪里？身边同学有说的，'是这样的啦，我们是在南方学院又不是在中大'。但是我还是觉得即使有些老师没有那么资深，但是至少可以结合自身的一些经验去拓展所教的那门课啊！当然这种现象只是个别老师。学院很多老师还是很不错的。另外就是很多老师都没有一开始讲这门课学的是什么内容，上完了你要了解到什么。其实很多同学都是很茫然的，比如统计学，很多专业这门课都是必修课，但是很多同学都是为了混学分而已，至于学的是什么，学了到底怎么去运用根本一脸茫然。所以我觉得每位老师开课前都可以去说一下这点，可以联合实际去说。"

另一位学生微信私聊："老师节日快乐！看了群里的说法，觉得吧，第一，老师在授课的时候，有时为了能让我们更好地理解知识点，会举一些学科上的例子。就拿我的专业经济学来说，或许由于同学们了解时事不多，且知识储备不够，就会对例子里的经济现象和政策不理解，但这些例子在老师看来却是很好的，但却需要具备一定的专业知识才能理解，就造成了老师讲解过后，我们还是不懂知识点说什么的情况，一脸茫然。在这里需要我们自己去积极了解身边的动态，他们产生的原因并且对现象抱有一种好奇心，或许老师也可以举一些生活上我们接触过的事物来举例，常常觉得有些理论、道理是尝试过实践过了才能真正明白的。第二，相对年轻老师来说，阅历比较丰富的老师们已经将基础知识融入骨血，成为常识了，因为当我们对一些事情熟悉到一定程度后就会觉得理所当然，理所当然的事情解释起来就费劲了。此外，还会形成一定的跳跃性思维，就像做数学题一样，当对知识点熟悉到一定程度后就会跳步，而年轻老师的知识构架还在基础知识的基础上一步步地搭建着。而在研究问题时方向行不通了，回头看看我们已知的最基础的东西是个不错的思路，不过挺容易被人忽略的，反而在胡同里越钻越深抑或偏离了主轨道。以上是我的一个小看法，或者说小解释吧，有偏颇之处请老师指出。

一位学生在群里发言：

"老师好，圣诞节快乐！

"相对老师们而言，学生的阅历相对简单，无法轻易理解老师们的答案。

"但是有没有一种可能，师生之间的交互不够呢？也许对于一个问题，老师在台上讲，相比于与学生私底下更亲切的互动，会有不一样的效果呢？

"个人认为基础不能忘，当遇到问题时回头看一看基础，或许会有新的发现。

"就像读同一本书一样，每一次读的感悟与理解都会不同。"

另一位学生在群里发言："圣诞节快乐，老师！我并不认同这个同学的意见，但她的意见却代表了大部分学生的。我认为老师渊博深厚的知识储备并不一定要降低自己水准去适应学生的水平，但应该多与学生交流，设计多一些课程让老师引导学生参与，并不用像传统传授知识一样。还有我认为一些老师讲得比较难懂或者当时只能听懂两成的话，我的方法是回去再看书，过段时间再温习理会。有时候老师讲深讲更多新鲜的东西，我认为会更加有趣有挑战性。此刻听不懂，并不代表以后不懂或以后阅历增加了再看就明白了呢？不强求一定要现在就懂，但是要保持好奇去追问是有必要的，以后翻翻旧书看看就有另一种理解。

"就像写毕业论文，我选择您作为我导师一样，您比一般导师要求严格。我比较适合严教吧，太容易做的事情不好玩。"

一位我没教过也没见过但经常在我的公众号后面留言互动的学生发微信："评论下方说到的PPT，让我想起以前高中教计算机的老师说的，PPT的制作要尽量简洁易懂，使人一目了然！但是我发现大学课程PPT里面的内容基本上是长篇大论，感觉像是那种把书里面的内容以电子版的形式复制粘贴到了PPT上，然后照本宣科。以前我就听同学说过，课堂上老师的PPT展示纯粹是为了不带书上课的学生准备的！我曾经认真观察过课堂，包括我自身在内，如果老师展示的PPT是文字多多，且展示内容与课本基本一致，老师再口述PPT内容，那么，台下开小差、玩手机、睡觉的人肯定多，如果遇上不喜欢点名的老师的话，出勤率低是正常现象！但是如果老师的PPT所展示的内容简洁易懂，与课本有所出入，学生的状态则大不相同，这种老师即使没有点名，也能留住学生！从这个角度看，'靠点名留住学生的老师不是好老师'这句话具有一定道理的！"

2016年12月25日

# 享受和学生的交流

在写昨天那篇公众号文章之前，我已经把文章中引用的那位学生的留言发到几个本科生的群里，请学生们发表意见，结果不光是好几位学生写了很长的话发给我，在学生群里协助我工作的两位年轻老师也写了很长的文字。

综合他们的意见，不管是学生还是老师，都认为老师不应该迁就学生，不能因为学生不理解就降低难度，而且如果学生不是以从事学术研究为目的，也未必需要在学术上超越老师。

我也觉得，老师不仅不应该降低难度，反而应该拿出自己最高的水平来。所谓"取法乎上，适得其中"。我在给本校下属独立学院（二本学院）的本科生上课的时候就告诉他们：我是把他们当作我所在的一本学校的本科生来上课的（那些本科生是每年广东省高考分数最高的一群人）。不过，话虽这么说，当他们在听课时对并不复杂的概念感到疑惑不解的时候，我当然也不会觉得意外，会再多解释一下。

而有学生认为老师举的例子太专业，学生无法接受，这其实是做教师的应该懂的常识了——你用专业例子去为还没有什么专业知识的本科生解释专业概念，难免落入循环论证的陷阱。不过问题在于很多学生对身边发生的事情往往也不知道，而且这不是个别现象。不管是二本独立学院还是其排名能进入全国前十的母体学校的学生，也不管是本科生还是研究生，现在都不知该从哪里获取信息。产生这种困惑的原因恰恰是现在的信息来源太多！这个问题不光是学生们遇到过，我们也遇到过。我只能用我自己的经验来给学生做参考：我会浏览一两份报纸，另外网上的内容也会及时浏览。其实很多事只要扫一眼知道大概情况就可以了，有些热点问题和自己专业兴趣所在的问题可以更深入一些。当然还有一点可能是我们比学生有优势的——我们所在的一些专业群里发的信息往往是经过了这些专业人士过滤的，所以效果会比较好。

2016年12月26日

# 享受和学生的交流（续）

昨天的公众号文章发出以后，有老师评论说：应该再多说一点。其实当时我并没有把学生回应的要点全部写出来，主要是考虑公众号文章不太合适长篇大论，阅读的时候会占用太多时间，读者会不耐烦。

今天继续——

有学生在回应时这么说："其实有时候不经意的一个点，可能是老师的言语或行为，就会让学生有所领悟有所收获。"这一点我也注意到了，前两天在《开心可以很简单》这一篇文章里面也提到有学生会回顾我说的话。

记得有位老师说起，他在一次和学生互动的活动中把学生从观众席请到台上参与回答问题，随后把主持人给他的纪念品"奖励"给了这个学生。据说当时该老师其实对此不大开心，但我当时想的是，这么当场鼓励一下学生，会让她加深印象，可能从此就让她对自己更有信心。也就是说我是在小心地做这些"不经意"的事。

当然，能够从不经意处领悟和有所收获的学生，一定也是用心的学生。昨天有学生回应说："很多老师一开始都没有讲这门课学的是什么内容，上完了你要了解到什么。"还有同学说这个学期上的课没有重点、没有方向，不知该掌握什么。这时我就认为是这个学生不认真听课了，因为几乎每节课我都会反复强调，如何总结归纳知识，如何学会从不同维度分析同一个事情。另外还有一点是我从第一节课开始就会反复说的，学知识固然重要，但更重要的是学会如何获取知识，如何搭建知识框架，对高年级的同学来说，要学会如何运用知识、包括低年级学的基础知识。这些就是我所说的重点。

所以，当看到好几位同学在讨论"对于一些比较基础的问题，可能一些年轻教师立马可以为你解答，但是一些阅历较为丰富的老师可能需要深思熟虑过后才能回答"这个现象有不同意见的时候（有学生想得非常周全："相对年轻老师来说，阅历比较丰富的老师们已经将基础知识融入骨血，成为常识了，因为当我们对一些事情熟悉到一定程度后就会觉得理所当然，理所当然的事情解释起来就费劲了。"），我却认为：正因为基础知识已经滚瓜烂熟，所以作为老师在解答关于基础知识的问题时应该说得更透彻。

2016年12月27日

# 学生，告诉我你在想什么

又一届学生要毕业了。在这所独立学院，我教过的学生（加上带毕业论文的学生一起）并不多，当然如果把新生入学讲话之类也算上，那会更多一些，但我知道那种大会讲话的效果并不好，认真听的学生也很少。

但感觉欣慰的是，会有一些学生对听课留下了深刻的印象，有些在上课期间从未表达过这一点，但过后很长一段时间忽然会主动要求加微信，为的是问一些问题，这时会顺便告诉我：当时的课留下的印象很深，觉得自己学到了东西。

遇到这些学生想交流时，不管是微信也好，茶叙也好，我都非常乐意，甚至非常期待，因为我想知道他们心里是怎么想的。"60后"的人，教的学生从"50后"（三十多年前教的成人教育学生）到现在的"90后"，年龄和我们差距越来越大，想法自然也越来越不同，多交流，才能知道他们这些学生现在是怎么想的。

2018年6月20日

# 学生聚会，关你啥事

早就明白，学生聚会找你这个老师去，其实更多是让你成为一个聚会的"理由"，学生们主要还是希望自己聊聊自己的事情。所以每次我都是见个面，每人聊几句，早点退席，剩下的时间留给他们自己。真有些学生想要问点啥事，自会单独约或者几个学生一起约。

老师当久了，一定是会落下好为人师的职业病，幸好我知道自己有病，就尽量提醒自己别发病。更多的时候会静听同事们给学生们继续上课。上课的感觉一定是很好的，但听课的多数时候不领情，经常还需要学生组织者提醒大家安静一点听老师说。

这种随时给人上课的习惯还经常会发生在这样一些场合——

论文答辩的时候：本来论文答辩就是老师问学生答，可是经常会有老师利用这个时间给学生讲课。也怪现在的学生太不争气，写出来的论文惨不忍睹，由不得老师不训斥一番然后再借机教导一下。

招生面试的时候，原本也同样应该是考官问考生答，但同样也有很多老师这个时候会给考生上课，当然这个时候上课的效果绝对是很好的，考生一定是毕恭毕敬、洗耳恭听的

（相比之下，论文答辩的时候还有些学生会辩解）。

面对学生的时候我会理解他们的心情，而我自己见我的老师时却从来都是带着感恩之心虔诚拜见的，之前我多次说过，我并不认为我去看老师是给了老师什么（安慰或者是回报之类），而是让我自己心安。

2018年10月13日

# 我没时间教你

作为一个教了35年书的教师，显然不该说"我没时间教你"。是的，面对学生当然是不允许说的，甚至不能这么想，因为这是职责所在，或者借用前两天开会的时候听来的八个字，这是"天经地义，理所当然"的事。

可也正因为做了一辈子教书匠，所以我也要经常提醒自己不要染上了好为人师的职业病。光提醒没用，还得有理由自己说服自己，这其中的一个理由就是我没时间。

教化一个人是需要时间的，所以从小学、初中、高中到本科、硕士、博士，各种教育都是有学制的，如果把三年制硕士学制缩短为两年而培养大纲不变，甚至进而还要求导师只能在第二年开始指导学生写毕业论文，我就只能说："对不起，我没办法在一年的时间里做完三年的事。"

正因为明白了教化人需要时间，所以就不要指望改变你周围的人。可是我们又都希望和有同样人生观、价值观的人一起工作，这样才能配合默契，如鱼得水、事半功倍，于是就只好做选择，选择适合自己的人同行，不为别的，只因为时间有限。我真的不想花时间来和你争辩、说服你接受我的观点，而且我知道，你也不想，因为你的时间也很宝贵。

2018年1月31日

# 我全教给你也没用

看到一篇说瑞士军刀的文章（当然是正宗的瑞士军刀Victorinox），文章的内涵很丰富，我却觉得最能说明问题的是文章的标题《不怕被模仿，这家企业所有生产流程和标准都是公开的》。当然，这也是很霸气的一个标题。

不过，类似的话我是早就说过的——针对很多人总是担心教会了徒弟打师傅，我的说法是："我把我的本事全都教给你，你也成不了我。"所以我是从来不怕传授经验的，当然这也是三十多年教师生涯形成的自然本能。

我这句话的潜台词固然很丰富，但比较浅表的含义是很简单的：你知道该怎么做，但你却不一定会去做。比如说，那些养生的鸡汤文，如果真的能够照着去做，估计能活到三百岁，但有几个人能够坚持下来去照做呢？

就算你愿意照着去做，能不能做到一点都不走样，也是十分重要乃至最为关键的。就如Vctorinox的第四代传人卡尔–埃尔森纳四世所说："我们没什么秘密，我们的生产和标准都很简单，但我们专注于每一个生产细节。"

是的，细节，细小的误差累积起来就可能导致最终的结果完全不一样。

误差总是难免的，我始终记得35年前刚参加工作的时候带我在工地做测量的技师说的话："测量结果的质量取决于误差的控制，还有更重要的是平差。"所谓平差，就是最大限度减少每个环节的误差对最终结果的影响。

知道误差控制在怎样的范围才是最优的，这已经不容易了，还要知道怎样协调控制总体误差，这就是最难的了。总设计师、总工程师，其能力就体现在这种总体协调控制上。

当然，更多的人是连控制每个环节的误差都做不到，直接在零部件环节就出了次品，当然谈不上后面的平差了。

2018年6月17日

# 教，还是不教，以及不可教

　　秋高气爽，北方的寒流前天已经给湿热的广州带来了一场狂野的暴雨，一年之中最舒适的季节开始了。

　　教师节前的这个周日上午，享受着北窗刮进来的凉风，一边把积压多时的长裤一条条熨烫出来，一边听这两天的"得到"文章。这两天的文章都来自"少年得到"APP（不是我不愿意给罗胖做广告，而是我相信大家如果想听，可以很容易地找到"得到"APP），这两篇文章一篇是《改变黄石公园的狼》，一篇是《古人为什么崇尚自然》。文章的内容都比标题丰富，但我们这样临近退休的老人听这些给小学生准备的内容还是可以一边听一边想别的各种事情的。

　　今天早上看到一篇微信文章《孩子，希望你能遇见一位手持戒尺、眼中有光的老师》，这篇文章以一个家长的口吻写了"好老师"的标准，但以我的视角，看到和想到的却不止于此。

　　首先，我要赞的是这位家长。我一直非常赞同小平同志那句话："最大的失误是教育的失误。"但与此同时，我一直坚持认为：教育绝不仅仅是学校的事，全社会都在对孩子和每个人进行着教育，家长更是孩子教育的第一责任人。所以这位家长有这样的认识，她对孩子的教育就成功了一半。当然，她不仅应该期待孩子遇到一个好老师，而应该让自己首先成为一个好老师，很多基本的行为准则和常识原本就是应该从孩子出生开始就由家长教给孩子的。

另一方面，也有家长看到这篇文章以后会认为：我也希望孩子遇到这样的老师啊，可是我家孩子没有遇到这样的老师怎么办呢？我相信这样的烦恼事可能发生在任何人身上，我这里没想给出药方。反倒是作为教师，我会觉得好的学生同样也是可遇不可求的。

前两天面试EMBA考生，有位考生说："你们这样面试我一下就真能判断我的情况吗？"确实如此，不仅面试没法看出学生的很多真实情况，而且经过各种考试选拔进了学校，你还会发现有些学生实在没法教，甚至有些学生不仅教不出来，你想要努力去教他，他还觉得你好烦人，甚至把你当仇人了。

所谓教不出来的，往往就是这些基本的行为准则，而行为准则后面隐含的又是人生观、价值观，这些都是从小长期形成的。前面提到的那位家长是在送孩子读小学一年级的时候说那些话，还来得及，遇到一个"心有慈爱、手持戒尺"的老师，绝大多数情况下是能把孩子教出来的。但我们面对的是已经大学本科毕业的成年人，人生观、价值观已经基本定型，如果他再不愿意修正错误的观念和行为，那就的确没法教了。

所以，回过头来，我会认为遇到好的学生是做老师的幸运，反之恐怕也就是一种不幸。因为虽然是由于这样的学生自己不愿学，所以其行为不能让人认可，可你还不能阻止他自己说是某某老师的学生啊。

2018年9月9日

# 拒绝 ≠ 不教

又到了MBA学生选毕业论文指导教师的时间。

我对指导的学生有两个要求，一是要按时交稿，超过约定交稿时间3个日历天以上者，将视为自动放弃论文写作；二是不得有超过3个以上错别字，第一次出现此类情况，论文将被退回，修改后再交回的时间仍需符合上述时间要求；第二次出现此类情况，将视为自动放弃论文写作。这两个要求需要学生书面签署承诺书，因为有这样的承诺书在手，所以每当看到同事因为到了毕业论文交稿的时候找不到学生着急的时候（通常这个时候学生都是跑到外面实习去了），我就完全不用着急了。

很多时候，发邮件来要求指导毕业论文的学生看到这两个要求之后，直接就不理我了，邮件也不回；有些学生则礼貌地回复邮件，表示另选导师。

如果这也算是一种拒绝，那么我觉得同时也还是教了这些学生一点东西吧。

这两天和一位学生反复交流了很多份邮件，最终同样算是拒绝了，但应该也不能说我没教他。

首先当然还是给他看这份承诺书，他明确表示："我认为这些规定都是合理的，且是每个写毕业论文的研究生都应该

遵守和执行的。"

然后他在网上提交了申请，看完申请我给他又发了邮件："我已经在网上看到你的申请。你的背景是通讯行业，写房地产公司行吗？"

他回复很干脆："可以。我会保质保量按时间节点按成毕业论文。"

我却说得更多了："你这个情况我比较慎重，光是你说一句'可以'，很难说服我相信你能写出合格的论文。你选择写房地产企业如何利用大数据技术帮助企业决策，是否有相关的工作经历？比如说作为通讯公司工作人员，协助某些房地产企业做过这样的项目？"

他仍然很有信心："我缺乏在房地产工作的经验，但一直在IT类岗位工作，对大数据有一定理解。希望能得到您在房地产行业的指导，结合我自己的努力，完成这次毕业论文。"

对此我却还是有自己的看法："如果说有什么'指导'，那我首先给你的建议就是要写自己熟悉的工作，不要去'探索'什么。"

MBA学生的毕业论文是不要求学术创新的，所以我总是建议他们从自己熟悉的工作入手来写论文。

昨天下午，他终于接受了我的意见："谢谢教授直言相告，那我再从自己熟悉的工作挖掘一个可行的论文方向。目前这个大数据指导房地产企业决策的，我换掉，新的论文方向我再思考一下。"

到了昨天晚上，他又发了一个邮件过来："我想了一下自己对房地产行业的各种论文的方向，觉得确实很难操作。所以您方便时候，在系统上操作一下，拒绝掉这个申请吧，我再想想其他的行业和方向，谢谢您直言相告，期待与您的下一次交集。"

2018年9月30日

# 教师能改变学生吗

教书快36年了，临近退休，对这几十年的教书生涯常有反思。

记得有很长一段时间，我是认为每个学生都能教好的，最多是有些学生教起来更费劲一些；如果学生没教好，那是老师不行。但后来终于发现：还是有些学生是没法教的。

更有甚者，我现在忽然觉得：这么多年教了这么多学生，我其实没能改变学生什么。这个念头只是今天忽然在我脑子里冒出来的，并没有实际的调查研究作为依据，也从来没有问过哪个学生是不是被我改变了，但我的确从对一些学生的观察中可以发现：教了很多年，带了很多年，不能说一点改变也没有，但至少没能将其重塑乃至明显改变。另一方面，很多学生在我看来毕业以后发展得很好，但也并不是因为我教出来的，而是他的自身能力、素质、悟性等造就了他。

其实韩愈不早就说过吗——"师者，所以传道授业解惑也。"传道，授业，解惑，并不包含改变对方的意思啊。

所以，如果学生有所改变，主要并不是因为教师，而是因为他自己想改变。

记得读研究生的时候，我们几个同学议论过一个有趣的现象：每位弟子都会像自己的导师。这里说的"像"，当然不是长相，而是为人处世和做研究的方式，或者用现在的话说，是"三观"像。现在回过头想，实际上是这些弟子自己在模仿老师，并不是老师在强求弟子什么。当然，老师的作用肯定是有的，比如说老师能拿到国家重点课题，弟子跟着一起做，起点就会很高，还能够认识很多大师级人物；老师擅长解决政府企业的实际问题，横向课题做得多，弟子也就会跟着学会了和政府企业的人打交道。所以这也是我后来对学生的一个基本要求：首先要跟着学做事，然后在做事的过程中学做人。道理很简单：知识再多，做不成事，也是毫无用处的。

进而我觉得，在教学的过程中，我自己倒是改变了不少。教一门课肯定比学一门课能学到多得多的东西，这是毫无疑问的。并且，把学生当作镜子，也能发现自己需要改变的地方（所以我还写过一篇《学生是明镜》）。

这或许正印证了很多人喜欢说的那句话：不要想着去改变别人，你能改变的只有你自己。

2019年2月10日

# 你同样决定了周围人的水平

早上在朋友圈转发了一篇文章：《你的水平，是你最常接触的5个人的平均值》，有朋友留言，表示异议，其实我也并不一定就完全赞成这篇文章标题的判断，不过文章里面讲到的一个故事，我倒是很有同感，说的是自媒体作者焱公子在华为开始第一份工作时，领导对他的帮助。

我曾经在一所二本学校的一个系主持过两年工作，二本学校的系很大，学生也是各种各样，最难处理的学生往往就要到我这里来处理了，这些学生一般都是让人觉得无可救药、恨不得马上送回老家的。但每次我和这些学生聊过以后，都发现他们并非那么的不堪，甚至还表现出一些很优秀的潜质。例如有个一年级新生，执着地热衷于挑各种毛病并且告状，挑毛病的对象有就读的学校，也有各地各级政府；告状的去处有上级行政管理部门，也有法院。入学不到一个学期，学校就不胜其烦。

这学生应约来到我办公室，我跟他聊天的方式很简单，问问他提交诉状的情况，告的啥，法律依据是啥；然后告诉他："这个问题应该适用另一部法律，这部法律的某某法条你知道吗？哦，不知道，那你回去看一下。"最后我跟他说："这样吧，以后你告状之前把状纸给我看看。"

　　幸运的是，学校的校长听了我汇报的情况，也很认可我的判断：这样的学生将来可能会成为这个学校最好毕业生之一。

　　这学生今年已经毕业了，而且找到一份很不错的工作。

2019年8月17日

# 初六日，读书日

年初六，在朋友圈看见好几位朋友都在发读书的帖，就将它们集中起来连续转发了，大概是这种"集中轰炸"起了作用，一时回应众多，有几位都说年初六恰好就是在读书，这也正常，连续七天的长假到了最后一天，该做的各种事情都做了，就该静下心来读书了。

说到静心，读书是最需要心静，也是最能让人心静的。有位已经毕业的学生，在帖后的长篇留言颇能说明这种心境和态度——

其实大学四年，我经常在想，我为什么要读书？回头看看十几年的应试教育，我也经常批判。但是高三那会儿我的年级主任曾说，读书不是唯一的出路，但绝对是最好的出路！这给予我第一次对读书的态度转变！大学四年，我参加过无数次考试，在通过与未通过之间（这里的通过标准不再是60分，是心中的自我标准），我最大的体会就是转变读书的态度，包括枯燥乏味的教科书在内，以一个考试者的身份去读书，就算是漫画也是乏味的，但抱着一颗去洗礼的心去阅读，去畅游，即使是乏味的教科书，也可以从中得到乐趣！这也是为什么即使我上了大学，我依旧回去翻翻我的高中课本！我不是在怀旧，我只是在寻找我曾经失去的宝物！

　　这位学生说到读大学了还在翻阅高中课本，这种情况可能并不多见，多数学生是高考一结束就把课本处理了，甚至有集体撕书狂欢的仪式。不过我自己倒是有这样的经历：那年高考结束，哪里都没去，每天背着书包去父亲一位同事家里（我们家当时还没搬回我高考的城市，父亲同事家有两套房子，一套基本上空在那里，就成了我借用读书的地方），把厚厚一本数学题从头到尾做了一遍。当时真不知道是为什么要做这些题，只记得那段时间心静如水，真的是一题一题做下来，高考前反倒没有做这么多题。

　　昨天转发的帖子有一篇是陈平原老师写的，以前看过这篇文章，这次发出来，题目改成了《人生得意须读书》，里面有一段话，说在校学生——

　　埋怨老师布置那么多"必读书"，实在"不人道"；走出校门后，为谋生终日忙碌，那时你才意识到，有时间、有精力、有心境"自由自在"地读书，确实是很幸福的事。

　　我觉得这话说得不尽准确，在校学生有时间读书，或者说不得不把几乎全部的时间用来读书，这是理所当然的；至于是否有精力，可能就要看他们是否愿意投入精力了（投入了时间也不一定等于投入了精力）；而说到有心境，恐怕就真是不大可能了；自由自在，那就几乎是天方夜谭了。

　　当然，陈老师说的这是好学校的情况。中国很多大学的学生在校压力并不大，而且有种趋势是越来越不想承受太大压力，布置很多读书任务的老师甚至会被学生给差评，这门课会没人选。这些学生如果真要是把课内读书的时间用来读有趣的课外书，那倒也不是坏事，我自己当年就读了不少非专业内的书（《我所理解的大学人文教育》提到过）。

这里说到"有趣的课外书"，何谓有趣，我讨论过，这次转发的梁小民老师2017年2月2日在《上海书评》推荐10本书的文章列出了五条标准：

第一，无论是什么内容，让人一读起来就放不下，吸引你直至读完。读一本没有实用价值的书达到废寝忘食的地步，这本书一定有趣。

第二，仅仅吸引人还不够，许多网络小说也极为吸引人，但不属于我说的有趣之列。有趣的书必须有实质性内容，读了能引起你思考更多的问题，使你恍然大悟。尽管有许多书写的是同样问题，但这本书能使你得到新思路，产生新见解。

第三，包含了许多新知识，让你扩大了知识面，知道了更多的事，有新奇之感。

第四，即使学术问题也用通俗写法，活泼而清新，不能是八股式论文或专著。

第五，语言美，且有点幽默，译文则要信、达、雅。

2017年2月3日

# 上课算不算被迫学习，以及学习是否快乐

　　原本一个看上去简单随意的讨论，等到想要理清思路写下文字，却又觉得有些理不清，所以连上面的标题都显得有些踌躇，因为想了好多标题都觉得不合适，现在这个标题也不觉得合适。

　　讨论起源于儿子在朋友圈发的一份课表，朋友圈的标题是"Perks of research"，perks这个词我没见过，查了一下，意思是额外津贴、外快。就问他是不是说做研究有钱拿，他回复说不是，"Perks of research"的意思是"做研究的好处"（课少）。

　　讨论由此开始——

　　我写了一段我的看法：课堂学习只是很短的一个阶段（相对人生过程而言），作用在于培养学习习惯，掌握学习方法。而在学生看来这是一个被迫的过程。

　　可儿子却不同意："也不是说被迫。很多时候要不是老师不行，要不是课室不理想，就会导致上课的效果并不好。"

　　我觉得他没能理解我的意思："这是两回事，原本课堂学习就是逆人性的，人性原本就是希望轻松愉快的。"这段话基本上是我在开始讨论以后才想到的，以前也没这么想过。而且，用"逆人性"来形容课堂学习，似乎也有些过分了，课堂

学习不至于那么吓人。不过我想用这样一种激烈一点的言辞来表达我当下对这个问题的看法。

儿子继续坚持自己的观点："不是。这是教授水平的问题，还有学校排课的问题。老师教得好的话，课堂效率比自学高多了。所以最难受的情况，都是碰到不喜欢的老师在早上八点在不理想的课室上的必修课。"

他说"课堂效率比自学高多了"，这话我当然赞成。而且，我教书36个年头了，始终会思考一个问题：学生为什么要来课堂听课而不是自己看书？除了因为老师能够解读书本上没有的内容，还有一个原因是课堂会讲很多书本没有讲的内容、或者是写书的时候还没有出现的事。所以我讲课就会按照这种方式去讲。

但既然我刚才提出了那个观点，还是想坚持下去："课堂学习的约束毕竟更多一些（比如必须在早上八点钟到课室），自己独立学习是主动的。"

他还是不同意："说得好像自己独立学习不难受一样。"

这时讨论就开始变得主题模糊了。

我说："也难受啊。"我甚至还想说：学习从来就没有什么快乐的，如果有快乐的学习，那原本就不是在学习，是在玩儿。比如有人写过《怎样让孩子快乐地学习围棋》——当孩子觉得学围棋快乐的时候，他就是在玩儿嘛！职业棋手有几个在升段的学棋过程中是觉得快乐的？

我之所以讨论的时候显得有些偏激，说到底还是因为我脑子里在想着我这个学期上的《房地产经济学》这门课的情况。这是一门大四的选修课，按照儿子刚才讨论时候的观点，只要是选修课，他最低的绩点也在3.7，意思是选修课是自己选的，所以一定是喜欢的，绩点就不会低。可是从我这么多年讲授《房地产经济学》这门选修课的情况看，学生基本上都是希望轻松地学完这门课，稍微费点劲的事就不愿意去做。比如这门课有一项要求是学生要在学期当中自己去看一个房地产项目，并且按照要求填写一份项目情况表。这个意图很明确，房地产原本就是实践性很强的，没有一些直观认识是无法理解其中的很多概念的。可是这学期这个班是最极端的——明天就要期末考试了，前两天上最后一次课的时候我还不得不提醒他们记得要在期末考试之前完成这份看房地产项目的作业，因为当时只有寥寥几位同学已经交了作业。这些学生全都是广东省高考分数最高的一群啊，所以我只能得出结论：即使是这些学霸，也不愿意承受学习的痛苦，只希望轻松地学习。

2019年1月13日

# 好看的和好吃的

早上，有学生在微信转发小林的文章《活下来，走出去》，还引用了文中的一句话："要先做好必须做的事，活下来，才有机会去做喜欢的事，走出去。"

给学生留言："我当时跟你们是这么说的：有两种事，好看的和好吃的，都要做。好看的做给别人看，好吃的做给自己吃。"

我当时对学生说这话的背景是：研究生毕业之前必须按要求在学术刊物发表文章，这类文章在我看来基本上是解决不了现实当中问题的（更有甚者，有些文章的假设条件在现实中都不会存在），但要想发表就必须写成这样，看上去很"漂亮"。这些就是我说的"好看的"，而真正能够解决实际问题的，也就是我说的"好吃的"，又往往是不能发表的。这跟小林说的话几乎就是一样的——按照现行评价体系做出好看的东西，你才能"活下来，才有机会去做喜欢的事"。

不光是写论文如此，平常很多事情也都是这样。这里面其实暗含了一条经济学的基本原理：等价交换。这同样也是我经常对学生说的：你在向别人索取之前，先要看看你有什么样的支付能力。所谓"做给别人看的""好看的事"，就是在满足别人的需求，也就是你支付给别人的对价。

　　说到《活下来，走出去》这篇文章，一天之内阅读量已经是十万加，文章的作者林帝浣，早两天我看到江湖上的朋友在微信群里晒自己去中大拜访这位小林老师，打听了一下，说这位网红也在中大工作。

2018年10月2日

# 养不教……

昨晚和一帮学生小聚，有一搭没一搭地听他们聊天，好像在说人到中年带孩子精力不够了。细算一下，他们现在的年纪，比我当年当他们班主任时候的年龄还要大10岁了，所以他们说精力不够是完全可以理解的。我自己就曾经做过一个简单的算术：生孩子不能晚于42岁——反算一下，如果60岁退休的时候，孩子还没到18岁读大学的年龄，那就是对孩子不负责任，因为过了中年，体力精力都必然下降，无法保证有足够的精力教育好孩子。

很多事情都那么巧，今晚八点正好就看到"读者"公众号的"每晚八点聆听读者栏目"发了一篇《不乱生孩子是做人最基本的修养》，开始还以为是搞笑的文字，点开一看，却是一篇很严肃的文字，并且谈的就是我说的父母要有足够的精力教育孩子的问题。

《三字经》早就写了：养不教，父之过。这也是今天这篇小文标题的来源，之所以标题只写了"养不教"而没写下半句，是因为这两天还看见另一种"养不教"——学校招了学生进来以后未能对学生全面培养，某商学院的MBA学生，有好些不能按时完成毕业论文，需要延迟毕业。于是我有了一个疑问：既然这不是个别现象，为啥不能想办法避免呢？首先，学生不能按时完成毕业论文，除了因为是在职学习导致时间不够，还有很重要的一个原因是缺乏写作训练。我们最早带三年制的学术型硕士生的时候，从进校开始就会对学生进行学术阅读和学术写作的训练，但MBA学生是等到学完课程最后一年做论文的时候才找导师带论文，这时再来对其进行学术写作训练已经没有什么时间了，更何况他们还要在职工作。既然原因很明显，解决的办法也就不难找到：可以让每个MBA学生从进校开始就跟定一个导师，并且要求导师对其加强指导。当然，这话说起来简单，实际做起来会遇到各种管理规定上的障碍，这里就不讨论了。我只是觉得，这也算是另一种形式的养不教了。本来《三字经》接下来就是"教不严，师之惰。"但我觉得这还谈不上"教不严"，因为根本就没把学生交给老师去教，所以我觉得算是另一种形式的"养不教"。

2019年5月23日

# 不想听课你干吗花钱来上学

　　我也知道标题所提出的问题是多余的，哪个学生没翘过课？头天睡晚了起不来、当天有个急事等等，都是翘课的"正当"理由。

　　教师对付翘课的办法当然就是点名，古今中外都是这样。我自己做教师三十多年，却一直不愿意点名，我觉得点名是浪费大家的时间。如果学生不想听你的课，或者他觉得自学比听课效率更高、效果更好，当然可以选择不来听课。在我看来，强调出勤唯一说得过去的理由是：如果课堂人数太少了，没法开展课堂讨论（所以我觉得英文把出勤称为attendance更确切，有参与的意思，到课堂的一个作用是参与课堂教学，而不只是自己听课）。所以我还是会用一些办法来保证一定的出勤率，比如每个学期会有6次课堂测验，测验是不定期的，并且有可能是在开始上课的时候，也可能是在结束上课之前；再比如要求每位学生都有一次十分钟的课堂演讲；还有就是期末考试的时候会有一些题目是只有来过课堂的学生才能回答出来的。

　　今天有同事很气愤地在学院同事群里表示，明明上课的时候看到很多学生没来，但交上来的考勤记录却是全勤——考勤记录是用录指纹的方式完成的；有同事告诉他，现在用指纹膜代打考勤是很容易的事。

这位同事上的是研究生的课，我总觉得：小学生、中学生不懂事，学习多少是有些被迫的；大学生可能经过12年的中小学应试教育以后一下子觉得放松了，也会放纵一下自己不来上课。可到了研究生这个阶段，应该都是自愿来学习的，为啥逃课还那么普遍呢？

我自己的看法是：和制度设计有一定关系。

研究生分两类，一类是学术型，一类是专业型。专业型硕士里面的MBA之类很多是在职学习，因为工作原因会造成缺课，这种情况比较普遍，也相对比较能理解。学术型硕士和另一些全日制的专业型硕士缺课，可能就和制度设计有关了。

现在的硕士学制多数是两年，如果制度规定硕士入学第一年只上课，不跟导师（不分配导师，不把研究生交给导师带），会是个什么结果？我专门就此请教过学生，他们说既然没有导师指导我们，那就出去找地方实习呗，对于学生来说，这是很理性的选择，只是这样一来，这些学生也成了"在职学习"。

在这样的制度前提下，你想用录指纹、课堂拍照记录甚至全程录像等方式来强迫学生来课堂，结果也就是个猫鼠游戏，就算猫能被老鼠全捉回来，有意思吗？对学生有用吗？

至于这种制度的其他后果，我之前在《养不教……》这篇小文里面略有涉及。

2019年7月25日

# 钻规则空子和品质败坏

昨天写了那篇《不想听课你干吗花钱来上学》，有同事看了以后不赞同，说规则有漏洞，所以才让学生有空子可钻，接下来要做的是堵住漏洞，实施更严格的管理；也有同事认为不上课还找人代打考勤的学生是道德品质败坏，人心坏了就什么规则都不管用。

可我却仍然赞同那句话：好的制度能让坏人做好事，坏的制度会让好人变坏。说个很具体的例子——很多人都有这样的经历，在欧美，前面的人经过关着的门时，总会看看后面是否有人跟着，哪怕后面跟着的人距离还有点远，也会等在那里扶着门扇，等后面的人过了以后才松手。我在广州也同样会这样做，比如通过地下车库通往电梯间的防盗门时，会扶住让后面的人过，但有意思的是：极少有人会对我说声谢谢，同样，也极少有人走在我前面的时候会同样扶住门；过了防盗门进入电梯，如果我听见后面有人跟上来开防盗门，就会按着电梯开门键等他一下，有意思的是，很多人在打开防盗门以后不是马上进电梯，而是一个箭步冲上前按电梯外面的上楼键——因为他不会想到里面站的人会帮他把电梯门开着；可是反过来，当我在防盗门外面看到电梯门要关了的时候，大声喊：请稍等，却几乎从未有人等过我。

说了这么多，就是想佐证一下前面的那句话。

所以，如果说学生道德品质坏，可能还需要追问一下：为啥会这样？

至于钻规则空子，要看钻空子的成本有多高。例如大家熟知的一个例子：一个中国留学生在德国坐地铁逃票，他算过被查到的概率，乘以罚金，仍然远低于每次买票的成本，但他没有想到的是，逃票会影响他的诚信记录，进而会让他在整个欧盟都找不到工作。成本大到这个程度，自然就极少有人敢于钻空子了。

这么说，应该把意思说明白了吧。

2019年7月26日

# 考那么多证真有用吗

　　上图是这两天网上流传的一幅画。适逢人社部公布了
2019年的各项职业资格考试时间，这幅画就是鼓励大家去考
证的。

　　不过我看了这幅画的反应是，如果工地上有两份午餐，
那么一定是包工头自己留一份，这个在下面干活的人一份，其
他站在上面持有各种证书的人只能饿肚子。

　　这幅画当然只是一个极端，但我的确是一直劝在校学生不要花那么多精力去考证。曾经也有一个极端的例子：我的一位研究生，在校期间热衷于考各种证，我提醒他，这些证书对于你找工作的确有用，但如果你拿不到最关键的那个证——毕业证，那么这些证的作用就都发挥不出来，所以你要把握好平衡，首先要确保能够写出毕业论文，能够毕业，在此基础上再去考证。但他听不进去，后来果然延迟了一年才毕业。

　　我跟学生说的其实也是用人单位的意见：就算你有一堆证，但干不了活，最后也没啥用。

　　我自己拿过全国最早设立的一种执业资格证，与这个执业资格证有关的专业当然一直是我后来多年从事工作的基础，但这个证本身对我反倒一直没啥实际作用（拿证之前倒是从事过具体的业务工作，拿证之后二十多年基本上就没做具体业务工作了）。

　　我听很多用人单位都说过：证书对他们当然有用，特别是一些难考的证书，单位能否有相关资质取决于员工有多少人持有某种执业资格证。但对于那些并不"紧缺"的证书而言，毕业生有相关证书只是多了一块敲门砖，进了门以后还是要看实际工作能力，光靠这个证书是不能保证有饭吃的。

2018年12月29日

# 喧嚣已过，静思闲读

接连多日都是在忙碌中度过，还要关注微信上的喧嚣并且不时也凑个热闹，随着今天上午统计数据公布，接下来的各种余波可以暂时放在一边了。静下来，该看看书了。

我一直都认为，中国房地产的问题不是房地产本身的问题，中国经济的问题也不是中国经济本身的问题。所以我建议不必在多如牛毛的讨论中国房地产问题的书中找答案，当然那些网上的言论可能更是不靠谱的居多。正如我讲课的时候往往告诉学生："我在课堂上讲的多数是你在课本上看不到的内容，你能够自己从课本上学懂的内容应该自己去看。这不等于我脱开了课本，我会按照课本的知识框架去讲。"

昨天上午收到教务员的信息："他们的培训叫问道之旅，今年是第三年，每年都上关于房地产的课，所以更关注未来趋势的了解，下次课，老师可否加入一些对房地产未来趋势的自我看法以及分析。"

从昨天到现在，我一直在想该怎么答复这个信息。想起昨天中午和一位领导吃饭，我说了这么一句话："假话全不说，真话不全说——这是我希望自己能做到的。"

而今天早上看到一篇文章，里面说这样一个矛盾：国家急需的，学校不需，学生更不需，然而学校以培养学生为天职，应该首先满足学生的需要。

又还记得上一次给教务员所说的"他们"这个单位上课，我首先声明：学校教室贴有《课堂教学十不准》，我必须严格遵守。

此为遐想，所以自然是信笔瞎写。

2017年3月18日

# 若有茶情伴于心，岁月从不败美人

朋友圈偶然一瞥，看到一位做茶的朋友写了这么两句："若有茶情伴于心，岁月从不败美人。"

直觉这不像古人的诗句。早两天也是这位茶人写过这样两句："待到春风二三月，石炉敲火试新茶。"这就是古人诗句的感觉了，当时上网查了一下，是明代魏时敏的诗《残年书事》：

林泉深处足烟霞，流水寒云八九家。

江客帆樯悬网罟，野人篱落带桑麻。

案头墨迹儿临帖，灯下车声妇络纱。

待到春风二三月，石垆敲火试新茶。

不过诗中的"垆"是指酒店里安放酒瓮的土台子，和那位茶人写的"炉"完全不是一回事。

百度一下"若有茶情伴于心，岁月从不败美人"。还真有，第一篇就是以此为题，来自说茶网，而且还是3月9日刚发出来的，怀疑这位朋友就是看了这篇以后直接用的。

可是这句诗到底出自哪里呢？这篇文章并没说。百度同时给出了其他一些类似诗句："若有才华藏于心，岁月从不败美人""若有诗词藏于心，岁月从不败美人""若有诗书藏于心，岁月从不败美人"，在提到这些诗句的时候，有的是用来说林徽因的，有的是用来说董竹君的，还有的是说董卿的，甚至有的直接就说是董卿在诗词大会上作的诗，但就是没准确说明诗句究竟是谁的诗。

看到一点线索，提到苏轼，但用"苏轼，岁月从不败美人"，完全查不到相关的诗；又有线索提到欧阳修，同样，也是查不到。

后来终于看到一首完整的诗：

白发戴花君莫笑，岁月从不败美人。

若有诗书藏在心，撷来芳华成至真。

据说"若有诗书藏于心，岁月从不败美人"是把这首诗两联各抽出一句而成。

可这首诗又是谁的呢？还得继续查。

终于，查到"白发戴花君莫笑"这一句是有来由的，是欧阳修的一首《浣溪沙》：

堤上游人逐画船，拍堤春水四垂天。绿杨楼外出秋千。

白发戴花君莫笑，六么催拍盏频传。人生何处似尊前。

还是不甘心，继续查，结果说那首完整的诗是叶嘉莹写的。

可是查了叶嘉莹的《迦陵诗词稿》和《迦陵诗词稿（续）》，也根本没有这首诗，连个别句子都没有。最终还是一个无头案，愣是不能确定"若有诗书藏于心，岁月从不败美人"或者"白发戴花君莫笑，岁月从不败美人"究竟是谁的大作，或许真就是个佚名。

这么一路追查，实属周末闲来无聊之举。不过回看一下，从一开始查"若有茶情伴于心，岁月从不败美人"，到最后落实了一句"白发戴花君莫笑"的出处，前后已经是完全不相干了。

做研究查资料的时候常常也是这样的——单刀直入地查找某些文献可能找不到几篇，但如果能用"迂回包抄""旁敲侧击"的办法，就可能查到更多相关文献。

记得二十多年前，互联网都还没普及，更没有搜索引擎。我当时在香港做访问学者，想在大学图书馆查一些物流方面的资料，知道物流对应的英文是logistics，可是图书馆能够查到的logistics的书籍却有限。但在查资料的过程中，发现logistics还跟inventory和stock有关（这两个词都是"仓储、库存"的意思），于是用这两个词就查到了更多的书籍。

所谓"戏法人人会变，各有巧妙不同"，同样是查资料，有人入宝山而空手归，有人却能盆满钵满，全因"巧妙不同"也。

2019年3月10日

# 人工智能还能有什么用?

今天看到一篇文章:《表面繁荣之下,人工智能的发展已陷入困境》,看完转手发给了计算机学院的院长,院长的回复是:

"估计还要热几十年,AI的面已拓宽,深度学习不能代表AI。"

院长这么说,是因为这篇文章里面有一句:"深度学习是人工智能的主宰。"我也觉得文章这么说是有点绝对了。而且,我还有更进一步的想法,写出来发给了院长:

"科技的发展往往会出现两种情况,一种是无心插柳,另外一种是前后左右协同发展,带动更多的产业。"

院长回应说:"感觉现在是后者,因为几乎所有的大公司现在都涉及AI,都怕落伍。"

我也有同感,更进一步表示:"是的,其实不一定要真正做出人工智能,而是把人工智能的很多原理应用到其他的方面已经就很有用。我自己就有这种感觉,当时读研究生的时候,学的那些人工智能的一些原理,其实到后来都会影响我的思维方式。"

这就是我这篇短文的主题:人工智能不光是能做出人工智能,还能解决很多问题。

一方面，是这个产业的发展特别是关键性的突破会给别的产业带来推力和进步乃至变革。例如，我一直认为深度学习之所以能够达到今天的水平，和计算能力（当然还有与之配套的存取能力和技术）的大幅度提升有很大关系，而计算能力的提高不仅能够带来人工智能领域的突破，还能解决很多其他问题。举例来说，广州对外地牌照机动车实施"开四停四"的管理，想象一下，这需要多大的计算能力？每一辆车只要出现一次，就需要在今后96小时之内持续记录其出现的情况（并且是连续滚动记录）。这种计算简直就是海量。但这还达不到人工智能的技术高度，仅仅就是计算而已。因为有了海量的计算能力，原来不能做的很多事现在都能做了。

另一方面，就是我前面说的对提高思维能力的帮助。我曾经写过一篇小文谈人工智能常用的一个算法：递归（见《今天来说说"递归"》）。如果不学人工智能，我可能很难接触到递归这种思维方式，而这种思维方式对于解决很多问题都是有用的。

当然，不仅人工智能有帮助提高思维能力的作用，几乎所有学科都有这样的作用，所以我一直说完成一个专业的学科训练不仅仅是能够学到这个专业的知识，更重要的是能学会这个专业的思维方式。我自己本科学了建筑结构工程以后只在很短的时间里面把这个专业的知识用于工作，但这个专业提供的训练可以说影响了我一生，不光是平时看到任何构造都会自然而然地分析它的受力（这属于知识的运用），更重要的是在做事的时候会自然地按照工程学的各种原理来做。

2019年4月8日

# 推荐一篇文章

推荐的这篇文章为《我的灵魂》。这篇文章的作者是李家同，曾任台湾清华大学代校长、台湾静宜大学以及台湾暨南国际大学校长。文章是一位我所敬重的老大姐前两天发给我的，这两天我看了几遍，没有直接发微信朋友圈，用公众号转发，方便写下一些零星的观察——

文章后面的留言很有意思。这些留言看上去都是赞同作者的，但实际上并没真正理解文章的含义。

文章的主人公约翰后来离开美国去了英国乡下——是英国，而不是美国的乡下。英国可以算得上是美国的母国，另一方面，美国是超越当时世界第一的英国成为世界第一的。

"加州花在监狱上的钱比花在教育上的还多"。

年轻的男孩子说："家家户户都装了安全系统，耶稣会到那里去降生呢？可怜的玛利亚，可能连马槽都找不到。"

2019年5月31日

# 用简单逻辑对付复杂套路

下午看到一篇文章，《罗振宇们的套路：从讲师到骗子，曾经的思想先锋，今成犯罪帮凶》，打开来一看，说的是"得到"APP推荐的理财软件骗了大批粉丝的钱，等等。

关于罗胖，我过去多次在文章里面提到过。现在我也还是经常听"得到"里面的《罗辑思维》，但不要说他推荐什么理财软件我不会搭理，就连"得到"里面的付费内容我都从不帮衬，一句话：只光顾那些免费的内容，一个子儿也不掏。

电梯里面见过公安提醒防范电信诈骗的公益广告，也是很简单的应对之法：只要让你转账的，就是骗子。

所以，我觉得与其去谴责骗子或者帮凶，不如自己吝啬一点（换一个说法就是不要贪心，因为拿钱出去的人往往是当作在"投资"的，并且是回报率很高的投资）。

这一类对付复杂套路的简单逻辑还有不少，昨天在群里看到有群友出了一个题：一个老头卖葱，一块钱一斤，一百块钱一百斤。一顾客问：葱白与葱叶分开卖不？老头答，七毛一斤葱叶、三毛一斤葱白。于是顾客要了五十斤葱叶跟五十斤葱白，$50 \times 3=15$元，$50 \times 7=35$元，$15+35=50$元。于是顾客付了五十元走了，留下老头在风中凌乱。

接下去就是众群友的各种讨论……

其实这个题的陷阱是显而易见的。撇开各种讨论，我给出了一个最简单的解决办法：广东人卖鱼常常斩件卖的，鱼头、鱼尾、鱼腩等等，可以各取所需。我观察过卖鱼的，斩件卖的时候，每个部位的单价都比整条鱼单价高，这样肯定不会亏。

2019年6月12日

# 为社会福　为邦家光

今年的毕业典礼之前，学校发文，一是说全体2019届本科生毕业生的学位授予工作由校长办公室负责，二是说全体2019届研究生学位颁授仪式由学院进行，于是就有了今天上午中山大学岭南学院举办的博士硕士学位授予仪式。

中大的学位授予仪式自然有浓厚的中山先生印记，仪式开头全体毕业生肃立聆听中山先生的《毕业训词》：

学海汪洋，毓仁作圣。

大学毕业，此其发轫。

植基既固，建业立名。

登峰造极，有志竟成。

为社会福，为邦家光。

勖哉诸君，努力自强。

毕业生听完之后齐声应答："谨记教诲。"

我分别作为台下肃立的博士毕业生和台上端坐的主礼教授听过若干次中山先生训词了。训词洋洋洒洒凡48言，但这把年纪了背功实在不行，总也记不住，能记住的只有最后16言，每次也都是等训词读到这里时，我才能跟着心里默读"为社会福，为邦家光。勖哉诸君，努力自强。"（勖读作xù，勉励的意思）。不过我觉得通篇训词读下来，前面都是

铺垫，真正着力点就是落在最后这16个字上的。

　　岭南学院的仪式又加了一层岭南特色：除了仪式开始唱国歌，结束唱中大校歌，紧接着还要唱岭南学院院歌，其实也就是岭南大学的校歌。国歌校歌用普通话唱，院歌用粤语唱。而会场四周挂满的各届毕业生的级社旗，也在提醒着：我们既有1924年中山先生手创的广东大学血统，也有源自1888年的岭南大学文脉。

2019年6月25日

# 朋友定知识还是知识定朋友

　　学院的院长向智者请教：怎样才能让这个二本学院的学生通过四年的大学学习变得优秀？更进一步地，能不能推荐一些书籍给学生，学生读了这些书以后能够更快地提高。

　　智者委婉地表示：还是要靠任课老师，每门课的老师都会给学生推荐参考书。

　　其实过去智者给学院的学生作讲座的时候就说过，读书要读经典。这已经就是在推荐书籍了。而且我知道，黑格尔的《大逻辑》他读过一遍，《小逻辑》读过两遍，他要是推荐这样的书，这些学生有几个能读下去？

　　而我在旁边听他们讨论，忽然受到启发——

　　我上课的时候经常会拿近期发生的各种事件来做分析，但当我问学生是否知道这个事的时候，很多时候学生们都说不知道。我分析过这其中的原因：现在很多时候获得最新资讯的方式是通过看微信朋友圈，但我的朋友和学生们的朋友可能差别很大，发出朋友圈的内容差别就很大；我的朋友们感兴趣的事情，学生们和他们的朋友并不感兴趣，也就不会转发，所以我在朋友圈能够看到的资讯他们看不到。

　　也就是说，就算智者推荐了书，学生们可能也不感兴趣，不会去读。

　　说到这里，要说说这篇小文的标题。标题里面的"定"字，我是颇费了一番心思的。这个"定"有两层意思，一是"决定"，对应的英文可能应该是"to make"，在这层意思下，"知识定朋友"的意思就是通过知识塑造人，这就是院长的初衷，希望通过智者确定的知识来"决定"（塑造）学生，这样的"知识定朋友"不是不可能实现，但前提是这个人自己要想学这样的知识并且还能学懂这样的知识；另一层意思是"认定"或者更准确说是"确认"，对应的英文是"recognize"，也就是通过这个人的知识或者兴趣爱好来确认这个人能否成为朋友，我曾经说过微信群可以起一个背书的作用——在同一个群里的人基本上可以确认是有同样兴趣爱好或者说同样三观的（见《微信群的背书作用之一例》），就是这个意思。

2019年7月22日

# 网上知识的生产和消费

今天在飞机上拍了一张照片——

当时只是觉得有趣：一条大河，右上方还有一条汇入大河的小河，大河接连走了三个大弯，小河更是如九曲回肠；大河像一条龙，小河则像一条蛇；还有点缀其上的洁白云朵和作为背景的绵延群山。

下飞机后把这张图发了朋友圈，还配上两句：白玉镶翠，黄龙舞蛇。

然后还想知道这拍的是啥。拍着的时候估计是黄河，在地图上查找，果然找到和这个形状完全吻合的一段黄河，那条

汇入黄河的小河则是无定河——

而且还意外地发现这一段黄河被称为"天下黄河第一湾"，于是又把这张地图和刚才那张照片的原图转成竖向一并发到朋友圈。没想到很快就有认真的朋友留言：应该不是，第一湾那里是草原。

这时我要做的当然是马上到网上去查，结果首先显示的是搜狗百科的结果（华为手机浏览器的默

⑤搜狗百科　　Q黄河第一湾　　搜索词条　　✎编辑词条 ⭐收藏 ⤴分享 💬投诉

黄河第一弯位于陕西清涧县玉家河镇舍峪里村和山西省石楼县辛关镇马家畔之间的黄河段，被誉为"天下黄河第一湾"，并与五台山、云冈石窟、乔家大院、平遥古城、壶口瀑布、常家大院、龙潭夜景一道成为山西省的八大旅游景点。

黄河第一弯距县城61公里，地势平坦，水流舒缓，小岛、岸边红柳成林。红军二万五千里长征曾多次通过这里，留下了许多可歌可泣的动人故事和革命遗址，使草地声名远播海内外。俯视该湾，西窄东宽，尾部圆满，恰似葫芦状。入湾处至出湾处水流总距离8000米，湾内陆地以入湾与出湾处最窄，仅700米，而最宽处为1700米。

黄河第一湾(8)

快速导航　📖 词条图册

| 中文名称 | 黄河第一湾 | 地理位置 | 若尔盖　弄克乡 |
|---|---|---|---|
| 门票价格 | 免费 | 著名景点 | 卡日曲、约古宗列曲 |

认搜索是搜狗，所以先出搜狗百科），我一看就傻眼了——

　　发现问题没有？一开始说的"黄河第一弯位于陕西清涧县玉家河镇舍峪里村和山西省石楼县辛关镇马家畔之间的黄河段，被誉为'天下黄河第一湾'"，这个描述和我查到的地图位置是吻合的，可是看下面的"地理位置"，写的却是"若尔盖县唐克乡"，这就和留言的朋友所说的位置吻合了。再仔细看，发现这一条搜狗百科的文字简直就是颠三倒四，前后混乱。节约篇幅，直接把这条搜狗百科的链接放在脚注。

　　光是这么个事情我还没想到要写出来，让我啼笑皆非的是另一件事——

　　昨天收到朱小棣先生帮我写的序，按惯例要在序言后面介绍一下序言作者的身份，于是查了百度百科，却发现上面的资料已经比较过时，我就更新了一下，也提供了参考出处，没想到今天收到百度百科反馈，说修改不通过，有三处问题，三

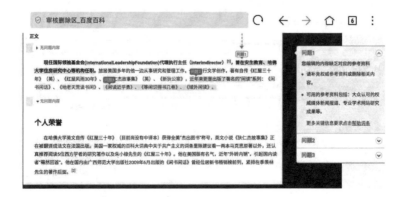

处问题都是一样的：编辑的内容缺乏对应的参考资料。

我就有些纳闷，一位作家的个人资料审核得这么严，怎么一个地理标识的释文能够容忍那么多混乱呢？或者我把这个问题转换一下：是不是涉及个人的信息要比地理标识的信息更严肃？我这么问并非有我自己的答案，而是真的想知道这个问题的答案。

再进一步的问题就是：我们在从网上获取信息和知识的时候，究竟应该在多大程度上相信？或者应该对哪些信息更相信一些，而对另外哪些信息更多一些怀疑？

网络知识的特点就是大家都是知识的生产者，同时也都是知识的消费者，我当然认为网络编辑在知识生产环节严格把关，这样才能有更优质的知识供消费者享用。

针对网上知识生产和消费要说的说完了，继续补充两点：

一、相对于搜狗百科，百度百科对"黄河第一湾"的解

> **Baidu百科** 黄河第一湾 　　　　　　　　　　　　　　进入词条
>
> 00左右等待马尔康发往若尔盖的班车或是成都发若尔盖的班车。⊠
>
> ### 美食信息　　　　　　　　　　　　　　　　　　✎编辑
>
> 　　手抓羊肉、藏香猪肉、人参果、奶饼、酥油茶、牦牛肉、烤全羊、和尚包子、黄河鱼、酸奶等等，一般在当地的藏家乐就可以品尝到。同时，在县城、郎木寺、唐克等地还可以吃到具有西北风味的牛肉面、加工羊肉等。
>
> ### 第一湾　　　　　　　　　　　　　　　　　　　✎编辑
>
> 　　经山西省社科院山西人文资源研究开发中心认证，位于石楼县辛关镇的"句号形"黄河大拐湾被誉为"天下黄河第一湾"，并与五台山、云冈石窟、乔家大院、平遥古城、壶口瀑布、常家大院、龙潭夜景一道成为山西的八大旅游景点。黄河第一湾简介：
>
> 　　黄河流经9省区、全长5464公里。在晋陕峡谷段，黄河整体上呈北南流向，但在晋陕大峡谷中下部出现了一个大转弯，陡然向东，转了一道极为奇特的大圆湾，几乎呈"句号"型。
>
> 　　俯视该湾，西窄东宽，尾部圆满，恰似葫芦状。入湾处至出湾处水流总距离8000米，湾内陆地以入湾与出湾处最窄，仅700米，而最宽处为1700米。
>
> 　　无论是在序列、体量还是在湾曲度方面，石楼县境内的黄河湾都称得上是"黄河第一湾"。

释要稍好一些，基本上都是以"九曲黄河第一湾位于四川省阿坝藏族羌族自治州若尔盖县唐克镇"来展开的，但是，同样在词条结束之前突兀地出现了这样一段——

还是把山西石楼县的这一处黄河写进去了，并且也没说明白两个第一湾的关系。我个人认为，从地理上说，石楼县这里只能算一个非常局部的小转弯，若尔盖县那一段黄河的大转向才真正是一个重大的地理标识。

二、我马上就会继续修改百度词条"朱小棣"并且提供更多的参考资料。

2019年8月5日

# 百度百科认为自己提供的信息不可靠吗

几天前写了一篇《网上知识的生产和消费》，文章最后立了一个flag：我马上就会继续修改百度词条"朱小棣"并且提供更多的参考资料。那天是2019年8月5日星期一，我随后就补充了更多参考资料，然后提交了。百度效率还是挺高，我是5号晚上23点04分提交的，第二天6号上午11点48分就反馈了，结果还是不通过！看了反馈的问题，有三个：

**问题1**

您提供或引用的参考资料来源于官网或为用户提交的内容。

不可使用企业或品牌官网/微博、各类百科、博客、论坛、空间、自媒体的内容作为参考资料，请更换为权威参考资料或删除相关内容。

自媒体是指由用户编辑发布的内容，并不是由引用的网站发布的内容，内容不具有权威性。常见自媒体如：今日头条、公众号、订阅号、百家号等提供的内容。

我知道问题出在哪儿：我提到安生文化交流基金，参考资料是登载南京师范大学网上的文章，这样就不行。

**问题2**

您提供或引用的参考资料与内容无法对应。

请按以下情形检查并修改：

1. 参考资料中并未提到编辑的词条名或标识的信息点，如词条内出现张三，而参考资料中完全没有提及张三。

2. 参考资料为网站首页，请替换与内容对应的参考资料。

3. 参考资料为视频类参考资料，无法查看视频内容，请替换为文字类型参考资料。

这个我也知道是啥问题：我提到哈佛大学住房研究中心，提供了这个研究中心的官网，上面当然没有"哈佛大学住房研究中心"的字眼，只有"Joint Center for Housing Studies of Harvard University"，那我就把正文里面的"哈佛大学住房研究中心"改成"Joint Center for Housing Studies of Harvard University"。

**问题3**

您提供或引用的参考资料来源不可靠

参考资料来源是指：参考资料标题下方"来源"字样（注：有的标题下方没有来源字样）后的名称。

请按以下情形检查并修改：

1. 使用来源于互联网、来源不明、商家供稿、自媒体的参考资料，请更换为权威参考资料或删除相关内容。

2. 使用虚假网站、售卖推广性质网站（如购物网站、信息推广网站等）作为参考资料，请更换为权威参考资料或删除相关内容。

这是说我列出的那几本著作，引用的是京东网上图书商品的资料，属于购物网站。

继续修改。第1个问题，改用人民网上的文章。第2个问题刚才已经说了，用英文即可。第3个问题，这基本著作在百度百科上面已经都有词条，那就引用百度百科的词条，还有一本引用百度学术的词条——用你百度自家的资料总可以吧？这次修改耽搁了一下，是8月9日提交的。

没想到，今天收到百度的反馈，还是不通过！不通过的原因正是引用了百度百科词条的那两条参考信息，不过引用百度学术的倒是可以。回过头来看第二次反馈时的问题1，的确已经说了"各类百科"都不可使用。

问题来了，我提交的就是百度百科词条的修改，这些词条当然是为公众提供信息的，但如果"各类百科"都不可使用作为参考资料，特别是百度百科也不行，那是不是就是说百度百科的信息是不可靠的呢？我们做房地产估价的时候，倒是的确有规定：不能用之前的估价结论作为参考实例。这个是可以理解的：估价结论原本就是一个主观判断，当然这个主观判断是参考客观事实作出的，就是用同类或者相似房地产的价格来推算估价对象房地产的价格，所以要求采用的"同类或者相似房地产的价格"必须是实际成交的价格（客观价格），而不能又是一个评估出来的价格（主观评估价）。但百度百科词条的情况和估价案例选择应该是不一样的，这更像是证明数学定理的过程：可以引用之前已经被证明的定理。这次倒是学了很多有趣的经验。

2019年8月10日

# 怎样查资料之——关键词选择

又到了给硕士生讲毕业论文写作的季节。写论文首先要做的就是阅读文献，那就先要查找文献，学术文献有各种专门的电子文献库，查起来和网上用搜索引擎不完全一样，但有一点还是相通的：都需要选择合适的关键词。选关键词，这已经需要有基本的学术素养了。这里说的基本的学术素养也并不高深，就是我之前说过的本科学习阶段应该打下的底子。本科阶段应该打下怎样的底子？最低限度应该构建了某个专业的基本知识框架，要求高一点，应该具备了构建知识框架的能力。

因为已经具备了某个专业的基本知识框架，所以至少在涉及这个专业领域的时候，就知道怎样选择合适的关键词了。举个例子。1997年上半年我在香港理工大学学术访问半年，当时想在大学图书馆查找一些物流方面的资料（并不是我自己做这方面研究，是临时需要），那时物流这个概念刚进入大陆（有人说物资流通专业在大陆早就有，但其实物资流通和物流的含义还是有较大区别的），我知道物流对应的英文是logistics，在图书馆的检索系统查logistics（那时理大的图书馆已经有了内部联网的检索系统，可以在办公室电脑上进入图书馆检索系统），能查到的资料也有限（说明logistics的概念进入香港的时间也不长，香港特区政府后来成立了物流发展局，那已经是2001年12月了）。不过我知道物流是和运输密切相关的，就用transportation作为关键词再查，果然又查到一些有用的资料。而在查找资料的过程中，又注意到另一个词：inventory，库存。运输，库存，这已经就是物流当中最核心的两项内容了。正因为对物流已经有了这些基本的了解，所以选择关键词就不那么困难了。再举个不那么学术和专业的例子，说说怎样在网上找资料。早两天有一位朋友问我："你知道金灿荣是哪里人吗？我听他说话有武汉口音。"我说："不知道哦。不过我也一直觉得他说话有一点武汉口音。"分辨别人的口音一直也是我喜欢做的一件趣事，但我觉得金灿荣的口音不算太明显，除了武汉以外其他有些地方说话的口音可能也是他这样的。既然这位朋友问起来，我就上网查了一下，果然，百度百科就清楚地写着：出生地武汉。

这么简单的查找当然不值得一说，有意思的是接下来的查找——百度百科开篇就说：金灿荣的父亲是名工人，所在工厂是20世纪50年代初从浙江迁到武汉。

这下我来了兴致，想搞清楚这是哪家厂。

百度百科接下来有介绍：1977年，金灿荣考入省实验中学的普通班，因为理科成绩中等，文科成绩不错，而且对文科的兴趣大于理科。于是高二他决定转向学文，由于省实验中学没有文科班，9月金灿荣转学到武汉市三角路中学。凭着这条线索，我已经能大致锁定这个厂是武昌车辆厂。这里没啥诀窍——我1979年参加高考，考场就在三角路中学，那一带我熟。

然后就直接用"金灿荣，车辆厂"作为关键词，果然在第一个页面上就有一篇文章《对话金灿荣：从国关学人到

"网红达人"》，里面有他自己的话：我出生于普通的工人家庭，父亲是武汉车辆厂的工人。（注：这里有误，应该是武昌车辆厂）。接下来是继续查实武昌车辆厂是不是从浙江搬迁到武汉的。查一下武昌车辆厂的历史，果然有这一段，萧山搬了一个修配厂过去并入当时的武昌车辆厂。

　　总结一下：查某一方面的资料需要对这方面内容有基本的了解。由此可以告诉学生的是：要尽量选择自己比较熟悉的领域做研究。

2019年9月6日

# 谈 MBA 毕业论文的选题和构思

前两天和一位MBA学生谈毕业论文的选题和构思，择其要点，记录如下：

先从研究方向谈起，该论文是研究一个养老地产项目的租金定价方法与策略。这位同学给自己论文选择的研究方向是房地产估价理论与实践，但我认为，从论文标题和写作提纲来看，这是一篇谈定价的文章，属于营销方向。房地产估价不是定价，这是每个学房地产估价的人首先要明白的，所以也是我们当年讲房地产估价的时候首先要强调的（尽管我已经有十几二十年没具体从事房地产估价业务，也没怎么给估价师讲课了）。这位同学仍然认为自己的论文是关于估价的，我分两层来解释："第一，你在谈定价问题的时候可以借鉴估价理论，但不等于这是个估价问题；第二，退一步说，你的论文写作框架不需要做什么改变，照样按你的思路去写，只不过把封面上面的"论文方向"由"房地产估价理论与实践"改成"市场营销–产品定价"，对你的写作有啥影响吗？"

其实影响还是有的，后来我就指出："论文分析需要有一个理论框架，你的论文方向不是房地产估价理论与实践，就意味着不能用房地产估价的理论框架去分析这个问题，而应该用定价理论。你们在做这项咨询业务的时候，其中某些参数的确定借鉴了估价理论，不等于说整个咨询业务属于估价业务。"

　　然后，具体说论文内容。这位同学说："我们当时在给客户提供咨询意见的时候，是用市场比较法为主，参考市场上同类产品的租金，其实还可以站在客户角度，采用类似公租房定价的方法，考虑客户能够承受的租金水平来定价。"

　　我首先提醒："现在写论文是对当时你们做的项目进行分析总结，已经不是在做当时客户委托你们做的项目，所以要讨论的不是这个项目怎么做，而是做这个项目有哪些经验可以总结提炼并上升到理论的高度。这里面是有微妙的差别的。你可以这样来理解其中的差别：从客户承受能力出发定价是常用的定价方法，你们当时没用这种方法，只是技术路线选择问题或者是工作经验不足造成的，所以'不值得'讨论，不宜写在论文里面。不过，通常出租型养老项目的租金定价方式来看，月租金会根据集中缴纳租金的时间长短确定（一次性交的月数多，每月租金就低），入住时交的押金（可退）也有不同标准，还有一次性收取的费用（不予退还）也有不同标准，租金定价是在考虑了上述各种因素以后确定的。出租一方会根据自己的经营情况算一笔账，入住的老人也会根据自己的情况算账，老人项目和一般租赁项目最大的不同是老人要考虑自己的生存时间，会很在意一次性收取不予退还的费用，从这一点看，很像寿险产品。这可能是这类产品租金定价可以讨论的一个问题，就是借鉴寿险产品定价。你可以先查一下文献，看看过去在这方面有没有实践或者理论的先行者。"

　　这时这位同学提出："这和刚才说的根据客户承受能力确定租金不是同样的道理吗？都是从客户角度来考虑问题。怎么这又可以讨论呢？"我说："这两者不同之处在于，前者是理论上已经解决并且长期应用于实践的，后者有可能是理论上没有解决甚至在实践上也没有做过的。"

不过，说完所有的建议，我还是说："我刚才说的这些，你如果觉得不能结合进你现在的论文写作思路，就还是按照你现在的思路写，写出来再说。"

2019年9月15日

# 见微知著　高瞻远瞩

这又是一篇东拉西扯的杂感。

事情起源于早些天，我看到群里有一篇文章《人民锐评：解决住房问题，香港不能再等了！》，我在群里回复说："有没有人做过更深入的研究，22年来香港住房状况究竟是怎样变化的，进一步地，把时间序列继续往前扩展若干年……"群里一位香港的律师朋友将了我一军："等廖教授拿出研究结论来呢。"

这不是我的研究领域，所以一笑置之。

昨晚，看到一篇旧文，王小强在2015年写的《报国有心，爱国无限》，是纪念汪道涵先生逝世10周年的，文章里面提到：1999年香港人均居住面积14平方米，2003年11平方米。从这个数据看，在1999—2003年间香港人均居住面积是下降了。

那么其他年份呢？我随即登录香港特区政府统计处网站查，然后又去香港的运输与房屋局、房委会暨房屋署、房屋协会、土地注册处、差饷物业估价署等各个网站查（虽然这些年并没研究香港房地产和住房问题，但对香港住房和地产体系的基本架构还是有所了解的，所以知道去哪些网站查找数据），短时间内却都没有查到人均居住面积的数据。香港的统计一般都以套数（他们称为"单位"）计，所以没有人均面积的数据。

王小强的文章里面，这组香港房屋数据只是一笔带过，他要说的是汪老看问题更大的视角……这些内容读者诸君不妨自己根据脚注提供的链接去查看王小强文章，我就不复述了。我因为早年参与做王小强牵头的课题而与之有过多次讨论，也曾经因为协助学院迎送汪老伉俪而单独聆听过汪老的教诲，所以对他们两人的大智慧自是早已了然于胸的。尽管如此，看到汪老在15年前就预见到今天发生的很多事，还是从心底敬佩和赞叹。

2019年9月16日

# 网上看那些神一般的大牛

我家少年已经长成青年，过完这个周末就正式开始读博士了，闲聊中忽然问我："你同学还有继续搞结构的吗？"哇！可让我有机会牛一下了："有啊，出了两个中科院院士啊，都是搞结构的。"

我这边一说出名字，他那边已经在查了，然后告诉我，中文查到的都是和学术无关的，英文查到的就都是学术网页。接着很快了解了两位院士的研究领域，说准备去找其中一位的文章看，并且婉拒我引荐："有学术问题我还是正式发邮件。"

既然如此，我就再搜肠刮肚想想还有哪些同学，对了，还有一位在路易斯安那州……刚把中文名字写出来，很快一个路易斯安那州立大学的教授网页就发过来，比我动作还快，然后还跟我说："只要是在学术圈的都很容易查到的。"

好吧，我不掺和了。

想起前两天写过一篇小文说怎样查资料（《怎样查资料之关键词选择》），的确查学术资料要容易很多，反而查其他信息现在容易受各种干扰，查起来比较麻烦。而且，因为有了网络，所以互相抄来抄去的内容也越来越多。

前些天也是查两位大牛，就领教了网上无效信息的烦扰。

先是看到一篇文章《中国有史以来唯一对哲学做过深刻贡献的学者和他的朋友们》，点开一看，才知道又被标题党骗了——这是一篇说哲学家王浩的文章，而且是一篇旧文，除了标题以外，其余全文照抄的，不过还算规矩，在文末写了"本文来源：东方早报 2011.10.9"，但连原文作者也没写出来。（脚注提供了这篇文章的链接，本来想直接用东方早报登载那篇文章的链接，但东方早报2017年元旦就已经停刊了，连同原来的网站也都没了，我当初保留的链接已经打不开了。）

这篇文章除了在东方早报网站看过，后来还多次看过转载。我之前就对其中一个细节感兴趣：王浩曾被陈之藩所在学校请去演讲，王浩一看陈之藩的铭牌在办公室门上，就进去和他聊，结果两人掐起来了，王喜金庸，陈不喜。最后王竟忘记演讲的事，害得老师同学在那瞎等。

陈之藩也是个神一般的存在：本是搞工程的（北洋大学电机系毕业，在美国和中国台湾、香港地区多所大学电机或电子专业任教），却以散文著名于世，被中国大陆和港、澳、台地区的语文教材选用。

我对那个细节中的细节感兴趣：王浩见陈之藩究竟是在哪所学校？第一感觉是在香港中文大学，陈之藩在那里创建了电机系。为了求证这个猜测，先是在网上查找，结果找来找去发现提到这个情节的文章都是同样写法，只说王浩去陈之藩所在的学校，就是不说是哪所学校。最后终于找到了源头：所有这些文章都是从李怀宇2007年出版的《访问历史》一书中抄来的，李怀宇访问何兆武的时候"讲了一个从陈之藩先生那儿听来的故事"——有一次，王浩到陈之藩任教的大学演讲，时间在下午。午饭后，王浩经过陈之藩的办公室，一看门牌上写的是中国人的名字，就敲门进去，自我介绍后，两个人聊了起来。王浩特别喜欢金庸的武侠小说，陈之藩却从来不看金庸小说，王浩说："我们在海外，这么寂寞，这么无聊，没有金庸小说怎么过？"陈之藩说："我不看金庸小说，过得也不寂寞，也不无聊。"两个人争了起来。争完了一看，王浩演讲的时间早已经过了。后来大家写王浩也就都用了这段，也就都没说是哪个大学。

这个故事陈之藩先生自己在散文《敲门声》里面就讲过，讲得要清楚一些：

那大概是1960年的暑假罢，我由田纳西的孟菲斯到宾夕法尼亚的费城，作为副研究员。大学当局安排我暂用一位教授的办公室，原主人每暑假均去欧洲度假。只是在门上刻一个新的牌子，是我的名字。那个办公室很好用，我也不动原主的东西，只不免偶尔翻阅一下书架上的书。他与我差不多是同行，偶尔我抽出书架上的书看看，很多也颇合我的口味。至于周围的环境呢：楼下的实验室，楼上的绘图室，出门后向左向右的饭馆，向前向后的街头，都很熟悉。这是因为三年前我在宾夕法尼亚毕业的，在那里已待过两年了。

有一天我刚由学校的咖啡厅吃了午饭回来，却有两三下敲门声。我应了一下，有人马上进来，报名说："我叫王浩，来贵校演讲，还有半小时时间，看到你这办公室外的姓名，准是中国人，所以进来聊聊。

"你爱说中国话罢？看不看金庸的武侠？"

我在他这种简短扼要的自我介绍里，几乎知道了他的一切。我说：

"王教授，久仰大名，我还看过你的大著呢。不是客套，我觉得真是幸运。金庸我看过一些，不太喜欢。单联当回目，是金庸的发明，我却觉得是因为他不会作两联的回目，对仗对不上来。第二，是他有时写别字。虽属小毛病，可是影响太大了。"

"我们在海外，如无金庸的剑侠，岂不闷死了。你为什么如此吹毛求疵？"转身就要走的，做走状。两人就要吵起来了。

我立时觉得有些吹毛求疵，便自己承认确实不大对。请他坐下来，有话慢慢说。

我是明让，暗不让。我先说我不爱金庸的理由。我说凡是奇技异能的小说，我因不信所以不看。比如小说中，忽然有人在水上走，这不是普通人所能做到的，也不是普通人一经练习就可以学会的，我就不看。所以武侠我不爱，《西游记》我也不爱；科幻我不爱，聊斋我也不爱……都可以说看过一两本，就再也不看了。原因很简单，这些怪事或怪招儿，在书中出现就是等于要打球而又不照规则。那算什么呢？我虽不喜欢打球，但我也不看这些不照规矩来的特殊功能小说。也许《西游记》不在此列。我看过陀思妥耶夫斯基的小说，又看过弗洛伊德《梦的分析》等。我觉得猪八戒是"本我"，唐僧是"超我"（superego），而孙悟空是"自我"（ego）。又馋又懒还不时使坏是猪八戒，得道高僧还不时念咒是唐僧，孙悟空则是努力的模范，时时处处在费力气。如果说《西游记》的哲学，那是很精彩，我不但接受而且欣赏了。

"唉呀！我两点有个演讲，现在什么时候？唉呀！过了四十分钟了。"他慌张得立时站起，开门，关门，跑去讲演去了。

也许过了四十分钟还有人等他，问题是主持者一定到处找他。找到任何地方也不会找到我这暂时的办公室。我仍旧坐下来。心里想：王浩是金岳霖的大弟子，在美国是解释哥德尔的专家，是符号逻辑的翘楚，却寂寞到以金庸的剑侠，为海外读书的唯一消遣。他到摩尔学院来，一定是给计算机组的人演讲。

上面引用的内容比较长，是为了把信息完全展示出来，上面大段文字的最后结尾提到，"他到摩尔学院来"，这就是陈之藩当时所在的学校了：费城的摩尔学院。

我当然还想要搞清楚摩尔学院的情况，因为以前并不知道这个学校，首先就要弄清学校的英文名。先把宾大下属的学院排除掉，一是宾大下属没有发音类似摩尔的学院（宾大12所学院，只有4所冠了名，例如著名的沃顿学院，其他8所都没冠名，这和很多大学不同），另外如陈之藩自己所说：他是宾大毕业的。如果是回到宾大任教，就会直接说宾大，不会只说"到宾夕法尼亚的费城"。

费城有一所摩尔艺术与设计学院（Moore College of Art and Design），但似乎不大像，不管是陈之藩还是王浩，好像都没理由去这所艺术学院讲课。除此之外，还有一所Bryn Mawr College，是一所比较有名的文理学院，网上的中文译名是布林茅尔学院，不知陈之藩说的摩尔学院是不是这一所。

网上查到的陈之藩简历恰好缺了1960年这一段，哪位读者知道1960年他究竟是在费城的哪所大学，请指教。

2019年9月22日

# 学点英语，有用

让学生帮忙查两个数：全美房地产经纪人协会（NAR）目前的会员人数和全美取得房地产经纪人执业资格证的人数。前一个数据，我指明了去NAR网站查，后一个数据，一天了还是没帮我查到。我只好自己动手，当然，要靠百度。输入realestate licensee，跳出来的第一个链接是ARELLO的（竟然不是广告），不过不是ARELLO的官网，而是一个以com为后缀的网站（www.arello.com），准确地说，就是一个Real Estate Licensee Verification Database，也就是全美各州房地产经纪人执业资格证的数据库。这个数据库收集了3,955,683个执业经纪人的数据，也就是可以近似认为目前取得全美各州房地产经纪人执业资格证的人数是390多万人。之所以说近似，是因为这个网站在声明里面说了他们的数据来自各方，不能保证数据的准确性。因为我这些年对全美房地产经纪人资格证的总数一直是有个大致概念的，就是300多万人，所以我觉得这个数字是有参考价值的。另外，ARELLO是the Association of Real Estate License Law Officials的简称，简而言之，这个组织的成员都是全美各州政府负责发放房地产执业资格证书的官员。所以我认为他们提供的数字是靠谱的。

这本是一件小事，不足以让我为此写几句，但刚才看到的另一篇网文触动了我。这篇网文题为《中国作家残雪获诺贝尔文学奖提名？不要夸大其词》，原来这两天热炒的残雪获诺奖提名其实只是来自某个和诺奖无关的博彩网站提供的10月6日那天的赔率，残雪比较高，和村上春树并列第四（这两天又降下来了）。

这篇文章还顺带把老舍与诺奖失之交臂和鲁迅拒绝诺奖这些陈年旧事的真相都说了一下。

虽说我并不了解残雪的小说，但她有句话是很对我胃口的："最好的文学一定要有哲学的境界。"类似的话我在自己的公众号文章里面也说过（"不能说大文学家一定是思想家，但文学家一定都是有思想的"）。

这个故事同样说明：如果能懂点英语，因此又能看懂一点英文网站，就不至于被人诓了。同样的道理，残雪她哥其实早就证明过（残雪，原名邓小华，是邓晓芒的胞妹）。我们学了一点点黑格尔是通过中学的政治课，邓晓芒可是直接从德文读黑格尔。

2019年10月9日

# 先弄清事实

早上在朋友圈看见一幅报纸照片，是一篇《参考消息》的文章，标题是《日本诺奖"井喷"背后隐藏危机》。莞尔一笑之后，我还是想看看全文，就去网上找，结果发现这是整整一年前的（细看上面的报纸照片也可看到是2018年10月10日

的），更有意思的是，网上文章的标题是这样的：《自称科技创新力衰退！诺奖"井喷"也盖不住日本人的危机感》，我特地看了这篇文章的网址（http://m.cankaoxiaoxi.com/ihl/20181010/2337072.shtml），的的确确是《参考消息》的官网，也就是说，并不是别的网站转发的时候改了标题。

昨晚上课的时候我提醒学生：对于任何事情，首先需要去观察，通过观察确认"是什么"，这在经济学里叫实证研究

（与之相对应的是规范研究，即得出作者自己的观点，认为"应该怎样"）。一个受过高等教育的人，不应该在没有弄清基本事实的情况下就贸然发表议论。

我这篇短文也就止步于确认：参考消息在纸媒上写出来的标题和在网页上写出来的标题是不一样的。至于为何不一样，等等，这些我就不接着说下去了。就好像我昨晚在课堂上也只是提醒学生观察现象，并不去分析现象。我说完了，读者可以批评我了。

2019年10月9日

# 靠谱真那么难吗

相信很多人都看过类似的文章，说靠谱的人就是能做到"事事有着落，件件有回音"，也相信很多人会感叹：能做到这样的人并不多。

我感到幸运的是，过往带过的学生，现在要是有啥事找他们，基本上都能做到件件有回音（这就够了，有些事办不了，也很正常，回个话、说一声就行了）。这里有个细节，我说的是"过往带过的学生"，至于正在带的学生，一是我不会找他们办事（除非是和他自己的学业研究有关的事，比如查资料之类），二是现在的学生往往连做好自己的事情都达不到基本要求——这也是我这些年带学生越来越少的原因之一。

比如我之前的短文中多次提到过要求写论文的学生达到几个基本要求，并亲笔写个承诺（见《致本科毕业论文学生的几句话》），最近带的这批学生又出现了过去常见的问题：承诺书签了，但一是不按照我提的要求去做（原因是签承诺书之前根本没有细看要求），二是没把承诺当回事——说了今天要交稿，发个邮件或者微信来说工作太忙，交不了——殊不知我让你签承诺就是知道你工作太忙所以可能没时间按时交，所以这类说明我只当没看见。

当然，另外有一类学生（通常是EMBA学生），发个邮件过来说要跟我做论文，我回个邮件一方面先告诉他论文思路有哪些问题，有哪些建议给他，另一方面告诉他需要签一个承诺，很多人就不再回邮件了，这至少比签了承诺又不当回事要好（当然有的学生会回复一下，坦率说自己做不到，还是找别的老师带论文吧，这就显得有礼貌一些，毕竟是EMBA嘛，都是多年闯荡江湖、自己当老板的人了）。

2019年10月16日

# 暇思寂想
## XIASI JIXIANG

廖俊平 著　下册

SPM 南方出版传媒·广东人民出版社
·广州·

CHAP

# 经济与管理

四

# 沟通，技巧重要还是内容重要？
## ——管理沟通课程随想之一

昨天管理沟通课的主要内容是分组谈判，MBA学生们各自扮演工人群体和管理层群体，为薪酬问题谈判。分组谈判的过程中，教师穿梭于各组的谈判间旁听。一小时过后，有些组谈判成功，"工人"和"管理层"达成了新的薪酬协议，有些组则不成功。

教师在课堂上谈了观察到的现象：不成功的组往往谈判效率低。而效率低的原因首先在于谈判方不能提出充足的理由来支持己方的观点。

管理沟通课程的主要目的是希望学生通过课程学习能够改善自己的沟通能力，而在课程教学中，教科书往往会总结出各种沟通的技巧，包括各种法则，各种注意事项。那么，"提出充足的理由来支持自己的观点"属于沟通技巧的一种吗？这与其说是一种沟通技巧，不如说是一种最基本的表达逻辑，也就是说任何表述都应该有逻辑支撑，逻辑清晰和自洽是对表达内容的起码要求，如果表达出来的内容没有逻辑，当然让受众无法理解、更无法接受。

由此想到经常在想的一个问题：沟通技巧充其量只能帮助把需要表达的内容更好地传递给受众并使之接受和认可，而所要表达和传递的内容应该是沟通者首先要考虑的。

2015年4月13日

# 管理沟通的成本分析
## ——管理沟通课程随想之二

管理沟通这门课是讲沟通技巧的，但任何一项管理行为都是有成本的，沟通同样会产生成本，沟通的成本可以用沟通者的时间成本或者更准确说用机会成本来衡量，也就是说越高层的管理者其沟通成本越高。

所以，管理者除了从管理沟通课程学习如何有效沟通，还应该问一下是否有必要沟通。

其实，正如管理者可以选择不同的沟通方式一样，管理者同样可以选择是否沟通，或者是选择是否与特定的对象沟通。

在考量是否沟通和是否与特定对象沟通的时候，考虑的已经不仅仅是沟通的问题了，而是更大范围的管理学问题。

管理是有层级的，通常管理者不会越级指挥，当然通常也不会越级沟通，实际上这就已经是在考虑沟通的时间成本问题了。

管理的扁平化会使得管理者需要管理的直接下属更多，这时往往就需要用更好的沟通方式来节约时间，例如群发电子邮件。在电子邮件出现之前，群发信息是一件耗费时间成本很高的沟通方式。由此我们会发现，管理沟通课程里面所说沟通方式的选择，除了要考虑不同沟通方式的沟通效果之外，也应该考虑不同沟通方式的成本（注：管理沟通课程通常会告诉学生在什么样的情况下适合选择什么样的沟通方式，也会告诉学生不同沟通方式的适用范围，但不会直接说明不同沟通方式是考虑了沟通时间成本的结果）。

即使是对直接管理的下属或者是直接汇报的上级，抑或是平级的其他部门管理者，也是可以在是否沟通上作出选择的。人们常说"清者自清，浊者自浊"，其实就是一种"不沟通"的选择。不沟通可以是一种考虑了时间成本以后的理性选择。

当我们发现和某人沟通非常困难或者是在某个时刻沟通非常困难的时候，理性的选择是减少沟通或者是选择另外的时间来沟通。

在上一篇谈管理沟通的技巧和内容哪个更重要的文字中，笔者曾经提到有些学生在课堂操练谈判过程的时候效率太低，其实说效率低就是在说沟通耗费了过多的并且是不必要的时间。

管理者是需要有经济学的思维方式的，时间、效率、成本，这些就是经济学思维方式在管理学中的体现——不仅仅是在管理沟通过程中的体现。

2015年4月20日

# 管理沟通可以有不同风格
## ——管理沟通课程随想之三

　　管理沟通课堂教学的时候通常会让学生参与到教学过程中，亲身体验管理沟通的过程。例如会让学生上台演讲，然后让其他学生担任的评委对演讲者的沟通技能进行评价。评价的时候会采用教课书上的一些准则。上次在课堂上，有一位学生演讲的主题就是对这些准则发起挑战——为什么一定要采用这些准则来评价每个人的演讲效果？这些准则就一定是金科玉律吗？这位同学的挑战成功了，学生评委们一致给了他高分。

　　一位资深的管理沟通课教授，也是笔者的师傅，曾经多次说，教师在讲课的时候只能忠实地传递教课书的内容，不能夹杂教师自己的好恶。并且告诉笔者和学生，麻省理工学院的管理沟通课教授上课的时候也是采取这样的态度——我们这所学院采用的是原版的麻省理工学院教材，上课的老师也是拷贝麻省理工学院的课堂内容，这是学院要求的，因为学院的MBA项目是以原汁原味斯隆管理学院的教学模式为卖点的。不过笔者对这种"教师在课堂应严守中立"的教学态度并不十分赞同——教师为什么不能以自己的沟通经验来佐证或者是评论教课书上的内容呢？而且，斯隆的教材固然已经很成熟，但笔者以为美国人的思维方式和文化传统毕竟和中国人不同，所以他们总结出来的某些沟通法则总让人感觉不那么容易准确理解和把握（或许正因为如此，所以原版教材在翻译成中文的时候，不同的译者都可能翻译得不一样）。所以追求原汁原味或者是忠实传递教材内容都可能难免有刻舟求剑之惑。

当然，笔者的师傅在课堂教学的时候其实总是不追求标准答案，对学生的各种表现都从正面去肯定，也就是说，教师在课堂上实际上默许了学生可以有不同的风格，这本来也是日常生活和工作中的常态——每个人的性格尚且千差万别，在管理沟通过程体现出来的风格当然也不可能千篇一律了。

2015年4月23日

# 心灵相通是沟通的最高境界
## ——管理沟通随想之四

上一篇随想谈到管理沟通可以有不同的风格，实际上在谈论所谓不同沟通风格的时候，笔者心里始终想的四个字却是："大音希声"。这四个字出自老子道德经，如果用更通俗的话来说就是："此时无声胜有声"。

在日常生活中，沟通无处不在，而最令人神往的沟通境界是：一言不发，但一颦一笑乃至一个几乎看不出来身体动作，就把意思准确传递给了对方。这样的情形往往发生在相知最深的朋友之间。

曾经看过一篇文章，说是只有能够看懂英语笑话的含义才算真正懂英语。其实这种情况在母语沟通中也比比皆是。有些笑话或者是故事，只有朝夕相处的朋友才明白其中的含义，而且到了最后，不用把整个故事说出来，只要说出其中的一个关键词，对方就马上明白了。这是一种小范围朋友间的"符号–意义"之对应关系理解。这样的"符号–意义"之间的对应关系理解也可以在更大的范围内共享。例如西方基督教国家的人往往对《圣经》中的故事很了解，所以用《圣经》故事或者人物来表达意思，对于熟悉《圣经》的人来说很容易理解，但对于不熟悉《圣经》的人来说就完全不明白了。中文的成语同样也有这种文化区分效果。

无言的表达往往也出现在很多正式场合中。很多时候高层领导出席一个活动或者会议，只是坐在台上却一言不发，但新闻报道的时候一定要把领导出席的信息完整地传递给公众，因为出席本身就是一种表达，所有的含义已经尽在不言中了。

说到领导，还有另一种无言的沟通就是尊者的不怒自威，现在常用"气场"一词来表达这种感受，不妨说气场本身就是一种无形的沟通渠道。"大音希声"的下一句是"大象无形"，用来形容这种场景可能非常合适。

回到本文的标题，说心灵相通可能有些过了，无言在多数时候可能并不是因为心灵相通，也可能是因为不相通。陶渊明说："此中有真意，欲辨已忘言。"在笔者看来，这两句诗可以有双重含义，其一是说知者自知，其二是说对无知者毋庸多言。这可能已经脱离沟通的本意了。但不管怎样，在管理沟通过程中，没想好怎么说还不如不说，也是一条有用的法则。

2015年4月25日

# 沟通的对象
## ⸺⸺管理沟通课程随想之五

　　昨天的文字①发出之后，收到两个截然不同的评价，一个说不知道我在说啥，要达到什么目的；另一个却说我讲得太明白了，用广东话说就是"画公仔画出肠"了。

　　由此想到沟通的对象问题。曾经在之前的文字里讨论过沟通的内容和技巧孰者更重要，其实除这两个要素之外，在沟通的时候，充分考虑沟通对象也是非常重要的。刚才所说的两位朋友，后者是业界中人，并且亲历了最近业界发生的风风雨雨，也就是说对笔者讨论的问题已经非常熟悉，所以就会认为笔者已经把话说得太明白了。

　　在公众号上写些文字似乎还算不上沟通，笔者理解沟通应该是双向的，沟通在英文中用的是communication一词，从词根来看，双向的含义就很明显。不过由此又想到另一个相关的概念：大众传播，这个词对应的英文是mass communication，中文的"传播"一词基本上是指单向的信息传递。从词语生成的时序来说，笔者相信是先有mass communication，然后中文再据此翻译出大众传播一词，因此不妨可以认为中文在选择用词的时候多少受到宣传一词的影

──────────

　　① 指2015年4月30日在公众号"分享从不懂房地产开始"发的一篇关于房地产经纪行业的文章，未收入本书。

响。宣传就可以说完全是一种单向的信息传递，宣传一词在英文的对应是publicity，似乎英语世界的人是不大喜欢这个词的。

就算是单向的吧，传播的时候也是要考虑对象的。传播学认为传播的效果取决于传播的渠道，传播受众以及传播的环境背景。要考虑客体或受众，这可能正是mass communication一词所体现的双向思维——即使不能和客体面对面并且立即接收到客体的反馈，也要在传播之前考虑到客体的情况并相应调整传播的内容和渠道。

如此看来，笔者在公众号发些文字的初衷还不算是传播，更像是自言自语，所以没过多考虑到受众。

最后说说一个有意思的现象：前面提到的两位朋友，前者是政界的，后者是商界的。前天写过一篇《不一样的江湖》，没想到昨天就有来自不一样江湖的人借助一篇短文相会了。

2015年5月1日

# 表述的必要

上午9点发了一条公众号《医人者不自医》。平常会随手发到朋友圈，但感觉这篇负能量太大，不想一早影响朋友们的心情。不过很快有朋友看了（当然是关注了公众号的朋友），还有打赏的，而且第一个打赏的是在发布后十分钟之内，并且是平常较少露面的学生。第二个打赏的也是在十分钟刚过的时候，是昨天新关注公众号的朋友，正是因为我说了"如果不关注就可能不能及时看到"，所以关注了，所以今天就在我没转发朋友圈的时候也及时看了。

到了晚上10点半，看了一下阅读量为50，比平时少很多。还是发到了朋友圈，结果过了一个小时，新增阅读量就超过前面十几个小时了。感觉这也是一件有益的事，因为看来很多人有同感，我写出来并且让大家看，是在帮人说出内心的话。

前两天的文章后面有位不知名的学生留言："记得高三的语文老师说过，冬至预示着我们的日子越来越长，我们更能支配自己的时间！它是一个新的开始，意味着我们需要学会更好地把握时间，然而真正尝试学习如何把握时间的能有几个！懵懂时期的我听着老师这番话，似乎有什么感触，但又不知如何表述，而如今深有体会！"我注意到"不知如何表述"，也就是说我还起到了帮人表述出来的作用。

前两天，学校请了一位政府官员来给政协委员辅导如何写提案，一个很明显的感觉是：这位官员词汇量太贫乏，常常是卡在那里不知该怎么表达自己的意思，最后竟然就什么也没说出来，直接跳过去说别的了。

刚才正好在微信向一位给了赏钱的朋友致谢，他说："标题取得好。"哦，原来是赏给标题的。标题也是一种表述，并且往往是最精炼的表述（这算是自夸吧）。

4月份连续发过几篇谈管理沟通的小文，上面这些文字也算是对沟通问题的补充。

2016年12月24日

# 沟通，还是不沟通
## ——管理沟通课程随想之六

　　三年多以前，曾经连续写过几篇短文，谈管理沟通，其后很久没谈这个话题，刚才群里几句不经意的讨论，又让我想说说这个话题了。

　　事情起因是有位小朋友在朋友圈发了一张照片，就是题图这张，因为照片下面的地点标注是La Jolla Beach，而恰好同学群里有同学刚提到过这个漂亮的景点（我去过两次，都是这位住在San Diego的老同学开车载我去的，在那里看海浪、看海豹的确感觉心旷神怡），我就随手转发到了同学群，还特地补充写道："La Jolla Beach"，这位老同学马上就在群里回复了："是不是张冠李戴了？不像。"

　　其实我也觉得这张照片本身看不出来是La Jolla Beach海滩，比如说如果拍的是海滩上成片懒洋洋晒太阳的海豹，就基本上能看出是La Jolla了。正因为如此，我把照片转发群里的时候特地补充写明了La Jolla Beach，我知道哪怕是住在La Jolla Beach附近San Diego的这位同学，估计也不能一眼认出这是哪里。

随后，老同学又补充了一句："我给我儿子看。他说这照片没有特征，无法辨认。可以是任何地方的海边。"

这两句对话再普通不过了，完全正常也完全正确，但是却触动了我，又想谈谈沟通这个话题了。

在我看来，同学微信群就是个随便闲聊、沟通感情的地方，所以我不愿在群里讨论严肃认真的问题，反倒是经常随意调侃。随手发这张照片，也是借此叙叙旧，回忆一下两次去La Jolla的美好记忆。而老同学在回复我的时候，显然是没打算接这个茬，而是打算要为照片正名，把注意力集中在照片本身了。这在我们这个同学群里也是常态，谁叫我们都是"求是书院"（浙江大学）初名出来的呢，哪怕毕业已经35年了，仍然是这种凡事都要求是求真的态度。

不过，从沟通的角度观察这个现象，就会有另一番解读。

在沟通当中，这种"把天聊死"的情况是经常会发生的。除了刚才这种情况，一方表达的意思并不是很清晰，所以另一方并没有马上明白对方的意思（谁能想到我发照片是在忆旧呢？），更多的情况是：另一方明白你的意思，但不想顺着你的意思去讨论问题。比方说你提起一个话题，对方也不是不理你，而是很简短地回答一两个字："嗯""不是"，并且还等上好半天才蹦出这一两个字，那就表明对方是不想跟你沟通，你就别再自找没趣了。

2018年11月24日

# 谁说最后一句话

前两天看到一篇广州日报记者专访香港警方谈判专家林景升先生的报道，林sir应记者要求最后用一句话给青年人以忠告，他说："我曾经听过一句话，非常合适——任何吵架之中，记得不要说最后一句话。"

类似说法的确经常可以看到。反过来，也经常可以看到有些争吵升级就是因为其中一方不依不饶，永远没有最后一句话——一直不停地在说，哪怕另一方已经不说话了。

不过今天想在这里讨论的不是吵架的结束方式，而是平常交谈特别是网上交谈的时候应该怎样结束。

首先，对方说了话，不回应肯定是不礼貌的，甚至回应不及时也已经有些失礼了（不过当然也有很多例外的情况，那可以另外再详细讨论）。但是在谈话结束的时候呢？我有一位朋友一定坚持要说最后一句话，那也就意味着我对最后一句话是不能回应的，回应了以后就还会有"最后一句话"发过来。知道了对方有这种习惯，那还是应该尊重，这时的不回应也就不是失礼了。

当然，另外有些朋友是相反——你跟他说晚安或者再见，他是不回应的，这时也不用认为他是不礼貌的，可能只是习惯而已，就像我也一直有个习惯，给熟悉的朋友或者学生回邮件的时候是不写称呼的，直接在邮件正文里面就说事情——互联网沟通作为一种现代的沟通方式，适当减少一些繁文缛节也是适应现代快节奏的需要吧。

2019年8月25日

# 透过二维码看见了什么

引子之一：随着中国的劳动力人口红利逐渐消失，珠江三角洲等制造业重镇已经有越来越多的工厂开始在生产线上引进机器人，而机器人是否会最终取代人类也一直是人们热议的话题。

引子之二：2015年6月以来股市大跌，大家听说了一个以前不大听过的概念，程序化交易，即由电脑程序进行股票或者期货的交易，也可以由电脑程序确定哪些加了杠杆的户头需要强制平仓。

先说这两个事情，不过是为了说明做某些事情的时候电脑以及与之配套的感知和操作设备会比人脑和人的器官肢体更有效。如果说有些事情只是电脑会比人脑做得更快、更准确，那么真的还有些事情是人完全无法做的，例如，现在随处可见的二维码。

我想没有任何一个人能够看明白哪怕一个最简单的二维码，但配了相应程序的智能手机或者其他设备只要扫一下，一秒钟就能解读二维码。而且读码的时候并不需要很严格的条件，对焦稍微不清晰、图片放得不正甚至完全颠倒过来放，都不影响读码的效果。

传说上帝为了不让人类有效沟通，让各地的人说不同的语言，但不同的语言还是可以互相学习的，而二维码作为电脑的一种通用语言，竟然可以让人类完全无法学习。

当然，我们可以说二维码的生成和读取都是由人类发明的程序和设备来完成的，只要人类控制了这些程序和设备，那么也就等于人类掌握了二维码这种语言。但不管怎么说，的确可以说当我们赤手空拳的时候，看见二维码是会一筹莫展的，细想一下，是不是有点可怕?

2015年8月11日

# 爆炸之后的信息会灰飞烟灭吗

　　昨天写的《透过二维码看见了什么》发出以后，有朋友评论："终有一天，解码器失效，失灵或丢失，再多信息也成陌路。现在已有磁带、录音、录像、VCD失去了解码器，即将失去解码器的还有DVD和诸多格式的各种信息储存方式，现在电视台许多资料带都没有机器放映编辑了。"

　　是啊，如果没有扫描和解码程序，二维码就是一堆黑白小方块，同样，我们这么多年存储在各种介质上的数码信息，离开了解码设备也就什么都不是。我们一起来看看，短短几年我们已经失去了多少存储在各种介质上的信息……

　　黑胶唱片就不说了吧，现在可能很多人已经不知道何为黑胶唱片了，或者最多只是在电影里看到老式电唱机用黑胶唱片。黑胶唱片属于模拟方式记录声音信号的形式，本质上和甲骨文没有区别，保存的时间还算是长的，但现在几乎已经不再生产唱机了吧。

　　后来兴起的记录方式就多数是电磁形式了。首先被弃用的也是模拟方式的电磁记录介质——磁带。我十年前买的车还配有磁带机，可以在车上听磁带，这已经被年轻朋友惊为天物了——"你怎么还有这种东西？！"是啊，我现在还有好多盒式磁带呢，包括邓丽君尚未被解禁时翻录的歌曲，为此我还把旧的收录机保留下来，希望哪天怀旧的时候可以听听。

接下来，比录音磁带消失得更早更彻底的，是电脑软盘，三十年前，我们从五寸的单面磁盘开始用，然后是双面盘，然后是高密度盘，然后是更小但容量更大的三寸盘，1.44M的容量，现在连一个文件都拷不下了。

软盘驱动器消失得非常彻底，应该是在闪存广泛应用之后开始消失的，电脑出厂的时候已经不再配软盘驱动器了。

录音磁带不能听了，只是听不了上面的音乐，而且这些音乐往往已经有了数字化的版本，还能找来听。而电脑软盘上面可都是数据资料。曾经，我们觉得电磁式数字化的储存方式真好，比纸质的存储介质占用的空间少了不知多少。后来也曾担心过这些电磁式的存储介质一旦消磁或者被磁污染，将无法正确读取，但没想到首先出现的还不是这种情况，而是读取这些介质的设备已经越来越少了。一个非典型的例子是当年非常流行的"商务通"名片存贮器，不少商务人士用过吧，我的那台是显示屏出了问题，什么都看不见了，里面的数据也没有别的方式可以导出，而且这个厂家也很快就消失了，于是存在里面的朋友通讯录就永远也无法再调出来了。

现在的年轻人已经连存储介质的概念都快要没有了，在手机上写了什么文档就直接放到云端。可是云端也是要落地的呀，这些云端的数据也需要存储介质，它们的命运又会是怎样？

正是存储方式的突飞猛进给我们带来了信息爆炸，现在一台电脑乃至一台手机里面就至少有几十个G的数据，而这些海量的数据就和我昨天说到的二维码一样，靠人的肉体器官是无法识别的，这和传统的纸质存储信息给人的感觉不一样，于是种种不安也就伴随而来。

　　前两天我搬家，打包了几十个纸箱的书籍，几乎所有的书都是不舍得扔掉的，自己用不着的也是送给了图书馆。有时和朋友讨论，为什么还是喜欢看纸质书，现在想想，可能一个重要的原因就是纸质书带来的这种可靠的感觉吧。

2015年8月12日

# 距离、交通和时间

独自静静地享用早餐的时候，往往是遐想的时候。

每个人活动都要占据一定的空间，由此必然产生空间距离。学过微观经济学理论的人都知道：微观经济学在研究问题的时候是不考虑空间属性的，或者说，是把每个经济主体抽象为空间中的一个点，而实际中并非如此，每个经济主体在各种经济活动中都要占据一定的空间，各种经济活动交互的时候就需要克服空间距离障碍，由此产生了交通。

交通银行把交通二字对应为英文的communication，communication既有物质在空间上交互的含义（也就是通常所说的交通），又有信息沟通的含义，信息沟通同样是人类经济活动中不可或缺的。物质和信息的交互都需要时间，因此空间又产生了时间成本，时间成本就是微观经济学里面研究的一个核心概念了，在经济学里，时间是重要而宝贵的资源。

因此，一切交通问题的解决实际上都是在追求时间上的减省，不管是物质运输交通还是信息交流——任何信息交流都需要时间，即使是用声音交流信息，声波传递也需要时间；即使是视觉范围内用形体语言传递信息，光波再快，也是需要时间的；而早期远距离的信息交流更是需要有形的物质载体，这种有形物质载体的传递更是需要较多的时间。

2016年5月24日

# 互联网的作用

5月23日和24日的短文发出，就有读者问明天写什么。既是遐想，自然是想到什么写什么，按理说是不会在今天想好明天写什么的。

顺着前两篇遐想的思路，从空间说到距离、交通和时间，今天打开公众号平台的时候，就想到了现在每天不可须臾离开的互联网。

关于互联网思维、互联网的作用等等，这两年已经见过太多各种各样的说法，我则一直认为，互联网的本质作用是改变了时空距离。

早在2001年，正值所谓美股互联网泡沫破灭之年，我在美国进修了几个月。当时就想：互联网太神奇了，我可以和远在万里之遥的中国不相识的网友下围棋，而且，我和他们的时差是12个小时，我半夜的时候正好是他们中午休息……

也就在那个时候，我想到了互联网改变时空这个命题。而后来在互联网上的种种实践，则加深了我对这个问题的理解和认识。

高速公路、高铁这些交通工具的作用都是将同样的空间距离所产生的时间距离缩短。昨晚和一位来自北京原籍武汉的大姐在珠江边闲聊，说起当年航行于长江上的客轮，从上海坐

"东方红"号到武汉，需要四天三夜或者是三天四夜，而现在高铁是四五个小时就到了。而互联网，则是缩短了信息传递的时间，无论地球上多么遥远的两地之间，通过互联网传播的信息都是转瞬即至。

2016年5月26日

# 互联网不能改变什么

本来今天想写点别的。打开公众号平台，看到有一条留言，是针对昨天那篇《互联网的作用》的："缩短了信息传递的时间，就是感觉一定程度剥夺了人情味，冰冷冷的文字，没有了信纸上墨香味。节假日什么的，随手发的祝福语，也让人少了几份期待。作用大了时，感受上的缺失也被放大。"

我很赞同这位网友的意见。一段时间内，互联网的作用被夸大了，似乎无人不谈互联网、无处没有互联网，很多人认为互联网能够颠覆所有行业，乃至能够颠覆世界。

不过，相反的意见也是一直存在的。例如在房地产中介行业，就一直存在两派截然不同的意见，一派当然是认为互联网能够颠覆这个行业，甚至能够取代房地产经纪人；另一派则认为经纪人不会被互联网取代，乃至完全排斥互联网的应用。关于这个问题，会有一篇更正式一点的文章发表在《中国房地产》6月的专栏，待杂志出刊后，本公众号会转载。

前两天开车的时候听见电台说起现在便利店越来越成气候，并且比较了便利店和过去杂货店的不同，杂货店已经是一个信息交流的场所，街坊邻居在这里闲谈家长里短（一直也有杂货店兼做房地产经纪业务的，特别是在城中村里出租屋密集的地方，一方面杂货铺能够给住户提供便捷廉价的日常用品，另一方面也会顺便替业主发布房屋出租的信息），只是杂货店的业务还是单一了一点。而现在的便利店则非常适合"90后"单身年轻人的日常需要：在这里可以买个快餐并加热，还能就地坐下，一边吃一边用店里的免费Wi-Fi上网聊天；在这里可以用交费易把水费、电费交了，还能给羊城通充值；在这里还可以收发快递，喜欢网购的年轻人自然会经常光顾；在这里可能遇到小区里其他的年轻人，平常老死不相往来，但时不时坐在一起吃快餐，自然也会聊上几句……

于是，正如留言的网友所说，面对面的人际沟通始终是不可或缺的，这是互联网替代不了也改变不了的。

2016年5月27日

# 路边随想

走在路上，会留意路边的小店。

经过小巷的时候，会看见一个小小的档口，档主多数时候坐在柜台后面抽烟，有时则是叼着烟卷在修理小电器，我在这里换过手表电池。前不久咖啡壶的开关短路烧掉了，没法用了，顺手拿给店主，问他能不能修，他说找不到这样的开关，我说："那就送给你吧，拆零件用——不过还是再看看，能修就修修。"等下了班经过这里，店主说已经修好了："算你好运，正好找到一个开关。""多少钱？""三十。"

用了个把月，开关又烧了。再拿到小店，这次店主啥也没说，下班的时候又修好了，换的开关比原来的漂亮，透明塑料的，不知是不是他后来特意去淘了些开关回来。"还收钱吗？"我心里想的是保修期。店主说："当然收啦，三十。"

注意到这个小店其实是在小院的门口，院里面是一栋不高的旧楼，院门是装了门禁的铁门，从上面的对讲按钮看，里面也有十来户人家。这个院门原本比较宽，占掉了一半，砌了这么一个小店出来，面积还不到两平方，十有八九是没有产权登记的临建。

都说互联网会导致实体商铺的逐渐萎缩，这的确不错，不过也还是有一些消费行为虽然可以通过互联网，但面对面的解决方式既快又不贵，比如这样的维修。同时，互联网消费本身也会催生新的实体空间需求，例如现在小区里面多了一些快递收发点。而且，互联网能够促进消费，所以这样的快递收发点可能还会不断增加。

常说餐饮消费除了外卖，多数也还是需要现场体验的。除此之外，有些食品也是非当面验货不可的，例如榴莲。路边有一家专门卖榴莲的小店，这家小店同样是在路边的两座骑楼之间搭出来的，同样很可能是没有产权登记的建筑，但小店已经存在了不短的时间，而且，专卖泰国榴莲。看店的是一个粤西口音的男孩，没人来买榴莲的时候就在那里玩手机游戏。每次我都是让他替我选，他拿起刀，拍拍榴莲的外壳，再用手抵住外壳凸刺的间隙，用力压一下，看看是否软，最后干脆用刀撬开裂缝，闻闻是否已经够香，甚至索性把刀尖伸进去剔一条肉下来。这样买到的榴莲基本上都是很好吃的了。

这个过程靠网购肯定是不行的了，而且估计快递公司是不收递榴莲的吧。

2015年5月8日

# 互联网思维之我见

　　自从有了"互联网思维"这个名词，笔者就一直想弄明白究竟啥叫作互联网思维。倒也看过不少解释这个名词的文章，但感觉这些文章洋洋洒洒说了半天，面面俱到啥都说了，可最后还是让人云里雾里。

　　后来在一些具体的讨论中，倒是发现一些亮点。曾经和一位房地产经纪业界资深人士聊天，小伙子多年在经纪行业一线工作，又刚读完MBA，思维非常活跃，针对去年以来房地产经纪行业的巨变，脑子不停在思考，而每每有新想法时，就在微信上和笔者讨论。但笔者看到那些具有"互联网思维"特点的碎片却总是不能帮他把思路梳理清楚，后来有一次发现在他的长篇微信文字当中不断出现"需求"二字，赶紧抓住这两个字，告诉他：不管是什么样的企业、什么样的业务，最终都需要满足客户的需求，任何所谓的互联网思维如果不把客户需求放在首位，最终肯定是不能落地的。——作为学经济学的人，从客户需求出发考虑问题可以说已经成为一种思维定式。

　　昨天在微信群里又看见群友在讨论一篇文章，这篇文章声称："传统创业的思路是'市场思维'，而现在每一家创业型企业必须按照'资本思维'去发展企业！"

　　那么什么叫资本思维呢？

"只要你有好的想法和创意，只要敢于创新，就可以第一时间拿到资本市场进行大众融资、发行股票！然后时刻对接投资方、投行等金融市场，利用资本增长方式去发展，这就是'资本思维'。"

应该说，这篇文章的以上说法并非没有道理，但问题在于文章没把道理讲透。如果创业者真的这样只想着"第一时间拿到资本市场进行大众融资、发行股票！然后时刻对接投资方、投行等金融市场，利用资本增长方式去发展"，那么资本市场就真的是泡沫迭起了。

其实问题的关键就在于这个"好的想法和创意"，什么是"好的想法和创意"，当然得是能够适应市场、能够满足客户需求或者是创造客户需求的想法和创意。所有的想法和创意最终都是要落地的，要变成实在的产品和服务，并且要让消费者愿意接受这些产品和服务、愿意为其支付对价。如果不点明这一点，只能把创业者引到胡思乱想的歧途。

当然，互联网思维的确很强调"思维"二字，这种思维不是胡思乱想，但也不能墨守成规。引用网上的一个观点——在互联网时代"能不能准确地应用多维度、多方法、多模型，个性化地挖掘整理数据，是非常重要的。"从某种意义上讲，"多维度、多方法、多模型、个性化"，正是互联网思维的重要表现形式。当然这样的思维方法也并非在互联网时代才有，只是电脑和互联网可以帮助人近乎无限地扩张思维维度，近乎无穷尽地尝试多种方法和模型，并将近乎无穷多人的个性思维同时并联，从而创造出全新的"想法和创意"。

2015年5月20日

# 城市化和新型城市化

早餐吃的是黄桃。昨天被人问有没有吃过黄桃，当时没回答，现在想想，的确是不记得吃过没有，所以当时没信口回答。而之所以没注意过，可能是因为并没把黄色的桃当回事——黄桃不也是桃吗？

不过，日常生活中的确会有类似的事情，细想之后总觉得有点啼笑皆非甚至莫名其妙。

早些年"新型城市化"这个概念出来的时候，我一直想弄明白到底是啥意思，因为围绕这个概念的定义又有一堆术语，我看不懂，就希望有人能说得尽量简单点让我容易懂。终于有人告诉我，新型城市化就是注重人的城市化。我跟着就问了一句：那什么叫城市化？——据我所知，所谓城市化的过程，其核心本质就是城市人口比重提高的过程啊！所以城市化最重要的标志也就是人的城市化啊。既然原本如此，为何又要弄出一个所谓"注重人的城市化"的新型城市化呢？

或许，提新型城市化是为了矫正过去见物不见人的偏差，也就是只注重基础设施的城市化，只注重高楼大厦、不注重进城农民的市民化。这当然不错，但实际上过去在城市建成区也存在人和物都没有城市化的现象。典型的例子就是城中村，农民的各种生活、生产方式依旧和过去差别不大，过去是种粮种菜，现在是种楼——盖房子出租，而城市基础设施往往也不会用同样的标准覆盖到城中村。但这只能说过去的城市化有点走偏了，说不上过去是旧的城市化而如今是新的城市化。

城市是有其自身特征的，满足这些特征标准的才是城市，就好像桃子都是会有条凹缝的，果农可以说自己要种出果肉是黄色的桃子，但不会有哪个果农拿自己种的桃子有条凹缝来炫耀。任何事情，都不能忘了其本原。

2016年8月9日

# 作为城市副中心的通州区

今年北京房地产市场的一件大事是通州区限购：2016年5月5日，北京市住房和城乡建设委员会、通州区人民政府联合发布《关于加强通州区商务型公寓和商业、办公项目销售管理的通知》（以下简称《通知》）。《通知》要求，通州区商务型公寓暂停向以下家庭出售：已拥有1套及以上住房的本市户籍单身人士及非本市户籍居民家庭；已拥有2套及以上住房的本市户籍居民家庭；无法提供在本市连续5年以上缴纳社会保险和个人所得税缴纳证明的非本市户籍居民家庭。通州限购的起因是通州被规划为北京的城市副中心。究竟何为副中心，笔者请教了资深专家、中山大学规划设计研究院院长李立勋教授，原来城市副中心并非一个定义很明确的概念，既可以在主城区（中心城区）范围内讨论，也可以在大都市区这样的尺度下讨论。而且，城市副中心的定义没有什么标准，甚至也没有什么经验数据。

不过，不管是在主城区的框架下讨论，还是在大都市区的框架下讨论，通州作为北京的城市副中心都还是说得过去的，毕竟北京到通州的时间距离已经不比从北京西城到东城的时间距离更远。作为对比，笔者用百度地图查了一下，北京地铁1号线天安门广场东站到通州北苑站的运行时间大约50分钟，而广州地铁珠江新城站到南沙蕉门站的运行时间约1个半小时。如果仅从时间距离来看，从广州南站坐高铁到深圳北站只有大约半个小时，但绝对不会有人在广州深圳之间扯上城市副中心的概念，究其原因，是因为这已经是两个完全独立发展的城市（当然首先也是由于行政区划的原因）。反过来说，即使某个区域在行政区划上和广州相同，但时间距离太远，也是不宜套用副中心的概念的。记得十年前曾有同事问我是不是应该在南沙买房（南沙区是2005年4月由国务院批准设立的），我虽然从不愿预测房价，但也还是给了同事一点个人看法：与其说南沙是广州的一个区，倒不如说南沙是珠三角的一个重要节点，原因就是南沙离广州太远了。所以，我相信南沙会有大发展，不过其发展轨迹可能更多是独立于广州市的。

（谢谢中山大学南方学院房地产系郑璐老师对本文写作的帮助。）

2016年8月12日

# 闲话网约车和网约车管理

　　最近全国一些城市陆续公布了本地的网约车管理规定，可以看出这些规定都蕴含着管理者的各种考量，作为政府主管部门，显然更多地是站在方便管理的角度来设置规定的（不一定仅仅是方便网约车管理部门自身，还包括其他政府部门，例如限制外地车和外地司机，就是为了缓解城市道路压力和外来人口管理压力）。

　　作为网约车的使用者，笔者近来也在关注，总的感觉是：体验并不好。

　　先说出租车网约，很长一段时间来看，出租车网约平台已经有一种明显的欺负乘客的趋势。举例说，夜里十点钟，市区里面，一边往外走一边约车，得到的答复是：附近车少，需要加调度费。而实际上到了路边却见到好几辆空车驶过，伸手一拦就有了。如何解释？或许是这些出租车没有加入网约车平台？

　　至于繁忙时刻叫车，更是不加调度费就下不了单，完全剥夺了乘客的选择。而且调度费的最低额度也已经是确定的了。

　　再说专车平台，笔者用得比较少，一般在外地出差机场接送和全天包车的情况下使用。有一次约第二天的包车服务，前面连续接了三个电话，三个都是这家网约车公司的司机，伴随着这些电话，不断收到短信，通知说改派成功，司机是谁谁谁——也就是说这些司机接到派单之后都退单了。直到第四个司机才算是接了单。第二天，我上了车就和这位司机聊。他说单是由公司派的，司机被派单以后，如果不想做，可以退单，公司会收罚款，罚款金额大约是25元。另外，这一单全天（8小时）包车的价格大约是400元，司机做一单日包车不如做几单机场接送，所以不愿意做日包车。而他是新手，刚做网约车时间不长，这是第一次做日包车，想试一下。

在我们看来，这个问题很好解决：一是提高日包车价格，让司机有利可图；二是加大对司机退单的处罚。当然，相应地，这个租车平台总体上还是要让司机有利可图，否则罚多了，司机就不做了。

总的来说，这些都可以用经济手段，用市场的办法解决。出租车网约平台存在的店大欺客现象，同样也是会由市场来解决的。比如这次笔者在网上订机票的时候，订票网站同时推荐了接送机服务，这些车辆服务最终是落实到网约车平台的，而最近遇到的两家网约车平台是笔者完全没听说过的。司机说，他们这个平台主要就是和机票预订网站合作。这说明市场已经在用脚投票，抛弃那些大的网约车平台，新兴的租车平台已经在市场分到了一杯羹。

其实，作为市场管理者，也应该更多利用市场手段来管理市场。当然，这首先需要管理者懂市场，懂用市场管理手段。

2016年10月14日

# 从网约车看服务业

　　近段时间用网约车比以前多，2016年10月14日在本公众号写过一篇谈网约车管理，最近发现网约车体验更差了。

　　今天早出晚归外出开会，和前几次一样，在携程上订机票的时候顺手接受了携程推荐的接送机服务。结果早上那个司机跑错了地点，到了那里也不联系我，等到了用车时间我打电话他才过来，而且路也不熟，又没有按我下单的准确地址输入导航，最后还需要我从小区这头走到那头上车，上了内环路，竟然不知道机场高速从哪个口出，完全是不熟路。晚上的司机更离谱，飞机晚了半个小时到，下了飞机联系他，他说已经通知他取消了，所以他还在家里没出门。打电话给携程，说是并未取消，但我也不想用车了，还是取消吧。等我上了出租车，这个司机打电话来说搞错了，取消的是后面一个订单……

　　现在讨论最多的是实体经济不景气，其实这是全球普遍现象，道理很简单：商品生产丰富到了一定程度，加上生产效率不断提高，市场需求自然就饱和了。但服务消费的潜力却远大于商品需求——每人每次只开一辆汽车，但开车出行旅游的次数却是可以从每年一次两次提高到十次八次乃至几十次的。服务需求还能不断被创造出来，比如网约车本身就是新创造的服务。

可问题在于：实体经济需求不振，服务经济有巨大的市场潜在需求却没有好的供给。笔者多年研究房地产经纪行业，这个行业的服务一直被人诟病，但现在看来，其他服务行业也好不到哪儿去。

顺带说说携程，刚才那个司机又打电话回来找我，让我取消订单，我说我已经打电话给携程说了，他们会联系你核实情况，他说没电话给他——携程的服务也没跟上。

我很早就用携程，那时他们还是在机场车站到处派送携程卡的年代。2014年出了一次信用卡信息泄露事件，我把那个信用卡挂失以后也不敢再用携程了，改用艺龙。后来艺龙被携程收购，去年艺龙又搞了一次不能落实我的订单的乌龙，而且态度极其恶劣，我只好又用回携程，现在看来，在机场接送用车外包这一点上，携程也是不能提供良好客户体验的。

为何就没人出来提供更好的服务呢？

2017年1月16日

# 7天免费国际漫游无上限流量
## ——竞争才会有好的产品和服务

据说华为的一款手机有一项免费的服务：为首次进入美国的用户提供高速天际通服务，接入美国的4G网络，但却不耗用GPRS网络流量。

华为手机这两年做得越来越好，大有赶超苹果的势头。显而易见的是：优质的产品和服务都是在竞争当中产生的。相反，现在的互联网平台企业一开始会竞争非常激烈，不惜大把烧钱，但接下来就会走向并购，逐渐形成一家独大的局面，网约车平台如此，在线旅游平台也是如此，最近被人诟病的"携X"网络做出那么多小动作坑顾客，不就是因为这些年他们已经把竞争对手都收入麾下于是一家独大没有竞争了吗？当年两家最大的网约车巨头中的一家不仅收了购另一家，还把国外进入中国的竞争对手也收购了。

我不知道为什么我们的《反垄断法》管不了这些垄断行为，但知道越来越多的人深受这种垄断之后服务质量下降的困扰。

之所有要有《反垄断法》，是因为垄断虽然也是市场竞争的结果，但在有些行业，垄断一旦形成，就容易被固化，后进者很难挑战既有的垄断者，无法再形成市场竞争，所以才必须在垄断没有形成之际就将其扼杀。

2017年11月5日

# 公平交易，两厢情愿

市场交易的基本原则是公平买卖，两厢情愿。这道理谁都懂，但遇到具体问题，却还是有人不那么容易想明白。

比如买卖房屋涉及交易税费，按规定有些是买方交，有些是卖方交，但具体交易的时候双方可以商定具体的税费承担方式，比如可以全部由买方承担，合同写明卖方净收多少，也可以反过来，全由卖方交，买方总共支付多少。其实质还是成交价格的调整。这个道理容易明白。

再具体一点，如果交易的时候房子贷款还没还清，理应由卖方先还清贷款，卖方如果没钱，可以找小额贷款公司垫资，当然需要一定的资金使用费用。可是现在卖方说：我不愿意出这笔垫资费，希望买方先付这笔钱拿来还贷。买方不干——这笔钱付给卖方了，万一卖方卷款走了岂不麻烦？虽可依据合同起诉追讨，毕竟不知是个什么结果。

依据公平交易的原则，这时买方有三个选择：一是冒一定风险先按合同约定付一笔不小的首期款给卖方；二是还是找垫资公司，但由买方来出这笔垫资费，其实这是把风险转嫁给了垫资公司，当然为此也要付出代价；三是一拍两散，不买了。

买方接受不了前两条，其实也就是还没想明白卖方其实是变相在提高价格，实质还是价格问题，并不复杂。

　　同样道理，最近有人指出共享单车应该说明收取的押金用在什么地方了，我觉得并无此必要。首先，经过记者验证，共享单车押金退款很容易，也就是说共享单车并无侵吞押金的故意（见2017年2月22日羊城晚报A13版）。然后，按照公平交易的原则，人家提供一辆单车给你用，请你付一笔押金（从99～199元不等），你如果觉得不公平，可以不用他的单车，你为啥只关心你的押金，不考虑一下开办公司、投放单车、建设网络等等要先投资多少？人家的这些投资可是有风险的呀，就算占有了你的资金并因此获得资金利用收益，那也是前期投资的对价，并无不合理之处。

　　让市场在资源配置中起基础作用，这句话要深入人心还得花些功夫啊。

2017年2月25日

# 服务的细节之一
## ——打动人心的举手之劳

对服务业关注比较多。想过其中缘由，大约一是因为自己不从事制造业，观察制造业的细节自然就比较困难；二是长期研究的房地产估价和房地产经纪行业都是属于服务业。

又由于经常出差住酒店，所以观察酒店服务的机会比较多。

先说一下广州市从化区碧水湾酒店，体验过他们的服务，可以用叹为观止来形容，各种细节就不一一赘述。从化温泉较多，在比较过其他温泉的服务之后，尤其感受得到碧水湾在确保服务质量方面投入之多，这也不详述了。说两件小事——

天下着小雨，从碧水湾离开的时候，看见车门上挂了一个塑料袋，袋里是一张纸条，是保安留的，说是巡查的时候看到左后胎气压不够。我自己之前还没发现，现在也只能开出去再找地方补胎。开车走了一两百米，一个保安冲过来拦住我的车，还没等我来得及表示诧异，他已经指着我的左后胎，我明白了，摇下车窗，他要我把车开到大堂门口，他去拿出一个小型气泵，接到车的蓄电池上，让我打开发动机充电，用气泵给胎加了气，告诉我：一时半会儿没事了，有时间再去补胎就行了。

事情还没完，出大门交卡的时候，保安手里拿着一块抹布，把后视镜的水雾擦干净，还让我稍等，走到车右边，把右边的后视镜也擦干净。

　　我一路都在想，这种服务的成本其实很低，几乎没有什么物质消耗，需要的就是多一点劳动力投入。如果能给保安略高于同行的工资，再辅以其他人文关怀，保安是乐意做这点事的。

　　昨天和一位酒店老总聊起这件事，他表示：这得要员工心情非常愉快才会做这些事。

　　下次接着说观察到的其他酒店服务。

　　顺便说一下，2月14日晚上更新过公众号，已经有三天没更新了。2月14日那天发了两篇，其中一篇是旧文《居间或委托——房地产经纪行为模式再探讨》，一些经纪人留言探讨其中的观点，我准备再贴出另一篇旧文来作为答复，但这几天太忙，没时间在电脑上找出文章。

　　我还注意到正是因为看了2月14日发的旧文，又有一些素不相识的经纪人关注了本公众号，感谢之余，也要表示歉意，未能及时发出后续的讨论文章，可能这些朋友正在等，我会尽快更新文章。

2017年2月18日

# 体验高铁商务座的服务

前两天写完《服务的细节》，本应接着往下写酒店服务，但昨天尝试坐了一下高铁的商务座，有些感触，先写一下。

早就听说过高铁的商务座，坐高铁的时候也在门口看过里面的情况，但没那个条件享受。这次出差有机会享受了一次，自然要跟飞机的公务舱做一点比较。

先说座椅，绝对不比飞机公务舱、头等舱差——

舒适度也足够——

可是问题在于服务实在离规范性还有些距离（且不说优质服务了）。上车坐下，先过来查票，是我们见惯的列车员模样，甚至会联想起别的什么人——

这个负责商务座服务的小伙子还戴了一个"安全员"的袖标。

然后他问我："要吃饭吗？"列车上的餐食贵，这是天下人都知道的，但今天是抱着体验的心态，所以干脆地回答："吃。"我也想到商务座的餐食应该是免费的。接下来的对话就有趣了——

"吃辣的还是不辣的？"

"辣的是什么？不辣的是什么？"

"辣的是鸡块，不辣的是鸡排。"

"哦，全是鸡啊？"

"还有鱼香肉丝，也是辣的。"

"那我要鱼香肉丝吧。"

我属猫，一向喜欢吃鱼而不喜欢吃鸡，所以每次飞机上都是直接找服务员要鱼。

我在想为什么他先区分吃辣和不吃辣，而不区分是什么菜。我能想到的理由是：他们并不考虑客人对食物种类的偏好，只考虑区分吃辣和不吃辣的客人。

那为什么飞机上又不是这样呢？飞机上经常给出的选择是："牛肉饭和鸡肉面，您要哪样？"

对了，飞机上的餐食多数是不辣的，即使是飞往湘赣或者云贵川这些嗜辣之乡的航班，也都是提供小包辣椒酱但主菜是不辣的。为何高铁在三样选择当中两样都是辣的？还是因为没站在客人角度考虑问题吧？

我有一位同学经常坐商务座，我开始在微信上请教同学，得到的回答是："商务座的鱼香肉丝难吃死了。"唉，又不早说，现在我也不想麻烦服务员换了，而且我是吃任何东西都不会嫌难吃的。同样我也从同学这里知道：餐食是免费的。可是服务员直接问：要不要吃饭？我上车的时间是下午5点半，不大可能是吃了晚饭上来吧？他也看到我的票，要晚上10点才到，我也不可能回家再吃晚饭吧？他这么问，是希望我不吃这个饭，然后省下一餐留给他们？

餐食上来了，一个密封的饭盒，一杯汤。没有托盘，没有餐巾，只有一次性的筷子和塑料勺。

虽然菜又辣又咸，但我还是吃得干干净净。

准备接着睡觉，可是没有枕头和毯子。同学遥控指导：可以找服务员要。过了好半天，服务员才送了一个方形的腰枕和一包毯子过来。

拆开一看，这哪里是毯子，这就是一条餐厅里备给女客用的披肩。

这节车厢除了商务座，大部分是一等座，中间有隔离门，但门经常会打开，因为是自动感应的，有人靠近就会自动打开。服务员过来得不多，而一等座的旅客经常会进来看看，尝试一下座椅，有的一直走到里面转一圈看看能否找到咖啡……列车到站之前，服务员就在门口站着，但也不会阻止这些乘客进来。

商务座里没有洗手间，去洗手间要出去。去完一趟洗手间，服务员问还要不要出去，解释说：因为上了一些不是本次列车的旅客，有些杂乱，他想把商务座的门锁上。我说："好，谢谢。"

这次的体验让人觉得高铁真的没有在商务座的服务上用什么心思，或者说，铁路部门没有在服务上用什么心思。

2017年2月20日

# 服务的细节之二
## ——给顾客信任感

越来越多的酒店会采用手写卡片给住客留言的方式来体现对客人的关怀，不过，如果服务员的字能够写得漂亮一点就好了，从我看到的字来说，不要说漂亮，连工整都算不上，歪歪扭扭。当然这是现在年轻人的普遍现象，在校大学生研究生也是一样，字写得好的已经是凤毛麟角了。

不过另一项暖心的服务——记住客人的姓，对于年轻人来说可能要容易得多。

服务好的酒店还有一个很明显的不同：不管是客房服务员还是清洁工或者是门僮，见了客人一定会主动问好。

对比房地产经纪代理行业，做得好的和做得不好的，区别其实也在这些地方。有些中介门店，门前站几个小年轻，西装革履——当然都是紧身的，实话说，从我个人的口味来说，并不喜欢看到这样的装扮，尽管现在那些时髦五六十岁年纪的开发商也是这样的紧身打扮，当然这样会显得年轻有活力，可我还是觉得房地产经纪人应该给人一种沉稳一些的感觉才好。不妨看看《北京遇上西雅图之不二情书》里的美国房地产经纪人，那副沉稳的模样，看了先让人有信任感。

这些小年轻往往站在那里抽着烟，聊着天，或者看着手机。当然，也会关注走过路过特别是走进门店的客人，可是每次看到他们打招呼的时候，总感觉缺少了真诚和礼貌。而酒店的员工，只要是能够主动和客人打招呼的，一定是带着礼貌、尊重和笑容的。

其实这些基本的规范，入职培训的时候一定是已经讲过的，只是在于员工有没有按照规范去做、公司有没有严格检查和要求。就像昨天文章里面提到的高铁服务员，我想也是因为公司缺少严格检查和要求。

2017年2月21日

# 服务的细节之三
## ——规范是起点

去修车店补轮胎。工人卸轮胎的时候，拧螺丝的程序就不规范——五个螺丝，他是顺着一路全部拧松的，当然，这样速度快一些。

正确的拧法应该是每次跳过下一个螺丝，并且开始的时候不能一下全部拧松，应该是拧松一点，然后拧松下一个，每个都是逐步拧松。这种拧螺丝的方式可以避免产生集中应力对螺丝和相应的连接部位有损伤。现在的小车轮基本上是用五颗螺丝固定，这样的设计就是为了方便这样的装卸螺丝方式——每次跳一个螺丝，全部五个螺丝拧完正好是画了一个五角星。

这种拧螺丝的方式是早在学车的时候师傅就教过的，再早一点，我读小学在家拆洗缝纫机机头的时候，就知道要逐步均衡地拧松或者拧紧部件两边的螺丝，好像是缝纫机说明书上写了的。

后来他把轮胎装回去的时候，倒是采用的这种规范的拧螺丝方式。说明他并非不知道，只是没有按照规范去做。

补完胎，我要求做一下动平衡。做动平衡的时候我注意到气门帽没有装上去，就让他装上，他说没事。我也知道这个塑料的小帽对车轮平衡的影响极小，但仍然还是有的，先装上气门帽再做平衡，这本身也是规范动作。

或许有人说，这样的街边小店还能要求他怎样规范？我以为规范可能又是长期文化积淀的影响了，或许每个普通的德国人都有这样的意识，所谓工匠精神，其实也体现在这样的细节里。

在房地产经纪服务过程中，现在也有诸多的不规范，哪怕是正规的大公司，也是如此。所以房地产经纪服务改善的空间一方面非常大，另一方面其实也是很容易做到的。

很多时候，服务质量不是体现在有多么高的水平，而首先应该是遵守这些最基本的规范。

2017年2月24日

# 服务的细节之四
## ——用制度管理员工

中午去酒楼吃饭，坐下之前先问带位的咨客洗手间在哪儿，她支支吾吾说不出来，我说你怎么连洗手间都不知道，她说我刚来的。

刚来的也不能不知道自家的洗手间在哪儿啊。说起来，这类事还挺常见的，只能说酒楼没有做好新员工最基本的培训。

所谓培训，其实首先是让员工知道公司的各项制度，当然，更进一步的前提是公司得有这些制度。

前两天调解两位朋友的房屋买卖中介服务纠纷，纠纷的一方也就是房屋买家曾经是资深的房地产经纪人，自然熟知行规也熟知行业陋习，正因为如此，才对中介公司一方的服务表示很不满意。另一方是中介公司的老板，他也承认自己公司的经纪人在这单中介服务过程中有不少瑕疵。其中之一是：中介公司一方的经纪人没有告知买家一个情况，即卖家也就是原来的业主没有付清该房屋加装电梯的费用。

我问中介公司的老板：你们公司有没有给经纪人指引，要求他们在经手这栋楼的中介服务时要提醒买方向卖方核实加装电梯费用是否已经付清。他的回答是：我们公司有各种指引。我追问：有没有这么具体的关于这栋楼这种情况的指引？他说：那就没有，这太细了。

最近我写的系列短文都冠以《服务的细节》之题，而制度就是管细节的。我明白这位老板的意思是太细的制度执行起来会有困难，这时可以利用现在的IT技术辅助员工、提示员工按照制度要求一步步完成工作。

　　好的公司一定是有完善的管理制度并且能够让员工不折不扣地执行好这些制度的。

2017年3月6日

# 服务的细节之五
## ——起码要了解自家的产品

常有这样的事，到商场买东西，特别是一些电器用品，问售货员："这一款3000元的和这一款4000元的有什么不同？"有些售货员会很明确地告诉你："这一款有记忆功能，可以记忆房间的形状，这一款就没有。"甚至还会进一步说："从性价比来说，这一款3000元的是目前最高的，而2000元的这种就没有智能功能。"

但也有一些（甚至是大多数）售货员则对自己的产品不甚了了，甚至还会说："这款产品是新产品，我也不大了解。"

其实我知道，商场的专柜售货员很多并不是商场的员工，而是厂家聘用的，也就是说，他们是专门销售某个厂家产品的。在这种情况下，竟然还不能把自己的产品说清楚，那就太不负责任了，就算是新产品，也应该第一时间熟悉啊。于是，我肯定会选择能说清楚自家产品的那家购买。

记得我最初购买保险的时候，也是因为被那个保险推销员的专业性打动。当时我对保险也不大了解，之前也有过一些保险推销员来向我推销保险，但只有这位推销员说明白了储蓄型和消耗型险种的区别。那么多卖保险的，竟然没有几个能够说明白这个关键的不同，又如何能够做好服务？

2017年3月9日

# 服务的细节之六
## ——咨询业一个不起眼的痼疾

"服务的细节"这个系列有些天没写了。

先从房地产咨询说起。按照《城市房地产管理法》，房地产中介行业分为房地产估价、房地产经纪和房地产咨询，但房地产估价和房地产经纪这两个分支发展得很早而且也算很成熟了，而房地产咨询却是一直没有正式成为一个分支。当然，房地产估价师这些年已经在房地产咨询领域做了不少拓展，而房地产经纪人其实做的很多事情也是咨询，只不过不像房地产估价师那样打正了咨询的招牌。

同样，很多的其他类型的咨询业务往往也并不是打正招牌来做的，例如律师业，一般人看见律师二字就会想到出庭，其实更多的律师业务正是咨询而不是代理诉讼（香港人说的"大律师"并非比别的律师"大"，恰恰就是指具有庭辩资格的律师，即barrister，但barrister却是不能直接和当事人接触的，和当事人接触的律师是solicitor，由他们准备法律文书、向当事人提供咨询意见）；又如所谓券商或证券公司，他们很重要的业务是保荐公司上市，这也是非常复杂和宽泛的咨询业务。

而所有的这些咨询行业，在我看来，都有一个不起眼的痼疾：直接面对客户的往往是低级职员。例如律师行业，当事人连持牌的solicitor可能都很难见到，接触最多的是律师助理，这些助理一般是初入行，可能连律师资格都还没有。会计师事务所也是一样，派到一线的多数都是刚入行的新人。至于房地产估价行业，过去更是请了一些没有估价师资质的助理专门负责查勘估价对象（按照新的《房地产估价规范》，已经不允许这样了）。

之所以会这样，一是为了降低成本，二是为了培养新人。但问题就来了，这些新人经验不足，在一线把事情做完，带回去给师傅一检查，就会发现少了这个资料或是缺了那个手续，或者是材料不合格，等等，这时就要一遍又一遍回过头来折腾客户，让客户补充材料，让客户重新签名……这就是我说的咨询行业的痼疾了。我作为客户就被折腾过，所以才会认真思考这个问题，但却没有想明白怎样才能解决这个问题。

2017年3月28日

# 服务的细节之七
## ——机舱卫生间

　　观察各种细节已经成为职业病，服务的细节反映的是其背后的管理心理。

　　在国内某大型航空公司航班上的卫生间里，不小心稍用力就把里面的卷纸整个拉了出来。稍稍细看一下，就发现问题所在：卷纸是被纸槽两侧的楔形弹性短轴固定的，安装卷纸的时候稍微用力就能利用短轴的楔形和弹性使之缩进去一点，卷纸就卡进去了。可是现在这卷纸的宽度大约比原来的设计宽度（适合纸槽的宽度）短了5个毫米。因为卷筒的宽度不够，短轴卡不住卷筒，卷筒就容易被整筒拉出来了。

　　接下来的就是臆测了——卷纸宽度少了5毫米，生产成本当然就降低了，但航空公司的采购价未必会更低（我不愿相信航空公司为了降低一点采购成本就让客户有这种不舒服的体验），那么谁能得到好处就不用说了。

　　同样的情况还有垫马桶的纸圈，我注意到国外航空公司和机场的卫生间提供的纸圈是足够大、能够覆盖整个马桶圈的，而我们这边的纸圈总是小了一些，为了能够遮盖整个马桶圈，我每次都是用两张，左右错开铺在马桶圈上。这和卷筒纸减少5毫米宽度是一个道理——小一点的纸圈当然生产成本要低一点，但对于航空公司来说，就不光是窄一点的卷筒纸造成用户体验不佳的问题，而且服务成本还增加了，因为我每次用掉了两张纸圈。

当公司不是自己的，既没人去想怎样把公司经营好，也没人去想怎样把公司管理好。结果自然是服务不佳且成本不低。

2017年4月11日

# 服务的细节之八
## ——阻碍美好生活的仍然是服务

题目似乎口气太大了点——服务问题至于成为美好生活的障碍吗？但我细细想过，的确如此。所谓阻碍美好生活只是一方面；另一方面，这也是阻碍经济发展的重要因素。当然，经济发展和美好生活本就是密切相联的。

家里的空调坏了，去商场买了一个，被告知要预约三个时间：送货、拆旧空调、装新空调。

这时我就开始想了，为什么没有店家或者厂家能够做到三位一体呢？难度在哪里？仔细想想，难度不能说没有，但应该都不是不可逾越的困难。

反过来说，如果有哪个店家或者厂家能够做到送货、拆旧和装新三位一体，就可以很容易地以此为招牌获得更多的客户，不仅能给客户更好的体验，而且节约了全社会的时间成本。

今天上午，新空调送到了；下午，拆旧空调的师傅也来拆走了旧空调。装新空调原本预约的是明天，但恰好在拆了旧空调不久，就有师傅打电话过来说过20分钟就可以来装新空调，于是我改变了原来的时间安排，在家里等。

两位师傅到了门口，我请他们换拖鞋，并且告诉他们：这两双拖鞋刚才那两位拆旧空调的师傅穿了以后就变得很黑，如果嫌脏，我就再拿两双新的出来。其中一位不肯穿，说要打赤脚，理由是："我们是要干活的。"我说："您看看刚才这双拖鞋就知道，您打赤脚踩了地板，我就得多干活了。"

其实在这方面，我记得西门子和海尔的安装维修人员是自带鞋套的。

师傅看了一下安装位置，说要50块钱高空费。我说我这个位置非常容易放置室外机——阳台旁边两块混凝土搁板，很轻松就可以把室外机送出去，我敢说这可以算是最容易装空调室外机的工位了。这个地方已经装过两台空调，也换过两台空调（包括今天这台），从没提出过高空费的问题。他说："哦，那就不收了。"然后又说："铜管如果不够长要另外收钱。"我说您应该一眼就能看出，这肯定不会超过三米（空调配的铜管是三米长）。这师傅变得很不高兴："我这是跟你先把话说清楚，我当然要先说清楚……"我打断他："您干活吧，别说那么多话了。"这话似乎起到了火上浇油的作用，他更加说个不停，我只好再次请求他："别说了行不？干活吧。"没想到他说："我不干了，你这个态度，我干了你还会投诉我。"我有点目瞪口呆："不干了就不怕我投诉？""你投诉吧。你这么瞧不起我们干活的人。"

我没必要去辩解其实我完全不会有这种瞧不起干活人的意思，我自己也就是个干活的人。为了缓和一下，我转向他的伙伴："这位兄弟，天气热，火气大可以理解，可这个样子工作起来也对自己不好啊。"他的伙伴也不说话。当然，我也并不想哀求他们留下来，因为这样子的师傅干出来的活天晓得会是怎样。而且我没敢说出口的是：空中作业，可是需要细致平和的心态啊。

他俩出门了。我拨通了安装工单上面的电话，接电话的女孩态度不错，说电话没有来电显示，要我报了自己的手机号以及工单上的各种信息。过了几分钟，电话打回来，是另一个女孩的声音，问我刚才是什么情况。我叙述了一遍，她说刚才师傅也打电话说了，我说那么师傅说的是什么情况呢，她说和我说的一样，一是高空费，二是铜管费。然后她强调，这两项费用要再来看看，该收还是要收的。接下来说安排明天安装，我问能不能确定一下具体的时间，她说要等明天上午师傅才会电话联系我确定具体时间。我最后说："你们招聘安装工的时候最好不要找脾气这么火爆的。"结果她马上也变得冷漠起来："你现在是想怎么样？"我说："你们是想要把产品卖出去对吗？"她说："那我不光是要听你说的，也要听师傅说的呀。"

我已经不打算再说下去。因为她并不明白：当你想把产品卖出去时，肯定应该先照顾顾客的感受而不是首先照顾员工的感受。

这是一家国内著名家电企业的空调，公司的董事长我也认识，这次不光是买了空调，还买了其他电器，都是这个公司的，自然有点照顾朋友的潜意识在里面（倒没想到需要他照顾，肯定也不会去麻烦他，自己去大型百货公司买的）。但出了这么个事，我就还是发微信跟他说了一下，因为这的确会影响他们公司的产品销售啊，他倒是非常重视，马上让全国售后服务总监联系我。当然，我跟总监更多探讨的是企业的管理问题，这件事情本身倒不值一提的。

　　说起来这是一个普遍的现象：我们国家的产品水平已经可以达到世界一流，但服务水平却相差太远。我们现在强调供给侧改革，服务供给的改善也是至关重要的。我一直认为，虽然有些产品可能的确是已经绝对过剩，但更多的产品所谓产能过剩只是相对的，如果能有更好的服务，对产品的需求是还能大幅提高的。这样不仅经济能够继续发展，更重要的是消费者能够有好的消费体验——我对美好生活的愿望就这么简单。

　　行文至此，忽然想起去年有家空调企业的老总说要给每个空调安装工增加一百元，一是不知他们是不是真的这样做了，二是我这些年没买过这家公司的空调，不知他们的安装工多拿了一百块钱以后会不会把服务做得好一些。

2017年6月3日

# 服务的细节之八（续）
## ——后续的观察

昨天那篇《服务的细节之八——阻碍美好生活的仍然是服务》发出后，收到不少留言，有在公众号后面直接留言的，也有在我的朋友圈留言的。有朋友分析说：这位安装工很可能是没有拿到额外的高空费和铜管费，所以干脆就不做了。对此我不想妄测，不过后续的事件进展和进一步讨论的过程倒是非常有意思，作为一个案例研究，我很想详细地记录下来。

昨天说到：安装公司的客服女孩表示，今天安装的时间无法确定，因为师傅是9点钟上班，通常要10点钟才会打电话和我确认时间。既然如此，我就想赶在10点之前去办其他事情，于是早上8点我就出门了。

8点21分，我在路上接到一个电话，说是安装空调的，问我是不是约了9点钟装空调，我有些诧异，解释说："昨天我联系你们的客服人员时，告诉我师傅9点钟才上班，10点钟才能和我确定时间。"他说："我们想早点把你的空调装好。"我说："我明白是怎么回事。好的，那么我们就约10点钟吧。"

8点45分，我又接到另一个电话，说已经到了我楼下，因为约了9点钟安装。因为已经有思想准备，所以我连哭笑不得的感觉都没有，而是准备要认真地观察这个后续的过程了。

因为在开车，我看不了来电号码，就问对方："刚才是不是你打过电话，我约了是10点。"他说："那可能是我们主管，不是我。""哦，那你们主管可能没及时通知你们。"

9点19分，又有第三个电话打进来，我猜应该也是他们的人，但我有事在忙，没接到这个电话。等到9点37分，我已经在回家的路上，回拨这个电话，对方又没接。

9点43分，在8点45分打过电话的第二位先生又来电了，和我确认10点钟能够到家，他们在附近，现在过来。

9点49分，刚才的第三位先生打回电话给我，告诉我他是主管，我问他有没有和刚才打电话的安装工在一起，他说是在一起——我觉得有点纳闷：那为啥还要再打。

9点50分，又有第四个电话号码打过来……牵涉的人真多。

在9点58分回到家，马上有电话打来，是刚才的第三个电话，这个电话是联系次数最多的了。随后他带了两位安装工上来，手上拎着一台他们公司的生产的电风扇送给我，说要向我道歉……

果然，他们操作很规范：自己带了鞋套，还有干净的塑料布，用于遮盖室内机安装位置附近的家具……

我注意到这位带队人员（后来了解到他是一位售后工程部经理，负责管理市内一个区片的安装工程队伍）工装上的公司名称，和他一聊，得知这是生产厂家在外地注册的一家售后安装服务公司，广州设有分公司，而这却并不是昨天来负责安装的那家公司。

正在这时，又有门铃响，他们说："可能是我们老总。"

来的是一位精干的年轻人，自我介绍是生产厂家售后服务部门的区域经理，负责广州和周边等七个城市区域的售后，这里姑且用个化名，称他丁总吧。

我请丁总坐下，从他那里得知了很多信息，让我也更加了解了更多情况，也印证了我很多猜测。

第一，关于由销售渠道来安排安装公司而不是生产厂家负责，果然和我预想的一样：作为生产厂家，要考虑销售渠道和售后服务的平衡——如果把售后安装都抓在自己手里，在质量管控上容易做得更好，但却影响了销售渠道的利益——销售渠道也希望要通过对售后安装的掌控来获得一些利益。的确是有同类厂家把大多数售后安装掌握在自己手里，但其销售量是远不如这家的。

第二，即使在这样的情况下，生产厂家对安装公司也是尽量在严格管控的，丁总就当面告诉工程部经理："显然你们对工人没有严格要求，这位客户提出的都是最基本的要求，都是我们也要求做到的，并不是超出我们要求之外的高要求，所以客户其实是在帮我们监督规定的执行情况，而没有任何的刁难。"我也说，我们在带学生的时候也遇到同样的情况——论文不能有错别字，这本是最基本的要求，学生如果做不到，将来毕业出去肯定会因此吃亏，因为这也是社会对他们最起码的要求。

第三，安装公司的管控不严是一方面（进门以后戴鞋套、向顾客出示服务收费标准，这些都是厂家要求的标准程序，但昨天的两位工人即使在我提醒的情况下也没做），工人自身素质不高也是重要的原因。丁总说他昨天亲自向那位工人了解过情况，那位工人说："一进门客户就让我们不要乱跑……"我说的确是这样，当时他们进门就直接往阳台上走，我叫住他们："别乱跑啊，不是那边。"丁总说：从这一点就看出他们没有遵守规定，按规定是要先问客户在哪里安装。当然，还有一个原因是他们可能想尽快完成，多干几家。我把一个细节补充告诉丁总，原本就预约了是今天安装，昨天是两个师傅主动打电话要求来安装的，看来就是他们觉得有多余的时间，希望尽量利用起来。他们自然是按工作量获取报酬的，多装一家也就多一份收入。丁总说：除此之外，因为周末的安装量明显高于工作日。这很好理解，很多人都是周末才有空在家（这些在我看来也不是问题，可以在周末适当增加额外收费）。

我把注意力集中在工人素质问题上，因为在房地产经纪行业也有同样的问题，大家都一致认为这个行业的一个重要问题就是从业人员道德水平和职业技能不高。丁总以刚才进门"乱走"这个问题为例说："他们完全意识不到这是不合适的，所以才会觉得是你对他们不尊重。"

这让我想起就在今天早上看过一篇文章：《我们采访了一批即将被赶出上海的孩子》，这篇文章里面的一些话让我感觉很沉重。我一直认为教育问题是一个很严重的问题，而我所说的教育决不仅仅是学校教育，包括了全社会给予的教育，尤其是家庭给孩子的教育。这篇文章提到的部分外来工子女不能继续在上海享受教育的问题，不仅在于他们享受不到上海中小学的教育资源，也在于他们不能经常留在父母身边接受父母的教育（先不考虑他们的父母能否给他们提供良好的家庭教育，但如果父母提供不了，相信在多数情况下他们老家的爷爷奶奶也提供不了）。

我已经了解到，这批安装工都来自西南省份的农村，他们的受教育程度（这里所说的受教育程度当然不是用初中毕业或者高中毕业就能代表，而是教育带来的总体素养水平）代表了一个庞大农民工群体的整体状况，如何解决他们的这个问题，当然是比提高服务质量这个问题更重要的问题。

第四，即使如其空调企业老总所说给空调安装工增加一百块钱，仍不足以吸引到优秀的安装工，也就是说，私下收取一些高空费之类的钱也是得到了默许的。就在我俩聊的时候，那位工程部经理过来跟我们说："其实我也在想这个事，现在我们这批安装工都是三十到四十岁的人，没有什么更年轻的人，等我们这批人不干了以后，谁来干这个事？"我说："那个时候就是安装工人的待遇提高的时候，市场会调节的。"我一直也是坚信这一点的，西方发达国家的情况就是如此，他们的蓝领工人和白领员工的工资差距并不大，原因就在于他们的服务收费是很高的，也正因为如此，大多数人包括白领在内，都会把很多维修保养之类的工作都留着自己做而不请工人来做，这本身又缩小了脑力劳动者和体力劳动者之间的差距。

我和丁总讨论得很深入。就在我们讨论的时候，又有一个安装工小组上门——这才是昨天的安装公司安排的。丁总对他们说："我跟你们公司老总已经说了，今天这个客户的安装由我直接安排，你们不用管了。"转而他对我说："肯定是他们公司老总也急了，担心对公司业务有影响。"我说我能理解，这两天发生的每一个细节我都能理解，我并没有责怪任何一个人，反而是对他们每个人都充满感激，不仅是感谢他们最终认真提供了一个标准化的服务，更感谢他们提供了一个让我观察服务过程的机会，不仅如此，还能和他们这些一线的服务人员进行深入的讨论，让我又学到了很多，也促进了我的思考。

2017年6月4日

# 试解服务业痼疾

一个多月以前，把《中国房地产》5月刊的专栏文章《房地产经纪行业痼疾如何根除？》转发在本公众号，昨天上午有经纪人把自己反复思考的想法写给我，我在本公众号转发了。昨天下午，又有经纪人在微信上和我讨论这个问题，他们的基本观点是：第一，这个问题是整个社会大环境造成的，就算你说的是真话（比如报了一个实价），客户也不相信，觉得不压价肯定会吃亏，一定要压价，这已经成为一种交易习惯，也就是说，整个社会的相互信任度都低；第二，政府对违法违规行为的查处力度不够。

相对来说，房地产经纪服务因为涉及三方（买卖双方或者是租赁双方，再加上经纪人一方），可能会更复杂一些，而其他的服务行业，同样存在类似的问题，就以今天笔者遇到的情况为案例来剖析一下——

一年前安装空调，我曾经写了一篇《服务的细节之八——阻碍美好生活的仍然是服务》，记录分析了安装空调的服务过程，今年如果继续购买这家的产品，我会给去年认识的售后服务部负责人打个招呼，请他派靠谱的安装工，可是阴差阳错，买回来的是另一个牌子，这就没办法了。结果，果然出问题了——

约了昨天送货，这个比较顺利，售后服务安装单上面写的是昨天下午1点到5点之间送货，空调就是在这个时间送来了，并且几乎同时，拆旧空调的师傅也上门了，虽说拆旧空调的师傅不会顾及会不会把地板弄脏，但其工作也总体上过得去吧。

安装单上面同时写明了安装时间是今天，我今天一直在家等着，到了下午，一直没有任何音讯，就打电话给售后服务卡上的电话，电话那边说这是百货商店的电话，安装要打安装公司的电话，然后把安装公司电话告诉我（安装单和售后服务卡上都没有注明具体的安装公司，也没有安装公司的电话）。

安装公司那边告诉我，已经派单给师傅了，可能要晚一点。我问能不能我自己联系一下师傅，请她把电话告诉我，她回答说不建议这样，因为师傅在高空作业，不方便接电话。我也能理解，那就继续等吧。

可是，等到现在，已经过了晚上10点了，还没有任何音讯，既没有人上门，也没有电话（昨天送空调和拆空调的师傅都是提前打电话确定准确的住址）。如果是任务太多，今天无法安装，也还是可以理解，至少打电话或者发短信说明一下吧，然而并没有。

空调行业是一个充分竞争甚至竞争有些残酷的行业，那么这种竞争究竟会导致更好的服务还是更差的服务？通常来说，竞争的结果应该是给消费者带来更好的产品和服务，但现实情况却并非如此。

究其原因，可以想到很多，例如整个社会的教育出了问题，大量的技工缺乏基本的诚信意识和服务意识，即使公司对他们有要求，但也不会认真去做，当面临用工荒的时候，这种情况就更加普遍（这些年广州市出租车行业的服务质量普遍下降也是同样道理）；再就是这些服务一般都是低频次的，重复交易少（相对来说，理发行业的服务质量就好得多，很多女士甚至会追着理发师，理发师去了哪家店，就跟到哪家店去做头发）；另外还和产品提供者与服务提供者分离有关，去年那家产品的售后服务经理上门服务的时候我和他讨论过这个问题，他说有的厂家是自建售后安装服务队伍，但却会导致亏损，所以大多数厂家都是把售后安装服务外包的，服务的价格已经包含在购买产品的价格里面了，生产厂家为了压低成本，必然对安装公司压价，其后果就可想而知了。也就是说，在充分竞争的情况下，原本厂家对价格和质量（包括产品本身的质量和服务的质量）会有个权衡，但由于安装服务被外包了，而安装服务的选择权又不在买家而在厂家，安装公司只需要对厂家负责（虽然最终为这项服务付费的是买家），这就造成了激励不相容[①]的结果。去年那家产品的售后服务经理也说过他们有专门的团队监控安装公司的服务质量，但这个监控链条传导到一线安装工人就更远了。

由此又想到最近的两件事，一是中美贸易战，据统计，2016年中国对美贸易顺差2540亿美元，但其中旅行项目逆差262亿美元；再看更大一点的范围，2017年商品贸易顺差4761亿美元，而服务贸易项下的旅游项目逆差2251亿美元。

---

① 指在委托关系中，委托人和代理人双方都以自己利益最大化来指导自己的行为，制度安排使他们在目标和行为上出现不一致，那些符合委托人利益的目标无法对代理人产生激励作用。

二是海南省的旅游问题，海南从2009年开始提出建设国际旅游岛，到最近提出全岛建设自贸区，这么多年，旅游业收入始终不能支撑起整个省的经济。这两件事都说明了同样的问题：我们国家的旅游服务质量难以令人满意。

看来产品质量的提高和成本的降低比服务质量的提高要容易，特别是在技术不断进步和人工智能迅猛发展的情况下，生产产品的效率大幅度提高和产品质量保持稳定同时还能降低成本已经越来越容易，但提高服务质量却要靠对人的长期教育培养，还有很长的路要走。

2018年5月27日

# 服务的细节之九
## ——诈骗也得有点技术含量吧

上午在家里接到一个电话，接起来就听见自动语音"中国电信提示您，最后通知，您的电话即将停机，了解详情请按9转人工服务"，因为来电显示的号码不是10000，显然不是中国电信，这已经不是第一次打过来，我今天决定陪陪他们玩，按了9，出来一个女声："喂"，我没好气地说："说话！""你要我说什么？"——呵呵，这台词怎么这么蹩脚，我不大想玩了，按了免提键，然后把听筒摔在电话机上，下一句话就没听清了，于是一边做手头的事，一边对着话机又吼了一声："大声点！"这下对方不乐意了："你说大声点就大声点啊？你听不清就摔电话啊？"然后她那边把电话挂了。

唉，就这么个不耐烦的脾气怎么能诈骗呢？要吃这碗饭，不光是得有耐心，就连遇上骂人的，你也得忍着点吧，要不怎么赚得到钱啊，你轻声细语化解一下接电话人的厌烦情绪，说不定这单生意还真就做成了呢。

嗯，我也经常接到房地产经纪人打来的电话，多数也都态度不好，连一声"对不起，打扰您了"都不会说，上来就问你要不要买房子。且不说这种不请自来的电话本就不应该打，就算你为了生计不得不采用这种方式打扰了别人（经常还是中午休息的时候，甚至在晚上十点之后也接过这种电话），至少也不要让别人在心里把你骂得太厉害吧。做生意，师傅难道连和气生财的道理都没教过你吗？

2017年6月25日

# 服务的细节之十
## ——想起了各种奇葩做法

最近楼里有住户装修，先后有两家装修公司在电梯做了防护措施，一家是通常的做法：在电梯地面垫了一块夹板，在电梯壁贴了薄泡沫墙纸；另一家更贴心，在电梯门洞的墙角贴上了塑料板，防止撞坏墙角。当然，这些上面都有公司名，顺便也做了广告。

可是问题在于：楼里有两台电梯，一台是通地下室的，所谓货梯（当然平常一样是作为客用的），另一台只到一楼。装修公司大概假设装修材料工具是通过地下室走货梯（物业公司也是这样要求的），所以这些防护都是在货梯上才做了，另一台客梯则没有。然而，装修工人却并不只用货梯，我今天就看见客梯的地面上全是建筑垃圾，应该是运送拆除旧装修的垃圾留下的。于是，装修公司的一片苦心就白费了，这些防护所耗费的成本也可以说是白花了。

这又回到人的教育培训上来了：公司应该是有制度的，但一线的操作人员并不执行，最后结果是零。

这种奇葩事情很多，比如垃圾分类，住户认真地把垃圾分类放到不同的垃圾桶里面，最后环卫工人来了以后又把各个桶里的垃圾一股脑全倒进垃圾压缩车。又比如有个漫画，画的是一家做牛皮糖的食品厂，所有的加工过程惨不忍睹，苍蝇乱舞，但最后一道工序是工人戴着手套口罩防护帽在干净的车间包装牛皮糖，老板指给参观的人看：你看我们工厂的卫生标准多高！

2017年7月27日

# 服务的细节之十一
## ——B6312 号飞机上的经历

早上7点25分的头班飞机，登机按时开始，推出滑行也准时。眯眼看着窗外刺目的朝阳，心情愉悦。

机长的声音响起："我们已经推出滑行，现在飞机有一点……"这时我想机长大概是要提醒乘客有一点颠簸？这个服务太贴心了，滑行过程的一点颠簸也要提醒一下。可是没想到，机长是说："……现在飞机有一点机械故障，我们已经到达外场准备检修。"

隔着舷窗，很快看到舷梯车靠了上来，地勤人员走上来。

乘务员过来跟我说："对不起，飞机有一点机械故障。"我看着她，心里在想该如何回答，安慰她一下？让她别害怕？当然用不着。那就说一声"哦"吧。

还好，没几分钟就再次听见了"各舱门预位"的口令，飞机很快起飞了。坐过将近800次飞机，各种故障各种险情见得太多，所以看见这种事情我真的是心如止水。

进入平飞，去洗手间。手掌刚按到球形的水龙头，突然一阵刺痛。第一反应是静电，冬天去北方，经常会被车门把手、客房卫生间水龙头的静电击打，不是新鲜事。但又感觉不像是静电。先看看水龙头，这是个球形塑料电镀件，问题是上面的电镀层已经剥落，我就是被斑驳的电镀层割伤了手掌。手掌血管丰富，虽然只是小口子，不一会儿已经出了不少血。

服务员的反应是拿创可贴给我，我说不用，首先要做的是给伤口消毒，碘酒最好。她找了一小片酒精湿纸给我，但太小，很快就被血染透了。我让她再给我一片，她说没有了，还有液体创可贴，可以喷上去。我说不用创可贴（创可贴意味着封闭创口，这种小创口不封闭好得更快）。原来酒精湿纸和液体创可贴小罐都是她自己带在随身手袋里的，所以湿纸只有一片。我问她：你们应该有急救箱啊。她说：有，有。然后去找乘务长过来，好一会儿才打开了急救箱。我笑她们：你们这个样子，真要是有生命危险需要急救，早噶屁了。她们说：这是规定，急救箱不能随便打开，有程序的。

用急救箱里面的碘酒又处理了伤口。

这飞机是空客320-214，机龄10.5年，在国内机队里面算是机龄长的，但也不至于机上部件出现这种残次状况。飞机上最忌讳的就是尖锐物品，所以我无论如何也不会想到在飞机上能被划伤手。

服务员当然也表示这很不应该，表示飞机落地就会尽快反映这个情况。她们也采取了应急措施，用贴纸包裹了这个球形按柄。

过了一会儿，乘务长拿了一张"贺卡"过来，原来这是一张情况登记卡，她说要为了方便过后和我联系，请我留下身份证信息和电话号码。我觉得纳闷：这是你们给我造成不便，怎么还要再来给我找麻烦，我也不想你们没事再联系我。再说你们要找我很容易的，身份证和电话在订票的时候都留了的。

　　飞机起飞时出现的机械故障，倒是说不上算啥大事（机械故障如果出了事当然是大事，但作为复杂机械的飞机，出现点小故障倒也是正常的），可是洗手间里面出现尖锐物品、能够划伤皮肤，这就是大问题了，说明机上服务够马虎的。

　　至于后来的急救箱使用规则、发生问题之后让乘客留联系方式（我跟她们说：除非是你们想要赔偿我，就联系我，否则就不用了），这些都是导致客户体验糟糕的服务问题。

2017年10月13日

# 又在飞机上见血，这次是 B7185

2017年10月13日写过一篇在B6312号飞机上被扎破手指的事，刚好过了三个星期，又在飞机上被扎破手指，这次是B7185，一架机龄1.6年的波音777–300ER。

这次扎人的器具更奇葩：是安全带扣，并且是固定在椅座上的那一端，所以不大容易看到，但是手一摸就很容易被扎到。这个铝合金带扣应该是被另外的金属锐角切过一下，缺口翘起来就形成了锋利的倒刺。

看到乘务员走过，告诉她这个事，她叫了一堆人过来，忙碌了好一阵：拍照、填表……还是乘务长冷静，告诉乘务员先找一张创可贴把这个缺口贴上。当然了，也第一时间找了张创可贴给我。

我特地问了一下，这创可贴又是乘务员自带的。所以当乘务员说抱歉的时候，我说："我倒是还好，你们更危险啊，你们成天在飞机上，这飞机上这么多尖锐物件，你们不是随时处于危险当中啊？"

2017年11月5日

# 服务的细节之十二
## ——设备是服务的保证

到久负盛名的庆丰包子铺，除了吃包子，也要了一碗小米粥。小米粥滚烫，好半天都凉不了。

庆丰包子铺的定位应该是快餐店吧，并且做成了连锁，更是快餐店的模式。但比起M记和K记这类洋快餐，这种细节上面就输了一筹。

好的餐厅，菜起锅不会马上传到桌上，而是要保证菜上桌的时候温度正好，可以入口，又不会觉得凉。但快餐店如果采用这样的方式，既不符合快的原则，又不能确保操作的规范性（晾多久才是最合适的呢？）。如果要确保出品的温度是统一的、适合入口的，恐怕就得配专门的设备来保温（但据说按照M记的规范，薯条炸出来多长时间没售出就要废弃，所以每次煮多少粥，允许的保温时间是多久，也得要规定）。于是，服务的问题就部分转化成了设备问题，没有相应的设备，就无法提供相应的服务。

昨天的网约车司机跟我说自己刚做了一个月，原来干啥的？蒸馒头的。然后他跟我回忆20年前蒸馒头的时候，每月工钱只有500元，还要1点钟起床，要和面啊，现在和面都是用机器了，降低员工劳动强度的同时，也能保证面团质量的同一性了。

当然，设备只是在有了服务意识之后才能起作用。如果根本没去考虑滚烫的小米粥给顾客带来的不便和耽误顾客的时间，当然也就不会去想到用设备来改善服务。

2017年10月16日

# 服务的细节之十三
## ——谁该带钱

服务的细节这个系列好久没写了，不是因为没有观察到一些服务的细节，而是觉得很多细节让人看了无语，写来给人添堵。

坐在飞机上等起飞，闲着也是闲着，不如写写刚才的一幕——

一大早开车来机场赶早班机，道路畅通，一路顺利，到了收费站，找了一个靠边、车最少的闸口，没想到最前面一台车好半天都不动，再看我后面，已经跟了一台车，倒不出去了。接着看到前面那台车右边乘客座位下来一个小伙子，走到他后面、我前面的一台出租车旁边跟司机说了几句话，然后又走到我车边，我已经猜到大概是没零钱。

小伙子对我说：他叫了专车，没想到专车司机身上没钱，他也没带钱。

呵呵，有意思，现在移动支付太方便了，有些收费站已经可以接受移动支付，看来机场高速收费站还不行。

我给了他15块钱，让他先去付钱通过，过了收费站再等我过来扫码，别耽误后面的车。

然后我先准备好了微信二维码，过了收费站以后他扫码付给我了。

以前也曾经坐过专车，服务质量参差不齐，有的车上干净清爽，有Wi-Fi，还提供瓶装水、纸巾，也有的比较差，但在我印象中，专车费用是包括了路桥费的，所以每次都是订车时预付所有费用，到地方下车走人。现在如果是这家专车要求客人自付路桥费，那么想必是已经事先提醒，如果也是按惯例不需乘客现付，那么这个责任就完全在司机了，只能说公司服务和司机工作不到位了。

2018年1月30日

# 服务的细节之十四
## ——设施提供者和规则提供者

来到武汉，入住酒店后就问了泳池的时间：早上7点到晚上9点半。

7点钟下楼，去5楼，用钥匙牌换了更衣柜钥匙，进了更衣室发现没有浴巾，又回到服务台，提供了一条洗脸毛巾。

服务台不仅没有主动提供毛巾，也没有像通常的服务台那样提醒要戴泳帽，不过我还是戴上了，果然，通往泳池的门边贴了告示：游泳请佩戴泳帽。

来到泳池边，一眼看去，人不算少。四条泳道，中间用浮标分成了两半，每边各两条泳道，再仔细看，一边有三位在水里游，另一边竟然有五位。继续观察，发现他们都是固定在一条线上来回游。

正在迟疑，有一边传来大声的呵斥："你懂不懂游泳的规矩？！"不用看也知道，肯定是撞上了。果然，是一位仰泳者撞到了另一位，后者很愤怒，在不停地数落对方。

这时一位老者上来了，我笑着说："这里本来就没有规矩啊，所以我都不敢下去游。"老者却说："保持自己的方向啊，刚才那个斜着游，所以说没规矩。我干脆就上来了。"老者一口汉腔，自然也带着武汉人说话的那种呛人的火药味。我也就改用武汉话说："这种情况其实可以打圈游，一边过去，从另一边返回，反时针转，大家都这样游，就不会撞了。"不知是不是听见我也说武汉话了，老者说话缓和了一些："那还有快有慢呢。"我说："可以快的在这边，慢的在另一边。"

其实这不是我凭空想出来的，在美国，我经常去公共泳池游泳，他们通常会划分三种泳道：easy，medium和fast，前者最慢，通常是老年人游，我也在这样的泳道游，fast在我看来就基本上是专业水平了，medium也是够快的，我跟不上。

不管哪种速度的泳道，大家都是逆时针转圈游，这样一条泳道容纳三四位也没问题（泳道容纳的人数当然和泳道长度也有关系，美国公共泳池的长度一般是25码，也就是23米的样子）。

我注意了这家酒店的泳道，大约是两米宽，这几乎是最宽的泳道了，如果把四条泳道都分隔开，采用这种顺时针转圈的方式，现在泳池里面的8个人就不算多了（这里泳道的长度应该是20米，在酒店泳池里面也算标准了）。

继续和老者聊天，他还是对我说的这种规则不屑一顾。这其实反映了武汉人骨子里的无规则意识（只是客观描述，毫无贬低武汉人的意思，我自己在武汉出生长大，32岁才离开武汉，自认就是武汉人）。刚才服务台小姑娘的服务过程也体现了这种无规则的潜意识。

总体来说，这家酒店的泳池和更衣室各种设施还算齐全（房间里面的硬件也很齐全，例如有熨斗和烫衣板，这些在motel里面都是标配，但在国内的很多五星级酒店也未必都有），但服务则跟不上，特别是缺少最重要的一项服务：提供和维护公共规则。

顺便说一下，从这家酒店泳池的情况倒是看出几点：

一是武汉人的体育锻炼意识很强——通常酒店里面这么早几乎是没有人游泳的，这些泳者显然都是附近的居民。泳池旁边就是健身房，隔着玻璃，可以看见健身房的跑步机一字排开，跑步者可以对着泳池边看泳池边跑步，数一数，竟然有10台跑步机，这在酒店的健身房里面也是算是够多的了，同时还可以看到很多健身器械。

二是公共体育设施不算多，否则就不会有这么多人跑到酒店来游泳。

三是酒店的体育设施比较亲民，一定程度上缓解了公共体育设施的不足。我问了老者，他说他们常客在这里游泳一年只要一千多块钱，这简直是白菜价了。

2018年4月20日

# 房地产经纪收费的本质问题是服务质量

　　2016年4月开始的这一轮房地产中介行业专项整治工作还在持续深入进行，最近房地产经纪服务收费问题又再次成了焦点，但笔者的观点是：关注收费不如关注服务质量。

　　自从2010年开设本专栏之初，在将近7年的时间里，多次讨论过房地产经纪佣金问题，也多次讨论过房地产经纪服务的内容和质量问题，每次都是从不同角度出发，而且在7年的时间里房地产经纪的行业生态和整个社会经济法律环境都发生了很大变化——

　　2010年10月本专栏发表《限制收费还是规范服务》一文时，房地产经纪佣金的标准还是严格遵守《国家计委建设部关于房地产中介服务收费的通知（计价格〔1995〕971号）》规定，即："房屋买卖代理收费，按成交价格的0.5%—2.5%计收。实行独家代理的，收费标准由委托方与房地产中介机构协商，可适当提高，但最高不超过成交价格的3%。"

　　而在2014年6月13日，国家发展改革委、住房和城乡建设部发布了《关于放开房地产咨询收费和下放房地产经纪收费管理的通知》（发改价格〔2014〕1289号），通知规定：放开房地产咨询服务收费、房地产经纪服务收费，实行市场调节价。房地产经纪服务收费标准由委托和受托双方，根据公正、公平、合理的原则，依据服务内容、服务成本、服务质量和市场供求状况协商确定。

从房地产经纪行业内的情况来看，2014年正是行业剧变的一年，以互联网资本为代表，传统房地产经纪行业之外的资本大举进入房地产经纪行业，首先受到冲击的就是经纪佣金，曾经有公司号称收取0.5%的佣金，大幅低于当时的行业平均佣金水平，但这样的状况并没有持续很长时间，这家公司随后就不断提高了佣金水平。并且，当时就有很多消费者发现：0.5%佣金水平下的房地产经纪服务内容和服务质量都不尽如人意的。

另一方面，其他经纪公司的佣金水平也在随着市场的变化有所下调，最终的结果是行业佣金水平仍然趋于一致。当然这是符合所有行业价格形成规律的。

而对房地产经纪佣金水平的质疑之声也一直存在，特别是在近年来房地产市场价格持续高涨的情况下，据说政府部门也在拟议重拾佣金价格管制措施。

但在现阶段，房地产经纪行业的确已经是一个充分竞争的行业，甚至完全可以认为是竞争过度的行业，竞争过度的一个体现是大量并不具有足够专业知识技能和职业道德的人员进入这个行业赚快钱。在过度竞争的市场环境下，他们的杀手锏就是低价。而房地产经纪行业原本就有信息不透明的固有问题，向下拉低佣金价格的过度竞争使得不良从业人员更有了利用信息不透明赚取额外不合理乃至非法收入的动机。在房价趋高的背景下，房地产经纪人的佣金问题也就自然成了社会各界攻击的对象。

矛盾在于：如果房地产经纪行业从业人员的道德水平和专业能力不能提高到一个合适的水平，强制规定降低其佣金水平并不能满足消费者的真实需要——消费者真正需要的是物有所值的服务。降低佣金就能让消费者得到满意的服务吗？

另一方面，也可以说正是不良从业人员的劣质服务造成了社会对房地产经纪佣金的质疑——不能物有所值，当然让人无法接受。

因此，笔者仍然持一贯坚持的观点：应该管制的不是佣金，而是房地产经纪的服务质量。政府加强对房地产经纪行业的监管应该从房地产经纪服务质量入手，奖优罚劣，促进房地产经纪从业人员的道德水平和专业能力不断提高，让消费者享受到满意的房地产经纪服务。

（本文原载《中国房地产》2017年7月"廖俊平专栏"，略有改动）

2017年7月24日

# 好可怜的 A

　　因为在房地产中介协会做义工，所以有很多全国各地的房地产经纪人加我好友。我注意到一个有趣的现象：相当多的房地产经纪人喜欢在自己的名字前面加个A，有的加一个还不够，还要加两个、三个，比如我这样就会成为"AAA廖俊平12345678901"，呵呵，后面是手机号——房地产经纪人一般都会用实名，还会加上公司名和手机号，做生意嘛。

　　为啥要加A，道理很简单——在通讯录里面，A是排在最前面的（前两天有老同学有了外孙女，起名Stephanie，我第一反应就是：这名字排位太靠后——哦，我也染上这毛病了）。经纪人在网上放盘，要不断刷屏才能保证自己的房源信息在最前面，让找房的人一眼就看到（互联网平台赚的也就是这个钱，经纪人刷屏次数多，给互联网平台交的端口费就要更多）。这种刷屏置顶的习惯带到了微信，就满世界都是A了。

　　就在本公众号的上一篇文章《房地产经纪收费的本质问题是服务质量》后面有朋友留言："好赚才会让大量不够专业的人抢着进房地产"——这其实早已是业内共识、也是社会共识——房地产经纪这个行业的从业人员鱼龙混杂。

　　在我看来，啥时候这个行业里面的A少一些，龙就会多一些了。

2017年7月26日

# 学习海底捞有多难

前两天看了海底捞董事长的一篇演讲，他认为企业考核KPI只需要一条：顾客满意度。当时看完并没有太多感触，或许是因为我印象中从没去过海底捞（或者早些年去过，但已经不记得了，说明当时也没留下什么印象），但今天去一家体检中心，却深刻感受到做到顾客满意其实真不容易。

第一次去这家体检中心，因为原本就是抱着去考察一下的心态，所以从一开始就留心观察。

进门引导开始就有些小问题：问我是约的哪个区，我说不知道，出示了手机短信给对方，上面也并没有写哪个区，但短信末尾有发短信人的姓名，根据这个姓名，引导员告诉我是贵宾区。

首先当然是抽血，但贵宾区的两个抽血座位都没护士，就要我等，但贵宾区门外的抽血柜台没什么顾客，却有几个护士在柜台里面。我问为何不能让我去外面抽，贵宾区的护士说贵宾就要在里面抽，最后是把外面抽血柜台的护士叫进来帮我抽。

然后是B超，也是在贵宾区做，两个非常年轻的技师，啥症状也看不出来（我自己知道通常我的B超能够看到一些什么情况的）。

但接下来就要去外面的混合区了，这里的门上都贴了通告：贵宾客户优先。整个区域站了很多护士，只要看见客人从检查室走出来就会迎上去引导，只要某个检查室有空就带客人先进去，但如果里面有别的客人，当然也就只有在外面等。

在外科检查室等了一会儿，问旁边的护士："你看看心电图那边有没有人。"她过去一看，果然是空的，这样就先过去做了心电图。

注意到每个护士都带着对讲机，可以询问同伴某个检查室是否有空，我有些疑惑：为何不能再进一步，每个护士配一台PDA，上面自动显示哪个检查室有空，并且还可以立即为贵宾客户预留这个检查室，然后很快带客户过去。以这家体检中心IT系统的先进程度，实现这个功能一点都没问题。

越到最后的步骤，越多贵宾客户在抱怨，原因都是因为等候时间太长。后来护士解释：内科和外科医生都去会诊了。

有点不解：体检还要会诊？

我决定不等了，放弃最后这项外科检查，并在检查单上写明：外科等了半个小时，所以放弃。

导检小姐心有不甘地陪我往外走，一个劲劝我再等一下，等走到前台准备交回体检表的时候，她说外科医生已经回来了。我也就转了念头，跟她回到外科检查室。

和老医生聊天，湖南来的，退休来这里做，每月工资七千多元——我感觉这工资有些低（刚才吃早餐的时候和厨工聊，也是湖南人，在那里嘟嘟囔囔说事情太多了忙不过来。她原来在酒店厨房做，每月2400元，包吃包住，这里不包吃包住，每月2700元。我随口问她，如果给你每月5000元你还会抱怨事情多吗？她倒也实在，说，人都是通情达理的，有这么多钱当然不抱怨了）。外科医生说，刚才的所谓会诊，是更高级的客户，在贵宾区不用动，由医生过去检查——难怪了，我就说我们这些所谓贵宾客户是伪贵宾，果然还有超级贵宾。

还没开始检查，医生的手机响了，他说对不起，接个电话，然后说有个快递要去拿，我说："你去吧，我走了。"导检小姐还要拦我，拦不住了。

从体检中心出来，和附属医院系统的一家体检中心主任在微信聊，她说这家体检中心的两个老板去年就是去咱们这家附属医院的体检中心做的体检！她还说了这类体检中心的一些匪夷所思的做法，我这里就不写出来了。

2018年5月22日

# 也说服务的本质

一早醒来，看到订阅号"春暖花开"发出的是《陈春花：看清服务的本质》，陈春花老师是著名的管理学教授，并且亲身担任过大企业的CEO，有丰富的经验和扎实的理论积淀。这篇文章说到服务的两个特质：

1. 服务是行动而非态度；
2. 服务是承诺而非形象。

这当然是没错的，只是普通人读了可能多少会感觉有些抽象。文章里面还有其他一些话，可能读者看完都会有似懂非懂的感觉。

在我看来，最关键的一点还是在于：陈老师的文章是围绕服务的提供者来谈的。如果让我来说服务的本质，我会从消费者的角度来说：产品的消费相对服务的消费来说，会更容易达到饱和。比如你家里买了一台跑步机，相当长时间内就不会再买第二台（除非是第一台需要淘汰了，或者是你家里足够大，地下室放一台，三楼书房还要放一台，再或者是你本来就有不止一处住所，每处住所都需要一台）。但是有人可能更愿意去健身房跑步，健身房提供的服务可能就是他每天都需要的，甚至如果他有时间并且有兴趣、有体力，一天跑两次三次也不是不可以。类似的例子还有很多，一个共同点就在于：产品需求有限，而服务需求可以多多益善。

其实陈老师文章的一开始说了一句话："任何行业的产品都供大于求。"这句话更多是从供应一方来观察的，随着生产力的提高，产品供应早已过了短缺阶段而进入普遍过剩阶段。而如果从消费需求一方来观察，就是我在前面说的：对产品的需求容易达到饱和，而对服务的需求不说是无限，至少上限能够提得很高。

陈老师文章里面还有一个观点：服务和产品是两条并行的线。这句话并没有错，但如果拿上面那个跑步机的例子来说，我们会发现服务和产品很多时候是密不可分的，比如健身房提供的服务是基于跑步机的，没有跑步机也就不可能有服务。这么说不是想抬杠，而是想告诉读者：很多正确的话并不是绝对的，并不是说和这句话的意思不同甚至相反就一定是不正确的（关于这个问题，看另一篇短文：《设施提供者和规则提供者》）。

由此还能生发出很多讨论，比如现在常说的"共享经济"，还有陈老师文章里面提到的"体验经济"，其实这些近年来出现的新名词所体现的都仍然是经济学里面最基本的一些原理，就不在这篇小文里面继续说了。

2018年7月30日

# 购买服务就是购买时间

前天写了《也说服务的本质》，写完感觉还是没说透，在这里想说得更直白一点：所谓购买服务，就是购买时间。

前天文章里面说："产品的消费相对服务的消费来说，会更容易达到饱和。"之所以会这样，有一个不容易被注意到的原因：使用产品是需要时间的。以割草机为例，每个人家里一般也就一台割草机，因为你不可能同时操作两台——注意这个"同时"二字，就是在说没那么多时间。

服务则不同，以割草为例，请人来割草，就节省了你的时间。除了请人割草，你还可以请人同时上门来修理栅栏、给花浇水……这些都是你不可能一个人同时干的，但通过购买服务，你就可以同时完成这些事情——你从别人那里买了很多时间。所以，买更多的产品来用，实际上你需要拿出更多的时间去用；而买更多的服务，你就有了更多的时间。这就是服务消费能够多多益善，而产品消费却会有"天花板"的原因。

2018年8月1日

# 认真就有钱赚

先说一个认真的例子——

打车的时候和司机聊起：我发现在某个地方上车的时候碰到的一般都是同一个地方的司机（比如都是湖南的司机，听口音辨别湖南河南等地方的司机是很容易的），他说主要是同一个地域来的司机一般会住在同一片，他们出来拉客也就都习惯在住地附近的地方。当然，还不仅如此，这位司机后面说的就是关键了。

他说，比如我要去的那个地方，他基本上不去载客，因为那一带红绿灯多，车速起不来。而且这一带客人的去向往往也是市中心堵车的地方，距离又短。而另外的地方，比如我上车的地方，却经常有客人去比较远的区域，而且很爽快，有些客人上车就说："走快速路。"我当然知道，出租车最愿意走内环路快速路这样的路，距离更远，时间却节约很多，结果就是车费很高，但耗时不多。

出租车司机这样琢磨客人的其实不少，以前就听人讲过这样的事。用心、认真做事，何愁赚不到钱。

再说两个不认真的例子——

其一，在超市付款的时候，看见收银员在收前面一位顾客的购物卡，这些购物卡都是100元一张的，顾客给了收银员一摞卡，收银员左手抓着这一摞卡，右手一张张在收银机上刷，我注意到她每拿起一张卡都要转一个方向——因为磁条一侧是在她右手位这边，她要把磁条位转到左边才能刷。一开始，她直接拿着卡就刷，发现机器没反应，看一看卡，再换一个方向。后来她每张卡先看一下，然后再转个方向，刷了几张卡，都是如此，我真想提醒她：显然后面的卡全是这个方向，她只要把左手拿着的卡全部转一个方向，然后就不用一张张卡转方向了，这样起码节约三分之二的时间，因为一张卡转方向的时间比刷一张卡的时间还长。

开始她看都不看就刷，已经是极不认真了。后来是看一下再刷，却不去注意这些卡其实都是同一个方向，也没想到要先把一摞卡的方向都转一下，就是根本没用心了。当然，也可能她根本不知道还可以这样做，没人教过她。

其二，最近带的本科生毕业论文，发了很具体的要求给每个学生，并且多次提醒他们要认真阅读这些要求（见1月20日本公众号《致本科毕业论文学生的几句话》），但结果还是一眼就能看出他们不认真、没有用心。比如要求他们"论文稿的文件名统一采用如下命名方式：'学生姓名＋各阶段文稿名＋交稿日期'"，可有的同学已经是第二稿第三稿的，文件名还是"××初稿××"。正文里面的各种错漏更是在明明白白地显示着他们的不用心。

对比前面那个出租车司机认真的例子，很庸俗地说一句：不认真、不用心，是赚不到钱的。

2017年2月9日

# 在超市观察营业员

在超市买东西，看到酒在做促销。卖酒是在一个角落单独的柜台，超市买的菜可以在这里一并收款。

原本在这个柜台里面的营业员看上去各种不熟练，连促销的酒放在哪个地方都不知道。另外一位营业员过来帮她，可她还在大呼小叫说些不着边际的话，后来的这位干脆说："让我来吧。"可前面那位还不罢休，仍然在那里说三道四，我只好也帮着说："让她一个人做就行了，不用那么多人出主意。"

却说后来的这位，看上去就是精明利索的样子。她先问我有没有会员卡，我没有这家超市的会员卡，她让我办一张，并且三言两语就说清楚了办会员卡的好处，而且这种好处是马上就能兑现的——今天是满110元送15元券的最后一天，这种优惠只对会员有效。

办卡也很方便，直接微信扫码付了20元就办妥了。

然后她开始帮我办付款手续——把我要买的东西分成几张单，一张单付完拿到优惠券以后再用来付下一张单。因为每张单最多只能用五张优惠券，所以她还要算好每张单的数额。

我静静地看着她麻利地操作。全部结束以后，我问她："你原来是做什么的？"她望着我说："为什么问这个问题？”我说："因为见你做事很麻利，所以好奇。"从她的年纪来看，应该不是在超市开始第一份工作的。

她说："说起来不好意思，我原来是自己做老板的。"

难怪了。她接着说："因为停了一段时间没做，后来觉得太闲，又出来做这份工。"

这样的情况是很多的。犹太人历史上多次被打压，但那种经商和做事的精明和认真精神却能让这个民族始终屹立不倒；刚改革开放的时候，农村里面首先致富的一批人大多数都是旧社会村里的大户人家，虽然他们曾经反过来变成了社会的底层，但只要有公平竞争的环境，马上就能重新站立。这位营业员，即使现在只是做一份最简单的工作，也比大多数营业员要强很多（本公众号还曾经发过一篇《认真就有钱赚》，里面也提到过一个做事不用心的超市营业员）。

2019年2月2日

# 并行处理并不难

"和你一起终身学习"，这是"得到"栏目的开头语，不过，即使是栏目里面各位大师级人物说的话，也不能完全照搬。除了"终身学习"，更重要的是学会有选择地学习。

春节期间"得到"照例会"偷懒"，弄一些过去播过的节目在长假期间播放，于是又重听了《吴军来信 | 如何得到好运气？》，吴军用一句话概括其一生所有经验的精华："上帝喜欢笨人。"并且列举了自己的几个笨行为：

1. 对于我的投资，我至今还是手工管理。虽然有很多辅助管理投资的工具，但是我一直没有使用，这实在不是聪明的做法。

2. 很多人会顺便做一些事情，以便节省时间。比如家里有封挂号信要记，上班时带上，下班时顺道寄了，或者中间找一个时间打电话叫特快专递的收件人上门来拿。不过，我一般会专门为此跑腿送一趟。

3. 今天做不完的事情，想不明白的事情，一定要放到明天，别人如果想告诉我，我也一定告诉他明天再讲，因为我脑子不好使，记不住。

4. 明明有很多省钱的方式，我基本上不用。免费的东西，很少去拿。

5. 出门前要过多地留够时间，活动安排要提前好几个月开始计划。

6. 谈生意懒得讨价还价，差不多就行了。

这里所说的"笨行为"，差不多也都是我自己平常做事的习惯，唯独有一条和我是完全不一样的——第2条。吴军不主张并行处理事情，而我恰恰最喜欢这样。

比如说，开车的时候我肯定脑子里面会想些事情，这并不会影响到我开车。更进一步说，脑子里想事情几乎是一种常态，不管做什么事的时候脑子都在不停地转动。因为很多事是不用脑子的，所以做事的时候脑子就可以想别的事情。

我甚至在给本科生讲经济学原理的时候举过一个最简单的并行处理的例子：2个平板锅，烙3块饼，每块饼两面各需要烙1分钟，怎样最节约时间？

两个平板锅，这就是最简单的并行处理方式，但如果处理不好，就等于没有发挥并行处理的优势。

再举一个更简单的并行处理的例子：我削苹果尝试过各种方式，最后固定下来的方式是先将苹果一分为四，然后再削皮，削好一块抓在手里，一边吃一边削下一块。这样做首先是削皮的速度加快了：如果像一般的削法，旋转着削，转动苹果就需要额外的时间，总的削皮时间就增加了；现在削四分之一的苹果，削皮刀只需要往复直线运动，就快了一些。更重要的是，削好一块就可以一边吃一边削下一块，不用等到整个苹果削好以后再吃，这就是一个很典型的并行处理——吃苹果和削苹果同时在进行。这样的并行处理有何难呢？谁都能做到吧？

再多说几句，这种削好四分之一苹果就先吃的方式，在管理学里面称为"及时激励"——激励要立即实施才有最大的效果。削四分之一苹果就能先吃，就比削完整个苹果减少了四分之三的等候时间，这就是一种及时激励。

2019年2月6日

# 及时激励和延迟满足

前一篇文章说到管理学里面的及时激励原则，估计有人已经要反驳了：发展心理学不是有个经典的"延迟满足实验"吗？所谓"迟延满足实验"，过程大致如下：实验者发给4岁被试儿童每人一颗好吃的软糖，同时告诉孩子们，如果马上吃，只能吃一颗；如果等20分钟后再吃，就给吃两颗。有的孩子急不可待，把糖马上吃掉了；而另一些孩子则耐住性子、闭上眼睛或头枕双臂做睡觉状，也有的孩子用自言自语或唱歌来转移注意消磨时光以克制自己的欲望，从而获得了更丰厚的报酬。研究人员在十几年以后再考察当年那些孩子的表现，发现那些能够为获得更多的软糖而等待得更久的孩子要比那些缺乏耐心的孩子更容易获得成功，他们的学习成绩要相对好一些。在后来的几十年的跟踪观察中，发现有耐心的孩子在事业上的表现也较为出色。也就是说延迟满足能力越强，越容易取得成功。

应该说，延迟满足和及时激励针对的是两种不同的场景，所以适用的原则是不同的。

即时享受，这是人的本能，正因为如此，延迟满足是应该得到回报的。利息就是最典型的给延迟享受的回报。如果不能做到延迟享受，把所有的收入即时消费，那么是无法形成积累和扩大再生产的，社会也就无从进步，所以要鼓励延迟满足。

那么有人可能要问：如果双方约定延迟激励也能够得到更多的激励呢？那当然也是可以的。首先，即时激励必须得到确认（虽然没有马上兑现），这给被激励一方吃了定心丸；其次，双方除了明确约定现时应该获得的激励在一段时间后可以如数获得，同时还确认届时将得到更多的补偿。实际上，很多高级管理人员的年薪制就是这样设计的，绩效激励是在年终才一并计算而不是每个月发放的。当然了，这里也说了，这是对高管适用的激励机制，一般员工可能不会接受这样的激励方式——毕竟一般员工的工资可能仅够每月开销，等不到年终。

2019年2月7日

# 我说专业精神

前天看到一篇香港律师会会长苏绍聪律师谈律师专业精神的讲话，很有感触，转发之余，也想就这个问题再说几句。

按我的理解，苏会长对专业精神的阐释重点是在律师应该不仅代表委托方的利益，还应该照顾到委托方以外的所有人包括相对方的利益[1]。

这个说法很像企业社会责任的含义。所谓企业社会责任，也是认为企业不仅应该对股东负责（为股东营利），还应该对各个利益相关方（stakeholders）负责，包括员工、客户，以及社会各界。

作为专业人士，难道不应该全心全意为委托方服务吗？当然应该，这是底线的要求。但在为委托方服务的同时，不应该故意损害相对方以及其他相关方的利益，更不应该与委托方合谋作假损害他人利益。这同样是各类专业人士应该恪守的底线。房地产估价要求公平、公正（其他涉及各方利益的专业服

---

[1] 这篇讲话在网上是中文的，我在香港律师会的官网上面看了，这篇中文的确是官网的正式中文简体翻译，网址是：http://www.fjt2.net/gate/gb/www.hklawsoc.org.hk/pub_c/news/press/20170109.asp。但即使如此，我还是觉得翻译得不甚准确，因为香港律师的工作语言是英文，这篇讲话应该原本也是用英文发表的，所以有可能的话还是看英文的表述会更准确。英文网址是：http://www.hklawsoc.org.hk/pub_e/news/press/20170109.asp.

务也都同样要求遵守这样的准则），其含义就是不能明知委托方"要求"的估价结果是不公正的、不是按照估价目的所对应的价值内涵所确定的结果，却还要去迎合其要求。因为我曾经当过两届广州市房地产评估专业人员会长，所以那时确实有一些朋友为了估价案找我，我也会给估价公司和估价师"打招呼"，但从来都是明确说："我只希望你们能够提供最优质的服务，估价结果是你自己负责。"（这也是每个专业的估价人员都应该明白的规则）。也有不少"打招呼"的朋友后来投诉，说："你们的估价师太死硬，不能通融。"我当然明白这是什么意思，我从来都认为这样的投诉是对我们估价师专业精神的赞扬。当然行业里也会有一些估价公司做出别人做不出的估价结论，他愿意为此负责，那我也不能勉强，但与此同时，包括他自己在内的业界所有合格的估价师都会明白这是违反专业操守的。

正因为如此，我也认为房地产经纪人应该采用接受买方或者买方单方委托的方式工作，这时不容易产生利益冲突，可以全力为委托方争取最有利的成交价。这和房地产估价不同，估价首先应该客观反映市场价值，而代表单方的经纪人为委托方争取最大利益是完全合理的。但当经纪人同时代表两方的时候，就很难公平地照顾到双方的利益了。

2017年2月14日

# 三知也是生活中的经济学

　　下午看了一篇微信文章,《做人贵三知》。原本看见文章开头写什么"败走麦城的项籍"就觉得有点不靠谱——项籍就是项羽,为啥不好好说项羽,非得说大家不那么熟悉的项籍?败走麦城是整整430年之后关羽的事,为啥不说"败走垓下的项羽"? 不过还是快速浏览了一遍文章,倒觉得文章提到的"知愧,知让,知恩"值得一评,于是转发了,并且加了一段话:"知愧,知让,知恩,愚见乃同义。知恩不报是为愧。回报或揖让,核心都是公平。来而有往,是为回报;不义不取,是为让利。说到最后,说回经济学原理了。"

　　我一直认为经济学首先是用来指导日常生活的,如果学经济学或者教经济学的人只知道用经济学原理分析宏观经济微观经济,自己的日常工作生活却违背经济学原理,那只能说还没学懂经济学。

　　知愧,知让,知恩,这三知都是对自己的要求而不是对别人的要求,这也正是经济学的一个基本原理——先要提高自己的能力,多问问你能给别人什么,不要总指望别人给你什么;多想想已经从别人那里得到了什么,不要总觉得别人欠了你很多。别人愿意帮助你,并为此感到满足,那只是别人的一种生活方式。

　　知愧，知让，知恩，我自己是尽量这么做的。我心里总是记着一长串帮助过我的人，心存感激。而时常有人说起我曾经帮过他，我还真是不一定记得，因为原本就是自己能力范围之内举手之劳的事，帮了也就帮了呗。

2017年4月30

# 教授不懂网的红

　　和投资有成的学生闲聊，说起现在的网络直播和网红，对此现象我略知一二（一般都是看报纸了解到的信息）。我想知道网络直播究竟是个啥情况，请学生当即点开一个正在直播的网红来看，是个小萝莉，整个装扮就像是卡通人物，说的都是些并无什么意义的话，例如谈论她自己的假睫毛、玫红色的口红，等等。

　　看了十几分钟，脑子一直在想：究竟是哪些人在给这些网红捧场？给网红捧场略同于过去的捧角，屏幕上显示不断有人给网红送东西，这些东西都是需要真金白银买的（但"东西"则是网上虚拟的，例如只是一个胡萝卜或者一个向日葵），据说有些网红竟能年入上千万元。

　　我问："你们有没有调查过这些捧网红的都是些什么人？"——年龄、职业、财富数量，当然还有性别、婚姻状况等等。得到的回答是：这正是网络的特点，这些粉丝都是隐形的，你不可能找到他们调查这些，他们也正是因为看上了网络的隐形特点才来看网红、捧网红。

　　那么，这样的投资不是很盲目吗？不知道顾客为什么要花这个钱，顾客群体是什么样的？⋯⋯这些都不知道，那么这个行业还能持久吗？

随后我就发现，这恰好就是不懂投资经营和赚钱的教授和真正的投资人的区别，等你什么都研究明白的，投资的机会可能早就过去了。而且也许这种网红经济的持续时间也就两三年，闭着眼睛赚完这波钱就该转移战场去发现下一个商机了，哪还有时间来研究这些。

中国有个高等院校房地产学者联谊会，每年都会聚会交流学术研究，这些学者一般都是平常埋头做研究的教师，所以平常在媒体上是很少看见他们发声的，他们发声的园地是各种学术刊物。笔者浸淫于这个圈子也算时间长了，发现一个有趣的现象：这些研究房地产的教授很少有炒房子赚钱的。我们议论过很多次，这其中原因何在？一是做研究的人可能没时间去炒房，二是更重要的，现实中的房地产市场走势（尤其是过去这二三十年在中国）往往是和理论脱节的，所以当看到严重偏离市场基本面的房价时，学者们总是认为这价格太离谱了，当然就不会下手去买进。可实际上的市场走势却往往和学者们的理论认识并不一样，于是学者们就眼睁睁错过了一次又一次投资房地产的机会。

不过，尽管如此，笔者还是认为：资金持续不断地进入房地产市场而不是进入实体经济，并不能支撑经济的长远发展。而这种网红经济，也可能是一阵风吹来，过不多久就又会有一阵风将其吹走了。

2016年7月22日

# 我们为啥要穿袜子

袜子后跟破了一个大洞，显然不能再穿了；已经快要露出鞋后帮的大洞，显然不是一下子出现的，之前已经有了小洞，我也是知道的。

想起前几天走过街边一个小店，专卖袜子的，各种袜子。当时心里就想：说起来袜子还真是一个消费量很大的日常消耗品呢，所以袜子生意可以是个很持久的生意。

然后就接着想，我们为啥非得穿袜子？直接穿鞋为啥不行？

嗯，首先是和穿衣服的道理一样吧，正规场合总是要长衣长裤（曾经有公司老板穿短裤凉鞋去交易所上市仪式上敲钟，多数人还是觉得这样不合基本礼仪的），而且长裤下面还不能露出皮肤，露出的袜子也应该是深色的（黑皮鞋不能穿白袜子，这个规则也还是有很多人不讲究）。也就是说，袜子也算是外衣的一部分。

除此之外呢，我想袜子还有一个作用——缓冲。如果直接光脚穿鞋，脚容易磨起泡吧？我这袜子之所以破了个洞，不就是被鞋子磨的吗？脚和鞋之间隔了一层袜子，冲突就少了很多。当然，这种缓冲也不是那么必要——袜子出现小洞穿了也没啥磨脚的感觉嘛，至少脚踵是并不那么怕鞋子磨的。

　　那么另一个作用就显得更重要了：洗袜子比洗鞋子容易。脚臭是常见的事，如果不是每天换洗袜子，那鞋穿上几天恐怕就能熏死一车人了。

　　所以，缓冲，能够更便捷地清洗、更便利地更换，袜子这种消耗品的作用还真是很大呢。

2017年5月28日

# 着装也是约定俗成

这篇文章是整整3年前构思的，当时网传有公司董事长在公司挂牌新三板的敲钟仪式上穿短裤拖鞋，并且有人为之辩护认为这样率性而为也无伤大雅。

这些年又不断见到类似的事情，积累的素材多了，就还是想写出来。

首先是类似这样着装过于随便的例子，多次在各个高校的毕业典礼上见到。学位授予仪式统一着袍子，并且穿衬衣打领带，这些都会按规定做，不会有什么不合常规的情况出现，但却有学生在学士袍下面是露出双腿并且穿着凉鞋的，我觉得这首先是不尊重自己——4年学习结束，拿到学位，总应该郑重其事一些吧。

这篇小文的标题用了"约定俗成"四字，因为的确很多着装要求或者规定是长期形成的，并且大家都会遵守，很多时候还是强制要求。

有一次在美国去一家俱乐部式的餐厅，同去的一位年轻人就被拦住不让进，因为这家餐厅要求穿有领子的衣服，也就是说：可以穿Polo衫（这已经算是很休闲的着装了），但不能穿圆领汗衫。没办法，这位年轻人只能专门回去换了衣服再来。

还有一次，国内一个专业人士参观团到美国参会，那家会议宾馆进大门的时候就要求西装革履（这家宾馆的名字就叫University Club，是一处有悠久历史的场所），我们的一位专业人士虽然穿了全套西装，却穿了一双运动鞋，结果也不让进。那时商店都还没开门，他想临时买一双皮鞋都买不到，只能在外面待着了。其实这个着装要求在出发之前已经反复强调了，这位先生没当回事。

当年奥巴马夫妇拜见英国女王伉俪的时候，按照传统穿了白色礼服，打白色领结（下图）。

既是约定俗成，也有反过来的情况，就以刚才那家宾馆为例，进去以后大家都会把大衣脱掉交给专人保管，不会穿着大衣坐在会场或者是参加酒会，这也是我们很多人有点不习惯的。

有一次跟朋友吃饭，席间一位女士一直整齐地穿着风衣吃饭，让人始终感觉有点怪怪的，这样的着装吃饭应该自己也不舒服吧。

2017年5月28日

# 怎样才是好的广告

很多时候写公众号就是为了调适心情，就好像有的朋友会在微信朋友圈写些文字发泄自己的情绪一样。

电梯间早已被各种广告占领，要说电梯广告强迫阅读的效果，的确是很好的——那么小的空间，无所事事，当然就只能看广告了。

下面这个广告我一直觉得是个不成功的广告——

每次看这个广告，眼光都会盯在汤唯的身材上，直到有意提醒自己看看这到底是什么商品的广告，才会在广告画面上搜索一番，终于看见左上角那个小小的咖啡品牌名称（而且看了也记不住是啥牌子）。至于左边那5行字，在我看来也是诘屈聱牙、莫名其妙、不知所云。（幸好还有"代言人：汤唯"几个字，要不然我总是看着认识，却想不起来她的名字，这当然不是她不出名，而只是我老记不住她的名字而已）。

另一个广告则恰恰相反——

一眼就能看见"睡啦"的商品名和"助眠机器"字样，再加上崔永元抑郁失眠的经历，请他做代言人马上就能让人联想到睡眠。

要说美感，肯定是汤唯那个广告好，但广告的目的并不是展示美术或者摄影作品，所以这就成了一个失败的广告。

2018年10月27日

# 营销模式失效的背后

有人说：希拉里败给特朗普给营销界带来巨大震撼，因为这意味着传统广告营销模式的失效。从广告营销的角度看，希拉里占尽优势——营销费（竞选经费）数倍于特朗普、得到媒体一致支持、名人明星都站在她这一边为她代言，但所有这些最后似乎都没起作用，希拉里还是输了。

我不认为光是用营销模式失效就可以解释这次美国大选的结果，更准确的解释肯定应该从政治学的角度展开，但我们不妨可以借这个话题讨论一下广告营销的话题。

广告的作用有三：一是让人知道这款产品；二是让人愿意买这款产品而不是别的同样的产品；三是如果购买者原本没有购买这类产品的消费意愿，还要能激发其消费意愿。

在二选一的情况下，第二个作用显然更重要，就是如何让消费者选择你而不是选择他，但广告要发挥这个作用，还需要消费者原本就有购买意愿。在这次美国大选中，很多选民明确表示对两个候选人都不满意，所以有不少人是投了空白选票的，另外很多人则是在两个都不想要的候选人当中选了一个勉强可以接受的，甚或用赌博的心态选了一个"有可能"不那么差的（相比另一个"肯定"很差的而言）。

这是大选，如果是让消费者掏钱购买商品，在这种情况下消费者显然是两种商品哪种都不买的。

随着物质财富的不断积累，实物商品消费的增速越来越缓慢，除非新商品具有明显的功能创新，例如苹果手机（还是在它刚出现的时候）。而当产品竞争日趋激烈以致产品质量和功能不断提高的前提下，消费者往往会更多依赖自己的消费习惯购买某个品牌的产品而忽略广告。所以即使广告强度再提高，能够带来的营销效果也是有限的。

说到这里，想到一个另外的话题，所谓"隐形冠军"，包括两类商品，一类是占据了很大的市场份额，但在普通消费者当中并不知名，因为这类产品不是终端消费品，例如螺栓螺母铆钉这类连接件，有公司占据了全球绝大部分的市场份额，但一般消费者是并不了解的，不过在生产者中是具有足够知名度的，因此不需要面向公众做广告，只需要针对有需求的生产厂家定向营销即可。曾经有生产冰箱压缩机的厂家在央视黄金时段做广告，这就是个笑话——普通消费者是不会购买冰箱压缩机的。另一类是具有稳定的消费群体，但也不做广告，靠的是过硬的质量和恒久的价值（哪怕是二手货，同样也还能卖到很高的价钱），而且商品往往价格不菲，甚至可以数倍于同类的廉价或普通商品，但就是有消费者冲着它的质量成为其坚定的拥趸。

所以，简单地说营销模式失效是没有意义的，首先要搞清楚营销的内涵和作用，再来讨论应该采用怎样的营销模式。

2016年11月13日

# 等你啥都想好的时候……

今天编了一段寓言——

有一箱米放在面前，我们很认真讨论了是煮粥还是煮饭，是潮州粥还是海南稀饭，是磨成米粉还是做成炒米……各种方案非常周全万无一失，然后打开箱子，发现米早就被老鼠偷吃光了！

之所以写这篇蹩脚的寓言，是因为看到有人在签一个合同之前反复讨论合同细节，向合作方提出各种要求（为此当然要花费很多时间），而在这个漫长的过程中，情况早已发生了变化，花费了那么多时间谈妥的条款，自然也就成了明日黄花。不仅前期各种劳神费力全都成了无用功，更重要的是白白错失了投资机会，这种损失才是更令人扼腕的。

行动之前要三思、要多方论证，为的是控制风险，这当然是绝对必要的。但任何时候风险都不可能为零，记得当年学开车时，师傅就说过："如果你想把周围路况全看清，那你就不要开车了。"这是一句非常有哲理的话，我一直都记着，并且经常会想起。

关于风险，还有另一句也很有哲理的话："当你充分意识到存在的风险，风险也就不可怕了。"

2018年2月11日

# 你说一定要融入广州，
# 这已经说明你"不广州"了

标题似乎有些让人费解，并且像是一个悖论。不过这句话是有真实案例背景的，容我慢慢道来。

一家外地公司进入广州，派了高管来，我给他们讲了一个故事：十几年前，一家同类公司高调进入广州，并且发展很迅速，记者采访该公司负责人："您来了广州感到最大的障碍是什么？"回答是："听不懂广州话。"

我看了报道，就觉得糟了，这家公司会出问题，后来果然没多久公司就不行了。当时，我还想到一家更早进入广州的公司，那是在1995年，也就是我刚调到广州工作那年，一家全国著名的百货公司进入广州，也是很高调，直接就说要干掉本地最大的百货公司，同样，后来被干掉的是这家公司自己。

就在我到广州那年，广州人已经基本上都能用普通话交流了，所以"听不懂广州话"应该早已不是个问题，真正让广州人与其他地方人不同的，是广州人的包容——我发财不会不让你发财；另一方面，如果你一定要打上门来，我也不会跟你硬干，我会另外找到合适自己的生存方式。

说到这里，就要回到标题的解读了——我给那家外地公司的朋友讲了故事以后，他们表现出来的感觉是：我就不信，我一定能在广州站住脚。

可是，恰恰是这种执着，就表现出了"非广州人"的一面。不执着，这才是广州人的特点。正因为不执着，才有了改革开放之初"遇见红灯绕道走"的说法。

另一方面，不执着意味着承认差异，不去刻意要完全消除差异。所以如果不承认自己和广州人存在差异，那就已经说明有问题了。以我自己为例，我非常明白我说的广州话是有外地口音的，广州本地人一听就知道。我从来也没想要让自己把广州话说得和广州人一样好，尽管我会努力地改进自己的发音——也只有当我自己明白有差距，才有可能去想着缩小差距。

当然，我并不认为我这位刚到广州发展的朋友一定不能融入广州，我是相信他有这个能力的。

2018年3月15日

# 企业经营绕不开地域文化

一家全国知名的连锁经营企业在广州公司的负责人（姑且用A总指代），两个月之前到广州上任以后就约我见面，但不巧的是，我这两个月提供了几个时间选择，都和他的时间安排不符；而他建议的时间我又要上课或者出差，也不行。今天上午我再次问他今天能否有空见面，结果他说他已经调离广州了。

作为一家全国布局并且正处于大规模扩张期的企业，在全国范围内调动管理人员原本是很正常的事，也无须他人评点。我只是想从企业经营和管理的角度说说地域文化有可能产生的影响。

说起来A总除了在微信上联系我，一直还没机会跟我见面，所以可以说完全不了解他。不过我见过两次同属这家连锁企业的另一家广州公司的负责人（姑且称为B总），B总也是从外地调来广州的，典型的北方人性格，豪爽热情。当初A总在微信跟我联系的时候，也自我介绍说是B总的兄弟，所以我推断他应该也是北方人性格。

总体来说，与广州人的内敛平静相比，在广州的北方人一般会显得有所不同。当然这种不同并无好坏之分，就和每个人都有不同性格是一样的。不过，和人做生意首先是要满足对方需求的，所以理解尊重对方当然是必要的。不光是己所不欲勿施于人，就算是自己喜欢的，也不等于别人就喜欢。比如我自己喜欢吃鱼，但没有必要一定要让朋友也吃。但大家都知道，北方人往往会很执着地把自己的好东西让你分享（比如，酒）。

　　A总来了才两个月时间就调离了，我估计他还没来得及真正了解广州和广州人，如果是这样，当然也就还不会表现出和广州地域文化的不适应，但通过观察他们总公司派来广州的其他高管，我已经能够察觉他们（基本上都是典型的北方人）和广州人的不同（两年前在本公众号发过一篇《你说一定要融入广州，这已经就说明你"不广州"了》，就略微谈过这个问题）。作为观察者，我会继续观察这样的不同是否会影响到他们广州公司的经营和管理。

2019年1月15日

# 作为方法论的经济学和作为宗教的历史

在财新文化上看到一篇文章，《从白银命运看中国为何落伍西方》，是徐瑾为她的《白银帝国》一书写的后记，我看完就在朋友圈转发了，并且摘录了文章里面的一段话：

"经济学更多是一种方法论，有一种简洁的逻辑凌厉感，而历史则不同，自有一种真实的壮美与尊严，无须太多演绎与附会。近些年批判国人信仰缺失的声音每每响起，姑且不说这些批判是否正确或者偏颇，我总是隐隐觉得，历史其实是中国人的集体宗教，今日诸多问题的求解，注定需要回溯到过去的时间之中。"

之所以摘录这段话，因为我很认同。

首先对于"经济学更多是一种方法论"，我一直是这么

认为的，我认为经济学首先是哲学。

而对于"历史其实是中国人的集体宗教"，则是我这些年越来越深刻的感受。当然对于"集体宗教"这个说法我自己感觉有些玄，不那么容易让人理解。我是觉得，今天中国的一切，都可以或者说应该归因于中国几千年的历史。从这个意义上说，我可能是个宿命论者。

短文，不展开论述。

说点轻松的。有同事在这条朋友圈下面评论："我说你怎么突然感性与优美起来了，原来这是徐女史的一段话。中国经济学界靠谱的人不多，徐瑾是个例外。就这么个例外，还只被认为是经济学人而非经济学家。"

是这样吗？我读书少，不知道哦。还有谁知道这位女史的？出来说道说道呗。

2017年4月3日

# 由经济学而哲学

这是一篇酝酿了很久的文字，因为感觉一直没想明白，所以一直拖着没动笔。包括标题，刚才又思来想去，开始想用《人与环境》，又想用《人生与时间利用》，最后想起今天下午的一句调侃："经济学没学好的人至少可以成为哲学家，因为经济学本来就是哲学。"于是脑子里跳出了这个标题《由经济学而哲学》。

有意思的是，写这篇文字的时候随手点开2016年8月21日所发文字的底稿，那篇的题目是《明白不明白》，文章最后就出现了"由经济学而哲学"这样的议论。

先说今天促使我终于动笔的缘由：朋友家的公子到我家，看见这样一堆废纸——

　　这位公子可称为少东家——我不想称他"X二代"，因为他自小没有这样的习气。他看见这堆废纸就马上问我："要不要我找人来卖掉？"我说当然好。但实话说，我没想到这孩子能有这样的想法。

　　这些的确是我平时分类放置的废纸、杂志和废报纸，因为收废品的是要分类计价的，所以我也分类放置。

　　然而，我每次做这个"分类放置"的时候，都会产生同样的想法：我这样做值得吗？

　　如果仅从经济学意义上说，肯定不值得。最近几天朋友圈在传一篇文章：《你和头等舱的距离，差的不只是钱》，我看了这篇文章，感觉点到了我的痛处，但却还是不认同——如果我认同的话，早就不这么攒废纸了。

　　这篇文章的主要观点就是：收入升级了，消费观念也要升级。坐头等舱是为了充分利用时间。

　　这个道理我当然完全明白，很多年前我就听在跨国企业做高管的妹夫说过：他们公司规定越洋飞行可以坐商务舱，为的是让员工在飞机上充分休息，下了飞机可以马上投入工作。《头等舱》这篇文章里面同样也是这么说："公司花这么多钱雇你，你的时间是不完全属于你的，你的时间是很贵的，如果浪费在开车这些低效率的事情上，是在浪费公司的钱和资源，是不道德的。"

　　我自己也早有这样的认知和行为模式，例如我一直主张用钟点工，这是很简单的一笔账，或者说这是亚当·斯密在谈劳动分工带来的效率时候就早已算明白的一笔账。

　　正因为这样，每当我分类放置废纸的时候，就总是在想："我是否应该花费这个时间？"因为就算是归置一下废纸这个简单的动作，也是需要哪怕一点点时间的。

每当我这样想的时候，我就会接着纠结地想：时间究竟是用来做什么的？

《头等舱》这篇文章的观点很明确：时间就应该充分用来创造价值。但这已经是一个争辩不清的话题了，大家都知道那个古老的故事，渔夫不出海打鱼却在海边晒太阳的故事，这里就不展开说了。

其实我在放置废纸的时候，脑子里想的是：我这样是为了保护环境。

我把这当成一种自觉性。广州市鼓励垃圾分类已经做了好几年，但似乎成效一直不大，我觉得问题就出在观念上，大家没有这样的观念。首先是环卫工人就没有这样的观念——环卫工人把已经分类的垃圾混在一个垃圾车里，这样的事情都已经被说滥了，严重影响市民给垃圾分类的积极性。这也是我要把废报纸杂志卖给废品站的原因——废品站会分门别类利用它们。

可接下来仍然还是纠结：花费这样的时间来做环保，值得吗？这也就是我用了《由经济学而哲学》这个标题的原因——这时恐怕已经不是经济学的范畴里讨论的问题了。

环保主义者的口号是："我们只有一个地球"。那么接下来的问题是：地球又是用来做什么的？接下来的回答当然是：我们不能透支后世的环境。其实且不说后世，今世不也存在环境容量分配不均的问题吗？

每次到美国，看着公路上的车龙，都会想到同样的问题：如果全世界都按照美国人的生活方式，地球的环境承受力肯定支撑不了。这就是环境容量分配不均，这个问题又怎么解决？

不管怎样，当我还没想明白这些问题之前，我还是会继续这样把废纸分类，这可能已经成为一种强迫症——如果不是提高到观念的高度的话。

2016年11月1日

（注：本文在2016年11月23日《羊城晚报》B03"大家小品"版刊发时，编辑有删节，标题为《想不明白的垃圾分类问题》。）

# 想不明白的垃圾分类问题

□呼 延

平时我会分类放置废纸、杂志和废报纸，因为收废品的是要分类计价的。但每次做这个"分类放置"的动作的时候，都会产生同样的想法：我这样做值得吗？

如果仅从经济学意义上说，肯定不值得。

最近几天朋友圈在传一篇文章：《你和头等舱的距离，差的不只是钱》，我看了这篇文章，感觉点到了我的痛处，但还是不认同——如果我认同的话，早就不这么攒废纸了。

这篇文章的主要观点就是：收入升级了，消费观念也要升级。坐头等舱是为了充分利用时间。

这个道理我当然完全明白，我自己也早有这样的认知和行为模式，例如我一直主张用钟点工，这是很简单的一笔账，或者说是亚当·斯密在谈劳动分工带来的效率的时候就早已算明白的一笔账。

正因为这样，每当我分类放置废纸的时候，就总会想："我是不是应该花费这个时间？"因为就算是归置一下废纸这个简单的动作，也是需要哪怕一点点时间的。每当我这样想的时候，我就会接着纠结地想：时间究竟是用来做什么的？

《头等舱》这篇文章的观点很明确：时间就应该充分用来创造价值。但这已经是一个争辩不清的话题了，大家都知道那个古老的故事，渔夫不出海打鱼却在海边晒太阳的故事。

其实我在放置废纸的时候，脑子里想的是：我这样是为了保护环境。

广州市鼓励垃圾分类已经做了好几年，但似乎成效一直不大，我觉得问题就出在观念上，大家没有这样的观念。首先是有的环卫工人就没有这样的观念——把已经分类的垃圾混在一个垃圾车里，这样的事情都已经被说滥了，严重影响市民给垃圾分类的积极性。这也是我要把废报纸杂志卖给废品站的原因。

可接下来仍然还是纠结：花费这样的时间来做环保，值得吗？——这恐怕已经不能在经济学的范畴里讨论了。

环保主义者的口号是："我们只有一个地球"。那么接下来的问题是：地球又是用来做什么的？接下来的回答当然是：我们不能透支后世的环境。其实且不说后世，今世不也存在环境容量分配不均的问题吗？

每次到美国，看着公路上的车龙，都会想到同样的问题：如果全世界都按照美国人的生活方式，地球的环境承受力肯定支撑不了。这就是环境容量分配不均，这个问题又怎么解决？

不管怎样，当我还没想明白这些问题之前，我还是会继续这样把废纸分类，这可能已经成为一种强迫症——如果不是提高到观念的高度的话。

# 我们理解经济增长吗

今天读到一篇网文，说的是北欧人的幸福观，我转发的时候借机说了几句对经济增长的理解，这里还想再做点补充。

所谓经济增长，指的是经济增加值的增加。你种棉花我织布，都能带来经济增加值；你替我洗衣，作为交换，我替你补习功课，我俩做的事情也都能带来经济增加值。如果在一个统计期内的经济增加值比上一个统计期增加了，例如棉花增产了，或者棉布产量增加了，或者你替我洗衣服的数量增加了，或者我替你补习功课的时间增加了，这些就意味着经济增长。

所以由此不难看出：即使经济不增长，也不等于说经济没有产出——如果世界上只有我们俩，棉花这么多就够了，棉布也只要这么多就够了，需要洗的衣服也只有这么多……，最多只能说我俩今年过的日子和去年完全一样，肯定不能说日子就过不下去了。

大约四十年前的中国，市面上的东西都需要凭票证供应，因为供应短缺而不是足够，所以经济增长显得很重要。但如果一个经济体生产的产品和提供的服务已经足够，不增长也不会有什么问题，这其实正是许多发达经济体的状况。

关于经济增长，还有一个常见的错误说法：把消费、投资、净出口作为拉动经济增长的三驾马车。其实这是一个因果

颠倒的说法——经济增加值产生以后有三个去向：或者是用于
当期的消费；或者是用于投资，形成新的生产能力，为的是将
来产生更多的增加值；或者是用于出口，实际上是和经济体外
的其他经济体进行价值交换，交换所得要么消费、要么投资。

在统计经济增加值的时候，可以通过统计消费、投资和
净出口的数额来反算出本期的经济增加值，进而可以通过对
本期和上期经济增加值的比较算出经济增长的幅度，这是统
计方法的问题，而不能据此认为经济增长是由这三项来"拉
动"的。

2015年7月27日

# 垃圾分类、GDP 与财政支出

外国学生到日本学习，学校在介绍各种情况的时候，首先就会详细地说明垃圾分类和回收的方法：装牛奶的纸盒，要剪开、洗净、摊平，再放进回收纸盒的垃圾桶；矿泉水瓶，要撕下瓶签塑料膜、拧开瓶盖，瓶体、瓶盖、瓶签，这三样东西要分别放进三种不同塑料的回收桶，因为这是三种不同的塑料……

这样的垃圾回收方式，结果是：第一，提高了回收物的质量，因此价值也更高——单一塑料得到的再生原料肯定比不同品种塑料混杂的再生原料好用；第二，减少了石油消耗——不需要利用石油去生产新的塑料；第三，消费者要花费更多的时间。

这样在GDP统计上的结果是：生产带来的GDP减少了，服务（消费者提供的家庭劳务）带来的GDP原本是增加了，但在GDP统计的时候是不计入的——各国统计GDP的时候都不计算家务劳动。所以会导致总的GDP减少。

我们经常会发现北欧等发达国家的GDP增长非常缓慢，日本进入经济衰退，GDP增长率甚至会是负数。这在我们看来是不可想象也不能接受的——这样的日子怎么过啊！其实你假想一下就明白了：如果你是一只蚂蚁，整个经济体就只有你一只蚂蚁，你储存的粮食已经足够你吃一百年，这样你还需要增加粮食吗？不需要了。这个时候你继续增加粮食，可以增加GDP，但没用，你也不需要。再把问题稍微弄得复杂一点：你不仅需要消耗粮食，还需要使用洞穴，洞穴每年需要维护，这时候你只需要进行维护，新增的只是维护洞穴产生的GDP，这能有多少呢？基本上就相当于洞穴的折旧费。所以在发达国家，很多时候GDP增长率就基本上就比固定资产折旧率高一点，这样已经足矣，这也是为什么我们看到他们的GDP增长率那么低，可老百姓却始终觉得很幸福。当然你也可以每年把洞穴拆了重新建——我们比较喜欢这么干，这样GDP会有很漂亮的数据。

回头再说垃圾分类和回收，按我们广州所希望的理想分类方式（似乎离实现还差得很远），如果要实现真正的回收利用，还需要在垃圾处理站将回收的各种垃圾再分拣一次，如果不提高居民缴纳的垃圾处理费，那么就需要政府有更多的投入，还好，今年上半年政府财政收入整体增加20%以上，应该是能够拿得出这笔钱的。

GDP的产生不外乎有三个因素：居民消费、社会投资、政府支出（假设没有对外贸易），分拣垃圾由政府支出来做，这就是另一个话题了……

2018年7月22日

# 给小马哥的文章点个赞

现在很多人，看明白了懒得说；成天公开说很多话的那些人，说出来的往往似是而非（我这里主要说经济学方面的事），所以难得有像马光远这样的经济学人，看得清楚又愿意说，而且还能说得很明白。他写的关于最近央行财政部互怼的文章就是如此。

其实只要是学过经济学的人，不仅能够很容易看出这次辩论双方（央行和财政部）观点和论据存在的各种问题，也非常明白辩论双方说这些话的原因和各自的苦衷。正因为很容易看明白，所以就懒得出来说，所以就需要小马哥这样认真的人出来说。

就在刚才，看到一篇谈这两天另一个热点（中大学生会正副部级干部任命公告）的文章，也是在各种喧嚣发泄中保持清醒的例子：《我就希望儿子能当学生干部，越大越好》。

2018年7月21日

# 人工智能会读懂人心吗

这个话题是这么来的：一位过去的同事，虽然现在去了大洋彼岸，但仍保持微信互动，特别是在朋友圈里相互点评，这种点评还会发展成唇枪舌战，比如今天早上……

他在朋友圈里面贴了一篇杨元庆的《计划经济可以在智能时代成为现实》，并且还加了一段他自己的点评：

马云、刘强东这么说了，据说马化腾也说了，现在杨元庆也这么说。但一帮经济学家和他们的跟屁虫们并不这么看。谁更可能对些？这个观点我本人早就有了，以前就在课上讲过，现在还在课上讲。但不管我怎么讲都是不合时宜的，只有马马刘杨们讲，才会有反响。

关于人工智能与计划经济的话题，似乎已经热过一阵了，对此我是有自己的看法的，只是并没理得太清，所以也没发表过意见，今天见这位平时很勤奋又很认真的老同事说起这个话题，就点评了一句：

还有一个前提，要能控制每个人的想法和做法。

（我不想真的开始一场学术讨论，所以没有用"思想和行为"这样的词。）

老同事马上回应了：

是否要控制每个人的想法和做法？这得看在什么程度

上。市场经济根本不需要这个，企业照样得计划。正如上面杨元庆说的，大数据使得企业按需生产成为可能，所以也许并不需要控制人的想法，只需要知道人的想法就行了。

嗯？我觉得抓到漏洞了，马上说：

恰恰最难的就是知道人的想法，甚至自己都不知道。

他接着回应：

市场经济不知道人的想法，不也在运行吗？已经说了，按需生产，不想买就不生产了呗。这可是已经比现在的市场经济强太多。没见每次经济危机都是过剩的危机么？

他似乎已经开始自相矛盾，但我自己思路也没理清，所以不去正面回应，只是避其锋芒：对呀，这种自然的调节、以不确定应对不确定，才是人间正道。

他又抓住了我说的话：

什么人间正道？过剩的危机是正道？

并且还不依不饶，又继续补刀：

经济学家都奥特（Out）了，马云们不傻，傻的是经济学家。

接下去我就没再回应了。我当然知道马云们不傻，就好像H哥准备每年拿几千万元给一个宏观分析师也不傻一样。不过，我还是坚持我的观点：人工智能无法读懂人心，这也是人际交往时最大的问题。老大和老二原本亲密无间肝胆相照，老二帮老大扫平天下，立下汗马功劳。这时有人出来离间老大和老二，老大到底会怎么想？老二肯定要揣测老大的想法，老大也要琢磨老二会怎样揣测自己，老二又要猜老大会琢磨出一个怎样的结果……这位可能会说了：费那事干吗？两人直接当面锣对面鼓地说开了不就行了？可对方说出来的话你真能信吗？他真是这么想的吗？……这就没完没了，没答案了。

不过我还是觉得人工智能最终是能解决这个问题的：直接往大脑里面植入芯片，或者是用什么更强的读心术，直接看到甚至直接控制人的思维！

不过这时还是人工智能吗？这时还有人吗？全都是机器了吧？

2017年12月4日

# 人工智能发展下去就能实现计划经济吗

我觉得这个标题改一下可能更准确：人工智能条件下的计划经济是一个美好的图景吗？

昨天的文章（《人工智能会读懂人心吗？》）是由我跟朋友的讨论引发的，发在朋友圈以后，就有人表示：希望辩论再来两轮。果然，说不上辩论，但对话继续下去了，这次我索性照录——

我认为：理论上，经济人应该会考虑自己生命周期内的利益最大化，但现实当中根本不是如此，也做不到这样，人工智能下的计划经济也许能够做到，但问题仍然还是在于：人愿意让人工智能来替自己做这样的最优规划吗？我的回答是：如果人愿意，那为啥自己明知理论上应该做的事情却实际上做不到呢？如果人连自己生命周期内的利益最大化都不愿交给人工智能来决定，又何谈人类在宇宙进化过程中的利益最大化呢？

　　所以我想说的其实是：人类不会让人工智能超越人类，一旦看到这样的苗头，就会终止这个过程。而这实际上暗含了一个价值判断：我不认为人工智能条件下的计划经济是一幅美好图景。

　　　　　　　　　　　　　　　　　　2017年12月5日

# 小朋友都知道贱卖也是赚

自从前两天看了那篇《创意集市里的儿童创意》，就想着要写写主观价值的问题。

小C把她自己画的画标价15元一幅，当画卖不动时，她拿画跟隔壁摊位的小M交换15元一包的饼干，然后想把最后三幅画换成三包饼干后再把饼干100元三包卖出去，旁边就有15元一包的，她的计划自然没有成功，在发现久久无人问津之后她改变了策略，8元一包13元两包甩货，大人们都说你这是亏本卖，小C答："我不亏啊，我捡钱了。这些画本来没用的，放那儿最后也是扔掉的，卖了钱就是捡钱了嘛。"

我们从小学的是马克思主义政治经济学的劳动价值论：商品的价值由社会必要劳动时间决定，价格围绕价值波动。

等到我学房地产估价的时候，知道了公开市场价值的概念。一开始我们还是念念不忘社会必要劳动时间的概念，这意味着价值具有唯一性，于是估价师的作用就是找出这个唯一的公开市场价值。我给出的说法是：估价结论是客观存在的公开市场价值在估价师头脑里的主观反映。可实际上房地产估价师是怎样估价的呢？最常见的是市场比较——找三个以上同类房地产的实际成交价格，综合比较以后确定一个值作为估价结论。再追问下去：这三个实际成交价格是怎么出来的？当然是各位买家和卖家在交易的时候协商出来的。既然是"协商"出来的，那么意味着这些成交价格反映的也是买家和卖家心目中的主观价格。于是我说：公开市场价值就是大多数人心目中认可的对这类房地产价值的主观判断。

小C卖画的过程就是小C对自己的画作价值进行主观判断的过程，一开始她认为一张画值15元，后来她认为自己的画只值8元甚至6.5元一张。

"主观"二字在我们脑子里一直都是个贬义词，并且通常还会加上另一个贬义词"唯心"，成了"主观唯心主义"。后来我们知道马克思辩证唯物主义结合了黑格尔的辩证法和费尔巴哈的唯物主义，我们也知道黑格尔可以算得上是个唯心主义者，而费尔巴哈的唯物主义是被冠以"机械"二字的，实际上也就是和辩证法相对的。但实际上黑费两位的理论都是自成体系的，至少，"唯心"并不等于就是"唯意志论"，离开了对"心"或者说对人的主观的讨论，哲学也就不完整了。

说得有点复杂了，还是回到小C卖画，连小孩子都知道：价值首先是自己的主观判断。

2017年8月3日

# 精品就能高价？

　　寒风中顺道看了传说中的豪宅盘，陪我的小弟介绍各种情况：目前的标价是每平方米14万元。之前我听人说最贵的是每平方米50万元，那应该是每栋楼顶的两套四合院……

　　小弟随口说："老板没做成精品，如果做成精品，价格应该更高。"

　　他这么随口一说，倒是引发了我的思考，小弟的这种思维逻辑是典型的成本决定价格的逻辑。

　　我当年学习房地产估价的时候就知道：房屋的设施要与其本身的定位相匹配，否则耗费了不菲成本的设施并不能给房屋带来价值贡献。例如普通的single house（独栋别墅），占地面积也不大，却要在小小的院子里建一个小小的游泳池，这个泳池并不能带来增值，甚至还可能是减值的因素，因为房主可能用不上这个泳池，泳池放在院子里纯属浪费。当然反过来也一样，比尔·盖茨的大宅子如果没有泳池，那就要减值的。

　　物如此，人也如此。有人总觉得凭自己的能力应该在单位里有更高的价值。没错，你的能力强，是应该有更高的价值，但这个单位用不上你的能力，你想要充分施展能力并且得到相应的回报，就得寻找另一片天地。

2017年1月15日

# 食得咸鱼抵得渴

　　朋友去了某非洲小国投资，开始的感觉是那种地方人傻钱多，算算投资回报率高达百分之二三十，可后来却一肚子苦水：那里的官员太离谱了，公然勒索，堪比土匪。

　　我却觉得他完全没必要吐苦水，我也不觉得那里的官员有什么太离谱，反而觉得是人家是很正常的，要怪只能怪他自己当初计算投资回报率的时候漏算了这笔和官员打交道的成本。很多地方做生意都是这样的：除了显性的成本，还有各种隐性成本，这些都要计算在内的。光考虑显性成本算出来的投资回报率当然是不靠谱的。

　　北方人有句话：光看见强盗吃肉，不见强盗挨打。广东人也有一句类似话：食得咸鱼抵得渴——要吃咸鱼就别怕口干，多喝水就是，喝水就是吃咸鱼成本的一部分。

　　投资如此，任何事情也都是如此的。

2017年8月8日

# 损人不利己的人应该避免什么

朋友让我帮他分析一下，为何有人老是跟他过不去。要说我一点都不知道背后的原因，肯定不是实话，但我还是不想跟他把实话挑明。因为首先，这并不是他自身原因造成的，在我看来，纯属跟他过不去的那人无聊。可是你要我说清楚为何那人无聊，我就又说不清了（或者说，不想跟他说清，说清了，他知道了原因，也没啥作用）。

可能因为我总是很庸俗地用经济学的眼光来看世界，如果有个人来找我谈合作，但这事对他却没啥好处，我是会打个问号的——我觉得这事不正常。做事利己才是正常的，毫不利己专门利人的人当然有，但肯定很少，否则伟人就不会专门写篇文章来纪念这样的人。

最好的结果当然是双方得益。所谓合作，就是希望通过合作能够双方都得益，各得其所（所谓公平交易就是这种双方得益的典型例子，在这样的交易中，卖方和买方都会觉得自己得益了，卖方觉得有利可图，买方觉得物超所值）。

为了利己而损人，我肯定不赞成这样的做法，但却还是能够表示理解，甚至还会坦然接受对方得益而我受损的结果，因为经济学里面的帕累托改进原本就有两种情况，其中一种就是一方得益而另一方受损，但得益大于受损（另一种最好的帕累托改进就是前面说的那种情况,双方都得益了)。

最后一种就是谁都觉得不能理解不能接受的:损人不利己。

不过,有时损人不利己也是旁人的看法,对于当事人来说,他可能觉得这样是利己了。另外还有一种可能就是:他不是学经济学的,没有用经济学的思维方式去算计,而是被情绪所左右,前两天提到的那篇《罗胖精选|我们面对世界的三种立场》,开篇就说:"情绪是认知最大的敌人。脾气一来,任何认知、理论、方法都派不上用场。"当然了,就算学过经济学并且不处于情绪不稳状态的人也同样可能这样去算计,现代经济学研究也是会充分考虑这种所谓"非理性"因素的。在这种情况下,这人最需要避免的是碰到"9·1秦皇岛超市杀人案"里面的那个售货员——售货员原本是个正常的人,但被老人家成天堵着门口问候老母,最后也崩溃了。

2018年10月9日

# 没钱怎么生存

　　教书33年，21年在商学院，周围都是学经济学管理的人。时常感叹的是：在处理日常事务的时候，教经济学的会忘记经济学一些最基本的原理，例如价格由供需双方决定而不是由成本决定；教管理学的也会忘记管理学的基本原理，例如激励相容，例如需要层次……

　　高校里的"青椒"（青年教师）缺的是钱，有的是力气，可是制定政策的人有意无意忽视青椒们的财务需要，或许在他们看来，几十块几百块只是小钱，青椒们是不在乎的，可事实是同样一百块钱，对青椒们的效用比对老炮儿的效用真的要大很多，所以反过来的结果就是：你让青椒们少拿几十上百块，对他们劳动积极性的打击可是非常大的。

　　青椒们有精力没经验，老炮儿们有思路没力气，合作交易本是最符合劳动分工原理的，可制定政策的人却担心这样的合作是老家伙剥削年轻人，一定要把年轻人和老家伙分隔开，甚至为此规定入学第一年不给硕士生、博士生安排导师（我能想到的最大好处就是能给学院节约一笔导师指导费，一个导师指导一个硕士研究生大概每年能拿到几百元指导费），这样的结果最可怜的就是这些学生了。年轻老师呢？用脚投票呗，一个接一个，走了。

2016年11月17日

# 逻辑一致

今天的《罗辑思维》发的是万维钢写的《向斯坦福商学院学习怎么招人组团队》，里面提到斯坦福商学院录取学生的25%左右是提供"多样性"的人。

有一所我所熟悉的商学院，录取MBA学生的时候自然也是遵守这个公认的多样性原则的。但有趣的是：这所学院的院长上任伊始做的第一件事就是把各类硕士招生名额集中到金融硕士，当时他的理由是："模具不能太多。"我学工科出身，当然知道他说的"模具"是啥意思。

不过商学院的老师们都是学过经济学的，其他老师对此表示不同意见时的理由是："有些培训项目占用的资源非常少，花费的成本很低，几乎是躺着赚钱，虽然项目赚的钱不算多，但性价比却是非常高的。"

然而院长是一位原则性很强的人，一直坚持按自己的方案做了。

当然，我还听说这位院长很多时候体现出逻辑不一致。招收学生要保持多样性，选择办学项目的时候却一点多样性都不想要，这应该也是逻辑不一致的表现之一吧。

想起一位有趣的朋友，他淡淡地这么说过："如果一个玩摇滚骑哈雷的人看见交警却点头哈腰，那就是自相矛盾了。"

我也一直认为：对错的标准往往是多样的，所谓仁者见仁智者见智，但逻辑一致这个标准却是全世界都统一的。所以，当我坚持自己观点的时候，我总是强调：我的观点未必正确，但我会在证明自己观点的时候尽我所能保持逻辑的正确。在和人讨论问题的时候，最有效的反驳方式也是用他自己的话推翻他所说的话。

2016年12月29日

# 商学院自己管成这样，情何以堪

笔者曾经担任过一家著名商学院的EMBA面试考官，注意到一个细节：在考生报名表的"学位"一栏，填写的内容五花八门，有填"学位证书"的（到底是什么学位的证书呢？），有填"学科学位"的（没听说过这样的学位），还有干脆空白不填的。我好奇心强，问EMBA项目负责人："这个报名表是网上报名的时候填的吗？设计表格的时候有没有做个下拉菜单让考生选择？"（如果采用下拉菜单，填写的结果就不会五花八门了，考生只能在菜单选项中选）。得到的回答有点出乎我意料："我们没有做网上报名系统，是发电子表格给考生填的。"我又追问："表格收回来以后工作人员没有审核一下填写情况吗？"得到的回答更出乎我意料："他们不懂，没法审查。"

说是出乎意料，却也并不感到奇怪。很早就听过一个说法：全国的管理学院都管不好自己的学院。这个说法我肯定不相信，只当是个调侃。但我的确也见过一些发生在管理学院（或者商学院）内部的情况，真的就是在课堂上教管理教得非常棒的老师，自己在管理实践中却表现得好像不懂管理的基本原理。

上面说的这家商学院，20年前就开始招收MBA，通过了管理教学三大国际认证（AMBA、EQUIS和AACSB），或许是填写报名表这些细节对于一家著名的商学院来说并不重要？

又或许是我的思维方式落后了？因为我始终觉得任何事情要遵循逻辑一致性，不能是教学生一套，自己做起来却是另一套。关于这一点，早先我就写过一篇《逻辑一致》。

2018年8月24日

# 番茄炒鸡蛋和辜鸿铭闻小脚

昨天写了《概率权、过往不恋、第一性原理——别被这些名词迷惑了》，调侃了标题里那几个看上去风马牛不相及的概念，今天倒想借用一下这种手法，首先在标题上也弄两个看上去风马牛不相及的事情。

番茄炒鸡蛋的故事这两天在网上热议（说的是在美国留学的孩子不会做番茄炒鸡蛋，问在国内的爸妈，爸妈当初用视频演示，但儿子没注意到国内的时间是凌晨四点），可在我看来这事没啥好讨论的，我就一句话：种瓜得瓜——这妈妈夜里四点钟起来给儿子演示番茄炒鸡蛋，只能说明她和孩子爸都不合格，连个番茄炒鸡蛋都没让儿子学会。倒是前两天听到的另一件事让我觉得还值得说两句——

说是某单位的小姑娘一去单位领导那里汇报工作就先哭一通，要么呼天抢地，要么梨花带雨，这领导受不了，就在会上说："你们不能老是跑到我办公室哭啊。"我听了这故事就觉得奇怪，为啥没见过小姑娘在我办公室哭？不过早有同事跟我说过：不止一个下属从我办公室出去以后躲到厕所里哭，只是我不知道而已。

我也听说下属认为我严厉，但实际上我和下属说话很少大声呵斥，从来都是心平气和，但我知道他们其实最怕的是我追根问底，一件事被我问个几句可能就问出破绽或者漏洞了，所以他们才会觉得紧张，于是我就落了个严厉的坏名声，如此而已。

可是为啥她们在我办公室就不哭呢，我想道理很简单，这种行为在我这儿得不到鼓励，或者简单说：哭没用。

进而合理的猜测就是：某单位的领导就乐意看见人在自己面前哭，这就像辜鸿铭喜欢捧着小妾的三寸金莲把玩一样，有满足感啊。所以这就和番茄炒蛋一样，也是个种瓜得瓜的套路。

2017年11月4日

# 抢人才，真热闹

早上看见同事发的朋友圈，同事在北京参加招聘会，替学院招聘人才，却被井冈山大学招聘摊位感动了，朋友圈的配文是："帮井冈山大学做个广告：我们不差钱，差人才，年薪30万元，我们靠近福建广东浙江，去香港澳门台湾也都非常方便……坐在他们对面，吆喝词都被我记住了。"

的确，江西靠近福建广东浙江，但也的确，江西的发展相比福建广东浙江一直都差了一大截（我这里说的发展不仅是指经济，而是说各方面的全面发展），与之类似的还有我的老家湖南，和广东只隔着一个南岭山脉，但也是始终差了一截。看过一篇回忆文章，说的是1992年邓小平对时任江西省委书记毛致用说的一段话，那个场景可用"耳提面命"来形容（谈话具体内容读者可以自行上网查）。巧的是，毛书记也曾经是湖南的省委书记。

其实我认为井冈山大学并不缺人才，去年曾经在井冈山大学学习过，听过那里的老师讲课，当时一边听，脑子里一边不断涌现出各种赞美之词：声情并茂、发自肺腑、感人至深……熟能生巧，倒背如流。的确是从心底里佩服。而且当时我就想：这样的老师，年收入肯定不止三十万元的了，因为这样的讲课显然即使不是每天讲一次，也至少是每周讲五次吧。

回到与抢人才相关的另一个话题：刚刚结束的全国"两会"上，教育部长陈宝生呼吁内地高校手下留情，不要去西部大学挖人才了。但我觉得，人才不一定是被挖的，首先是他自己想走，此其一；其二，一两个人才，挖到了也未必能发挥作用（所以现在有些大学干脆挖团队，把整个团队连根拔），即使是整个团队挖来了，还有那么多其他的同事呢，他们每天需要面对的周围这些人，如果三观不同、工作态度不同，共起事来那个别扭劲，会弄得大家都不舒服。

恐怕我太悲观了吧。

2017年3月25日

# 长租公寓"出事了"，政府该怎么"管"

　　这几天长租公寓的事情可说是牵动了全国人民的心。我的自我定位一直是做行业的"观察者"，所以会静静地观察、密切地关注。相对来说，我的消息来源比较多，并且可以得到第一手的消息，可以直接和各方当事人交换看法，并且能够直接从多方印证这些信息。有这样的便利条件，所以看得会比较清晰，也会更加明白。不过，自己明白的事，哪怕能够明白地说出来，我也是不愿意随便说的，因为说出来未必能有好的效果。说得更直白一点：听众不一定想听，他并不是听不明白，而是明白了也不愿相信。既如此，又何苦去说呢。

　　不过几分钟之前的一段讨论，还是让我觉得应该说出来，因为如果是一般的老百姓关系倒也不大，但当对方是主管的官员，具有相当的制定或者执行政策的权力，或者至少也有相当分量的建议权，认知的不同可能就会带来现实结果很大的不同。

　　我们刚才讨论的是"管"的问题。我认为政府主管部门更应该制定规则而不应该对具体的个体行为管得太多。比如说：公寓经营公司一次性收到了租客的租金（是通过金融手段，实际上是租客向金融公司贷款，一次性向公寓经营公司交纳了全年租金），但却是分季度支付给房东，其余的房租留在自己手里。他认为政府这时应该把公寓经营公司预先拿到的租金"管"起来，设立监管账户，要求公司必须把预收的租金存入这个专管账户。

我则觉得，这样做不是不可以，很多城市多年来成功地对商品房预售款进行专用账户监管，就收到了很好的效果，使得开发商因资金使用不当导致的项目烂尾情况大大减少。但这样做也是有弊端的：很明显，这样做降低了资金的使用效率。

对于公寓经营公司的租金收入，也更是如此，按照当初的政策思路，是希望让专业的公寓经营公司通过规模化经营加快向社会提供租赁住房，那么公寓经营公司合法利用金融工具扩大经营规模、提高经营效率也就是题中应有之义。现在又要用专管账户把这些原本可以投入经营的资金监管起来，让这些资金沉淀下来，其实是违背了初衷的。

在我看来，政府要做的，首先应该是了解清楚公寓经营公司所用的金融工具的本质，然后制定相应的监管条例，用行政规章对其进行有效的监管。再进一步通俗地说：应该"开正门、堵偏门"——其实现在公寓经营公司伙同信托公司做的事情，和REITs做的事本质上是一样的，不同之处是由未来租金收益形成资产在REITs模式下是以标准产品的方式卖给了投资者并且能在证券交易市场自由转让，而现在公寓行业的信托产品则通常是卖给了金融机构然后再做成理财产品分销给个人投资者。

如果能够解决长期阻碍REITs发行的制度问题（主要是REITs收益和投资人收益的重复征税问题），那么我们会发现公寓未来租金收入原本就是REITs常用的底层资产，正好是可以用来发行REITs的。

这些也都是"管"，只不过和直接去管每个个体的具体行为相比还是有很大差别的，我更愿意称之为"定规则"——刚才跟我讨论的官员则认为"管"就是定规则。见仁见智吧。

2018年8月23日

# 以协会的视角看"联盟"

自去年全国范围内的若干大型房地产经纪公司发起抵制某些互联网电商公司以来，以此为契机，陆续出现了一些由房地产经纪公司自发组建的联盟，例如最近就有广州市34家公司以"联盟"名义抵制某网络平台公司，早些时候还听说无锡一家既做二手经纪又做互联网平台的公司在全国范围内呼吁成立联盟类型的组织，这两天又听说东莞一些小型经纪公司也要结成联盟。这些结盟的公司诉求往往很明确，首先是抵制网络平台公司；其次是希望联合起来共建自己的网络平台公司。

不过，笔者跟踪观察了2014年6月全国范围内几家著名大型房地产经纪公司开始发起成立的联盟的运行，观察到一些值得思考的现象：首先，这些公司结盟是从建立类似商会的组织起步，而成立这个"类商会"的主要目标又是要合股成立一个网络平台公司。不过就在几个月后，笔者不经意间得知，联盟在讨论成立合股公司的过程中突然发现：一旦这个合股公司成立了，联盟的"商会"的作用就终结了。

笔者长期从事行业协会工作，当即一语道破了其中的奥妙：行业协会的宗旨是为行业谋利益，因此具体的工作目标是可以调整的。或者换句话说，行业协会所做的工作是根据会员的需求随时可以调整的。唯其如此，行业协会才能永续存在——只要行业内的企业存在，只要这些企业需要有一个独立的第三方组织来从事行业内的公共事务，就会存在对行业协会的需求。

而这些经纪企业共同形成的"类商会"的目标却相对单一：就是要成立一个合股的互联网平台公司，因此一旦这个目标实现，当然这个"类商会"当初设定的使命也就终结了。

所以严格来说，这个由若干房地产经纪企业聚合而成的"联盟"其实更像一个合股公司的"筹备组"，一旦合股公司成立，"筹备组"当然也就结束了自己的使命。

当然，笔者也看到，这个"类商会"组织也开始举办一些行业内的论坛活动，如此发展下去，并且完成了民间组织登记注册的话，这个"类商会"是有机会成为一个正式的商会组织的。

由此笔者想起广州市房地产中介协会曾经"孵化"出一个类似的商会——广州市房地产中介协会按揭分会，这个分会是专门在民间组织管理部门正式注册的。因为这个分会是由按揭服务企业自发成立的（对比广州市房地产中介协会，当初是在政府主管部门的主导下成立的），笔者曾经对其寄予厚望。但后来发现：这个分会的发展还是有些磕磕碰碰，其主要原因在于某些大型按揭服务机构其实是希望通过成立分会形成对行业的垄断，而协会对此是不赞成的。

另外，因为按揭分会是企业自发成立的，因此笔者建议由其中的企业老板来担任分会的执行会长，但两年多的实践发现，很少有企业的老板能够对分会工作倾注持续的热情，甚至个别作为执行会长的企业家也几乎对分会的工作不闻不问，开会也多数时候都不到场。

对比前面提到的类商会性质的"联盟",笔者认为之所以会出现这种情况,又是所谓的宗旨和目标的问题造成的——经纪公司组成的"类商会"具有明确的商业目的,即希望成立一家互联网平台公司,而按揭分会虽然也有一些明确的商业诉求(例如开展房地产按揭服务人员职业水平评价,并以中介协会和按揭分会的名义向金融机构和客户推介),但相对来说按揭分会的这类商业诉求的紧迫性不算很强,可做可不做,不像前面说的互联网平台公司,现在几乎是房地产经纪公司不可或缺的。所以按揭分会成员的工作积极性当然就不是那么高了。

于是就形成了一个悖论:如果商会的目标是商业性的,那么当商业目标实现之后,商会的作用就随之消失了;如果商会的目标是行业性的,因为没有商业目的的激励,会员的积极性又提不起来,于是对参与商会的活动不够积极。

如何解决这个悖论,有待行业内外有兴趣的专家指教。

说回那个全国性的联盟,笔者从非正式渠道了解到的信息是:因为去年以来房地产中介互联网形势变化太快,"联盟"成员合股组建自己的互联网平台企业的工作已经搁置了。

而另一方面,最近广州市房地产中介协会的一些成员单位却对建设共享房源平台表示出浓厚的兴趣,表示非常希望由协会牵头建设这样的网络平台。这样一项对协会成员有益无害的工作,又是协会会员主动要求,协会当然乐于效劳。

两相对照,很希望继续观察,看看由协会牵头做的这种共享平台是不是能够最终做成。

2015年4月5日

# 制度变迁过程中的政府和协会

1994年9月中国房地产估价师学会成立（现已改名为中国房地产估价师与房地产经纪人学会），笔者从那时开始服务于这个名为学会实为行业协会的社会组织。2004年至2010年，笔者担任了广州市房地产评估专业人员协会第二届和第三届会长，2010年又担任广州市房地产中介协会会长。义务做这些工作，是为了满足自己的学术兴趣。所以也曾多次撰文讨论行业管理过程中政府和协会的作用问题，最近广东省十一届政协召开第三次大会，在和省领导面对面的专题座谈时，笔者又提出了政府在社会管理过程中作为制度供给者角色的问题。

座谈会的主题是"大力发展先进制造业和现代服务业，促进产业转型升级"，众人的关注点自然是先进制造业和现代服务业本身，但笔者认为：现代服务业当然意味着技术和工具的现代化，但另一方面不容忽视的是，技术和工具的现代化所带来的生产力的革命性变化需要有生产关系乃至上层建筑的变革和发展相配套，因此现代服务业的发展离不开相应的社会治理方式的改变。以房地产经纪这个传统的服务行业为例，其生产方式一直较为传统。2014年以来，互联网和大资本的介入使这个行业快速升级到现代服务业。但也许我们没有意识到，互联网不仅仅是作为房地产经纪人的帮手，而且房地产经纪行业在互联网条件下会形成相互协同的大生产模式，这和过去个体门店的小作坊生产模式是截然不同的。借助互联网，经纪人之间可以更方便地协同工作，而协同工作需要建立更好的信任和信用机制，但这种机制的建成仅靠行业内部协商需要很漫长的时间，因此更进一步的制度变迁需要政府的制度供给乃至相应的基础设施建设（例如由政府主导建立房地产经纪人合作的互联网平台）。而这两方面又是相辅相成的：统一的、权威的互联网平台有利于经纪人直接的合作机制和互信的建立。

上面所说的依靠行业内部协商建立合作机制和互联网平台，属于诱致性制度变迁，即由市场主体自发地推动制度变迁。诱致性制度变迁的动力来源于利益驱动，好处是制度变迁的过程会比较平缓，阻力小；缺点是变迁进展缓慢，或者由于路径依赖而降低效率，而且在缓慢的制度变迁过程虽然给了市场主体适应的时间，但同时可能会在适应期间出现搭便车、外部效应以及寻租等现象，而不利于制度变迁的持续进行。例如 MLS（Multiple Listing Service）这类房源信息共享平台的建立需要有独权委托制度作为保障，经纪人一般对独权委托的制度安排都很赞成，但也都认为必须是所有经纪人一致实行独权委托才能有效，否则坚持独权委托者的客户就会大幅减少（其缘由可另撰文讨论）。

在这种情况下，强制性制度变迁就显得很有必要，也就是笔者所说的政府主导的制度建设和平台建设。

由此又引出政府和协会的关系问题，有人可能会问：现在政府简政放权，很多事务性工作都交给了协会，协会为什么不可以来建立这种平台、制定相应的制度呢?

　　这仍然还是诱致性制度变迁和强制性制度变迁的问题:协会是行业自律组织,并无强制性权力,所以协会只能在会员协商一致的情况下行事——这是个典型的诱致性制度变迁过程,强制性制度变迁则只有政府才能够实施。

2015年4月3日

# 从脱欧公投看公权力

英国公投选择脱欧，这个过程中体现出的公权力和私权利的关系很值得说说。

公权力是人类共同体（国家、社团、国际组织等）为生产、分配和供给公共物品和公共服务（制度、安全、秩序、社会基础设施等），促进、维护和实现社会公平正义，而对共同体成员进行组织、指挥、管理，对共同体事务进行决策、立法和执行的权力。合法的公权力本质上是一定范围内社会成员的部分权利的让渡，或是说一定范围内社会成员的授权。

所以，英国加入欧盟，可以说是英国让渡了国家的一部分私权利给欧盟，如果英国最终退出欧盟，就是选择重新收回这部分私权利。而公投的过程，则是另一个典型的由私权形成公权的过程——全体公民的共同选择的过程就是国家公权力形成的过程。

本文真正想讨论的是有关公权力的另一个问题：有关行业协会的公权力问题。据说（并非笔者亲耳所闻，只是听人转述）现在对行业协会有这样的规定：作为公权部门，法无明文规定则不可为。我们知道，这个规则应该是针对政府的，是法治的基本原则。与之相对，针对私人的规则则是法无禁止即可为。

行业协会是不是公权部门？笔者认为是的，但和政府这样的公权部门是不同的。行业协会有公权力，但这种公权力的行使对象仅限于协会会员，这种公权力的来源也是会员的让渡。所以，如果说行业协会在行使这样的公权力应该遵循法无明文规定则不可为的话，这里所说的"法"应该是协会的内部"约法"——协会的章程和各项内部规定等，这些章程和规定是协会会员在法律框架内一致通过并生效的。（强调一下，这里讨论的是协会在管理协会内部事务的时候所遵循的规则，当协会作为社团法人在对外行事的时候，以及协会在处理其他事务的时候，都应该遵守国家法律和政府规章。）

　　行业组织是自律组织，因此其权力应该来源于会员授权，这是毋庸置疑的。但目前的现实情况可能是：即使会员形成决议的授权，也有可能和法规或者文件规定冲突。举例来说：在最近这一轮由国务院发文废除若干职业资格的同时，规定行业组织可以从事职业水平评价工作，但水平评价也需由人力资源行政管理部门许可。而现实情况可能是：行业组织的会员集体商议决定自行对会员进行职业水平评价，自行设计考试内容，编订考试教材，并且明确这种评价是自愿参加，也不构成从业门槛，只是为了向公众表明自己拥有一种由同行认可的职业水平，行业协会会按照会员的决议向社会（主要是需求单位）推荐这种资格，但也仅限于推荐，是否采纳也完全取决于客户。从文件规定上看，这应该也是不能做的，但从前述对协会公权力形成过程的分析来看，应该是合理的。

　　现在政府希望行业协会能够发挥行业自律作用，但如果由协会会员授予协会的自律权也由于和政府文件规定不一致而无法落实的话，行业自律恐怕就很难落在实处了。

2016年6月25日

# 行业协会的执法权力之辩

　　《人民日报》2016年11月23日第20版的一篇文章，题目是《让行业协会走上前台》，作者是全国政协委员洪慧民，文章建议"赋予行业协会一定的执法权，规范行业内企业违反行规的行为"。

　　这样的说法不是第一次出现，笔者从事行业协会工作多年，在实践中曾多次听到社会上有这样的声音，而且发出这样声音的还有法律界人士，例如律师乃至检察院负责人，但笔者一直对这样的说法持非常审慎的态度。

　　执法，亦称法律执行，是指国家行政机关依照法定职权和法定程序，行使行政管理职权、履行职责、贯彻和实施法律的活动。

　　我国规范行政执法的法律有《中华人民共和国行政许可法》（以下简称《行政许可法》）、《中华人民共和国行政强制法》（以下简称《行政强制法》）和《中华人民共和国行政处罚法》（以下简称《行政处罚法》）。

　　《行政许可法》第二十三条规定"法律、法规授权的具有管理公共事务职能的组织，在法定授权范围内，以自己的名义实施行政许可。被授权的组织适用本法有关行政机关的规定。"

　　《行政强制法》第十七条规定"行政强制措施由法律、

法规规定的行政机关在法定职权范围内实施。行政强制措施权不得委托。"

《行政处罚法》第十八条规定"行政机关依照法律、法规或者规章的规定，可以在其法定权限内委托符合本法第十九条规定条件的组织实施行政处罚。行政机关不得委托其他组织或者个人实施行政处罚。"

《行政处罚法》第十九条规定"受委托组织必须符合以下条件：（一）依法成立的管理公共事务的事业组织；（二）具有熟悉有关法律、法规、规章和业务的工作人员；（三）对违法行为需要进行技术检查或者技术鉴定的，应当有条件组织进行相应的技术检查或者技术鉴定。"

因此，要"赋予行业协会一定的执法权"，首先需要界定行业协会是否符合"受委托组织"的条件，即是否属于"依法成立的管理公共事务的事业组织"。对于这一点，笔者并不确定，在此提出来讨论。

在这个问题明确之前，笔者在《行业协会的权力与行业自律》一文中提出的思路似乎更可行，即：

1. 应该明确行业协会拥有在会员范围执"法"的权力，而这个"法"是会员共同认可的规则。

2. 应该明确这种内部规则不能规定什么行为（协会不能做什么）——注意这个思路是让行业协会"法无禁止即可为"，而不是"法无许可不可为"，前者是对公民的，后者是对政府的。也就是说：笔者还是倾向于将行业协会界定为"类公民"而不是"类政府"。

2017年1月10日

# 一个贫困小县的外来人口和外出人口

　　这两天在大别山干部学院学习，学院位于河南新县，属信阳市。

　　住的学员宿舍楼走道里面正在做改造施工。每天走来走去，听见施工人员说的并不是河南话，就问带班的老师，她告诉我："学院后勤餐饮住宿都是外包给延安的公司在做，维护这一方面也是他们在处理，所以很多是外地人。"

　　原来如此。

　　与干部学院隔河相望的是信阳涉外职业技术学院，来的第一天就在地图上看到了，开始还以为只是个取了"涉外"这么个高大上名字的职业学院，今天听同来学习的老师说：这个涉外学院就是培训出国务工人员的。

　　不由得更加好奇起来，上网简单了解了一下，新县耕地面积不到20万亩，2010年"六普"人口数据为27.5万人，GDP常年在河南108个县市中居末位，2014年官方统计的数据显示，新县还有73个贫困村，1.2万贫困户，4.28万名贫困人口。但这个县却是全省"国际化水平最高的县"，村里的农民很多能说日语、韩语、英语，原因就是有大量的出国务工人员。新县涉外劳务输出工作起步于1984年，先后向日本、韩国、新加坡等20多个国家和地区派出3.8万余人次（信阳市扶贫开发办公室2018年12月3日数据），现常年在外达7000人左右，每人年收入15万元人民币左右。所以我估计如果统计GNP的话，新县应该不会低（GDP是本地生产总值，GNP是国民生产总值，本地外出务工人员创造的增加值不计入GDP，但计入GNP）。

新县在新中国十大"将军县"中居第六位，共走出了43位开国将军，或许现在这些出国务工的新县人正是继承了这些勇于走出去的新县人的优良传统。

2019年4月28日

# 各种学习，都能乐在其中

今晚的学习纯属偶然——

看到一个以前没见过的啤酒品牌：Stangen，商标图案也很有趣：猛一看和现在正在大热的瑞幸咖啡很像，于是来了个小小的恶作剧，在朋友圈里单独发了商标图案，没把商标文字同时发出来——

初衷是想逗个乐，发出去以后却开始较真了：瑞幸咖啡的商标图案是受了这个商标图案的启发吗？之前我就给过瑞幸咖啡的广告差评（见《怎样才是好的广告》），现在更想要借机会鄙视一下他们了。

保险起见，还是先了解一下Stangen这个德国啤酒的品

牌有多长时间了。以我喝过那么多德国啤酒的经验，不说是创办于19世纪，至少也是20世纪上半叶吧。

没想到，按照啤酒罐上提供的网址www.reepbana.de，上去一查，上面却清清楚楚地写着Stangen这个啤酒品牌是2017年创立的！实在是大跌眼镜。

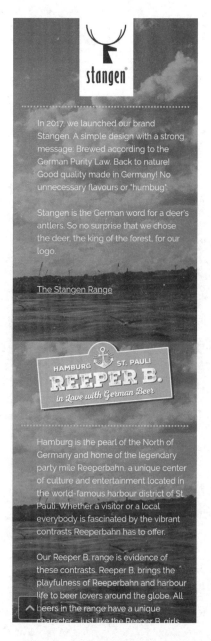

In 2017, we launched our brand Stangen. A simple design with a strong message: Brewed according to the German Purity Law. Back to nature! Good quality made in Germany! No unnecessary flavours or "humbug".

Stangen is the German word for a deer's antlers. So no surprise that we chose the deer, the king of the forest, for our logo.

The Stangen Range

HAMBURG ST. PAULI
REEPER B.
in love with German Beer

Hamburg is the pearl of the North of Germany and home of the legendary party mile Reeperbahn, a unique center of culture and entertainment located in the world-famous harbour district of St. Pauli. Whether a visitor or a local everybody is fascinated by the vibrant contrasts Reeperbahn has to offer.

Our Reeper B. range is evidence of these contrasts. Reeper B. brings the playfulness of Reeperbahn and harbour life to beer lovers around the globe. All beers in the range have a unique character - just like the Reeper B. girls

网页上还解释了：Stangen是德语里面"鹿角"的意思。

这就有点难以分辨了——瑞幸咖啡会不会比Stangen啤酒更早选定自己的商标图案啊？

查了一圈，包括瑞幸咖啡自己的官网，都没明确说自己是何时创立的，只有网文说2018年1月1日瑞幸在北京和上海同时开出了第一家门店。另外还有一篇网文说：在2017年10月之前，没人知道瑞幸。而Stangen啤酒说自己是2017年发布品牌，也没说准确是几月几日。

且不去考证这两家谁有抄袭之嫌了，倒是对Stangen啤酒来了兴趣。

生产这个啤酒的厂家叫Reepbana GmbH（GmbH是德文"有限公司"的缩写，相当于英文的Ltd.），公司位于汉堡。而且，公司网页上特别强调了这一点，并且专门点明："Hamburg is ... home of legendary party mile Reeperbahn."

　　在看这句话之前，我已经注意到：在介绍Stangen品牌的文字下面，接着就是一块醒目的红色标牌，中间是一个锚，两边分别写着Hamburg和St. Pauli。而且，刚才打开公司首页的时候已经在最上方看到这样一组文字：St. Pauli Hamburg Germany——

HOME

PRODUCTS: STANGEN

PRODUCTS: REEPER B.

PRODUCTS: QOOL JERMAN

GLASSES

CONTACT

IMPRESSUM

St Pauli  Hamburg  Germany
·········································

Reepbana GmbH launches innovative new beer and soft drink brands "Made in Germany" for export around the world. We closely monitor international drinks market in order to look for new trends.

　　很容易就能查到：St. Pauli是汉堡的一个片区，并且，汉堡的红灯区就位于这个片区。再查下去，Reeperbahn就是著名的红灯区一条街！当然，这条街是经过政府批准合法经营的。

　　我没去过汉堡，但从街面上见识过德国另一个大城市法兰克福的类似情况。2006年我去法兰克福的时候，为了便于从法兰克福坐短途火车去Mainz和Heidelberg（关于这段经历，我在另一篇小文里面提到，见《我的心遗落在海德堡》），特地选择了一家离法兰克福中央火车站比较近的旅馆。记得那天坐高铁从慕尼黑到了法兰克福是中午时分，我拖着行李箱步行去找旅馆，结果走错了方向，来到了红灯区一条街，虽然还是中午，很多店门前已经有（男）人在招呼人进去了，这时我对照地图已经发现方向反了，掉头去我了所订的旅馆，虽然离这里不远，但那条街就完全不同了，沿街都是卖蔬果的小店，一片祥和安静的生活场景，接下来两天去火车站坐车去Mainz和Heidelberg，也不用经过那条红灯区街。

Reepbana公司在网页上介绍自己的产品时，强调所处的街区，是把这作为产品的文化背景来介绍的。还有一点很有意思的是：Reepbana公司明确说自己就是专门生产"德国造"啤酒和软饮料用于出口的，用我们熟悉的语言说，这是一家出口导向型的公司。我猜这是因为德国历史悠久的啤酒品牌实在是多如牛毛（更多是没有品牌的，几乎每个小餐馆都出品自己酿的啤酒），所以新建的啤酒厂是很难在德国有竞争力的。

从Reepbana公司的网页还可得知：这家公司还有两个品牌的产品Qool Jerman和KIEZianer还没出来呢！但网页上已经预告了这两个产品（并且，还介绍了KIEZiane这个品名背后的故事，有兴趣的读者可以自己去公司网页上看）。忽然，隐隐约约的，怎么感觉这家公司跟瑞幸有几分相像呢？

不管怎样，我倒是从中学到了很多。

2019年6月3日

# 不要轻信经济学家

刚写完一篇忆旧的文字发出，回头翻翻微信，看到一篇最新的报道：《陈淮回怼巴曙松：制造业不是被房地产挤压，而是被房地产推动了》。我先没点开看，转手就发给了巴曙松，果然他马上就回复了："有好事者断章取义，把我今天主持的一个论坛上由我来提问、不同嘉宾作答的内容，裁减为我和陈淮的争议，不过也挂一漏万，可以参考参考，其实我和陈淮原来是同事，非常的熟悉，见面调侃一下是很常见的事情。"我说我猜到就是这样，这种场景我们经常经历，相互之间调侃是常事。我在主持这种嘉宾论坛的时候，还总是会故意挑起嘉宾之间的"争斗"，这样才能激发他们的"潜能"，把每个人的真知灼见发表出来。

然后我把这篇报道看了一下，果然如巴老师所说，基本还是反映了两人论点的原貌，不过我觉得有必要针对里面的观点说几句。

从陈淮的发言来看，通篇都是在为房地产业辩护，既是辩护，有些地方就会显得有点"强词夺理"了。

当然，陈老师的观点还是有其独到的一面，比如针对房地产挤压社会资源这个观点，他认为房地产投资对其他产业有拉动作用，这样说就不至于显得那么偏颇。还有他那个房价收入弹性的观点也是很少有人提的（我曾经在《关于房价收入比》这篇文章里面简单谈过，我是从恩格尔系数出发来说明这个问题的，道理是一样的）。但是他对20世纪90年代大家不买房的解释，就显得片面了，对此我只要用一句话就可以说明白：如果不是1998年的房改末班车，那么到现在大家也还是买不起房的——职工买房的初始资金正是来自房改末班车提供的低价住房按市场价卖出以后，而不是仅靠衣食住行逐步消费升级。更要命的是，他对巴老师问的问题，新的形势下用什么东西评估房地产消费比较合适，根本就没有回答。

所以回到那篇报道的标题，说"陈淮回怼巴曙松"，其实没怼，只是按照自己的思路在说。（悄悄告诉你，这其实是回答问题的常见套路，很多人——我就不具体说哪些人了——都是这样答问的。）

2019年8月8日

CHAP 五

# 游记与回忆

# 我的心遗落在海德堡

周末的早上，雾锁羊城，湿漉漉的回南天，门窗都不能打开。躺在床上看微信，一个20年前入学的学生接连在朋友圈发了好多张海德堡小城的照片，都是些熟悉的景致。

看到这个钟楼，想起十年前的2006年，中午时分，笔者在这个教堂对面路边闲坐，一个背着书包，看上去刚放学的小男孩走过，问我："Haben Sie Uhr?"虽然德语是二十年前学的（1986年），后来一直不用，但感谢当年的德语老师和当时的教学方式（第一堂课就开始学实用对话），这种简单的德语当然还能听懂，他是问我几点钟了。我一抬手，指着教堂上的这个钟："Da haben Sie（看哪里）"孩子脸上闪过一丝窘迫的表情，答应一声，走了。

哈哈，有意思，孩子可能平常是不抬头看钟楼的，所以每天走来走去都没注意到可以用教堂的大钟掌握时间。

我曾经写过一篇小文，专谈坐下看景物的感觉（见《变换一下视角》）。而且，这种坐下来观察周边景色时候的感受，会一直保留在记忆里，就像刚才描述的这个场景一样。

　　当然，相信任何一个去过海德堡的人都会对这个小城留下深刻的印象，当年学德语的时候就曾经看过一个纪录片，片名就是《Ich habe mein Herz in Heidelberg verloren》，翻译成中文就是本文的标题。从那时开始，海德堡的景致就深深留在了脑海里，所以2006年趁着到德国参会并且完成了重大任务以后心情大好，专程坐火车去了海德堡，到了那里看到的景观都那么熟悉——二十年前的影像记录仍然留在记忆里。

　　写到这里，找出歌德这首著名的诗，顺便也看了诗的英译，有意思的是，诗的最后一段，最后两句，原文是：

Ich bin von Dir gezogen, lieβ Leichtsinn, Wein und Glück

　　und sehne mich, und sehne mich mein Leben lang zurück.

Ich habe mein Herz in Heidelberg verloren.

　　英译是：

I went away in sorrow, left happiness, ease and wine,

　　I think of you, I long for you, you are my "auld lang syne"！

I lost my heart in Heidelberg.

　　忽然想起列宁的一句话："任何比喻都是蹩脚的。"其实也可以说，把一种语言翻译成另一种语言总会给人一点蹩脚的感觉，或者说总是会出现一点词不达意的情况。例如上面这句Ich bin von Dir gezogen，直接翻译成中文是："我被从你身边拉走。"这样的中文译文当然不像诗句。哦，先把别人翻译的中文写下来：

　　我离你远去，留下轻率、葡萄酒和幸福，

　　而长久追念，追念我往昔的生活。

　　我的心失落在海德堡。

　　问题来了，"我离你远去"，中文译诗和原文的意思是不是有点感觉不同了？再看英文，没有用被动语态，但很聪明地用了一个in sorrow，把那种并不情愿离去的感情表达出来了。

　　不过，英文用ease来翻译Leichtsinn，就给人感觉有些"轻率"了——中文将这个词翻译成"轻率"倒是相对要准确得多。

　　Leichtsinn用英语的reckless或者careless来表达可能会准确一些，而且这和happiness连在一起也很顺口。甚至可以考虑把wine改成wineries，念起来可能更有韵味，虽然这样把Wein的原意改了一点，但也无伤大雅——海德堡本来就有很多葡萄酒厂，所有的游客一定会对城堡里那个直径有一人多高的大酒桶印象深刻——那是领主用来收税的——税是用葡萄酒来交纳的。

　　OK，有人会说，把wine改成wineries就和后面一句"auld lang syne"不押韵了呀，这倒的确如此。而且，auld lang syne（美好的昔日）可谓这首英文译诗的神来之笔，把这句古苏格兰语用在这里真是太恰当了！（记得"怎能忘记旧日朋友，心中能不欢笑？"这首苏格兰民歌吗？标题就是《Auld Lang Syne》，其实把auld lang syne翻译成"友谊地久天长"完全是转了几道弯的意译，这里不讨论了）。

　　东拉西扯，不知所云，可能还是因为"我的心遗落在了海德堡"。

2016年3月19日

# 魔都大机场

经停浦东飞美国，白云机场托运行李办了终点到丹佛，但告知到浦东需要提行李转交达美。

9304航班9点51准时降落，经过一架达美767-300，没准就是它。

长久弗来魔都，暂时有两个新发现，一是男男女女、老老少少偏爱各种鸭舌帽——对，就是贺友直画的《老上海360行》里面常见那种；二是只听见女孩都说嗲嗲的普通话，或许这样就分不清谁是上海囡谁是"乡窝

宁了"（乡下人）。和谐魔都啊。

　　要命的是，整整一个小时以后行李才出来。赶去国际中转柜台，还要重新办登机牌交运行李，柜员拿着护照翻了半天找不到美国签证，就这个柜员还是吵吵半天才出来加开一个柜台。

　　时间已经不够，一路说好话插队，终于坐到休息室，休息室也要排队！

抓紧时间连吃三盒沙拉。

登机时发现25号登机门外面正是刚才见过的飞机。

舱内：

12点20了，该起飞了。

2016年3月28日

# 和儿子一起做菜

昨天儿子说今天放学早点回来做菜，我就买了食材准备着，一块New York Strip Loin Steak，是牛排当中最贵的一种。儿子喜欢吃牛肉，可他说不该买这种，首先是贵，不合算，而且并不是最好吃的。

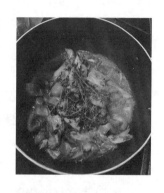

我喜欢吃鱼，买了一个三文鱼头⋯⋯

儿子上大学以后迷上了烹饪，还开了一个公众号，名为："天哥小灶"，把自己做菜的过程和体验详细地写下来。

担心儿子放学回来再做菜时间不够用，我就先动手把三文鱼头烧好了放着，看看自己做的菜，首先就觉得输了一

筹：形不好。

看看儿子平常做的菜，摆盘都是很讲究的——

相比较而言，儿子是把做菜当作艺术来完成，我则只是满足于能吃即可。不过我开始下厨或者说帮厨的年龄比他要小得多，还是小学的时候，就帮我的父亲在厨房打下手，顺便也学会了一些做菜的基本功，包括切菜、煎炸蒸烧的基本套路，不过后来工作以后忙起来就几乎很少下厨了。

父亲是高级工程师，能做菜应该也是遗传自他的父亲。我爷爷当年就是从乡下到城里学做厨师的。我从小耳濡目染，可我这儿子似乎并没有很多机会看到我做菜，也不知怎么现在就对烹饪这么有兴趣。

儿子回来了，放下书包就开始动手煎牛排，这时他告诉我为啥这种最贵的牛排并不是最好的——因为上面有一层比较厚的筋膜，煎不烂的，所以只能切除，这样就会浪费了。

牛排很快煎好了，放到砧板上改刀，省得再用餐刀"锯"了。

哦，还想补充两句——小伙子课后还去健身了，消耗大，食量大，牛排加上三文鱼头，我和他两个人吃，他还嫌荤菜不够，自己又拿出两个鸡蛋炒了吃掉。蔬菜也不少，但也不嫌多，吃得一点不剩。

美国太平洋时间2016年4月7日

# 这到底是什么——谜底揭晓——汽车王国的汽车设施

早上在楼上的健身房阳台活动身体预热，再次细看楼下这两天多次经过也多次从楼上拍过的场景——Grant街对面，一时兴起，拍下一张照片，发到朋友圈，提问：1. 左上大体量的建筑是什么功能？2. 下方一长条雨棚里面是什么设施？

很快就有不少朋友回答。

对于第一个问题，一位今天刚在迈阿密大学通过硕士学位答辩的工科男最有想象力，认为外墙是设计好了角度的反光板，而下面那一条雨棚顶上是太阳能电池板，大楼外墙的反光板是为了增加太阳能电池板的光照。

其他的，除了个别回答是商业中心、冷冻大超市（的确像冷库，我也有过这种念头）、博物馆（同属想象力丰富之列），多数都说是停车楼——太棒了！这都能看出来，不简单！我这两天都没细想这是什么，但也的确没有第一眼就有停车楼的直觉，也是刚才多想了一下才明白这个应该是停车楼。

注意再隔了一条街的那栋稍矮一点的建筑，附带还有一个圆形的建筑，就更容易看出是停车楼了——透过隔栅可以看到里面的坡道，圆形的建筑就是环形坡道——这栋楼的下面三层应该是其他功能（例如商业），环形坡道是用来越过下面三层去到上面的停车楼的。而环形车道旁边那栋写字楼，地面以上七层也是用于停车的（地面以下可能也有停车场）。

那么雨棚下面究竟是什么？所有的回答没有一个猜到的，包括几位在美国的朋友。先说少数派答案——

停车场计时收费站——有好几位朋友这样回答。

自行车棚。公交车站。残疾人专用停车位。

而多数人都猜是充电桩——看来中国的电动车发展有前途，这么多人都在期盼中国有更方便的充电设施。

那么雨棚下的这些设施到底是啥？因为这两天经过的时候已经见过下图这个标志，所以倒是知道这是啥。

看见上图女士左边那个小牌上的字了吗？"Drive Up"

ATM。美国Drive Up或者Drive Through的设施很多，一些药房、快餐店都有Drive Through，开车经过第一个窗口的时候下订单，再往前经过第二个窗口就可以取件，不用下车。雨棚下面的这一排就是用于开车经过取款的柜员机。

这个入口在17大街上，上图右边就是17大街，从17大街往前左转就是Grant街，从Grant街开车也能进去。

上图是一排柜员机的另一端，也就是出口，通往Grant街。

下图，从出口方向往入口方向看过去，成排的柜员机。

　　正想拍个柜员机的特写，出状况了！有没有看到下图最右边一台柜员机上方出现了一个保安的身影，当时我还没看到，等我想拍柜员机特写的时候，听见他在远处喊。我指指我自己："叫我吗？"他也指着我。我迎着他走过去，微笑着。他问我在干什么，我反问他："这些是ATM吗？我从中国来，在中国没有这样的设施，所以我想拍了给朋友看看。"他说："这些是ATM，不过你不能拍照。"

　　好的，不拍了。他也没再追究，他也是在履职。如果真要追究，应该让我删除照片吧。柜员机出口旁边的一层红砖房就是银行网点，柜员机就是这家银行的，保安估计是在银行里面从监控看见我在拍照，就走出来干预了。

　　这也回答了我另外一个疑问：如果有人把这里当停车场怎么办？保安看见情况不对就会出来了。

　　再附送一段关于停车的。下图这辆保时捷凯宴，昨天就已经被锁在这里了，有个收费管理员，踩一架两轮平衡车，一

路走一路看咪表，看见超时了的，就开罚单，这台被锁车，应该是超时不止一天了。

　　汽车轮子上的国度，很方便汽车，例如这些咪表停车位，晚上和节假日是不用付钱的，并且在咪表上会显示：不用交费。这条Grant街很宽，三车道，但却是单行的，两边都设了咪表位。

美国山地时间2016年4月1日

# 我是王教授⋯⋯的同事

看到王则柯老师今天开设了微信公众号"我是王教授",不由得想写几句话。其实这种冲动在几个月之前就有,当时看到3月28日的《文汇教育》发了一篇王老师回忆给92国贸学生上课的文章,除了转发到了我的朋友圈,还很想说几句,不过当时忙得没时间,就只是在发朋友圈的时候加了几句评语。

王老师退休以后来学院少了,见面也少了。早些年的时候,他会让我当司机,坐上几个聊得来的教授出去郊游,一路各种闲聊,只是不聊任何学术问题。但是我听研究生们说过,在他们看来,王老师是最有经济学思维逻辑的老师。其实王老师是数学出身,但的确他对经济学的理解是很独到和深邃的。

王老师名声在外,时常会有校外和外地的朋友向我提起他,我还帮慕其大名的朋友安排过见面的饭局。

不过我个人则更喜欢他的文笔。大约是家传使然,王老师的散文很漂亮,而且有自己的风格。记得我曾经在一本杂志上读到一篇文章,用的是笔名,过几天在电梯遇见王老师,我问是不是他的文章,他说是的。我为此很是得意,因为我的确不知他的笔名。后来想想,文风不仅体现在行文遣字,更体现在评人论事的方式上,我应该正是从文章所写的人和事判断出这是王老师的手笔。

话说公众号"我是王教授"今天开张发的第一篇是《王教授带你走近大学第一期招募》，王老师准备化身康乐园的资深导游，他从小在康乐园长大，在中大附小开始求学，他父亲王起（季思）先生和陈寅恪先生是邻居……所以跟着王老师游康乐园，他一定会指点那些百年红楼，把各种掌故娓娓道来。

2016年6月4日

# 怡情悦目赏书法

连日阴雨，人也阴郁，好在今天接连有乐事——

早上起来就看见朋友圈里老向晒了一幅书法……且按下不表。先说下午的乐事。

乐事之一，有朋自远方来——周其仁教授从北京飞过来讲学。昨天白云机场取消的南航进出港航班足足有60架次，他却只是略有延误。见了面，他说只能解释为"I'm lucky"。

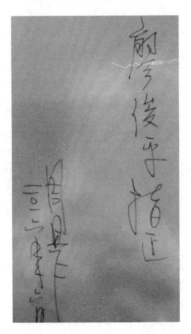

ＥＭＢＡ负责人陈老师捧了一摞书来请周老师签名，我一看是那本《改革的逻辑》，2013年出版的时候我就买过。周老师说："哎呀，现在都不会写字了。"其实我也是，面对电脑才有思路，面对纸笔反而没了思路，而且的确敲键盘比写字速度快。

可实际上，周老师的书法却是有功底的，看他拿着签字笔在那里抑扬顿挫地一本本签名，我不由得动了心思。果然，陈老师拿来的书还有富余，我就开口讨要了——此乃乐事之二：得了一笔意外之财。

乐事之三当然是听周老师恣意挥洒的演讲……

回过头再说老向的书法。此公本是著名的知钱基金的操盘手，去年6月之前清仓以后就纵情山水，只是偶尔斜睨一眼股市。后来又捡起了书法，几乎每天在朋友圈晒几个字，眼见得他的书法越来越娴熟，我也不时给个赞。今天早上他晒出来的是一幅完整的七律，这好像还是第一次。因为不像单个字或是几个字，整幅字要讲究匀称平衡、疏密有致、揖让穿插，看来老向的书法已经快出道了。

早上我给了个评语："这幅100条中华"，因为之前他经常问，他的书法能不能换一条烟。结果到了下午他兴冲冲地回复："成交！"我说："答复晚了，拍卖会已结束，等下次啦"。

过了一会儿，他又同时晒出四幅字。

这次我评论说："第一幅半条，其他三幅一共两条。"这一次只过了十分钟，他就马上回复了："成交。"我回了五个字："我是估价师。"

他明白了："哦，白高兴。"

我还不干："帮你估了价，估价费可以用微信发给我。"

他倒是实诚："成交后啊！"

"行吧！"我已经很开心了。

2016年6月5日

# 你要做的只是让自己安心

早上7点刚过，电话响，果然，是曹老师。曹伯瑛老师曾经当过长沙市二十一中校办工厂的厂长（四十年前的时候，很多中学都有校办工厂），我姐那时读高中，在厂里学工；我那时在二十一中读初中，曹老师的夫人吴芝荆老师是我所在的初36班的班主任。

昨晚9点多去他们家，敲门没人应，到楼下前后都观察了一下他们在四楼的家，每个房间的窗户都没光亮，大概是睡了，也可能不在家。陪同我一起去的谭芬老师帮我找楼下两位邻居问，她们说应该在家，又到门口的传达室问，值班员说早上曹老师还来拿过报纸。这就有希望，找值班员要了纸笔，留了字条给两位老师。果然，曹老师一早到传达室就看到了。

曹老师说："我和吴老师都在旁边的地矿医院住院，老年病。你上次来看我们就很感激，有这份心我们就很高兴了，不用再专门来看了。"听得出老人家的哭声，"我太激动了。"老人说。

老人坚持不让去看，也许是不想让学生看见自己的窘境乃至凄凉，但实际上去看望老师是为了我自己安心。

发完这篇短文就准备出发，去探望吴老师和曹老师。

2016年8月6日

# 叙旧是最好的话题

发完昨天的公众号，退房，离开酒店，去医院探望了初中班主任吴老师和她先生，两位老人在同一个病房躺着打点滴，但比起2009年1月见到他们的样子，却精神很多，心情也显得好了很多。见了面说得最多的，也还是关于多年前的回忆，包括回忆老师家的孩子……

从医院出来，赶去和初36班的同学聚会。虽然因为这次临时到长沙，能来见面的同学并不多，但每个人都非常开心。除了他们之间相互"攻击"，说得最多的也还是四十年前的事和人。四十多年过去，每个人走过的路都不一样，不过大家似乎都很默契地不主动问太多现状。相较高中理一班的同学，初中同学的境遇差别会更大一些，甚至有高中同学会用赞许的口气评论我跟初中同学的聚会，我心里明白他们的意思。另一方面，我也能够感受到初中同学那种淳朴的同学情谊，知道他们在跟我说话时会不自觉地有所"收敛"，例如有同学会自嘲地说："别理他们，他们听见任何一个字都可以引申到'那个'方面。"其实他们不知道，这么多年，我和三教九流打交道多了去了，所以我最擅长的恰恰是用不带一点脏字的"文雅"方式说出"那个"意思，让我那些"高雅"朋友们瞪着眼接不上话。当然我也不想跟同学解释，只乐得享受他们的这份"收敛"，笑着看他们吵闹。

　　同样，头一天晚上的高二同学聚会，虽然多数都是小有成就乃至颇有地位的人物，但见了同学也是不大谈现状，说得也都是当年的旧事。当我憋不住挑明一个"秘密"——这次同学聚会的主角、从外地回来短暂探亲的某同学名义上是请他初34班的同学聚会、因为时间太紧所以顺便叫上高二理一班的同学一起聚，可实际上只有一位美女同学是他初34班的同学，其他同学全都是理一班的！这家伙虽然已是位高权重之人，竟然沉不住气地反复辩解："不是啊！他、他，还有他，不都是34班的吗？"我们当然不认：他们都是理一班的，只有美女不是理一班的。还有同学撺掇也在现场的他家公子回去向他太太报告……也只有老同学在一起才会这样，几十岁人了，还那么童心未泯，只因都是旧人，只因说的都是旧事，和现实无甚相关，也让大家暂时忘记了现在各自的身份。

2016年8月7日

# 三十年后再相识

　　同学重聚大概算是最特别的一类聚会，能与之类比的大约还有老战友聚会或者是老同事聚会。经常听到的一个说法是同学情最纯真，的确，相较于老同事或者老战友，同学这个群体最大的特点是：当年相识相处的时候最少利益冲突，所以重逢的时候最坦诚，当年的那些瓜瓜葛葛，几十年后都成了见面的谈资——因为没有利益冲突所以不值一提，又因为年轻时的记忆最好所以老了最记得的还是这些青春往事。

　　同学聚会，也有谈业务合作的，这时很多也是带着同学情感的因素在谈，可能更多的也不是真要赚钱做生意了。有一种说法：同学直接最好不要做生意，否则生意不成连同学也没得做。不过这种说法似乎主要针对的是MBA、EMBA同学，这些同学来读书的时候已经是以利相交了。

　　常常看见一些人越往上走越不愿意结交新朋友，只和相交多年的老友有比较深的私人交往。老同学当然属于"相交多年的老友"之列。经济学的交易成本理论同样适合人情往来——老友知根知底，而知根知底就是交易信息充分，或者说信息搜寻的成本低。所以同学之间做生意其实也是很有优势的，成功案例也很多的。

　　于我来说，最有意思的还是在热烈喧嚣的聚会时静静观察同学经意或不经意间的一言一行，发现三十年前的影子。基本上每个人的脾性都还和当年一样，这有两种可能，一是秉性难移，二是返璞归真。返璞归真可能是同学重聚的最大功效。

2016年8月27日

# 回到十几岁

注意到一个普遍的现象：当同学聚会的时候，所有人都像是回到当年十几岁的样子——说话、行为方式……一切都回到了几十年前，甚至会明确地告诉大家：现在说话的是当年那个十几岁的小孩。

但即使是同学相见，如果换一个场景，比如在两位同学在其中一位的办公室交谈，通常就不会是这样的情景。或者是两位同学当着外人的面，也不会这样"回到几十年前"。

这大概是一种角色扮演：每个人在不同场景会扮演不同角色，只有在面对的全都是当年同学的时候，才会找回当年的感觉，扮演当年的角色。

当然，完全回到十几岁也是不可能的，几十年的生活经历必然在每个人身上留下各种烙印，所以各种改变也是会呈现在每个同学身上的。

哦，还有，喝了酒的同学会更多地表现出其本原的一面。

2018年5月20日

# 有些做法的确要改

　　跟团，入住酒店，发了早餐券。早上去餐厅，后面正好跟了几个团友。到餐厅门口等服务员过来，收了餐券，把我们几个带到旁边一个包间，这里放了各种早餐食物，服务员一一展示给我们。我问服务员：我们不能去旁边的大餐厅吗？他说：可以，两边餐食是一样的。我说：这里没有水果，我想看看那边有没有水果。

　　我自顾自去了大餐厅，看见另外三四个团友也在这边围着一张桌子吃早餐。

　　这边果然有水果，等我拿了水果坐下，发现刚才那三四位团友已经吃完走了。桌上可以用杯盘狼藉来形容。细看一下，首先得说服务员有问题：没有及时把餐盘收走。另一方面，盘子里普遍剩了食物，特别是muffin（玛芬蛋糕），这种蛋糕中国人往往吃不惯。还有酸奶，美国的酸奶比较酸而且偏干，一个玻璃杯的酸奶也是吃了一口就扔下了。另外鸡蛋等也都有些剩下……

　　我有点明白为何服务员要让我们去旁边吃了。

2016年11月3日

# 享受一段旅程

因为工作关系，这两年经常要开车去远郊区，车程一个多小时，基本上每周要往返一次。

刚学车的时候，开车是会有兴奋感的，但作为一个驾龄二十多年的老司机，对于开车本身不仅没有兴奋感，而且巴不得有人开车自己坐车。然而不知为什么，每次开车走这段路之前，都会有一点期待。

仔细想过，究竟期待什么？真说不出来。至少，这趟旅程的目的是工作，例行公事而已，没有太多的期待。那么这种期待只能是来自旅途了。旅途当然也没什么风景，就算有，也都看了不知多少遍了，不像到国外出差的时候租车自驾，沿路基本上都是没有见过的景致。

想来想去，这种期待只能来自路上一个多小时的独处。可问题在于，每天绝大多数时间都是独处的，为何对这旅途上的独处如此享受呢？或许，是来自车上的这种私密空间感。

我的车从来都是第二居所，车非好车，代步而已；乱则乱矣，图的是方便。上了车就和回到家一样（与之相配的是我随身的包，傻大黑粗，但里面应有尽有，平常拿的是它，出差也可以拿上就出发，不用再另外准备）。所以，可能就是因为想到能在一个自我感觉舒适的私密空间里面独处一个多小时，吃喝不愁（包括装酒的小瓶，当然不是开车时喝，但到达目的地以后啜上一口放松一下的感觉可是相当惬意），听听自己喜欢听的各种声响，于是就有了出发之前的期待了。

2016年12月20日

# 冷暖自知

新年第一个工作日，广州的空气竟然是中度污染，原本打算上午游泳，但这种天气就还是不要大口吸霾了，正好下午要进山开会，那就提前进山，看看能不能在山里找地方游。

似乎已经进入了春节前的节奏，小长假后的第一个工作日，城里路上的车竟然不算多，甚至可以说很少。

一个小时就到了山里，直接去找了一个泳池。一般情况下，冬天山里的水温比城里要低1~2℃，今天黑板上显示的水温是15℃，而城里的水温前天是16℃，今天估计会升到18℃或者19℃，因为这两天的最高气温已经到了26~27℃（哦，北方的朋友请包涵，我没想要拉仇恨）。

一下水，就感觉这至少是19℃的水温，黑板上写的15℃应该是早上的温度。一年四季都游泳的人，对水温是很敏感的，特别是水温降到14℃、开始觉得刺骨以后，0.5℃的温差都能感觉出来。同样，对热水的水温也很敏感，平常游完以后泡热水池，42℃大家就觉得正好，41℃就会有人大呼小叫说水温不够了。

泳池很大，时近中午，池面的水已经被晒热了，所到之处，会感觉面层水暖、下层水冷，当平躺在水面的时候，背是凉的，上面是热的，更是觉得有趣。

水温是上暖下凉，泳池的两端也是各有不同——这一端飘荡着浓郁的桂花香（我知道桂花从来都是幽幽的暗香浮动，但今天闻到的桂花香气的确比平时浓郁些），另一端则没有这般沁人心脾的香味。

浑身舒展开了，泳池的水也被我充分搅动了，这算是我为泳池做的一点贡献吗？

2017年1月3日

# 雪输一段香

鬼使神差，竟然来到山谷边，梅树下。

暖冬腊月，面对梅树，自然不是为了"瓜田梅下"顺几个路边的青梅回去泡酒，就连望梅止渴都还远不可及，眼前只有满树梅花。

那位看官说了：此时此景，流溪香雪，夫复何求？

的确，信马由缰而至处，正是著名的流溪香雪景区。

梅树散落在山坡上，不用进那些需要门票的赏梅景点，就这么沿着山路随走随看，有方便停车之处下车近观深嗅，细赏花蕊，细品暗香 ……虽然同属蔷薇科，梅花远不如樱花开放时那样厚重地堆满枝头，而且可能因为不是在收费的景区内，梅树栽种得也并不密，但已然足矣。

"遥知不是雪，为有暗香来"，半山老人吟诵梅花诗句时，已是二次罢相，自是别有一番滋味。我却并不想去体会当年改革家的那番心境，暗香浮动，沉醉其中，此时能想起的，只有同样香在暗处的桂花。

2016年12月28日

# 思念是一首歌

这些天，脑子里总是回荡着一首歌的曲调，这首歌曲调很优美，歌名是《相逢是首歌》，可我在心里却总是默唱成：思念是一首歌。

我喜欢脑子里想各种事，几乎没有停下来的时候，但很多的想法却不愿意说出来，同样，心中的思念也几乎从不想说出来。

经济学讲效用，在我看来，思念就是我自己的效用。我记挂初中的班主任，去老师家里探望，是为了让我自己心安。当然，老师为此感到欣慰，于我而言，这只是更多额外的效用。

思念是一首歌，是我在心里唱给自己听的歌。

行文至此，已经要发出了，可是系统提示字数不够，不能声明原创，只得继续写。恰好，此时正好被一个兄弟叫出来，陪他用啤酒浇心中块垒。其实不需我说话，只要听就可以了。这时，述说于他而言就是效用，他需要的是一个听众……

2016年12月30日

# 两次走进全聚德

今天在这本《正午》里面读到一篇文章，文章标题正是这一集《正午》的副标题"此地不宜久留"，说的是一次在北京参加低价散客游的经历。看完我就在网上查到了文章的电子版，然后把链接发给了儿子，因为文章描述的经历和当年我带儿子参团游的经历几乎一模一样。

那是2004年1月，我去北京出差，儿子刚放寒假，就带上他去见识一下北京。除了抽空借朋友车带他去了故宫、北海、颐和园、军博，还在酒店前台报了一个长城一日游。旅游的过程就不说了，我写得肯定不如《正午》写得引人入胜。一日游结束，回到北京，想想中午吃的那桌全是白菜萝卜的团餐，就对儿子说，我带你去吃烤鸭吧。于是坐地铁，去前门的全聚德总店。记得北京地铁把小朋友挤得透不过气，他说再也不坐北京地铁了。

自从1985年春天第一次去北京调研，然后从1995年以后每年至少去北京两三次，却从未去过长城，而进全聚德却是在1985年第一次到北京就去过。那次和一个同事为了筹建新专业到北京收集资料，在建设部的招待所里面住了差不多一个月，两人逛前门大街的时候进过全聚德总店，一问烤鸭的价钱，我俩就把口水咽下去了，同事转身要走，我却进了洗手间，怎么也要留下点记忆吧。

这次带儿子来，吃烤鸭的钱不会没有了。烤鸭上来，看他狼吞虎咽，等到剩下最后几块的时候，我用面皮包好，放在盘子里，他嘴里吃着，眼睛看着我的盘子；"那几块给我吃好吗？"我乐了："就是留给你的，别急，慢慢吃。"

等到走出全聚德，才发现匆忙之间走进的是它的快餐部……时隔21年，终于能够再进全聚德，却还是没能正式地吃一顿烤鸭。人生不也是这样，永远都会有各种遗憾。

2017年1月2日

# 手机失而复得

　　晚上打出租回办公室拿车，坐的是广骏公司的黄车，这家公司的司机基本上是广州人，我比较喜欢。

　　上了车，商定了路线，走了没多远，一辆车因为被这辆车别了一下，猛按喇叭，还冲上来摇下车窗怒吼了几句。现在"路怒"的人不少，不过摇下车窗来吼的人还不多见。

　　就此和司机聊上了。说起来，刚才他在变线的时候是没有打转向灯的，这起码是不遵守交通规则的，当然他也有他的理由。我直截了当地说他："关键还是你的脾气问题。"这的确是个脾气比较大的司机，有点不像广州的司机。

　　我对出租车司机的驾驶模式和心态大致有些了解，比如他们一般是不愿意出事故的，哪怕是对方全责，因为要耽误他们的出工时间，也是不合算的。不过现在又从这位司机的聊天中了解到一些特别的想法，比如他会把账算得更细——哪些情况下即使出事故他也还是有钱赚。

　　下车的时候我特地跟他说：一路平安。我不希望他在路上老这么和别的车斗气。

　　下了车，发现手机掉在车上了。按照车票上的电话打到广骏公司，说明情况。很快，公司打回电话，说司机已经找到我的手机，但他已经接了下一单客人。我说能不能告诉我司机电话，我联系他。总台说不能透露司机电话。我说那就请你让他联系我，送手机回来的费用我付。

　　过了半个小时，司机打电话过来，离得还挺远，我说请您打表过来，我按表付钱，他很高兴地多谢我关照他生意。

　　过了二十分钟，我估计差不多了，果然，电话来了，下去拿了手机，他只愿意按表收费，但希望我在他的本子上写一句：已经收到手机，写上日期时间。然后希望我打电话告诉总台，我随后也照办了，向总台说明了情况。

　　虽然掉了手机会有些郁闷，但最终能有这样的结局却又是一件开心的事了。更开心的是：不仅我觉得开心，司机也是开开心心的。

2017年1月18日

# 致老了的我

　　记忆回到二十多年前，那年的秋天，在北京游香山，有当地农民牵着马在路边等着送客人骑马上山，我觉得好玩，就上了马。

　　看着这匹并不高大的马沿着上山的羊肠小道、踩着碎石子，低着头吃力地一脚一脚往上登，不由得有些怜悯。可接着就有些尴尬了——本来路就窄，它却还要贴着路边走，路边的灌木枝杈不断地刮我的腿。我估计是因为路面洒了小石子，蹄铁踩在上面打滑，路边的泥地就要好走一些。

　　马夫也发现了，用力把马牵回路上，说了句："人老奸，马老滑。"

　　这么不经意的一句话，多年来却留在了我的语词库里，一不小心就说了出来。说的场合是一班同事聊天，说起年龄，也不知当时讨论到什么事，我就把这句话说出来了。过了大半年，当时在场年纪最大的领导（也是我的顶头上司）很认真地向上级领导谈了这件事，并且反复要求上级原原本本地转达给我：他对此很不满意。

　　从心底感谢这位顶头上司在大半年之后把心中的不快转告给了我，我以后一定会注意了。

　　说起来，我自己早就是老人心态了。我在广州房地产老友群里给自己起的昵称是：老而不死是为贼。这个昵称已经用了两年多了，从朋友拉我入群就用了这个昵称，当时应该也是话赶话，有人挑了个话头，我就顺手用了这个昵称，并且就一直沿用了。现在考虑是不是要把这个昵称改一下，因为群里有比我年长的业界前辈，他们看了是不是也不高兴？又没有机会请上级领导原原本本地转告我……不敢往下想了，赶紧去改昵称。

2017年1月21日

# 老领导来电

哈哈，这不是关于"我是你领导"的电话诈骗老桥段的，虽说事情发生在愚人节。

坐了十几个小时的飞机，一落地便打开手机，显示一位老领导打过几次电话，手机来电提醒只显示号码，并不显示通讯录对应的人名，但老领导这个号码用了20多年，类似这样的老号码是不用翻查通讯录的，能直接记住随口说出来。

和领导联系完，顺着记忆电话号码这件事又往下想。记得是2015年8月12日的本公众号有篇文章，标题是《爆炸之后的信息会灰飞烟灭吗？》，说的是信息爆炸带来的信息存储难题，里面提到我当年存在商务通里面的诸多电话号码后来都读不出来了。可是今天发现，多年之后，这个不幸事件对我的影响很小。究其原因，一是当时很多电话号码已经记在脑子里。最早的手机只能用SIM卡兼做通讯录存储，最大容量是80个联系人，所以大量的熟人号码就直接记在脑子里了，不占用SIM卡容量了。二是说明很多号码丢了影响也不大，原本就很少联系。现在手机通讯录容量已经百倍增长，但有时看看里面的通讯录，发现不少号码存进去以后就再没用过，这些往往是一面之交的朋友，当时推杯换盏很是投缘，信誓旦旦以后多联系，结果则不然。三是更重要的，很多人的联系电话早已不知换了多少次了，所以当时存储的号码当然也就毫无作用了。

　　进而想想，平时作为工作笔记记录下来的很多内容，其实也很少回过头去看的，而记的时候却还是要花费时间的。想想人生无多，是不是这种记笔记的习惯也要改改了？

2017年4月2日

# 忽然出现的"查令十字路 84 号"

深夜，回家路上，脑海里忽然出现"查令十字路84号"，毫无征兆，无缘无故。

晚上经过英东体育馆，想起6年前，每周三天，晚上接送儿子在这里练跆拳道，仿佛就在眼前，这样的联想很自然。可这个"查令十字路84号"怎么会忽然出现在脑海里？哪儿来的联想？

很想弄清楚、想明白，为啥忽然出现这样的思绪，而且，挥之不去，反复出现……"查令十字路84号""84，Charing Cross Road"……连英文的"查令十字路84号"也塞满了脑海。

到家停车了，仍然没想明白，只能归因于简单或者显见的现象——是不是办公室的书又堆得太多了？几年前办公室装修，把放在办公室的书装箱搬回空房，后来办公室装修完了也没搬回去，但装修后空荡的办公室现在又快被书塞满了。是这种感觉让我想起了书店、想起了"查令十字路84号"？不知道，或许，只有天知道。

2017年1月7日

# 《辞海》忆旧

《辞海》是我接触到的
第一部百科全书，准确来说，
它是以字带词，集字典、语文
词典和百科词典主要功能于一
体，而以百科知识为主的国内
唯一的大型综合性词典。《辞
海》原本是大部头，1936年出
的第一版和新中国成立后修订
出版的第二版（未公开发行）
都是两册，1979年出版的第三

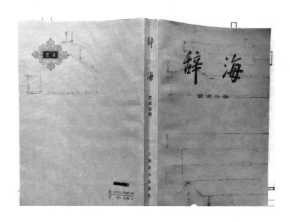

版增加到三册，在此基础上出版了分学科版，我买的第一本《辞海》就是《艺术分册》。

从书前面的出版说明来看，这样的分学科版一共是20本分册，算起来应该是25本（历史分册分成4本，地理分册分成3本）。不过后来我买的有一本百科增补本，在出版说明里面没提到。而且我买的工程技术分册是下册，说明还有上册，这在出版说明里面也没写。

这本书是1980年2月第1版第1次印刷，印数20万（说明当时知识类读物需求之大），我买书的时间是1980年9月28日。

左下的名章是当时为了在邮局取汇款刻的，不要小看这方普通的印章，是西泠印社的作品呢。当时从玉泉一直到湖滨六公园，我们都是走路去，一路上岳王庙、曲院风荷、平湖秋

月、断桥残雪，西泠印社也会经过。另一方藏书章就不是当时盖上去的了，是若干年后我自己学篆刻的习作。这些印章都还在，但早已懒得在书页上钤印了。

书的定价是1.90元。可以做个对比：从1979年到1983年，在杭州，大学每月的伙食费标准是14.5元，这本书是整整4天的伙食费。

当时的包书纸依然完好。书脊上贴着编目纸，采用的是中图法分类。序号0374并不是当时藏书量已经达到374。当时自己定的排序规则是：上大学之前买的书前两位序号用01，1979年买的书序号02，1980年序号就是03了，说明这是1980年的第74本书。

包书纸一看即知是当年的画图纸，学美术的画素描也是用这种纸。没想到的

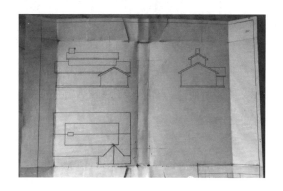

是：这张纸是当年作废的画法几何与建筑制图课作业。回头看看书封面上的墨色，就是这张图的墨线印上去的。

另一个没想到的是：有一张书页上还有当年写的笔记。这应该是从别的资料上查到以后写上去的。那个时候没有互联网，查资料是件辛苦事，也是一件很有意思的事。

以后又陆续买过《辞海》的其他一些分册，就是开头的那一摞，多数是20世纪80年代中期在上海买的旧书。说是旧书，其实多数都是新书，或许是因为印量太多还是卖不掉吧，就降价卖。这里的记忆不大清晰了，是在旧称五马路的广东路上的旧书店呢？还是在福州路也就是四马路上的书店买的？福州路的书店肯定是最集中的，当时最大的新华书店以及科技书店外文书店都在福州路上。

2017年1月8日

# 吞梅嚼雪与人间烟火

车里有一枝梅花，已经放了十几天了，当然已经成了干花。放到鼻前嗅一下，更多的是枯枝的清香，和梅花的香味已经不一样了。

不过枯枝干花的香味和树上的梅花一样，也是淡淡的，是我所喜欢的。记得小时候各家院子里种得比较多的是茉莉花和栀子花，栀子花自不必说，那种浓香实在是俗气刺鼻，茉莉花也号称是清香之花，但闻起来总觉得太淡薄，所以我连茉莉花茶都是不喜欢喝的，很多空气清新剂也是茉莉花香，同样是令人生厌。

和梅花相比，桂花其实香气会浓郁一些，但桂花的香气却给人愉悦的感受。广州的桂花和杭州的不同，冬天也照开不误，香气四散，而且栽种很普遍，所以无须"山寺月中寻"，不经意间就可能有幽幽的桂香沁入鼻中。

还有一种我所喜欢的是薰衣草，其香味也比梅花浓郁，但却给人一种祥和的感受，不过我至今还未能得见鲜活的薰衣草花，只见过照片上薰衣草花铺满原野的样子和放在衣柜里的袋装干花。

回头还说这枝梅花，从流溪香雪回来那天晚上，随手写了几句，冠以《雪输一段香》，接下来几天灰霾笼罩，总在想卢梅坡的那一联诗，如此灰霾景象，"梅须逊雪三分白"已然是未必了，雪落下来早已是灰色；"雪却输梅一段香"呢，恐怕也难说，掺杂了各种化学杂质的雪片，怕也是会冒出一点苯啊酯啊之类的香气吧。雪既如此，梅也不会有多干净，吞梅嚼雪，这样的事也不会有人干了吧？无梅可吞，无雪可嚼，想不食人间烟火也就做不到了吧，呵呵。

2017年1月9日

# 游开平碉楼

公务之余，顺道游著名的开平碉楼。

碉楼是当地华侨回国所见，除了居住，还能防盗防匪。

听导游讲解时，自言自语一句："这些碉楼反映了当时政府的无能"。导游马上接上："是的，清政府腐败无能。"

在著名的立园，导游小姐介绍说：1939年园主人全家出国逃避战乱，此处从此空置，因为有铁栏铁窗，一直保存完好。

走出立园的时候，忽然随口问了导游一句："你们这个管理公司是公家的还是私人的？"答：原来是旅游局的，后来改制卖给私人公司了。

2015年4月21日

# 浏览纽约现代艺术博物馆

　　利用午餐后、下午会前的短短一个多小时，到附近的著名的MoMA（纽约现代艺术博物馆）走了一圈。作为艺术的门外汉，在这么短的时间里面，只能是浮光掠影、走马观花。

　　以我对美术仅有的一点点了解，下面这些应该都算得上是所谓镇馆之宝了吧——

The Starry Night by Vicent Van Gogh，梵高的《星空》，我是先学会唱Don McLean的《Starry starry night》，再知道这幅画的。

毕加索的画占了一个展厅，着重介绍立体主义。这幅《亚威农少女》被称为立体主义的开山之作。拍的时候有些随手，不过网上大把清晰的图片。

马蒂斯的画也占了差不多一个展厅。随手选了一幅颜色最鲜艳的。

门外汉也就只能看看上面这些名作凑凑热闹了，下面这些现代艺术作品就更加看不懂了——

说几个我注意到的有趣细节——

其一，下面这幅毕加索的《风景》，旁边说明是David Rockefeller夫妇捐赠的。几星期前David刚去世，媒体热炒过一阵。MoMA的主要创办者是洛克菲勒家族事业的创始人老约翰洛克菲勒的儿媳Abby，后来则由Abby和她丈夫小约翰洛克菲勒的儿子Nelson继续赞助，David是Nelson的弟弟，洛克菲勒家族第三代最小的一位。所以MoMA不仅是"妈妈的博物馆"（Nelson这么称呼MoMA），也是洛克菲勒家族共同支持的事业。

其二，下面这幅名为《香港山顶俱乐部》，竟然是去年刚去世的著名建筑师扎哈·哈迪德的画作（广州人熟悉她是因为她是广州大剧院的设计者）。

其三，下面这张躺椅，随手拍下来是因为我也买过一张这样的躺椅，几乎一模一样。但后来翻阅照片的时候仔细看了下面的说明，才知道这竟然是另一个更著名的建筑大师柯布西埃（Le Corbusier）在

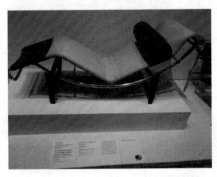

1928年的作品!

　　尽管只有短短的一个多小时,也算是不虚此行了。衷心感谢招待我丰盛午饭然后又邀请我享受MoMA的艺术大餐的李叶博士和夫人Amy。

（题图是MoMA所在的53街）

2017年4月9日

# 直率换来的私交

在纽约的各种公务活动很紧凑，每天从早到晚都是满的。今天原本没有公务活动，下午的航班，上午在房间抓紧处理积压的邮件。Danielle说要来送我去机场，说起来这个友好的举动来自我的直率——我从来都是"坦率地交换意见"，前天早餐和她洽谈合作的时候如此，昨天下午再次会面的时候也是如此——我指出了这次活动一些细节安排的不足之处，她一个劲说apologize，同时也反复表示感谢，说我给他们的工作指明了方向，坦承过去他们找错了方向。最后她说今天要来送机，我想去机场的路上还能再聊聊，答应了。2011年认识Danielle的时候她是FIABCI–USA的会长，去年她作为FIABCI全球会长带团来北京参加中房学的经纪人年会，我们一直有良好的合作。

Danielle约了今天上午11点来旅馆楼下接我，快10点的时候收到她的邮件，说FIABCI现任全球会长Kirkor想再跟我见面谈谈。的确，这次并没有机会和Kirkor单独详细谈，他从法国尼斯的FIABCI总部过来参加FIABCI–USA和联合国共同举办的活动，但似乎更多关注的是FIABCI和联合国的年度例行工作会议。

约了10点半在我住处旁边、联合国总部的街对面喝杯咖

啡，但Kirkor住在城中的酒店，赶过来迟到了十分钟。不过要谈的事情也就十分钟谈完了，因为我还是一贯的谈法，直截了当，打断他多余的表述，直接说关键的问题，哪些能做，哪些不能做，建议他们怎么做，说清楚了，他竟然没有什么再说的了。然后他提出跟我一起走回旅馆帮忙拿行李。

拿了行李出来，我两一起在路边等Danielle，我建议合个

影，记下这个时刻。

　　他又给我看他手机里面孙辈的照片，说起他太太，还有31岁和34岁的两个儿子……过去和Kirkor并无太深的私交，只是因为公务而交往，而现在这种公务之余的交往润物无声，双方的相知互信就是这么逐步建立的。如果脾性相投，私交还会更深。

　　Danielle到了，Kirkor推起我的两个行李箱赶过去装车，又和Danielle说了几句，和我拥抱告别，然后匆匆赶去联合国总部，他说还有两个会要开……

2017年4月8日

# 追求孤独

过年的日子，却有人心中显然是在追求孤独，比如去游泳的人。听见一位泳友在说："年初一12点55分我来，问了一下服务员，说我是第九位。"

从这老兄的口气听得出来，他要的就是那种泳池里面没人的感觉。游泳本身就是孤独的运动，爱社交爱热闹的会选择打高尔夫或者打网球，很多人打网球偏爱双打，除了因为年纪大了体力不济，人多热闹也是重要的原因。而来游泳的，并不一定是孤僻性格的人，但当他在游泳的时候，一定是在追求和享受孤独寂静的。

还有一种追求孤独的方式是读书，春节三天，看完了一本《三体》。很久没看过小说，看科幻读物更是四十多年前的事了。早就在各种媒体上听说过《三体》，拿起这本书，能够让我读下去首先是情节，采用了惊险悬疑的手法。其次就是幻想的时间尺度，四十多年前读的《小灵通漫游未来》那样的幻想时间尺度，最多也就几十年吧（预见到几十年以后的未来），《三体》的时间尺度是恒星的生命周期了（当然相应的空间尺度也是大到光年、小到质子）。最后那些描述三体星球十一维空间质子在低维空间展开的内容，应该不是多数读者能够理解的——我也不能完全理解。那一刻感受到的已经不是个体的孤独，而是整个人类星球在茫茫宇宙中的孤独了。

2017年2月1日

# 享受孤独

这个话题不是第一次写，而且上一次写的时候恰好是在一年前，那篇文章是《追求孤独》，今天再次想起这个话题，是因为刚看了一篇文章，是谈独处的（《你的独处时间，显示了你的人生层次》），勾起我的一些回忆。

16岁那年离家读书，是父亲送我去学校报到的，然后我送他到杭州城站，在月台上看着火车远去，已经不记得当时有没有伤感，但有一点却记得：对即将开始的大学生活并没有什么畏惧感。

大学四年过的是集体生活，大学毕业就开始和孤独相伴了：分配去了一间新建的大学基建处，所谓新建，就是完全在一片荒丘上从推土开始建设。住也是在工地上，办公和住宿在一处，晚上别的同事都回家了，我一个人在工地宿舍。有一个记忆非常清晰——施工单位的人问我：你一个人不觉得孤单吗？我说不觉得啊，大学期间买了很多书，一直没时间读，现在正好可以静静地看书。

至今工作快35年了，回想一下，独自一人在外的时间还真不少，早些年是有好多次连续小半年的时间离家在外工作，后来又有独自出境出国进修的经历。再往后，不时需要去各地出差乃至去国外出差，绝大多数时候也是一个人独行，有时即使有同事一起，我也喜欢在公干之余一个人在横街窄巷游荡，漫无目的，但却觉得移步换景，兴致盎然。

独自一人，不和人说话的时候，正是思考的时候（当然，和人讨论的时候往往能相互启发、脑力激荡）。想起一件往事，那还是在大三暑假在南京生产实习的时候，带我的工长性格开朗，总是说个不停，记得有一次公司的总工就说他："你要留一些时间闭上嘴不说话，给自己思考，你这样说话的时候是不可能思考的。"

时间已经过去三十多年，我却还记得总工的这个话。

2018年2月6日

# 喝德啤不痛风?

半年前碧水湾引进了一套德国产的啤酒设备,专门建了一个德啤广场,昨晚第一次有空去试了一下。

事前就听说有六种鲜酿啤酒可以选择,去了才知道实际上啤酒只有四种,还有两种是麦芽汁,不过昨天没有黑麦芽汁,只有黄麦芽汁。

四种啤酒,先品尝的是黄啤,也就是最常见的啤酒。一入口,我就尝到橘皮味,国内的啤酒很少有这种香味。一问,果然酿酒原料也都是提供设备的德国厂家配套进口的。

餐饮部经理见来了个懂一点啤酒的朋友,专门过来解答我的问题,作为餐饮部经理,他也跟着其他几位负责酿酒设备操作的员工去参加过厂家的培训。他证实了我的猜想,不过他告诉我他们加的不是进口橘皮,而是新会陈皮。当然,其他原料如麦芽、啤酒花、酵母都是进口的。

接下来试的是黑啤,一入口,又和平常喝的黑啤有些不同,我判断是麦芽烘焙得比较焦——这个判断又被餐饮部经理证实了。

然后试了麦芽汁,这时我也基本上问清楚了啤酒酿造的流程:用沸水浸泡麦芽,过滤以后得到麦芽糖汁,这种麦芽糖汁冷却以后加进二氧化碳等,就可以饮用了。除了不含酒精以及甜度比较高，其他口感和啤酒很像。所以他们在做推广的时候口号就是"开车？不能饮酒？那就来一杯和啤酒口感一样的麦芽汁吧！"

接下来试的也是我平常的最爱：白啤。白啤最后试的是IPA，经理告诉我：IPA的酒精度比较高一些。我还是第一次听说IPA，特地上网查了一下，原来是India Pale Ale的简称，这种啤酒最早是为英国印度殖民地生产的，由于要长途运输所以添加了较多的蛇麻草（啤酒花），啤酒花是一种天然的防腐剂，这样啤酒就可以长途运输。

这时我发现：四种啤酒都加了陈皮，都有陈皮味。虽然这样使得这里的鲜酿啤酒和其他常见的啤酒口味有明显不同，但我还是建议他们可以试试不在黑啤和白啤里面加陈皮，这样可以让人专心品尝黑啤的苦味，也可以让人专心品尝白啤的鲜味。

这里名为德啤广场，主打德啤，还告诉我：喝德啤不会得痛风，这我可不敢相信，喝啤酒和痛风密切相关，这是公认的吧。

2017年6月29日

# 回忆文远楼所引发的感想

　　我和城市规划有一点点交集，这缘自三十年前在同济读研究生的时候，有幸参加一个国家自然科学基金重大项目的课题研究，课题名为"工程建设中的智能辅助决策系统"，这个大项目分成很多子课题，同济作为以土木类学科见长的大学，承担了其中几个子课题的研究工作，分布在给排水、道桥、建筑声学、城市规划等多个专业。我当时在管理学院读研，方向是管理信息系统，导师杨振山教授是计算机专业的，所以我们所承担的任务就是为各个专业的系统设计提供软件系统支撑，具体分配给我的任务是配合城规专业的课题。当时建筑城规学院的院长李德华先生既是规划专家，又是同济大学在这个重点课题上的总负责人，因此就有比较多的机会直接接受先生的指导。

　　说到"先生"这个词，就要说起写作本文的起因，正是因为看了一篇回忆文远楼的长文《记忆·文远楼》（文远楼当时就是建筑城规学院所在地，现在的同济建筑城规学院应该已经不止这一栋楼了），这篇《记忆·文远楼》的作者李亚明同学是建筑专业1985级的本科生，在校时间和我差不多，所以他在文章中回忆到的那些老师我也都算是熟悉。除了李德华先生，其他如戴复东、冯纪忠、金经昌、卢济威诸位先生，我时常会听到同学说起（我是由工作所在的学校委托培养，我所工作的学校还有几位同事也和我同一年进入同济，他们在建筑城规学院读研，所以既是同事，也是同学）。这篇《记忆·文远楼》文章强调当时对几位德高望重的教授称"先生"（包括李德华先生的夫人罗小未教授也是被称为先生的），我也是知道的。（我所在的管理学院，院长翟立林教授是被称为先生的，而出自管理学院的时任校长江景波教授通常倒是并未被称为先生）。当然，还有一位未能当面聆听指导，但却也时常能在校园看见著名大师陈从周先生。

而这篇《记忆·文远楼》更让我坚信：在一所大师云集的名校读书，即使未能直接受教于大师，但耳濡目染的熏陶也是能够产生一些潜移默化的深远影响的。正因为如此，我一直主张本科生应该首先考虑进入一所好的大学，而不是去选择一个时髦专业。前些天写的《学校重要还是专业重要》就表明了这个观点。

2017年8月28日

# 扬琴手的眼神

　　很清楚地记得，已经至少两年没进星海音乐厅了。两年时间，转瞬即逝，似乎比两个小时音乐会的时间过得还快。

　　今晚的音乐会是广东民族乐团这个音乐季的闭幕演出，取名"风雅国韵"。整场演出，给我留下印象最深的却是那位坐在指挥面前的扬琴手。

　　一场交响乐形式的音乐会，乐手不演奏的时间还是不少的，遇上今天李祥霆老先生的古琴独奏，乐团其他成员就全部静静地坐在台上陪着，这时每个乐手的神情就各不相同了——有的若无其事、身体放松，有的正襟危坐、若有所思；多数乐手还是会看着指挥或者是独奏演员的表演的。而这

位扬琴手，看指挥的眼神却一直是全神贯注、双眼放亮，脸上的表情也随着指挥的调动而变化起伏，同样，她看唢呐演奏古琴独奏乃至女声独唱演员的眼神也是这样。扬琴的戏份不多，多数时候她都是这样在凝神关注，那份全情投入、那种表情起伏，也构成了音乐会的一部分。

其实这场音乐会并不是没有其他亮点，首先是指挥，请来的是著名指挥彭家鹏（我也是沾了友人是彭之朋友的光，蹭到了这场音乐会），或许正因为如此，全部曲目几乎没有广东风格（这多少让人有点意外和遗憾），而且除了乐团成员，其他独奏独唱演员全是正宗北方人（这可不是广东人所说的北方人地域概念，而是山西辽宁这些地方的艺术家）。其次是有一些在我看来是创新的乐器（毕竟对民乐了解太少，孤陋寡闻，说错了当我胡诌），比如低音管和低音笙，我想这是为了弥补中国乐器中管乐音量不够强大的弱点：在我看来，胡琴类等弦乐器的表现效果不比小提琴差多少（当然，今天的乐队照例还是有大提琴和低音提琴助阵，四把低音提琴立在后排自然是很打眼，有意思的是那四把大提琴，躲在琵琶和中阮大阮的包围之中，还很难发现），但管乐类的笛也好箫也好，声音都不够洪亮（唢呐倒是洪亮，而且今天第一次听到低音唢呐的声音还真是不输单簧管和萨克斯呢）。

乐器有创新，乐曲却似乎很难超越传统的民族曲目。李祥霆先生演奏古琴选用了两首古曲（《梅花三弄》和《酒狂》），自不必说；而两首最具创新意味的协奏曲，一首我感觉是大杂烩，另一首听起来满耳都是各种熟悉的西洋交响乐旋律（相信作曲家也不会计较我这外行的胡言）。倒是最后的返场曲目很有意思——两次谢幕之后，指挥家轻轻一扬指挥棒，首席琵琶开始拨弄，流淌出的竟然是《空山鸟语》——按照当时现场的热烈气氛，我以为会来一首《北京喜讯到边寨》，这会很像国内听众最喜欢的交响乐演出返场曲目《拉德斯基进行曲》的调调。再接下来的第二首返场曲目倒是很热烈的，但竟然是《雷鸣电闪波尔卡》——太会玩了！这是想要证明民族乐器演奏西洋乐曲的能力吗？还别说，这一段演奏真是既别致又完美。

2017年7月9日

# 楚乐和楚人

晚上听了一场指挥家彭家鹏和武汉音乐学院东方乐团联袂演出的音乐会，交响乐的形式，演绎的却是民族音乐，准确地说，是楚乐。恰逢纪念楚大夫屈原的端午节刚过，欣赏这样一场楚人演奏的楚乐，真乃恰逢其时。

整场音乐给人的感觉是绷紧了神经。音乐在悲壮诉说的过程中，充满了激烈的碰撞——跳跃的音阶、高亢的打击乐、低沉的管乐，配上不时出现的不协和音，构成了各种冲突的场景；即使偶尔出现的舒缓乐段，也像是激烈争斗过后的稍事休息。

再看台上的乐手，也颇有楚人的面貌特征：多数薄唇紧抿、嘴角下撇；一个地方的人，其面相特征往往也是和性格相吻合的。我自己就是正宗的楚人，祖籍湖南，生长在湖北，对湘人的倔强和鄂人的火爆都太熟悉了（我自己的嘴角也是下撇得厉害呢），但自从20多年前来了广州，却更喜欢广州人淡定不争的性格（当然也喜欢粤曲的委婉悠扬）。广州人还能包容各种风格，所以即使这样一场充满楚文化特征的音乐会，广州人也会在星海音乐厅热捧。

2018年6月19日

# 呼唤正在消失的报刊亭

今天31号，是9月下半期也就是18期《读者》出街的日子，刚才经过一个报刊亭，但这个亭子里只摆了一本，我习惯是从一摞里面拿第二本的，现在也只好迁就了，因为现在广州街头的报刊亭越来越少。我常路过的十字路口，过去曾经有三个报刊亭分别在四个街角，但另外两个分别在去年和三年前就关了（亭子还一直保留，上面的灯箱广告每天照样闪亮），所以能够买《读者》的地方也越来越少。

曾经和几个报刊亭的摊主聊过，都说是维持不下去，另外遇到一些大型活动或者卫生大检查之类，也会让他们临时关闭。

我知道现在看纸质报刊的人越来越少，这可能是报刊亭维持不下去的原因之一，但我的确认为广州街头的报刊亭甚至是区分广州和其他城市的重要标志，所以真心希望广州的报刊亭能够继续保留下去。

买了《读者》，摊主说：《知音》也到了，买吗？我一下子来了兴致——我从来不买《知音》，为何这么问我？这个摊我是今天偶尔路过碰到，细看，才发现这个报刊亭只有《读者》和《知音》，严格说这已经不是个报刊亭，因为里面放的都是饮料小食，没有别的报刊了。

2017年8月31日

# 莫干山的空气

Was ist eigentlich Aura? Ein sonderbares Gespinst aus Raum und Zeit: einmalige Erscheinung einer Ferne, so nah sie sein mag.
An einem Sommernachmittag
ruhend einem Gebirgszug am Horizont oder einem Zweig folgen, der seinen Schatten auf den Ruhenden wirft
– das heißt die Aura dieser Berge,dieses Zweiges atmen.

——Walter Benjamin

氣息究竟是什麼？其若即若離，只在一念之間。
如夏日午後，觀山巒之陰朗，或避孤林之下日流影移，
遊目騁懷而浸淫於其間，乃知至之無不在也。

——瓦爾特·本雅明

早些天在莫干山开了两个半天的会，住在一家民宿，随手拍了几张照片，这几天长假，有空整理一下，顺便回味一下莫干山的空气。

说到空气，首先就要说到民宿进门的位置悬挂的这幅文字——

原文是德语，瓦尔特·本雅明是出生于德国的犹太人，既是作家，也是哲学家（我一直觉得哲学家一定都是文学家，否则难以用语言准确表达其哲学思想；反之好的文学家同样都有很强的哲学思考能力，好的文学作品都蕴含丰富的哲学

意义），并且是一位马克思主义者。这段文字无论是德文原文还是中文译文都很美，并且德文还是押韵的。

来到莫干山，当然不能只是在屋子里看看这样的文字。在山上的时间总共大约也就是二十多个小时，一个下午和一个上午的会，地点是在咖啡屋，略显逼仄，而且因为人多，空气也就不会太好。我意外地发现，咖啡屋的洗手间里面竟然能够呼吸到带着潮湿青草气息的新鲜空气，原因是洗手间的高窗很宽，并且是朝向外面的院子，所以能有新鲜空气进来，下面这张图的左上角就是那扇高窗……

会议间隙，漫步走出民宿，在旁边的路上走了走，虽然不时有车驶过，但总的感觉是静谧的，几乎没有什么行人……

没想到的是，这么个小小的民宿竟然也有一个小小的水池。入住的时候问前台有没有健身房，因为根本没指望这地方能有游泳池，前台回答说没有健身房，但也没告诉我有游泳池。还是回到房间以后看到入住须知里面说有泳池，但开放时间是早9点到晚9点。头天下午开完会、吃完晚饭、回到房间已经过了21点，第二天上午的会9点开始，看来游不成了。但第二天早上8点多去吃早餐的时候经过，发现没人管，于是放弃了早餐，回房间换了泳裤直接游就是。在这个划四五下就到头的小池里游了半个小时。

不知这几天国庆长假，这地方还会不会有这种静谧的感觉……

2017年10月6日

# 怎样才能成为中科院院士

　　今晚同学群里热闹极了，因为我们班又有同学成为中科院院士了，准确说是我们专业年级2班的同学。

　　上一次同学群里的热闹是在两年前的2015年（院士增选两年一次），那次当院士的同学曾经和我离得更近，因为是同一个小班（我们这个专业那一年一共90位同学，分成三个班，我在3班），可以说大学四年每天朝夕相处。而在更早的2013年那次增选时，2班这位同学已经名列有效候选人（总数391人，2013年最终增选了53位院士）。

　　不过实际上今年的中科院院士增选结果并未正式公布，最新的消息还是在8月公布了初步候选人名单（那个名单的人数大约是本次增选名额的2.5倍），但应该有小道消息证实这位同学后来已经列入正式候选人（人数为增选名额的1.2倍），更有最新消息说他已经进入了终选候选人名单乃至已经通过了最终的全体院士投票，所以同学们开始在群里庆贺了。

　　让同学们兴奋的不仅是总数2000多名的中科院院士当中有两位是从这个90人的班级中走出来的，更因为我们是学工程的，但这两位同学拿到的都是中科院院士。

　　群里同学不仅一片祝贺之声，更有诗兴大发的，于是又有同学感叹一番工科生还能写诗……说着说着又说到家国情怀

之类，于是开始各种争论（如果还不算争吵的话）——这倒是
"求是"学风的体现，本班群从来不乏对任何事情的认真争
论。其实我比他们更认真，一言不发，因为我查了，今年的院
士增选结果还没有正式公布，所以还不到祝贺的时候。

被祝贺的院士同学当然也会出来答谢两句，但显然没有
时间参与各种讨论，而前年当选院士的同学更是从来不在微信
群出现的。这才是符合逻辑的——如果把时间都花在微信群讨
论，这院士哪能当得上？

被祝贺的院士同学是在香港的大学任教，记得20年前我
在这间学校做访问学者的时候他和另一位2班同学就在这个
学校任教了，并且也在我访问的学院，同一栋楼，但因为从
事的专业已经不同，所以不在同一个系。那时时间还相对充
裕吧，他俩曾经请我到教工餐厅吃饭（那个餐厅和会所差不
多，外人不能在里面吃饭的）。后来过了若干年，他当了这
个学院的院长，我再回去看当年我这个系的老朋友时他们极
力怂恿我去看看院长，因为有意无意之间他们也觉得脸上有
光——在香港的大学里当个院长手上的资源也是很丰富的。
于是我按照规矩预约时间，去院长办公室谈了十分钟，他自
然也大叹苦水，分配资源如何不容易、学界各种纷争如何扰
人……

另一位已经当了两年院士的同学呢，更是连在杭州的同
学都很难见到他。朋友的儿子去年考进著名的竺可桢学院，每
位本科生配一位名教授做导师，这孩子的导师恰好就是这位院
士同学的下属，朋友让我去套套近乎，但打电话给他却一直不
接。按别的同学的建议，发了短信过去，过几天回了短信，事

情已经办了。再早些年，我们年级毕业三十周年聚会，院士同学因为一直留在本系任教，当时已经做了副院长，后勤服务自然都是他安排的，说起来这也是他的"老本行"，当年他就是我们3班的生活委员，每个月要负责领回全班同学的饭菜票，月末还要负责退回（那时每个月定额供应饭菜票，菜金和饭钱加在一起是14.5元，全额奖学金的同学不用自己掏钱，其他同学需要自己补足这个数。但有些同学节俭，每月领回这么多饭菜票，吃不完，月末就交给生活委员去换回现金）。

　　最后回到标题的问题，要想成为中科院院士，先要当好生活委员，然后不要在微信群里浪费时间。

2017年11月11日

# 凑个热闹，说说七九级

文章标题说了，这篇小文是凑个热闹。缘由非常偶然——在朋友圈看到一篇《武汉的性情》，作者是陈彩虹，这个名字很熟，好多年前看过一本书，《给点大智慧》，作者就是陈彩虹（后来发现那本书是1999年出版的，20年前了，所以真的是"好多年前"，但当时看了印象很深，所以也就记住了作者）。

顺便看了发这篇文章的公众号，里面还有一篇《"七七级"和"七八级"：谁更聪明？》，这篇文章我也很有兴趣，而且看了以后还想凑个热闹，写写七九级。

那篇文章的引子是一个问题：七七级和七八级谁更聪明。先比较了这两年的高考录取率，七七是4.9%，七八是6.3%，看上去七七年更难考一些。不过文章转而提出另一个命题：七七级智商高，七八级情商高。这个命题虽然未必成立，但七七级能在"文化大革命"结束之后经过非常短暂的复习冲刺就考进大学，无疑是要以智商为基础的。七八级呢，且不说别的，他们一般都是参加过前一次高考没录取的，半年之后再考，这种顽强精神已经是一种情商的体现了。

那么七九级呢，如果看录取率6.0%，恰好介于上述两年之间，其实总体上是差不多的。不过七九级和前面两级的差异还是很明显的。首先，从年龄结构看，七九级和所谓"新三届"的前两级大哥大姐相比，年龄普遍小了很多，七九级以应届中学毕业生为主，过往的（特别是以1967、1968、1969年的初中和高中毕业生为主）的考生经历了前两年高考，没有考上的基本上也就偃旗息鼓了。记得我当时的班上，小班30个人，有两位是20世纪50年代出生的，整个专业年级大班90个人，也只有3位是20世纪50年代出生的，其余都是十六七岁甚至十五岁的孩子。

从知识结构上，这一届学生的高中阶段是在"文革"结束以后，所以相对来说中学阶段的知识算是比较完备了，不像"老三届"，在中学里面基本上没学到什么（"老三届"的高中生还好一点，初中是在"文革"之前读的）。

正因为年龄小，所以一方面，七九级学生的学习能力会更强一些，另一方面，为人处世肯定远不如七七级和七八级的学生。体现在毕业以后，七七级和七八级的毕业生很多人很快在政界崭露头角，在商界成功的也不少，而七九级的学生则在学术上成才的更多一些（我们大班90个人，已经出了两位中科院院士）。

回头还想再说说那篇文章的作者，陈彩虹这个姓名应该还是比较常见的，所以我看了公众号文章不敢肯定这是不是20年前我读的那本书作者，就在公众号留言直接问，作者很快就回复了，正是。随后还加了微信，聊起很多缘分，这又是读那篇公众号文章的另一个收获了。

2019年7月2日

# 享受当下

今天一位大哥聊起他二十多年前在花都买了一块林地，为此还将户口迁回花都老家当了农民——二十多年前的城郊农民还不是那么有钱的阶层哦，结果后来他太太女儿一直埋怨：这笔钱当时如果在天河买几套房子，现在价格翻了几十倍了。

听这位大哥说起过他当年的威水史（风光事迹）——从当法制记者到替跨国公司打知识产权官司——这些都是二三十年前的事哦……其实我知道，周围这些看上去不起眼的老老少少，藏龙卧虎啊，只不过我并不喜欢主动打听，一般都是这样听对方说起才略知一二。

虽然知道大哥早已参透人生，但还是说，现在这样未必就不好——每天健身游泳，少了多少烦恼！而且，农庄现在又是一块宝了哦。

大哥说，你有时间我们随时可以去看，坐我的车。

我说，好啊，一定。

我俩都心照不宣的一句话是：享受当下。

2018年5月12日

# 淡定与低调——写于今天星期五

　　原本平淡无奇的一个星期五，先是因为住建委召集的一个会议而激起千重涟漪——之所以说是"千重涟漪"而不说是"千重浪"，我想不是因为扔进水里的石头力量不够大，而是水很静。很多年前我就说过，广州的房地产市场是静水流深。这也并非我的断言，而只是我的观察；不仅是我自己多年近距离对这里的房地产市场的观察，也是对外来开发企业和中介企业对广州房地产市场感受，我只是如实记录他们表达的感受而已。

　　广州的企业家们总是显得很淡定也很平和，很朴实也很低调，这反映在各种细节上——

　　相比白天，今晚是一个放松的周末，当年叱咤风云的围棋世界冠军又来广州了，最近两次来都是我借朋友之力安排的晚餐，都很简单，都是在朋友的办公室里面弄些普普通通的家常菜。今晚更是简单，每人一个小火锅，一锅清水，几样蔬菜肉鱼，我可以闷头烫各种蔬菜吃——蔬菜沙拉或者是这样的白煮青菜都是我的最爱。

　　今天做东的是这些年完成了不少烂尾楼项目的开发商，同时还是诗人、中国作协会员；上次做东的是儒雅的文化经营者，虽不是开发商，却在天河核心商圈持有一整层物业用于经营文化产业。这两位共同的特点都是不讲排场、不事张扬，但却用真诚朴素的接待表达了对围棋大师发自内心的尊重。

正是这些低调淡定的广州企业家，造就了广州水波不惊但却深不可测的市场。

2018年10月19日

# 寻访瓦尔登湖和梭罗小屋遗址

在波士顿开会，老同事开着1500美元买的旧车从Worcester（伍斯特市）过来看我，恰好下午有点空，他问我想去哪儿转转，我不假思索地说："咱们去看看瓦尔登湖吧。"

说起来挺遗憾的，8年前在MIT待了两个月，竟然就没想到去看看瓦尔登湖，回想一下，应该是那时没去细想《瓦尔登湖》提到的康科德是在啥

地方。其实那段时间我去过列克星敦几次，就是打响美国独立战争第一枪的地方，列克星敦和康科德就是相邻的两个小镇，瓦尔登湖则在康科德的东边几公里的地方。现在看地图，瓦尔登湖离列克星敦的民兵塑像直线距离还不到十公里，往西偏北方向出了波士顿沿2号公路，走十几公里，向南转到126号公路，没多远就到了。瓦尔登湖就在公路以西的坡下面，公路边上有说明牌，站在这里就能看到下面的湖。

　　早听说瓦尔登湖并不大，果然一眼能望到对岸。

　　太阳已经快要落山了，从湖的东端迎着夕阳沿着北岸往西走，过了Wyman Meadow（怀曼草地）不远就是梭罗当年的小屋所在的山坡了。

　　这个Wyman Meadow，标在地图上是一个很小的湖汊，但实际上没有水，倒是长满了草，所以称其为Meadow是名副其实的。

　　这片草地，或者说是一小片湿地，是个很完美的生态系统，想象一下，梭罗当年在这里观察花鸟虫鱼。

　　上到山坡，先经过一片空地，第一感觉是已经到了梭罗小屋的遗址。

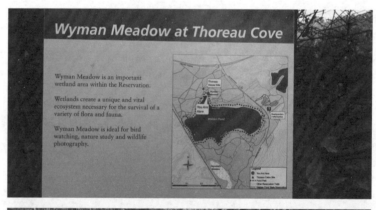

但是空地上其实竖着一块小牌，指示了遗址的方向。

继续往前走一百多米就到了小屋遗址。

三米见方的地面，用几根石柱和铁链圈出来。遗址的西北角位置还有一块石板，上面刻着字，注明

这里是小屋烟囱所在的位置。

　　遗址旁边说明牌右下角的照片很容易让人以为这就是梭罗，其实这位是1945年确认这个遗址的考古爱好者Rolland Wells Robbins。

　　离开小屋遗址，下到湖边，继续走到湖的南岸，然后顺着南岸走回东岸，回到公路上。这么走走停停看看，一边感受

周边的环境，一边体味梭罗当时的心境。

总共用了大约一个小时。太阳也已经完全落到了西山的那边。

2018年11月9日

# 致敬亚生教授

　　这张照片记录的是去年11月3日，我利用在波士顿开会的机会专门抽空去MIT拜访黄亚生教授，为的是针对他在"亚生看G2"里面谈的一些观点进行请教，特别是有关川普总统的一些观点。他沉浸在自己观点里的时候，我随手拍了这张照片。那天的时间非常短暂，他因为前面一个会耽误了时间，在预定见面时间快到的时候发邮件告诉我要延迟一个小时见面。我在斯隆管理学院一楼坐等了一个多小时，所以见了面我抓紧时间直奔主题，用尽最后一分钟时间，然后既没有合影也没有发任何文字记录。

今天想到这个事，是因为昨天看到他在"亚生看G2"发了一篇《致敬乔姆斯基》，于是有感而发。

最早知道乔姆斯基是三十多年前我读研的时候，学着做人工智能，而机器翻译是人工智能的源头之一，我做的专家系统虽是人工智能的另一个分支，但看文献的时候也还是知道了机器翻译研究的鼻祖、做语义分析的乔姆斯基。这些年才知道，乔姆斯基还有另一面，亚生教授的这篇文章就比较全面地描述了乔姆斯基这"另一面"。文章的内容我就不转述了，但看了这篇文章，我觉得亚生教授本人也很像乔姆斯基——他是坚定的反川普主义者，在反川普这点上基本上就是扮演反对党角色——你赞成的我就反对（这也正是我去找他商榷的内容）。所以我觉得他在MIT的存在和乔姆斯基在MIT的存在有同样的证明价值。

2019年3月7日

# 意外的重逢和不经意的告别

上个星期五，刚去过增城区府大院里面开会；恰好过了一个星期，昨天又去了大院里面另一座楼开会，这次去是临时决定的。

开完会，晚上回到市区吃饭，见到的两位朋友，说起来都是多年前见过，但当时见面是很不经意的，所以连模样都没记得太真切（但肯定是见过，因为双方都能清楚说出当时见面是在怎样的场合和时间）。

这些，都是意外的重逢。

前些年去各种地方开会比较多，会议之余在当地随便走走，往往没有那种要抓紧时间好好游览的打算，潜意识里面会觉得将来还会有机会再回来游览。若干年过去，仍然没有再回到旧地重游，忽然会觉得此生也就不会再有机会了。一别，便是一生。

和那种意外的重逢并非刻意所为一样，这种告别也是不经意的。一生走过的路，多数都不是事先选择好的，或者说，多数都不是自己可以选择的。

2019年3月16日

# 武汉的"过江"记忆

平常在公众号很少这样写私人记忆的文字，因为觉得对别人没啥意义。文字写出来总是希望有人看的，对别人没意义的文字也就没人想看，所以没必要写。

但刚才看到一篇微信文章，其实已经是昨天的了，说是武汉王家巷码头昨晚7点完成最后一班轮渡之后就永久关闭了。看了这篇文章忽然觉得很有感触，终于还是要写几句。

对于我这样在武昌出生长大，并且在武汉三镇只在武昌居住过的人来说，"过江"两字几乎是自打有记忆开始就印在脑海里的。半个世纪之前，武昌的商业还很不发达，买点东西都需要去汉口，去汉口最便捷便宜的方式就是坐轮渡，也就是"过江"，那也是小孩子最开心的事，虽然过一趟江是很辛苦的——从我家住的杨园要走大约半个多小时（完全是现在估算的，小时候对时间哪有什么概念）到徐家棚码头，在这里坐轮渡到江对面汉口的粤汉码头，上岸以后还要再走很长一段路，到江汉路、车站路、大智路这些地方的商店买东西，或者是走得更远一些，到中山公园去玩，但就是走路本身，已经是很有趣的事情了，尽管那时的街道两边除了低矮的民房几乎没别的东西，当然商店橱窗也是极少的。

买票（武汉轮渡用的是那种硬币形状的塑料圆片，记得相当长时间都是6分钱一张票）、把塑料票投入票箱、入闸、下台阶、过栈桥、上趸船候船、上船抢座位、下船猛跑（不知道为啥，最先下船的一群人总是要往前猛跑，或许因为他们赶着下船原本就是要赶时间，所以必须跑步前进），这些都是每次过江的记忆。不过我自己印象很深的是这样一个场景——

那是一个阴天，应该是上午时分，江上有薄雾，我跟着父亲过江，船上人不多，我们在二层，我趴在长椅上，手撑着下巴，盯着江面上的一条渔船，船上渔夫在撒网。我忽然想：我能够在轮渡上而不是漂泊在打渔船上，真幸福。已经不记得那时我几岁（但肯定是6岁之前），但感觉那应该是我第一次有幸福感。这个记忆那么深刻，以致我后来时不时会想起，于是一直记到了半个世纪以后的现在。

读完小学，离开了武汉8年，然后再回到武汉工作，曾经有段时间在汉口工作或者是经常需要去汉口。那时已经不住在杨园，所以坐轮渡是到中华路码头，坐到江对面的江汉关码头。昨晚关闭的王家巷码头的轮渡也坐过，但比较少，只是偶尔作为一种选择。王家巷当时有两条轮渡航线，一条到曾家巷，一条到月亮湾，到曾家巷以后可以在积玉桥起点站坐17路去杨园看父母，到月亮湾的话就直接走回杨园了（现在记忆已经模糊了，不记得徐家棚码头是不是后来改成了月亮湾码头，同样，江汉关码头和粤汉码头的相对位置也是刚才查了一下地图才能回忆起来）。

关于轮渡码头的记忆还有一个是余家头码头，是小时候跟大人过江的另一个选择（余家头码头的轮渡好像是到江汉关码头，从那里上岸到江汉路很近）。另外汉口那边还有一个苗家码头，但印象已经非常淡薄，连方位都完全记不清楚了。

2019年3月27日

# 喧嚣中的那一份宁静

下午在候机室，收到大姐发来的一段视频，还附上一句话："送上夏日清凉，这是我向往的生活！"视频很长，看了前面一段挖莲藕的镜头，就想起我也曾经挖过莲藕，不过那个感觉和视频里面这个可是大相径庭的。那是在冬天，基建工地上，藕塘所在的土地已经从农民手上征过来，准备推土填平，有经验的老同志说：塘里应该还有藕，因为农民不会把藕挖完的，要留待第二年发芽。我们就穿着长筒套鞋下塘，果然摸到又长又粗的藕。藕是挖到了，手也冻得发麻了。把藕拿回家，妈妈吃了说这是她吃过的最粉最甜的藕，时间过去三十多年，老人家很多事情已经不记得，但说起这个藕，她还是记得很清楚……

……继续往下看视频，画面真是美到极致，那种美，能让人不由自主地流出眼泪。

大姐平常和我只是偶然会互发一两条微信，一般都是交换信息和私下的看法，极少像今天通过发这样的视频流露真情，但我却非常清楚大姐心底保存的那片纯净宁馨的天地。同样，大姐从初识就一眼看穿我心中所想，也让我每每忆起都会有一股热流从心底涌出。前两天小棣兄写的那篇序中说，从我的片言只语就看出我的存疑或不屑，同样也是类似的存疑或不屑，大姐却从我自己感觉并无表情的一个转身就能一眼看出——那是四年前的一个培训班，大姐是这个班的总管，那天课间，在我看了教室后面的一个场景转身回到座位之后，大姐悄悄走到我旁边，问了我一句话，顿时让我心里一震……具体的场景和问话都不说也罢。我当然相信，大姐和我的看法是一样的，只是以她的身份，她不会有任何的表露。

那个培训班结束以后，我只见过大姐两面，并且都是和同学们一起，所以不会聊很多，但微信上的交流却让我们一直保持着心灵的沟通。这让我想起泥里的莲藕，内里封存了许多通透的空间。（后记：原本没打算写出这样的私人记忆，但今天飞机快要落地时忽然全速拉起复飞，那一刻我就想到应该把起飞前看视频的感受写下来。）

2019年8月7日

# 走过人行天桥的少年身影

　　每次开车往返校园，总要从新港西路怡乐路口的人行天桥下经过，早就习以为常。但今天不知是触动了哪根神经，忽然好像看到我家少年在上面走过的身影……

　　图中是10年前尚在施工中的天桥。说起来，那是八年前的事了，少年还在读初二，自己觉得数学不行，每个星期天去数学老师家里补习。我一般是把他放在这座天桥的下面，他自己走过天桥，到对面的怡乐路，然后我开车开回学校，等他下课的时候再返回来到怡乐路接他回家。

　　每次都是在天桥脚放下他，我就开车走了，返回的时候他就不用再过天桥，所以实际上我是从没见过他走天桥的，今天完全是脑子里的幻觉。但另一个身影就是实实在在的真实影像了。

　　那是再往前一年的时候，少年第一次去北美体验中学的学习。冬天，我开车带着他转了几个城市，这是在加拿大的蒙特利尔，路上积雪很厚，少年买了食品往回走。那一路上我只管吃，吃什么就靠他了，他根据车载GPS上面的餐馆名录寻找合适的餐馆，到了餐馆我就坐下休息，他去把吃的东西买来——能够解决吃饭问题我就放心了，可以让他一个人去外面闯荡了。两年后，他就去俄克拉荷马的偏僻小城读11年级了。再过两年，进了大学。大学毕业后，现在少年已经开始他的博士学业了。

　　这时我觉得自己的作用很像这座桥……

2019年8月15日

后记

　　这本散文集里的文章全部来自公众号"分享从不懂房地产开始"。这个公众号是2015年3月30日开通的，原本是想作为我和学生们一个发表学习和研究房地产的学术型公众号，但后来发现学生们不大愿意写（或许是太忙没时间），于是这个公众号很快就演变成了我唱的独角戏，文章的内容也涉及多个方面，为了不让读者觉得这个公众号是在唱独角戏，我还用了好几个笔名，不同类型的文章使用不同笔名，例如：呼延、栾宇、过则喜等等。直到微信公众号规则改为赞赏账户只能进入一个微信号，才变成所有文章的作者名都用了本人的微信名——不懂房地产。

　　公众号运营一段时间以后，被允许开通原创功能，这之后几乎所有文章都是原创了（有时在发稿是忘了声明原创）。既是原创，可以说就都是有感而发；但所发的感想乃至感慨，都会保持在微信公众号规则允许的程度之内。

　　文章的内容大致分为五类：一是随想与杂感，这是最能体现"有感而发"的文章，往往是因为一件事或者一篇文章或者别人一句话让我有所感悟或者有所触动，就在公众号上发了出来；二是语言和文字，我虽是学工科出身，但一直对咬文嚼字有些兴趣，不仅对汉字汉语有兴趣，对其他语言也有兴趣，这些兴趣诉诸文字，就成了这一部分的各篇小文；三是教育和学习，我在大学任教已经36年，平常也十分留心学生的想法并认真和学生对话，加上一些教学的心得，就发在了这里；四是经济与管理，我的教学研究工作领域是经济学和管理学这两块，除了写正规的学术文章，也会写一些和大众相关、比较通俗的文字，就形成了这一部分文章，不过涉及房地产经纪（这是我最近十几年的一个主要研究方向）的文章面向的群体比较集中，所以已经另外结集出版，就没有收录在此了；五是游记与回忆，这部分文章和第一部分的随想与杂感有些类似，但第一部分更多是"议"和"论"，这部分则以"记"和"忆"为主。

公众号开通不过4年多，而我又历来喜欢写短文，所以发在公众号上面的大多数都是几百字的短文，但整理一下收录在本文集中的文字竟然已有三十万字，足见水滴石穿、集腋成裘。文字内容实属敝帚自珍，但力求言之有物，且每篇短文都在谋篇布局和遣词造句上下了一些功夫。如蒙读者不弃，能够从中找到一点共鸣，则备感荣幸。